ラルーナ文庫

光の国の恋物語

～因縁の遭逢～

chi-co

三交社

CONTENTS

光の国の恋物語 ～因縁の遭逢～ …… 3
あとがき …… 538

Illustration

巡

光の国の恋物語

~因縁の遭逢~

本作品はフィクションです。
実際の人物・団体・事件などにはいっさい関係ありません。

序章

この世界にいくつかある大国の中でも、三本の指に入るだろう強国、光華《こうか》国。豊富な漁場や実り豊かな山もあり、商工業盛んなこの国は、《光の国》という別称も持つほどの豊かな国であった。

光華国の現王、洸英《こうえい》は賢王としての誉れも高い。知略を巡らし、侵略ではなく巧みな外交戦略を取ることにより、友好関係という名の同盟国は今や数十カ国に及んでいた。

『この世の幸福は光華にあり』

そう謳《うた》われるほど、光華国は栄華を誇っている。

一方、洸英は多淫《たいん》でも有名であった。正妃の他多くの女たちと浮名を流し、その結果、光華国にはそれぞれが母親の違う、四人の皇子が存在していた。

皇太子である第一皇子洸聖《こうせい》の母は、貴族出身の正妃だった。黒髪に黒い瞳《ひとみ》の、涼し気な美貌《びぼう》の主で、今年二十五歳となる。

頭は良いが、感情が乏しいのか喜怒哀楽がほとんど見られず、近々己の許婚《いいなずけ》を国に迎えるというのに、婚儀の準備もすべて人任せにしているくらいだった。

国外の女を母に持つのは、第二皇子の洸竣《こうしゅん》だ。

二十三歳の洸竣は母似の金髪に太陽の光の目を持つ陽気な性格で、女関係もかなり派手だ。

異国の血が流れる己には王位継承権はないと自覚しているのか、幼い頃から自由奔放だが、兄、洸聖に対しては尊敬の念を抱いて忠誠を誓っている。

第三皇子、莉洸《りこう》の母は大商人の娘だった。

十九歳になるものの兄弟の中でひときわ小柄なうえ華奢《きゃしゃ》で、薄茶の髪と瞳も色素が薄い。病弱とまではいかないものの少し身体《からだ》が弱く、人見知りの激しい莉洸はほとんど王宮から出ることもなかったが、家族の愛情を一身に受けていた。

その中で、十六歳の末息子の第四皇子、洸莱《こうらい》の存在は異質だ。

洸莱は、黒髪に片方の目だけが碧《みどり》という、不吉な兆候《ちょうこう》の象徴として生を受けた。

左右の目の色が違う王族は、いずれ王を討つ。そんな迷信とも真実ともわからない言い伝えのせいで呪《のろ》われた存在と畏怖《いふ》され、十歳になるまで離宮で育てられてきた。

王宮に戻ってきたのは、身体の弱い莉洸の遊び相手としてだ。

その母親がいったいどんな人物だったのか、それは洸英しか知らないことだった。

それぞれが独特な性格と容姿を持つ兄弟だが、けして仲が悪いということはなく、むしろ年少の皇子たちは兄を尊敬し、兄も弟たちには愛情を注いでいた。

近年では女遊びに現《うつつ》を抜かしている洸英を支えるため、兄弟が団結して政務を担っている。

そんな中、四兄弟の今一番大きな関心事は、皇太子である第一皇子洸聖の結婚だ。

生れ落ちた瞬間から次期王となることを定められた洸聖には、五歳の時に許婚も定められた。

相手は北の国、奏禿《そうとく》の第一王女だが、大国である光華の王妃になるにしては、あまり裕福ではない小国の王女だった。事実、洸聖の許婚を発表した折には、己の娘の方が釣り合うと随分横槍《よこやり》が入ったものだが、洸英はなぜか頑として聞き入れず、許婚も変わることはなかった。

洸聖自身、相手の身分などはどうでもよかった。大事なのは国政で、妻は次代の王を産めさえすればよく、妻の国のことなどに関心はない。

まったく見事なほど、洸聖の目は光華国しか見ていなかった。


「兄さま、明日、悠羽《ゆうは》さまがいらっしゃるんですよね？」

「……そうだったか？」

「もうっ。兄さまの花嫁ですよ？」

そう言った莉洸は、愛らしく頬《ほお》を膨らませる。既に成人の儀を終えたというのに、その容姿はまだ華奢な少年のようだ。

「きっと、綺麗《きれい》な方なんでしょうね～、あ、もしかしたら可愛《かわい》い方なのかな？」

「可愛いならば莉洸に勝る者はいないし、美人というならば洸竣の上をいく者はいないだろう」

洸聖は書類に走らせていた視線をようやく上げると、側《そば》に立つ莉洸にわずかに笑みを見せた。家族に対しては子犬のように元気で、喜怒哀楽の豊かな莉洸を見るのは微笑《ほほえ》ましい。せっかくの兄弟団欒《だんらん》だというのに、洸聖は仕事の手を休めない。そんな兄を誇らしく思う一方で、結婚という人生最大の慶事にここまで無関心だということが莉洸には納得できないのだ。

「兄さまったら……ほら、竣兄さまも文句を言って」

「俺は光栄だな。兄上の選美眼は正しい」

洸聖の向かいの椅子《いす》に座っていた洸竣は、艶《あで》やかに笑った。兄の褒め言葉が嬉《うれ》しかったこともあるが、自分たち兄弟の中に他人が入ると何かが変わってしまうと常々感じていて、実を言えば洸聖の結婚にはあまり乗り気ではないのだ。

だからこそ、無邪気に花嫁を憧《あこが》れの口調で語る莉洸に呆《あき》れるばかりだった。

「莱はどう思う？」

話に乗ってくれない洸竣から弟へ視線を向けると、言葉数の少ない洸莱はそれでも答えてくれる。

「……どんな人だろうって、思う」

「みんな、どうしてそんなに冷静なの？　もっと歓迎しましょうよ、僕たちの義姉《ねえ》さまになる方がこられるのに」

「まあ、二十だからお前よりも年上だな」

莉洸の言葉の意味もわからないでもないが、洸聖自身、今まで一度も許婚である相手に会ったことがなく、今の時点でなんらかの感情を抱けという方が無理だ。

とにかく早々に子を作る義務を果たして、あとは政《まつりごと》に打ち込みたい。花嫁も、他に愛人が欲しいと願えば許すつもりだった。

そんなことを言えば、優しい莉洸は悲しむだろうが、もちろん口外するつもりはない。

洸聖は洸竣に言った。

「洸竣、悪いが明日の出迎えを一緒に頼む。あちらは供一人しかいないという話だ」

「たった一人？」

洸竣は眉《まゆ》を顰《ひそ》めた。この光華国に嫁《とつ》いでくるともなれば、たとえ見栄であったとしてもそれこそ百人単位の花嫁行列がきてもおかしくはない。それを、見栄も外聞もなく、必要最小限の……またさらにその下をいくたった一人というのは、何か他に理由があるのではないかと普通なら考える。

疑問以上に不審さえ抱く洸竣とは違い、その理由が簡単に想像できる洸聖は苦笑を零《こぼ》した。

「金がないということだろう」

「……呆れた。バカにされてないか？　兄上」

「他国の者が大勢入ってくるよりましだろう。相手がそれで良いというのならば文句を言うこともない」

それをいちいち詮索《せんさく》するのも洸聖にとっては面倒なことだ。金がない国ならば、それもありうるのだろうと納得をしていた。

「父上はどうなされた?」

それきり、己の許嫁のことから離れ、洸聖はここにいない父のことを尋ねる。すると、眉間《みけん》に皺《しわ》を寄せていた洸竣が悪戯《いたずら》っぽく笑んだ。

「八番目の愛人のもとだよ。今度は酒場の踊り子らしい」

「……懲りないな」

「俺、先に摘《つま》み食いしたけどね」

「……洸竣」

「一度だけだよ。踊っている時の方がよほど綺麗だった」

洸聖を産んだ王妃と死に別れて以来、洸英は新たな正妃を据えることはなかったが、次々と妾妃を迎えている。

子供は今のところ四人の皇子だけらしいが、今のままならばあと何人増えるかもわからなかった。

王としての父は尊敬に値するが、人間としては少々いい加減すぎる。今までに何度も苦言は呈してきたが、いっこうに聞き入れない父には既に諦《あきら》めていた。

（欲にそれほど心を傾けられるものか？）

洸聖にとっては不思議でしかない。王個人のことではあるが、問題は起こさないで欲しかった。

本章

翌日、早朝から馬を飛ばし続けた洸聖と洸竣が、いくつかある国境の門の中でも一番北にある北大門に着いたのは、既に夕刻になろうとしている時刻だった。

「この分では、今日はこの町の離宮に泊まることになるかな」

うっすらと色が変わり始めた空を見ながら洸竣が聞いてきた。

確かに、既に相手方がきているとしても、女連れで馬を飛ばしても日を越してしまうだけだ。

(まったく、無駄な時間を……)

どうせならば勝手に王宮まできてくれればよかったのにと思うが、今さら言ってもしかたがない。

手間がかかると洸聖は溜《た》め息をつきながら馬を歩かせ、自分たちの出現に緊張している門番に声をかけた。

「奏禿からの御使者はどこにいる?」

「あ、い、いえ、まだこられてはおりませぬっ」

「……まだ?」

約束の時間はとうにすぎており、むしろ洸聖たちの方がぎりぎりの時間だったはずだ。さすがにそれは不味《まず》いとかなり馬を走らせたのだが、相手がまだ着いていないとは思わなかった。

洸聖自身が相手方と連絡を取っていたわけではないが、優秀な臣下に手抜かりがあるとは考えられず、日にちも時刻も間違いないはずだ。

初対面という大切な場に遅れているという事実に眉を顰めた洸聖がもう一度門の外に目を向けた時、その視線の先に微《かす》かな砂埃《すなぼこり》が見えた。

「……あれか？」

「へえ～……随分と走らせている。女なのに結構な使い手だな」

隣で感心したように洸竣が呟《つぶや》いたが、その言葉の通り馬はかなりの速度で走っているようだ。

一国の姫ならば移動は馬車が主流で、自らが馬を操っているなど聞いたことはない。これは、かなりのじゃじゃ馬が相手かもしれないとさらなる溜め息が漏れるが、今さら引き返すこともできるはずがない。

「あれが、兄上の花嫁か」

「……」

なぜか楽しそうに呟く洸竣の言葉が、洸聖には遠く響いた。

(今からでもお前に譲ってやってもいいんだがな)

それほど待つこともなく、やがて北大門の前まで二頭の茶馬が走ってきた。

通常、王族や貴族が使用するのは白馬か黒馬で、茶馬は庶民が使う馬だ。仮にも第一王女が、それも嫁いでくるこの大切な場面で、茶馬に乗ってくるというのは信じがたい。その上、輿入《こしい》れというのに花嫁道具というものは見当たらなかった。馬にくくりつけている荷物も、わずかなものだ。

あとから別に運んでくるという可能性もあるが、従者の人数、そして馬の種類から見ても、多分これが持参したものすべてであると察した。

(噂《うわさ》以上に困窮しているのかもしれんな)

わかっていたこととはいえそれが本当に現実だったのだと、洸聖は改めて確信した。

「……ようこそ、悠羽殿。私があなたの夫となる光華国の皇太子、洸聖です」

硬い口調のまま、それでも形通りの挨拶《あいさつ》をした洸聖の言葉を受けて、馬上の人影が地に降りた。

厚い頭巾つきの外套《がいとう》を羽織っている二人は俯《うつむ》いた状態なので、顔がなかなか見えない。

すると、心もち後ろにいた一人がさらに深々と頭を下げた。

「お初にお目にかかります。こちらが我が奏禿の第一王女、悠羽さまでいらっしゃいます」

落ちついた、涼やかな声だ。

「そなたは？」

「悠羽さまつきの側仕え、サランと申します。これからは姫さまと共に御国にてすごすゆえ、よろしくお願いいたします」

そう言ったサランが頭巾を取った時、さすがに普段驚くということがない洸聖も、いろいろな女と遊び慣れているはずの洸竣も、そのあまりの美貌に声を失ってしまった。

珍しい……というか、今まで見たこともない、輝く銀髪の長い髪に、透き通るような空と同じ蒼《あお》い瞳。通った鼻筋も、紅い唇も、まるで神が手ずから造作したかのような、完璧《かんぺき》な美貌だった。

ゆっくりと向けられる眼差《まなざ》しにも、滴るような色気があったが、醸し出す全体の雰囲気はまるで聖女のように清らかで、その不均衡さがさらにその存在を不可思議なものとしている。

父を始め、兄弟や周りにいる者たちの秀でた容姿を見慣れていたはずの洸聖も、これほどの女を見たのは初めてだった。

「……丁寧な言葉を感謝する」

ようやく、衝撃から立ち直った洸聖が頷《うなず》く。側仕えがこれほどの美貌ならば、その主人たる王女はさらに輝くような容姿をしているのだろう。人の美醜に特に思うことはないが、仮にも側に置き、正妃とするのなら、美しい者の方が目に良い。

「長旅、ご苦労だった」

「いいえ、皇太子さま自らのお出迎えに感謝いたします」

「我が花嫁のためだ」

サランと対応しながら、洸聖はその後ろに控えているもう一人に目を向けた。女にしたら背の高い方だろうか、頭巾からは茶色の髪が覗《のぞ》いている。

(おとなしいのか……それとも反発しているのか……)

悠羽は生まれた瞬間から、洸聖の許婚として定められた運命だ。小国である奏禿が大国光華の決定事項に反発できるはずもなく、それでもいざ輿入れの段階になって思い立つことがあったのだろうか。

なかなか顔を見せず、挨拶もしない悠羽に、洸聖はわずかに眉を顰めて自分から悠羽に近づいた。

「顔を見せてはもらえぬのか?」

「洸聖さま、姫さまはお疲れのため、今日はどうかこのままお許しを」

洸聖と悠羽の間に立ち塞《ふさ》がるようにして言うサランは、艶やかな笑みを口元に湛《たた》えている。しかし、初対面での衝撃が収まった洸聖にその微笑みは通じなかった。

「悠羽殿」

「……」

「そなたの夫となる私に、顔を見せることもしないのか?」

これほど無礼なことはない。

相手がそうならばこちらも未来の夫としての権利を行使させてもらおうと、洸聖は悠羽のまとっている外套を問答無用で剝《は》ぎ取った。

「何をするっ？」

「……」

――その下から現れたのは絶世の美女でも、可憐《かれん》な少女でもない、痩《や》せた少年だった。

そう、どこからどう見てもまったく女に見えない少年だ。

肩までの髪は艶《つや》もなく、見える首筋も腕も華奢で細い。顔立ちは悪くはないものの、痩せているので目だけが目立って大きく見え、色白のせいで頬から鼻の頭にかけてあるそばかすも目立つ。

これでは、サランの方が王女で、この少年が召使いだと言った方が十分通用するだろう。まさか洸聖を試すために主従が入れ替わったのだろうかと、愚かな想像までしてしまいそうだ。

「……そなた、まこと悠羽殿か」

確かめるように尋ねる洸聖の言葉の中にまさかという侮蔑《ぶべつ》の響きを感じ取ったのか、目の前にいる少年は薄茶の瞳に強い意思の光を込めて、洸聖を睨《にら》むように見上げながら言い放った。

「いかにも。私は奏禿の第一王女、悠羽だ」

発する声は少し低いが、女と思えないこともない声だ。

それでも、その容姿は間違いなく女ではない。

「……男だったのか……」

奏秃の第一王女、洸聖の許婚であるはずの悠羽は、女ではなく男だった。

不思議と、洸聖には騙《だま》されたという憤りは生まれなかった。衝撃はあったが、次の瞬間にはこれは好都合とさえ思った。

形だけでもこの悠羽と婚儀を挙げれば、しばらく周りは静かなはずだ。その先、世継ぎの話が出てくれば子供ができない原因を悠羽にきせ、子を産む妾妃を迎えればいい。大国光華を謀《たばか》った奏秃に異論を挟む権利はない。いや、もともと光華に抗《あらが》うだけの力はないのだ。

政務に情熱のすべてを傾けている洸聖は、せめてあと二、三年は他の雑事を一切遮断できる時間を欲していた。その自分の思惑に、男である悠羽はぴったりと一致している。

瞬時にそこまで考えた洸聖は、このわかりやすい茶番劇に乗ってやることにした。

「悠羽殿」

名前を呼ぶと、一瞬怯《おび》えたように肩を竦《すく》め、次の瞬間慌てて睨むような視線を向けてくる。随分気が強いようだが、それも無駄な抗いでしかない。

洸聖の口元にわずかに笑みが浮かんだ。おとなしい、言いなりになるだけの姫よりも、多少は退屈凌《しの》ぎになるかもしれないと思ったからだ。

「長旅、お疲れでしょう。今日はこの国境の離宮でお休みいただき、明日改めて首都の王宮にお連れする」

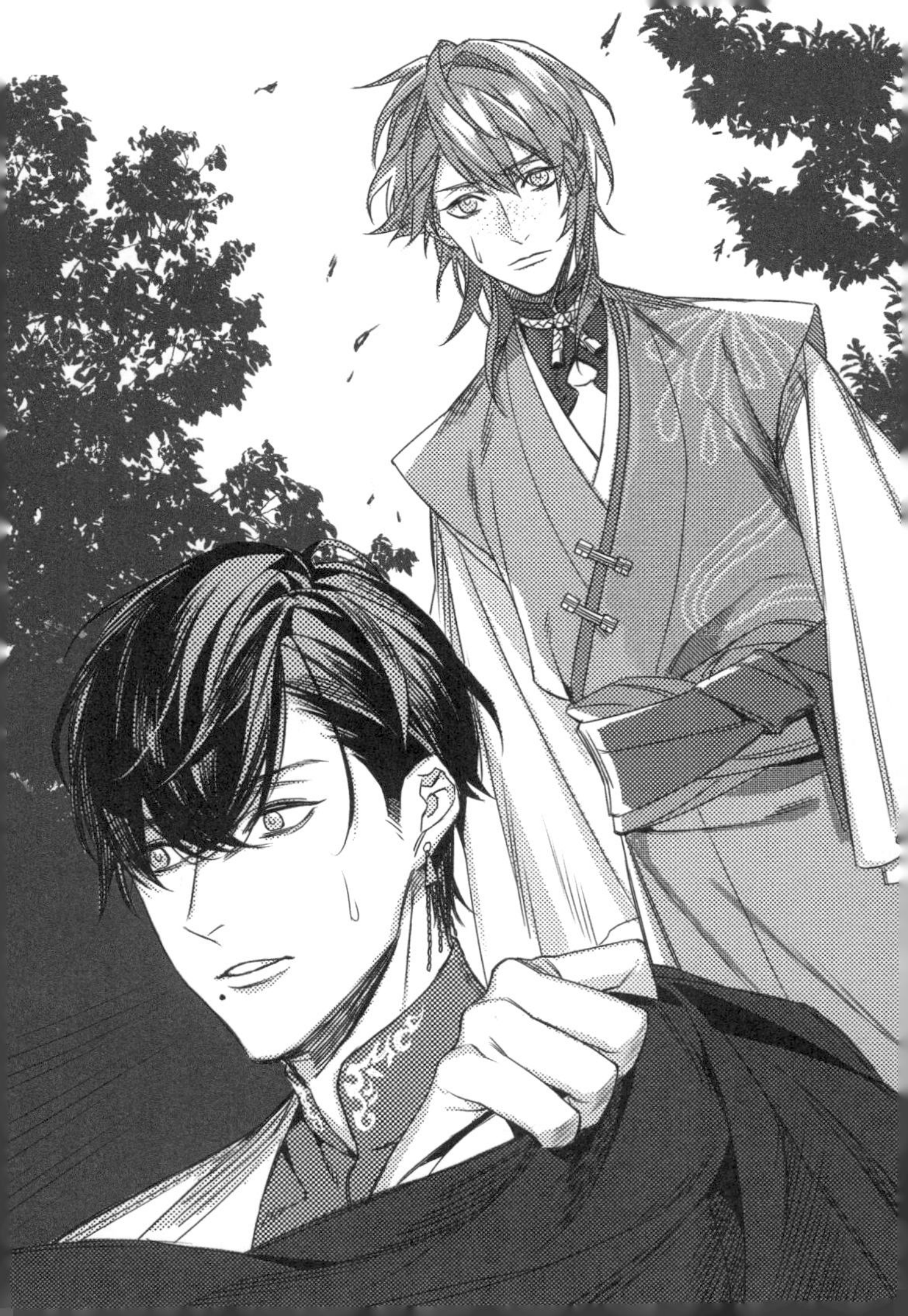

罵倒《ばとう》されなかったことが意外だったのか、悠羽は大きな目をさらに丸くしている。子供っぽい反応に呆れたものの、洸聖はその隣に立つサランを見た。

「よろしいか」

悠羽の戸惑《とまど》いの表情とは反対に、サランは静かに笑みながら頭を下げた。

「お心遣い感謝いたします」

サランの口上に軽く頷き、洸聖は先ほどからずっと面白そうにやり取りを見ていた洸竣を振り返る。

「その前に弟を紹介しよう。第二皇子の洸竣だ」

「初めまして、義姉上……かな？」

「……初めまして、悠羽です」

華やかな笑みを浮かべながら手を差し出した洸竣に、悠羽は手を取らないまま頭を下げた。行き場のない手を苦笑しながら見つめた洸竣は、次に人形のように美しいサランにその手を向ける。

「よろしく、サラン」

「よろしくお願いいたします」

サランもまた、洸竣の手を取ることはない。

普通の女ならば頬を染め、うっとりと見惚《みと》れるような洸竣の色気がある笑みも、この二人にはまったく通じないようだ。

肩を竦める洸竣に視線を向けたあと、洸聖は悠羽に向きなおって言った。

「離宮にお連れしよう。私についてきてください」


「男だったとはねえ」

離宮に着いた洸聖は、まずは湯に入って汚れを落としてから夕食を共にと、一応社交辞令として誘った。

しかし、今日は疲れているからときっぱりと断られ、その方が気が楽だった洸聖も強《し》いることはせず、湯を浴び、今は寛《くつろ》いだ格好をして、ちょうど調べておきたかった国境の出入り調査の書類に目を走らせていた。

「驚かないの？　兄上」

「許婚を決めたのは私じゃない」

「父上はご存じなのかなあ」

「……」

あの父なら知っていてもおかしくはないが、今さらそれを確かめてもしかたがない。

洸竣はそう思っているのか、すぐに話題を変えた。

「それにしてもさあ、あのサランっていう侍女ぐらい美人だったらわかるけど、あの容姿じゃあ……ねえ」

「顔など、仮面と同じだろう。それに、男相手に手を出さないなど関係ない」

むしろ、美人でない方が好都合かもしれない。

容姿が良ければ、なぜあんなに美しいのにと、さらに余計な詮索をされかねないからだ。

「とにかく、正式に婚儀を挙げるまで彼らの世話は……」

そこまで口にして、洸聖はどうしようかと考えた。

初めは勝手にしてもらえばいいと思っていたが、男だとしたらそうはいかない。正体が知られれば、また新たな花嫁候補を連れてこられるだろう。

面倒なことは、一度だけでたくさんだ。

「兄上、莉洸に頼めば？」

「莉洸に？」

「あいつは素直な世間知らずだし、兄上が頼めば許婚殿の面倒は見てくれるよ。不特定多数の召使いたちをつけるよりも安全じゃない？」

確かに、その方が安全かもしれない。

素直な莉洸は新しい義姉を迎えるのを楽しみにしていたくらいだ。きっとつきまとって世話をしたがるだろうし、悠羽としても男であると知られないために極力おとなしくするはずだ。

「……それよりも洸竣、もう少しきちんとした格好をしろ」

だらしなく胸元をはだけさせた格好をしている洸竣を見て、洸聖は眉を顰めながら注意したが、そんな忠告を素直に聞くような洸竣ではなかった。

「誰《だれ》も見ていないのに？」

「それでも、だ」

「はいはい」

堅苦しい兄にこれ以上説教を受けないために、洸竣は笑いながら素早く襟元を直した。


「あ〜、さっぱりした」

「悠羽さま、髪がまだ濡《ぬ》れています」

「こんなもの、少し時間が経てば勝手に乾く」

濡れてますます赤毛に近い色になった髪は肩よりも少し長く、手入れを気にしないからかそこかしこ跳ねている。

「いい匂《にお》いがする泡袋があっただろう？　あれ、多分すごく上等なものだろうなあ。さすが大国、光華だ」

風呂《ふろ》上がりの悠羽は、上等の泡袋のせいで白い肌も輝くように綺麗になっている。肌触りもすべすべで気持ちが良い。なんだか、心の中の不安も恐怖も、すべて湯で流れたような気分だった。

「男だと知っても、洸聖殿のお怒りがなくてよろしかったですね」

「あの男……多分、私の存在など意味がないんだろう」

「悠羽さま……」

「それならばそれでいい。私も大国光華の皇太子妃として、表面上だけは取り繕ってやる」

悪戯っぽく笑った悠羽の顔は、子供のようなそばかすも魅力の一つになっていた。

悠羽の家族も、そして奏禿の国民も、悠羽の容姿など関係なく、その強い心と明るい笑顔を深く愛した。

そして、悠羽も、そんな家族や国民を愛し、そのためならと男の身で花嫁としてこの国にやってきたのだ。


悠羽はもともと、奏禿の正妃の子ではない。しかし、妾妃の子というわけでもなく、悠羽の出生にはごく限られた人間しか知らない事情があった。

――奏禿は貧しく小さい国であったが、穏やかな王の支配の下、国民も貧しさを楽しさに変えて生活をしている国だった。

そんな王には五年前に迎えた妃《きさき》がいたが、仲睦《なかむつ》まじいながらもなかなか世継ぎに恵まれず、まだ若いのだからとのんびり構える王とは違い、王妃は焦った。見合いで結ばれたとはいえ、王妃は王の人柄を愛しており、このまま子ができなかったらと悪い方へ考えが傾いてしまった。

そんな中、王妃は暴挙に出る。

己が産むことができないのであれば、誰かに王の血を引く子を産んでもらうしかないと、王に他に愛人を持つことを進言したのだ。

しかし、王妃を大切に想う王は妾妃を迎えることをよしとせず、月日は無情にもすぎていく。

とうとう思い余った王妃は自分の世話をしてくれていた侍女を、その相手に指名した。

侍女は王妃よりも三歳年上のしっかりとした性格の主だったが、敬愛する王妃の代わりはできないと固辞し、王も首を横に振った。

だが、王妃の決意は固く、それが駄目ならば離縁するとまで言い出したので、王はこう提案した。

三回だけ、その侍女に精を注ぐこと。

それで子ができなくても、もう他の女を抱くことはしないと。

そして――――その三回の情交で、侍女は王の子を身籠《みごも》った。

ただ、話はそこでは終わらなかった。

世継ぎを産まなければならないという使命感から解放されたせいかなのか、王妃もまた日を置かず懐妊したのだ。

本来ならばめでたいことだが、王は侍女の腹から生まれる子の立場を思い悩んだ。王妃につめ寄られたからといって、情を交わし、己の子を身籠っている相手をどうしたらいいのか。王妃に感じる愛とは別に、侍女にも、その腹の子にも、王は既に情を抱くようになっていた。

そんな重い空気の中、結論を出したのは侍女だ。

彼女は言った。たとえ数カ月早く生まれる自分の子が順当にいけば世継ぎであるとしても、正妃の産む子の方が正しく王位継承権を持つ存在だとし、もしも己が王子を産んだとしても、その子は王女として公表して欲しい。

けして、跡目を争うような存在にするつもりはない。

もちろん王は難色を示し、そもそもの元凶の王妃も首を横に振ったが、最終的には母親となる侍女の言葉の通りと同意した。

数カ月後、まず侍女が出産した。

生まれたのは王子だったが、奏禿は国内外に王女誕生と公表し、名を悠羽とした。

さらに数カ月後、王妃が産んだのも王子で、こちらは皇太子、悠仙《ゆうぜん》と発表した。

腹違いとはいえ兄弟の仲は良く、王も王妃も二人の子を区別することなく育てた。

国内ではなんの問題も生まれることはなかったが、奏禿の国自体には一つ大きな懸念が残った。

それは、悠羽の誕生を公表してしばらくし、大国である光華から皇太子の許婚として指名されたことだ。

対外的には王女でも、悠羽は間違いなく男だ。それに、たとえ本当に王女だったとしても、奏禿と光華では余りに国力が違いすぎ、片身の狭い思いをすることは明白だった。

だからというわけではないが、いずれはその婚約は解消されるだろうと、奏禿はもちろん、他の国も大方の予想をしていた。

悠羽も、物心がついてその事実は聞かされていたが、国力の違いと、なにより自分は男なのだということに、ほとんど許婚という立場を気にすることはなかったのだが。


二カ月前、二十歳《はたち》の誕生日を迎えた悠羽のもとに、光華からの使者がやってきた。

それは皇太子洸聖との婚儀の打ち合わせのためだった。

「輿入れ？」

「……私は、まだ洸聖さまの許婚であったのですか？」

それまで、光華国からの特別な恩恵などなく、許婚である洸聖本人にも会ったことがない悠羽にとって、許婚の話はとうに破談になったものだと思っていた。

それは父である王も、義母である王妃も、そして母である侍女も思っていたことで、使者を迎えた奏禿側の人間はただ戸惑ってその口上を聞くしかなかった。

「二カ月後に、我が光華にお越し願いたい。花嫁道具はいっさい不要、悠羽さまにおかれましては御身一つ、すべてを我が国で準備させていただきたく存じます」

使者は淡々とその任を終え、反論する間もなく帰路に立った。

その夜、王は家族と側近を前に、苦渋の表情のまま言った。

「しかたあるまい。光華には真実を話し、この話はなかったことにしていただこう」

「しかし、王、さすれば光華からどのような報復があるか……」

「何を言う！　悠羽に男に嫁げと申すのか！」

悠羽の義弟、悠仙が大声で叫んだ。

悠仙が自分たち兄弟の出生の事実を知ったのは十歳の時だ。

周りは悠仙の幼い心の動揺を懸念したが、本人は衝撃を受けるというよりも、悠羽が姉でないことを知って嬉しさの方が勝った。

明るく元気で、気が強い。そんな悠羽に憧れていた悠仙は、悠羽が女ではないとわかった途端、同じ男同士としての遊びや勉強が一緒にできると喜び、二人の兄弟仲はさらに深まった。

幼い頃は、なぜ悠羽が女として生活するのか不思議でたまらなかったが、年を重ねていくうちに複雑な状況ものみ込めるようになり、今や己の方が身体的に成長した悠仙は、悠羽を守るのは自分だとも思うようになっていた。

「悠仙……」

「悠羽、光華に行くことはないぞ！　私たちとずっと一緒にいればいい！」

悠羽は父を見つめた。

父も、悠仙の言葉に同意するように頷いている。

しかし、その目の中には、わずかな苦悩の光もあった。

(決めるのは……私だ……)

きっと、ここにいる家族や臣下たちは、悠羽が嫌だと言えば無理に光華に行かせることはない。家族思いの父は、どんな報復を受けようとしても悠羽を守ってくれるはずだ。

悠羽は弟を振り返る。

なぜか成長不良の自分よりも、縦も横を大きく育った同い年の弟。

この弟のためにも、奏禿は守らなければならない。

「父上、私、行きます」

「悠羽っ？」

「どうして！」

「……確かに、私は男です。ですから、皇子にはこの身体を見られるわけにはまいりません。ただ、この通り私の容貌《ようぼう》は欲を感じさせるものでもなく、皇子もわざわざ私のような者を相手にしなくとも、他にお相手がいらっしゃることでしょう。そのうち、このような女は正妃にしてはおけぬと、離縁してもらえれば……」

「……悠羽、そなたにそんな屈辱的なことは……」

「よくお考えください、父上。今この縁談を断れば、光華の怒りを買うのは必至。そうすれば我が奏禿はたちまちの内に光華の支配下に落ちてしまいます。貧しいながらも穏やか

できた。

そして二カ月後、たった一人の側仕えであるサランを連れた悠羽は大国、光華へとやってきた。

「大丈夫です、父上」

「……」

で平和なこの国を、戦火の炎に焼かせることはできません」

初めて会った許嫁の洸聖は、とても凛々《りり》しく、知性的な容貌をした男だった。大国の皇太子としての威厳を兼ね備え、共にいた第二皇子洸竣と二人、眩《まぶ》しいほどの存在感を放っていた。

それと引き換えた己を顧みれば深く落ち込むが、もともと比べるまでもない明白な違いが自分たちにはある。

そんなどうしようもないことよりも、あのまま追い帰されなかった幸運を喜ぶだけだ。

「噂以上に冷血漢な男かもしれないが、かりそめにも私を妻としてくれるならばそれでいい。私は……もう国に帰ることはできないのだから……」

「そのようなことは……」

悠羽は笑った。

今後、もしも悠羽の存在のせいで光華国と奏禿の間に問題が起こった時、すべての責任は己のこの命と引き換えにして取引するつもりだ。ちっぽけな自分の命で矛先《ほこさき》を収めてもらうのは困難かもしれないが、悠羽は今回の話を受けた時から、既に覚悟は決めていた。

「サラン、この異国の地で頼りになるのはそなただけだ。大変だろうが、私についてきて欲しい」

「もちろんです。私は悠羽さまをお守りするためにお側にいるのですから」

「サラン」

「親にも捨てられた忌み子の私を、ここまで温かく育ててくださった奏禿の王と王妃の恩に報いるためにも、そして、兄弟のような愛情を注いでくださった悠羽さまのためにも、この命を懸けて守らせてください」

「……わかった」

力強く頷いた悠羽だったが、次の瞬間くぅっと腹の音が部屋に鳴り響いた。

「……お腹空いた」

さすがに緊張していたのか、夜が明ける前に出発する時はまるで空腹は感じず、食事も取らないままでいたのだが、多少安堵《あんど》したのかげんきんにも腹が空いてきたらしい。

白い頬を赤く染める悠羽に優しく笑み、サランは卓の上に目を走らせた。そこには、先ほど運ばれてきた夕食が用意されている。

「こちらをいただきましょうか」

「……凄《すご》いご馳走《ちそう》だな」

「本当に」

「私だけ……皆に悪いな」

どんな時にも民のことを真っ先に考える悠羽が誇らしく、サランはそっとその肩を押して椅子に座らせた。

「……サランも一緒に」

「私もですか？」

「……一人じゃ寂しい」

温かなあの家族にもなかなか会うことは叶《かな》わなくなった。

広くて綺麗な部屋に、色鮮やかなご馳走。

しかし、悠羽の心を占めるのは、泣きたくなるほどの寂しさだった。

＊＊＊

翌日、もう日も暮れた頃に、悠羽たち一行は首都に辿《たど》り着いた。

「お疲れでしょう」

「いいえ、思ったよりも早く着いたので」

首都に面していると言ってもいい北大門からの移動だからこそ一日で到着できたが、首都から一番遠い国境の南大門からなら軽く数週間はかかる。光華国はそれほど広い国だ。

馬での移動はきついかと思い、洸聖は時間はかかるが輿を用意すると申し出たが、馬で十分だと悠羽はその申し出を断った。

ならばと、洸聖はほとんど手綱を緩めることはなしに、わずかな休憩だけで首都まで馬を走らせてきたが、口で言っていたことは偽りではなく、二人は遅れることもなくついてきた。

男である悠羽はともかく、サランまで男勝りだったらしい。

大きく開かれた王宮の門前には、多くの召使いや兵士たちと共に、留守番をしていた莉洸と洸莱も待っていた。

「兄さまっ」

飛びつくように抱きついてきた莉洸を抱きしめ、その口元にわずかながら優しい笑みを浮かべて洸聖は言った。

「出迎え、ご苦労」

「だって、早く義姉上に会いたかったから」

莉洸は洸聖の背中越しに、所在なげに立っている二人の人物を見た。

「綺麗……」

「ん？」

「すっごく、綺麗な人だねっ」

「莉……」

莉洸がどちらを見てそう言ったかすぐに見当がついた洸聖が止めるより先に、莉洸は二人に駆け寄ると……サランの前に立って膝《ひざ》を折った。

「お初にお目にかかります、光華の第三皇子、莉洸と申します」

「莉洸さま」

莉洸が悠羽と間違えていることに気づき、サランは莉洸に失礼がないようにその場に跪《ひざまず》いて最敬礼を取りながら静かに告げる。

「わたくしは悠羽さまの側仕え、サランと申します。以後、お見知りおきくださいませ」

「……え？」

莉洸は目を丸くしてサランを見下ろし、はっと悠羽を振り返って思いきり頭を下げた。

「もっ、申し訳ありませんっ、僕、僕、なんて間違いを……っ」

素直に謝罪する莉洸に、悠羽も怒りなど抱くわけがない。もともと、己の容姿は自覚しており、サランと立場を間違えられることは予想できた。

「構いません、莉洸さま。私とサランを見れば、どちらが一国の姫に見えるか私もわかります」

「あ、あの」

「洸聖さまの婚約者として、今日からお世話になる奏禿王女、悠羽と申します。これからよろしくお願いしますね、莉洸さま」

悠羽が笑うと、莉洸もようやく安堵したように微笑む。

「は、はい、こちらこそっ」

側仕えと間違えられるなど、本来ならば相当の屈辱のはずなのに、悠羽の表情からは虚勢も拒絶も見取ることができない。頬に浮かんでいる笑みもとても柔らかで、そんな笑顔を見るとなぜかこちらまで笑みが浮かんできそうになった。

さらににこにこと笑みを深くする莉洸に、噂にも真実があるのだと悠羽の方も感心していた。

（綺麗な子だな。光華って、本当に美形揃《ぞろ》いの兄弟ということか）

大国、光華の四兄弟の話は、この世界のかなりの人間が知っていると言ってもいい。

智の第一皇子と。

艶の第二皇子。

楽の第三皇子に。

剛の第四皇子。

どの皇子も国を誇る存在だとしてその名を轟《とどろ》かせており、各国の王女たちや貴族の娘たちの中には、我こそはと自身を売り込んでくる者も多いらしい。

（それなのに、どうして私なんかを選ぶのか……）

望んでもいなかった結婚。代われるものならば代わってやりたいほどだ。

「悠羽さま、弟の洸莱です」

悠羽の笑顔に安心したのか、莉洸は少し離れて立っている青年を呼んだ。

兄の莉洸よりも縦も横も大きい洸莱は、無表情のまま歩み寄って形ばかりの礼をとった。

「洸莱です」

「悠羽です。サラン共々、よろしく」

悠羽の隣でサランは頭を下げ、洸莱もそれに軽く会釈を返す。

まだ少年の、いや、どこか少女じみた容姿の莉洸とは真逆の硬質な洸莱は、上の二人の兄たちとも雰囲気が違う。かといって、拒絶されているわけではないというのは感じるので、悠羽はにこやかな笑みを絶やさなかった。

「続きは中で」

ひとまずの挨拶が終わったのを見て取ると、洸聖は短くそう言ってさっさと王宮の中に入っていく。

そこには初めて王宮にきた悠羽を気遣う様子は欠片《かけら》もない。

(なんだ、この態度……)

いくら悠羽を男だと知っていても、これほど臣下たちが居並ぶ場所で手の一つも差し出さないとはかなりの無作法だ。

もちろん、悠羽自身手を差し出されたらやんわりと断る気だったが、その気配もないということが少しばかり癇《しゃく》に障る。

「悠羽さま?」

なかなか歩き出さない悠羽の側にいた莉洸が、可愛らしく首を傾《かし》げながら自分を見上げてきた。同じ男でも、莉洸ほど可愛らしい顔をしていれば洸聖の態度も変わっただろうかと考えた悠羽は、口の中で舌打ちをした。

(私は何を考えているんだ……っ)

花嫁とは名目ばかり、悠羽はこの光華には人質としてやってきたと思っている。そこに愛情など存在するはずがないのだ。

「なんでもありませんよ。サラン」

「はい」

馬に括《くく》りつけていた荷物は召使いが運んでくれるだろうが、その中でも大切なものが入っている袋はサランが持つことになっていた。

すると、横からその荷物を取る者がいた。

「俺が」

「洸莱さま」

細いサランの手にはかなりの大きさと重さに見えた袋は、洸莱が手にすれば小さく見える。

「皇子のお手を煩《わずら》わせることは……」

そう言ってサランは荷物を取り返そうとするが、洸莱が手を離す素振りはまったくなかった。

「女が荷物を持つことはない」

十六歳という歳《とし》のわりには落ちついた洸莱が短く言うと、振り返った悠羽も苦笑を浮かべながら頷く。

「サラン、お言葉に甘えなさい」

「……はい」

複雑な表情になったサランは空の色の瞳を洸菜に向け、丁寧に頭を下げた。

「ありがとうございます、洸菜さま」

サランが自分の名前を呼んだ時、洸菜は身体の中のどこかがわずかに波打ったのを感じる。

この国では見たこともない、輝くような銀髪に美しく整った白い顔。普段、莉洸以外のどんなことにも関心がないのに、突然現れた美しい異国の民に自然と視線を奪われた。兄たちや、まだ十六の自分にまでまとわりついてくる女たちとはまったく違う、生々しさがない……言葉を変えれば、作りもののような無性の存在感。その手から荷物を取る時、わずかに触れた指先はひんやりと冷たかった。生きているのかと、不思議に思うほどだ。

前に歩く悠羽が、何事かサランに話しかけた。すると、人形のようなサランに表情が生まれた。

小さく綻《ほころ》んだ、綺麗な唇。

(……笑えるのか)

自分に似ているかもしれない……洸菜はそう思った。

＊＊＊

「それじゃあ、行ってきますっ」

それから五日も経たない日の午後、悠羽の隣には満面の笑みの莉洸が立っていた。

初対面で召使いと勘違いされたが、悠羽は素直で愛らしい莉洸にすぐに好感を抱いた。

光華とは違い、あまり裕福ではない奏禿での暮らしを話しても、まるで珍しいお伽噺《とぎばなし》を聞くように目を輝かせ、様々な節約の術《すべ》を披露すれば、尊敬の眼差しを向けてくれた。

王都に到着して以降、食事時しか顔を合わせない洸聖とは違い、毎日暇さえあれば話し相手になってくれる莉洸。悠羽が感じる好意を莉洸も感じてくれたらしく、数日も経つと王都の案内を自ら買って出てくれるほど親密になっていた。

「……駄目だ」

そんな友好的な莉洸とは違い、許嫁であるはずの男はそっけなく否定の言葉を言い放った。

「兄さまっ」

「莉洸、お前自身ほとんど王宮から出ない身で、案内などさせられるわけがないだろう。悠羽殿には改めて時間を作って誰かに案内をさせる」

「ご自分の花嫁でしょう？　兄さまが忙しい忙しいと言われるから、僕が代わりに案内して差し上げるのに、どうして初めから駄目だって言うの？」

洸聖のあまりの無関心ぶりに焦《じ》れた莉洸は厳しい口調で言うが、側で聞いていた悠羽はなるほどと納得できた。

兄の許嫁を必死にもてなそうとしてくれる莉洸の気持ちは嬉しいが、その莉洸自身が都に不慣れならば出歩くのは難しいだろう。

「莉洸さま、お気持ち感謝いたしますが、兄上である洸聖さまはあなたの御身をご心配されて言われているのですよ。残念ではありますが、今回は諦めましょう」

「悠羽さま……」

それでも、楽しみにしていただけ、面白くないという恨みはある。言葉は丁寧ながらも、それは暗に、すべては洸聖のせいであると言っているような物言いで莉洸を宥《なだ》めると、その意図に洸聖はすぐに気づいたらしく、眉を顰めて悠羽を見据えた。

この表情は、洸聖の標準装備のようなものなのかと感心して見ていると、さらに眉間の皺が深くなる。

（うわ……）

どうやら、怒らせてしまったようだ。失礼がすぎたかと思っていると、横から洸竣が言葉を挟んできた。

「兄上、私がお供しましょう」

「お前が？」

「私なら都にも詳しいし、それなりの訓練も受けております。悠羽殿と莉洸の二人くらい、無事案内して差し上げますよ」

「本当に？　竣兄さまが一緒なら、兄さまも反対されないでしょうっ？」

洸竣の言葉にすぐに飛びついた莉洸は、お願いというふうに洸聖を見つめる。莉洸のこの顔に、洸聖は勝てなかった。

それでも、三人だけではやはり駄目だという洸聖の言葉を聞き入れ、数人の護衛を後ろにつけたまま王都見物は始まった。

莉洸にとっても久し振りの外出らしく、しばらくは歩きたいという希望を聞いて、馬は護衛が引いている。

「なかなか言うねえ、君も」

弾《はず》んだ足取りで前を歩く莉洸を微笑みながら見つめていた悠羽は、感心したように呟く洸竣に視線を向けた。

「なんのことでしょうか？」

「莉洸はもうすっかり君に懐いている」

「……素直で可愛らしくて、皆に愛されている方ですよね」

「ああ。兄上も莉洸だけには弱い。その莉洸を早々に手懐けた君の手腕に感心するよ」

「何をおっしゃられているのか。私はただ、莉洸さまのお気持ちが嬉しかっただけです」

莉洸を見ていると、国に残してきた弟のことを思い出した。

もちろん、弟は悠羽よりも立派に成長していて、可憐な莉洸とはまるで外見は違うものの、弟らしい気質にはどこか共通点がある気がするのだ。

「まあいい。ただ言いなりになるだけの姫や矜持《きょうじ》が高いだけの姫よりはよほどましだ」

「……まるで経験がおありになるかのような言葉ですね」

「ふふ、内緒だよ」

「……」

(おかしな男だな)

曖昧《あいまい》に笑う洸竣自身は、悠羽のことを受け入れているかどうかはっきり口にしない。いつも笑っている印象だが、そこにはきっちりと一線が引かれている気がした。

政以外は興味がないと態度で示す洸聖の方がまだわかりやすいと、悠羽は溜め息を噛《か》み殺す。

(……サランは大丈夫かな)

唯一、悠羽についてきてくれたサランは、光華国特有の様々なしきたりを覚えるために、今日は王宮に残っている。

くれぐれも危ないことはしないようにと言われたが、悠羽の方も別々に行動するサランの身を心配していた。

「莉洸、あまり先に行くなよ」

「は〜い」

洸竣が声をかけると、振り返った莉洸が可愛らしく手を振る。

「可愛い……」

悠羽が思わず呟くと、洸竣は一瞬嬉しそうに笑ったあと、少し声を落とした。

「莉洸はなかなか外出もできなくてね。まあ、家族みんなが過保護なのかもしれないけど」

洸竣の話では、莉洸の身体が弱かったのはもう随分と幼い頃で、今では普通の生活ならばほとんど支障はないらしい。それでも過保護な兄弟たちは莉洸を心配し、なかなか自由に行動させないようだ。

十九になる莉洸に対して、それは少々……と思わないでもないが、あの外見を見てしまえばそう考えるのもしかたがないだろう。

「あっ、リゴだ！」

その時、先を行く莉洸が声を上げたかと思うと、いきなり早足に駆け出した。

同時に、莉洸の向かう方から、突然大きなざわめきと悲鳴が上がる。

「暴れ馬だ！」

「逃げろっ！」

「莉洸！」

その途端、走り出した洸竣のあとを追い、悠羽も慌てて走る。だが、思った以上に暴れ馬は近くまできていたらしく、あれほど混んでいた人波は莉洸の面前で綺麗に左右にわかれ、その真ん前に馬が躍り出てきた。

「！」

呆然《ぼうぜん》と立ち尽くす莉洸の姿に悠羽の心臓が止まりそうになった時、まるで風のように駆け込んできた人物が莉洸の身体を荷物のように抱え上げて攫《さら》った。

大きく前足を上げた馬は、襲いかかる対象を攫われて勢いをなくしてしまう。

その間に馬から距離を取った人物が、莉洸を抱え上げたまま短く叫んだ。

「衣月《いつき》っ」

「はっ」

そこからは、まるで現実ではないような出来事が目に映った。

どこからともなく現れたもう一人の男が一瞬の内に暴れ馬の背に飛び乗り、手綱を巧みに操って気を静めていく。

その光景をじっと見ていた莉洸はようやく最初の衝撃から我に返り、今の己の状況に目がいった。いつの間にか、見知らぬ男の腕に抱かれているのだ。

腰に回っている手は兄たちのものよりも太く、きつく押しつけられている胸は厚く広かった。

莉洸は恐る恐る顔を上げる。

頭からすっぽりと黒い頭巾を被《かぶ》り、口元も防塵《ぼうじん》布で覆っているその主の顔自体はわからないが、覗くその目だけはじっと莉洸の顔を見つめていた。

鋭い視線のその目は見たこともない赤い色だ。燃えるような火の色の瞳に、莉洸は無意識に怯えて身体を強張《こわば》らせる。

「莉洸！」

ようやく、洸竣の声が耳に届いた。その途端、莉洸は洸竣の名を呼ぶ。

「竣兄さまっ」

すると、痛みを感じるほどの拘束が突然緩んで身体を解放された。

地面に下ろされた莉洸はそのまま洸竣のもとに駆け寄ろうとしたが、なぜかふと立ち止まり、振り返ってしまった。

「あ……」

一瞬だけだが、赤い瞳と視線が交わる。

何もかもを見透かすように鋭く、見るだけで身体を焼かれるほど熱いその視線は、まっすぐ莉洸に向けられていた。

怖いのに目が逸《そ》らせなくて、莉洸はそのまま男と見つめ合う形になってしまったが、

「莉洸っ、大丈夫かっ？」

大好きな兄の手が莉洸の肩を摑《つか》んだ瞬間、鋭い視線は逸らされていき、莉洸自身も気が抜けて、その場に尻餅《しりもち》をつくようにしゃがみ込んでしまった。

駆けつけた洸竣は素早く莉洸の全身を見、砂埃の汚れ以外に目立った外傷はないことにやっと安堵の溜め息をついた。

そして、安堵すると同時に洸竣は厳しい目を馬の方に向ける。あれほどの暴れ馬を一瞬にして鎮めた男の正体が気になったのだ。しかし、そこには先ほどの二人組はおらず、おとなしくなった馬だけが佇《たたず》んでいた。

服装を見れば、莉洸が裕福な家の人間だということはわかるはずで、普通ならば謝礼目当てにその場に留まる。そうでなくても、即座に立ち去る必要はないだろう。だからこそ、洸竣はまるで逃げるように立ち去った男たちのことが引っかかった。

だが、いない人物のことをそれ以上考えてもしかたがない。洸竣は莉洸の腕と腰を支えながら立ち上がらせた。

「大丈夫か？」

莉洸は声に出さないまま、何度も頷いた。

こんな荒っぽい出来事を経験することなど今までなかっただろう莉洸にすれば、今のことはまるで突風が吹き抜けたほどの突然の衝撃だったのかもしれない。

あの男たちのことは気になるがそれはあとに考えることとして、洸竣は次にこの馬の持ち主のことに意識を向けた。

こんな人混みの中で馬の手綱を離すなど、どんなに危険な行為かわかっているのだろうか。ことと次第によっては役人に通報しようとまで考えた時、馬が走ってきた方角から一人の少年が駆けてきた。

「もっ、申し訳ありませんっ」

「……お前は？」

「わ、私は、この馬を引いていた従者ですっ。い、犬に吼えられて、いきなり馬が走り出してしまって……手を、離してしまいましたっ、申し訳ありません！」

その場に伏して謝罪する少年は、弟の莉洸よりも小さく華奢で……いや、華奢というよりも痩せ細っているといった方が正しいだろうか、身体に丸みはほとんどなく、服から出ている手足もまるで棒のようだった。

「……どこの家の者だ？」

「わ、悪いのは私でございます！」

主《あるじ》にまで罰が及ぶのを恐れたのか、少年はさらに地面に額を擦《こす》りつけて謝罪する。

どうすればいいかと洸竣が考えた時、

「子供にいつまでこんな格好をさせている気ですかっ」

突然怒声が聞こえたかと思うと、少年の前に人影が現れた。

「……悠羽殿」

「ほら、お前も立ちなさい。誰も怪我《けが》をした者はいないし、一度きちんと謝罪をすればそれ以上頭を下げる必要はない」

そう言いながら、悠羽は少年の前に膝をつく。

「あ、あの」

「名は？　なんという？」

いかにも上流階級といった身なりの洸竣とは違い、いきなり割って入った平民と変わらない容姿の悠羽に虚を衝《つ》かれたのか、少年は小さな声で素直に答えた。

「れ、黎《れい》と、申します」

「黎か。ほら、可愛い顔が泥で台無しだ」

悠羽は懐に入れていた手拭《てぬぐ》いを取り出すと、汚れるのも構わずに少年の顔についた砂埃を払ってやる。すると、驚くほど繊細に整った顔が現れた。

黒髪に、黒い瞳に、色白な肌。

着ているものこそ質素だが、磨けばかなり綺麗で見栄えのする容姿になるだろう。

悠羽は黎と名乗った少年に笑いかけたあと、その背後に立っている洸竣へと顔を向けた。

「洸竣さま、この者はきちんと謝罪いたしました。それでよろしいですね？」

悠羽の言葉に、洸竣は苦笑を零した。どうやら、この少年に責を負わせるなと釘《くぎ》を刺されているようだ。

洸竣自身、落ちついた今、子供を責め立てる大人気ない真似《まね》をするつもりはない。

「もちろんですよ、悠羽殿。……それよりも」

洸竣が言葉を続けようとすると、慌ただしい馬の蹄《ひづめ》の音が近づいてきて、数人の集団が現れた。

「何をしておる！　黎！」

「も、申し訳……」

「逃げた馬を探しにいってなかなか戻ってこないと思えば、こんなところで男を引っかけておったのかっ。まこと出が卑しい者のしそうなことだ」

その中の一人の男は、事情を尋ねることもなくいきなり怒鳴った。

（下品な）

洸竣とそれほど歳も違わないような若い男は、周りにかなりの見物人がいることを承知で黎を貶《おとし》めるような発言をしている。着ているものも乗っている馬も上等なもので、かなり良い家柄の人間に見えるが、その言動はどうも育ちを疑ってしまうぐらい品のないものだ。

第一、見も知らぬ相手を、黎に引っかけられたと決めつけているのが馬鹿馬鹿しい。

「黎、行くぞ！」

「あ、あの……」

黎は、自分の顔を拭ってくれた悠羽を気にするように視線を向けるが、馬上の男はそれさえも気に食わないらしかった。

「何をしておる！　早くせんか！」

「……お前、誰にものを言っている」

いい加減に気分を害した洸竣が男を冷たく睨んだ。

「なんだ！」

「私の顔を知らぬとは、お前この国の者ではないのか？」

「なにを……っ」

「京《きょう》さまっ」

「煩《うるさ》いっ」

「し、しかし、この方は洸竣さまでいらっしゃいますっ。我が国の第二皇子でいらっしゃいますぞっ」

自分の従者に忠言され、男は驚愕《きょうがく》したように目を見開いた。

京と呼ばれた男だけでなく、黎までもが目を丸くした様子に洸竣は苦く笑った。己の存在を誰もが知っていると自惚《うぬぼ》れているわけではないが、王都で、それもそれなりの身分がありそうな男が、自国の皇子の顔も知らないというのは情けない。

もっとも、男が男に興味を持つということもあまりないのかもしれないが。

衝撃に硬直するしかない京とは違い、黎は咄嗟《とっさ》にその場に膝をつこうとする。しかし、その腕を素早く取って止めたのは悠羽だった。

「もう、膝を折る必要はない」

「で、でもっ、皇子さまに、僕……っ」

「お前は一度謝罪したし、洸竣さまもお許しになった。そこで話は終わっている。ただ、彼らの無礼な言動は、洸竣さまもこのままお見逃しになるとは思えないが」

笑みを含みながら言う悠羽を、黎は呆然と見つめた。

「あ、あなたは……」

「私は悠羽。これからこの国の住人となる。よろしく」

にっこり笑いかけられたその顔は、綺麗とは言いがたいがとても愛嬌《あいきょう》がある。つられるように黎が唇を緩めた時、低く響く声が言葉を続けた。

「この国の皇子と対しているというのに、そちらは馬上のままなのか。いったいどこの者だ？」

洸竣の言葉と同時に、馬に乗っていた京と三人の従者たちは転げるように馬から降り、その場に膝をついて最敬礼を取った。

その顔色は、今まで黎が見たこともないほどに青褪《あおざ》めている。

「も、申し訳ございませんっ」

「……相手を知って態度を変えるか」

麗しく華やかな容姿とは裏腹の侮蔑を込めたその声に、助けられているはずの黎まで身体が凍える思いがした。

同じ召使いの少女たちが持っているこの国の皇子の絵姿は目にしたことがあったが、あんなにも綺麗だと思っていたはずの絵は実物の十分の一ほども真実を表していなかったのだ……そう思うほどに、目の前の高貴な男の容姿は優れていた。

それと同時に、自国の皇子を危ない目に遭わせたのかと思うと、改めて足が震えてしまう。しかし、このまま何もしなければ、京が責められてしまうかもしれない。

「お許しくださいませっ」

黎は悠羽の腕を振りきり、京たちの背後で再びその場に伏した。

「主人は僕を心配してくださるあまり、言葉や態度が思いがけなく荒くなってしまったのです。どうか、どうかお許しくださいっ」

「……そなたにあのような暴言を吐いた男を庇《かば》うのか？」

まさかここで黎が男を庇うとは思わず、洸竣の声は自然ときつくなる。

「申し訳ありませんっ」

「黎」

「申し訳ありませんっ」

何度も何度も謝罪する黎を見ていると、呆然と顔を上げていた京の顔が引きしまり、唐突に黎の身体を横に引っ張った。

「あっ」

「何をするっ」

悠羽が慌てて黎を庇おうとしたが、その手が届く前に、京は小さな身体を己の背に隠し、洸竣に向かって改めて正式な礼を取って言った。

「この度の不手際、深くお詫《わ》びいたします。すべては私の責任です。どうか、お許しくださいませ」

うって変わって頭を下げる男をしばらく見下ろした洸竣は、黎に向かって尋ねる。

「……黎は、それでいいのか？」

「はい」

「……そうか」

洸竣にしても、黎を庇うために拳《こぶし》を振り上げたものの、当の本人が許せと言うのならばその拳を下ろすしかない。

張りつめた空気が、ようやく緩んだ。


一方、その頃、莉洸を暴れ馬から助けた男たちは騒ぎの中心から遠く離れていた。

「王、あまりお顔を出さぬように」

「わかっておる。……しかし、さすが大国、光華。噂に違わぬ栄えぶりだな」

「四方の国々から多くの商人が集まってきていますし、その商品を目当てに人もやってきます。気候も温暖ですし、緑も海も持っていますし、本当に恵まれた土地ですね」

「隣国というのに岩山が多く、水源も少ない我が蓁羅《しんら》とは比べものにならぬな」

「稀羅《きら》さま……」

「一度はこの目で見たいと思っておったが……見ぬ方がよかったのかもしれぬ」

真紅の瞳に押し殺した激情を浮かべながら、稀羅は賑《にぎ》わう市場をじっと見つめていた。

光華国の隣国でもある蓁羅は百年ほど前に建国されたばかりの新しい国で、もともとが光華国の領土の一部だった。

しかし、岩山に囲まれたその地に利便性はほとんどなく、半ば放置されていた状態の時に一人の男が独立を叫んで立ち上がったのだ。

男は元は光華国の武将だったが、戦地での余りの残虐《ざんぎゃく》非道さに除隊を余儀なくされて、この地へと流れ着いた者だった。

だからこそ、光華国への恨みと妬《ねた》みは凄《すさ》まじく、他にも犯罪者や腕に自信がある者たちを引き込んで戦乱を起こし、光華国だけでなく他の隣接する国にも多大なる犠牲を強いた上での独立になった。

稀羅は、五代目となる王だ。

先王は前の王を暗殺した上でその位に就いた者だったが、その先王も部下だった稀羅に地位を奪われてしまったのだ。

稀羅は蓁羅で生まれ育った。

恵まれた体格とずば抜けた剣術の腕を買われて部隊に入ったものの、規律の乱れや、やる気のなさに徐々に不満を募らせていった。資源がないからこそ、様々な国との国交や国内の開発に力を注がねばならないはずが、王からして酒と女に逃げる日々を送っていたのだ。

そして……ある夜、急な伝令で王の寝所に出向いた稀羅は、二人の女と絡み合う王にお前も混ざれと命令された。

我慢の限界を超えた次の瞬間、稀羅の剣は王の片腕を斬《き》り落とし、反逆の声を上げたのだ。

それから三日と経たないうちに、王を王座から引きずり落とした稀羅が新王の座に就くこととなった。

激情に身体が動いてしまったとはいえ、王を倒した形になった稀羅は、それでも自国を良い国にするべく精力的に動いた。

資源はないが人材はある。

歴史的に武術に優れた者が多く、稀羅は暴動の鎮圧や戦の戦力にと、各国に兵士を貸し出すようにした。

外貨が入るようになると国内の整備も進めることができ、稀羅が王になってから五年、蓁羅は小国ながらも武力を誇る、大国からも一目置かれる存在になり、稀羅も《蓁羅の武王》として名を馳《は》せるようになっていった。

五年間、わき目も振らずに国のために尽力してきた稀羅だったが、隣国の光華国には自ら足を運んだことはなかった。

建国の折のいざこざのせいもあるのか、未《いま》だに光華国との国交は冷えきったままだ。

自国をもっと栄えさせるためにもそれを打破するきっかけを探しに忍びで光華国に入った稀羅だが、あまりの繁栄振りに自国との差を改めて見せつけられた気がして、ただ昂《たか》ぶる気持ちを抑えるしかなかったのだが。

「稀羅さま、光華の皇子が」

そこに、光華国の華やかな皇子たちが現れた。

商人として入り込んだことがある衣月の説明では、長身の男が第二皇子洸竣で、小柄な少年が第三皇子莉洸らしい。

見るからに裕福で、生温《なまぬる》く育ってきたような二人は、連れと共に楽し気に歩いている。

周りに目をやれば、護衛の兵士がついているのもわかった。

稀羅としても、漫然と気楽に暮らしているだろう皇子たちの姿を見ていてもしかたがなく、すぐにその場から立ち去ろうとしたが、そこに起きたのが暴れ馬の騒ぎだ。

無視することも当然できたのに、道の真ん中で呆然と立ち竦んでいる少年を見た時、稀羅の身体は自然と動いていた。

「衣月！」

「はっ」

阿吽《あうん》の呼吸で飛び出した衣月が、見事な手綱捌《さば》きで興奮している馬を宥めている。

あとは任せていればいいと判断した稀羅は、己の腕の中で震えている少年に視線を落とした。

稀羅にしてみれば、その身体はほとんど重さが感じられないほどに軽く、何もかもが小さく華奢な作りをしていた。肌はまるで透き通るように白く、大きな薄茶の目が丸く見開かれて稀羅を見つめている。

（莉洸……皇子か）

歳は十九になるはずだが、その身体つきと表情だけではまだまだ子供のようにしか見えない。

何か言おうとするのか、小さな唇がわずかに開かれる。

吸い込まれそうに見入っていた稀羅は、早口に名を呼ばれて我に返った。

「洸竣がきますっ」

その声に稀羅は莉洸の身体から手を離し、そのまま背を向けて歩き始めた。

「この騒ぎで役人も駆けつけてくるはずです。急ぎ北の国境に向かいましょう」

周りから疑いの目を向けられないように走ることはせず、それでも十分早足でその場を立ち去ろうとする。

……が。

一瞬、まるで何かに引き寄せられたかのように稀羅は後ろを振り返り、あの綺麗な薄茶の視線と絡み合った。

――今もその余韻が甘く心を締めつけている。

（莉洸……）

抱きしめた身体は柔らかく、まるで華のようないい香りがした。

目に見える手や顔にはわずかな傷すらなく、髪も艶やかで、どんなに大切に育てられ、守られているのかは想像以上の事実だろう。

稀羅は自分の手を見下ろした。

大きく、皮の厚い、今は目には見えないが……血と泥で汚れた手。

「触れたら……私の手も清められるだろうか」

「稀羅さま?」

「……欲しいな」

「稀羅さま、何を……」

「光華の光の象徴でもある……あれが欲しい」

今までは大国である光華国に、こちらから刃を向けるなど考えたことはなかった。なにより、私事で戦を仕掛けたこともない。

そんな己の心が動いた。

(負けるなどと……誰が言った?)

今や蓁羅も武国と名を馳せているのだ。欲しいものを欲しいと求めて何が悪い。稀羅は己にそう言い聞かせながら、清らかに輝いたあの華を手にするべく立ち上がることを決意した。

「本当に、申し訳ありませんでした」

「……もういい」

屋敷に着いた早々、黎は頭を下げたまま顔を上げられなかった。

黎は、光華国の貴族、野城《のしろ》の下男として母親と暮らしていた。だが、実際には黎は召使いだった母と野城との間にできた、いわば妾《めかけ》の子という立場で、京とは異母兄弟だ。

暴力を振るわれるわけではない。

最低限の教育は受けさせてもらえたし、着る服も食べるものも与えてもらった。

ただ……どうしても消せない侮蔑の視線が、柔らかな黎の心を長年に亙《わた》ってちくちくと突き刺さるのだ。

それでも美しく、おとなしい母を一人でこの屋敷に置いておくことはできなかった。いざとなれば、自分が母を守る……黎は常日頃からそう思って暮らしていた。

一方、異母兄である京も、黎の存在には複雑な思いを抱いていた。

「京、お父さまに子ができました」

「え……？」

まだ六歳の誕生日を迎えたばかりの京にとって、強張った表情で淡々と告げる母が怖かった。幼い頃から母は子育てにはあまり関心がなく、京の養育は長年屋敷に仕えていた召使いがしていたくらいだ。

そんな母も、夫に自分以外の女が産んだ子供ができるというのは面白くないようで、能面のように化粧を施したはずの顔も真っ青になっていた。

「僕に、兄弟が……」

「お前の兄弟ではありません。お前はお父さまの正式な嫡男ですが、向こうは女が勝手に産んだ女の子供です。世間の目があるのでこのまま屋敷に留め置きますが、お前もただの召使いとして接しなさい」

「え？　あ、じゃあ、その親子はここにいるのですか？」

「子を産んだのは……奈津《なつ》です」

その名前は、京にとっても思いがけないものだった。穏やかで優しく、とても美しい奈津は、京にとってお気に入りの召使いだったからだ。

優しい言葉と態度で京の気持ちを摑んでおきながら、陰では父親と通じて子まで生《な》すような女とはとても思わなかった。

慕っていただけに裏切られたような思いがして、京はただ唇を嚙みしめるしかなかった。

父も母も、生まれた義弟を当然のように奈津の私生児として扱った。

日に日に成長していく異母弟、黎は、奈津によく似た綺麗な面差しの少年に育った。

自分の父親がこの屋敷の主人だということは、口さがない他の召使いたちの噂話で知っているだろうに、黎は少しも反抗することなく、ただの下男としておとなしく屋敷で働いていた。

「黎っ、町に行くぞ！」

そんな黎がもどかしく、奈津に可愛がられているのが憎らしくて、京は頻繁に黎を連れまわした。

それには奈津を困らせたいのと、綺麗な黎を見せびらかしたい気持ちも確かにあった。

二十四歳になった今、京には縁談が持ち込まれている。

縁談といってもそれはほぼ決定事項で、近い将来京はその相手と結婚することになるだろう。

そうすれば今の家を出て、新たに作る自分の家に移らねばならない。もちろん、黎とも離れて暮らすことになる。

まさか、新居に腹違いの弟を連れて行くなどできないことはわかりきっていたが、京の心の中には晴れない靄《もや》が広がっていた。

その思いがどんな種類のものなのかわかってしまうことが怖くて、京はわざと自分の気持ちから目を逸らしていた。

今日も、許婚になった女のための贈り物を求めに町に出た。

そんなものは召使いにでも頼めばいいと思っていたが、母親が頑として聞かなかったからだ。

憂鬱《ゆううつ》な思いを抱いたまま黎を連れて出かけたが、何があったのかいきなり犬が吼えて、従者が乗っていた馬が怯えて暴れ、駆け出してしまった。

黎のせいではないのは明らかだ。

それでもむしゃくしゃした気持ちのまま、黎を怒鳴って馬を追いかけさせたが、やはり気になって自分もあとを追った。

まさか、伏した黎の側に立っていたニヤけた男が、自国の皇子とはまったく気がつかなかった。

下手をすれば不敬罪となってしまいかねない己の態度に舌打ちをしたくなるが、そんな跪く京の前でいきなり膝を折った者がいた。黎だ。

黎がなぜこんな態度を取るのか、京は理解できなかった。それでも、目の前の皇子ではなく自分のもとへ黎がきた時、京は今まで感じたことがないほどの嬉しさを覚えた。

「茶を持ってこい」

「は、はい」

立ち去る小さな背中が、あの時震えながら自分を庇った姿と重なり、胸の奥が熱くなって頭に血が上る。

(黎を自由にできるのは……私だけだ)

たとえ皇子であろうとも、自分たちの間に立つ権利などありはしないのだ。

＊＊＊

「何があった？」

用意された自室に戻ろうとした悠羽は、その途中廊下で洸聖に呼び止められた。

（向こうから声をかけてくるなんて……相当気になっているのかな）

町から戻ってすぐ、悠羽たち三人は政務室にいた洸聖にその旨を告げに行った。

その時は何も言わなかった洸聖だが、出かける前とあとと、弟たちの様子が変化したことに気づいたらしい。

「……さあ、私にはなんのことだか」

出来事としては、それほど大きなことだとは思えなかった。

暴れ馬がいて、莉洸が助けてもらい、その馬を手離した持ち主が現れ、無礼な態度を取った主を洸竣が叱責《しっせき》した。洸竣も莉洸も、話を大袈裟《おおげさ》にしないで欲しいと言っていたくらいだ。

しかし、悠羽も莉洸を助けた男のことは引っかかっていた。

（一瞬だけど、赤い目をしていた……）

角度の違いから、洸竣は気づかなかったかもしれないが、悠羽には莉洸を助けていた男の顔が一瞬だが、はっきりと見て取れた。

珍しい、燃えるような赤い瞳。その瞳を持つ男の話を悠羽は聞いたことがあった。

「悠羽殿」

考え込んでいた悠羽は、不意に肩を揺すられて慌てて顔を上げた。

「私の質問に答えろ」

「ですから、私にはなんのことだか……心当たりがありません」

高圧的に言ってくる洸聖ににっこり笑いながら言葉を返すと、洸聖は秀麗な眉を顰め、悠羽の肩に置いた手にさらに力を込めてきた。

「私はそなたの夫となる男だ。その私に言えない話などあるというのか」

上から見下ろされ、なんだかこちらが一方的に責められている気がする。

「そなたの正体、皆に公表してもよいのだぞ。さすれば奏禿は光華を謀ったとして、かなり危うい立場になると思うが……それでもよいのか？」

そこまで言われ、さすがに悠羽は顔色を変えた。

多分、この男は一度口にしたことは必ず実行するはずだ。

自分はどうなっても覚悟はできている悠羽だが、家族や国の民を思えば洸聖に対して思うところはあっても、こちらの方から折れるしかない。

悠羽は渋々、町で起こったことを告げた。

「……赤い目？」

「……そうです」

面白くなさそうな顔をしていた悠羽だったが、その説明は理路整然としたわかりやすいものだった。

「それはまことか？」

「今、この場で虚言を言う必要がありましょうか？」

洸聖は言葉につまる。確かに、いきなりついた嘘《うそ》としては問題が大きすぎた。

《蓁羅の武王》は、血の色の目を持っている——。

密《ひそ》やかに流れている噂だ。

隣国……とはいえ、元は光華国の領土でもあった蓁羅の今の王、稀羅が、確か赤い目を持つ大柄な男と聞いていた。

今のところ洸聖自身は直接会ったことはないが、

「蓁羅は巨大な力を持ったやもしれん」

即位式に出席した折の父のその言葉を聞いた時、いったいどんな男なのだろうかと気にはなっていたのだ。

もともとの豊かな土地柄と利便性で国が栄えた光華国とは違い、これでもかという悪条件の上で成り立っている蓁羅。しかし、新しい王になってから数年、蓁羅は主な貿易の主軸だった傭兵《ようへい》だけではなく、商工業も着実に伸びているという報告を受けている。

(だが、まさか王がたった一人の供しか連れず、敵国ともいえる我が国に潜入するか？)

洸聖にはとても考えられない。

「きっと、そなたの見間違えだろう」

結果、そういう結論でしかない。

洸聖はそのまま悠羽に背を向けて歩き出す。

「洸聖さま」

そんな洸聖に、悠羽が静かに言葉をかけた。

先ほどは自分から呼び止めたのだが、悠羽から声をかけられると面倒くさいと感じてしまい、洸聖は足を止めないままで言った。

「すまぬが、政務が滞っておる」

「今のあなたが次代の王となるのならば、光華の未来は暗闇《くらやみ》に閉ざされてしまいかねない」

聞き流せないほどの強い調子の言葉に、さすがに洸聖の足が止まった。

「すべて己だけが正しいとは思わないでくださいませ。世には不思議で常識外のことが山ほどございます。安全で快適な王宮の中でしかものを考えていないのならば、あなたの世を見る目はきっと生温く腐っていくだけでしょう」

「……っ」

これまでに投げかけられたことのないほどの侮辱的な言葉だ。

幼い頃から賢いと誉れ高く、大人とも堂々と渡り合ってきた。そんな洸聖に対して、たとえこの場に自分たち以外の人間がいないとしても、妻となるはずの者がこれほど痛烈に批判してくるとは想像もしていなかった。

（いや、こやつは女ではない）

　このまま怒りまかせに男と公表して国に帰したとしても、悠羽にとっては温かな家族のもとに帰るだけでなんの痛手にもならない。もともと一方的に許婚を決めてしまったということもあり、本来光華国としては奏禿に責めを負わせられるかというのは微妙なところだった。

　だが、そんな経緯を知らない悠羽にとって、切り札を握っているのは洸聖の方だと思っているはずだ。

　そして、洸聖としては国に対してというよりも、生意気な口をきく悠羽自身を懲らしめたかった。

「悠羽」

　いきなり名前を呼び捨てにされ、悠羽は眉を顰める。

「もっと、そなたの話を聞きたい」

「え？」

「今夜、私の部屋を訪ねてきてくれ」

「……部屋に？」

「私にはなかなか意見を言ってくれる相手がおらぬからな。そなたの話は興味深かった」

　その言葉に、悠羽の顔には戸惑いが色濃く表れた。どうしたらいいのかと迷っていることがよくわかる。

洸聖はなおも言葉を続けた。

「仮にも婚儀を挙げるのだ。その後のことも打ち合わせをしておかねばならぬだろう」

「……そう、ですね」

男という立場で花嫁となることについて、悠羽もいろいろと考えることがあるのだろう、洸聖の言葉にゆっくりと頷いた。

「それでは、夕食のあとに」

今度こそと背を向けた洸聖の頬には、うっすらとした笑みが浮かんでいる。

(そなたの男としての矜持……粉々にしてやろう)

「所詮《しょせん》は私には敵《かな》わぬと思うだろう」

無視しようと思っていたはずの男の花嫁を、洸聖は本当の意味で従順に従う妻にしてやろうと思った。


「悠羽さま、どちらにおいでに？」

夕食をすませたあと、湯殿に行ったはずの悠羽が寝巻きに着替えないままなのを見て、サランは細い眉を顰めて尋ねる。

「このあと、洸聖さまのお部屋を訪ねるから」

「洸聖さまの？」

「婚儀のこととか、いろいろ相談しないといけないだろう？　長くなるかもしれないし、終わったらすぐに眠れるように先に湯を使ったんだ」

「私もご一緒いたします」

「私一人で行くと約束した。サランも慣れない場所で疲れているだろう？　先に休んでいていいから」

一見して、なんの不思議もない理由だ。

それでも、サランは妙な胸騒ぎがしてしかたがなかった。

光華国にきてまだ数日。

側仕いであるサランの耳には、王宮に仕える者たちの様々な噂話は少しずつ耳に入ってきていた。

本当は、洸聖はまだ結婚する気はないらしいこと。

とりあえずの正妃に悠羽を迎えて、結婚しろと煩い周りを抑えようとしていること。

結婚は義務だということ。

国力の格差という、どうしようもない理由ならばまだしも、単に周りを牽制《けんせい》するためだけに側に置くというのなら、これほど悠羽を軽んじているという話はない。

サランは今日の昼間、まだ慣れない王宮の案内を自らかって出てくれた洸莱の言葉を思い出す。

「兄上は、誰かを愛するという意味をご存じないはずだ」

まだ十六歳、サランよりも六歳も年少の少年の言葉はなぜか重く、サランは悠羽がどういった立場で迎えられたのかを強く感じた。

しかし、やはりはっきりと歓迎されていないとは言えず、結局サランの説得の言葉は甘いものになってしまう。

今も、必死で同行を求めるサランに、悠羽は幾分強い口調で言った。

「サラン、私は光華国に王女として嫁ぐために参ったが、一人の人間として洸聖さまに対したいと思っている。男同士の結婚など、本当はとても愚かしいことだけど、我が奏禿のため、そして、第二の故郷になるこの光華のためにも、私たちはお互いをよく理解し合わないと駄目だと思うんだ」

そこで、悠羽はにっこりと笑う。

「それに、心配はいらない。洸聖さまはわざわざ私に手を出すほどに飢えてはいらっしゃらないだろうし、第一私が男だということは洸聖さまもご存じだ」

周りに大切に育てられた悠羽は、その時はまだ知らなかった。

男でも、男の身体を蹂躙《じゅうりん》できるということを。

(サランは本当に心配性だな)

サランを説得するのに少し時間がかかってしまい、悠羽が洸聖の部屋を訪れたのは既に夜も更けてしまった頃だった。

悠羽にとっては兄弟と同じくらい大切な存在のサランがあれほど止めるのだ。たとえそれが杞憂《きゆう》だとしても、今は見知らぬ国で過敏になっているサランに心配はかけたくない。

話は翌日の昼間にしてもらおうと思いながら洸聖の部屋の前に立つと、悠羽は軽く二度、扉を叩《たた》いた。

少し時間を置いて、扉は開いた。

「随分ごゆっくりのお越しだ」

洸聖も既に湯を浴びたのか、濡れた髪を軽くかき上げながら悠羽を見下ろしている。

その服が既に寝巻きになっているようだと知った悠羽は、そのまま思っていた時間変更を提案した。

「申し訳ありません。せっかくお待ちいただきましたが、もう夜も更けてしまいましたし、明日にでもお時間を取っていただけないでしょうか」

「……立ち話では埒《らち》が明かぬ。まずは中へ」

「はい」

素直に頷き、悠羽は洸聖の部屋に足を踏み入れた。部屋は広いものの、中は一国の皇太子の私室とは思えないほど意外に簡素だった。それでも、中にある必要最小限の家具は随分上等な素材で、しっかりとした職人の手で作られていることはわかる。

もっと煌《きら》びやかなものだと想像していただけに、見かけに惑わされないようだと悠羽は好感を持って思わず笑みを浮かべた。

「悠羽殿」

「あ、はい」

悠羽は呼ばれるまま部屋の奥に入り、指し示された頑丈そうな椅子に腰かける。

「……湯には浸《つ》かられたのか？」

「え？　あ、はい。戻ってすぐに休めるようにと」

「それは好都合」

「……好都合？」

ゆっくりと近づいてきた洸聖を、悠羽は椅子に座ったまま見上げた。

「洸聖さま？」

「そなたの立場はわかっておられるか？」

突然問われ、悠羽は戸惑う。

「どういった意味でしょうか」

洸聖が言わんとすることが咄嗟にはわからず、悠羽は訝《いぶか》しげに聞き返す。

すると洸聖は悠羽が座る椅子の肘《ひじ》に両手を乗せ、ぐっと身を乗り出して言った。

「そなたは私の妻としてこの光華国に嫁いでこられた。さすれば……そなたにどんな真似をしようとも、夫が妻にすることに咎《とが》めはないだろう」

「なっ、何をっ？」

言葉と同時に手を伸ばした洸聖は、悠羽の身体を抱え上げた。痩せた身体に、洸聖はまるで子供に手を出しているような錯覚に陥りながらも、その小さな身体を広い寝台の上に放り投げる。

多少荒い手段を用いても相手は男だ、壊れることはないはずだと思った。

これから何が起こるのかわからないまま、悠羽は必死に洸聖に呼びかける。

「乱心されたか！　私は男だ！」

「……男でも、私の花嫁には違いがないだろう」

その言葉に、ようやく洸聖の意図を悟った悠羽が、驚愕に目を見開いた。だが、この反応は洸聖には理解できない。

夜、男の寝所を訪ねるなど、何をされてもいいという証《あかし》と取られてもしかたがないはずだ。もちろん悠羽は男で、同性である洸聖に手を出されると想像していなかったことは考えられる。だからといって、危機感がなさすぎだろうと洸聖はうっすらと笑った。

「少しは楽しませてくれ」

「ひゃぁっ」

胸元に手を入れ、そのまま衣を引き裂く勢いで前を開くと、まるっきり色気のない声を上げた悠羽が身を隠すように背中を向けた。

しかし、洸聖はその勢いを借りて背中から服を引き剝がし、瞬《また》く間に悠羽は上半身裸になってしまう。

「……骨と皮だな」

思いがけず白くて綺麗な肌をしているが、二十歳にしては痩せて小さな子供のような身体だ。改めて見れば、小柄だと思っていた莉洸とあまり変わらない。

見たままの感想を漏らした洸聖の言葉にからかわれていると思ったのか、悠羽は耳ばかりか背中一面を赤く染めて身体を小さく丸めてしまう。

そんな悠羽の素直な反応に、洸聖はなぜか心臓が高鳴ったような気がした。

誰かを抱くのは初めてではない。

もちろん相手は女だが、どんな相手に対しても洸聖は我を忘れたことなどはなかった。

身体を重ねるという行為は単なる欲求の解消であり、将来王妃となる相手に対してだけに精を吐き出すものだということも理解していた。

だからこそ、今子を産むこともできない仮の妻である悠羽に、それも飛びぬけて美しいわけでも素晴らしく綺麗な身体をしているわけでもない悠羽に欲情を感じ、精を注いでしまいたくなったのは、きっと気のせいなのだ。

「悠羽、今宵《こよい》、そなたを私の妻にしてやろう。私の精を受け入れることができるのを光栄に思え」

自分の心の中に生まれてしまった思いに目を瞑《つぶ》り、洸聖はすべてを己の思いのままにしようという当初の目的を達しようとした。

「こっ、洸聖さまっ、私は男ですっ、お戯れはおやめくださいっ」

一方の悠羽は、次々と身体から剝がされていく服を必死に押さえ、己の身に起こっている信じられない現実を必死で処理しようとしていた。もちろん、頭の中で考えて何かが変わるわけではないが、それでもこの非現実的な現状をなんとか打破しなければならないと焦る。

力で敵わないのは、体格差を見れば嫌でもわかる。それならばなんとか言葉で阻止しようと思うのだが、洸聖の手が止まることはなかった。

「洸聖さま！」

自分だけが無防備な全裸にされてしまうのを、悠羽はただ絶望を感じながら見ているしかできず、それでもわずかな望みを持って洸聖の名を呼び続ける。

すると、その声を煩く思ったのか、洸聖は強引に悠羽の身体を仰向《あおむ》けにし、小さな顎《あご》を強く摑んで唇を重ねてきた。

「ん……っ、んぁっ」

どうにかして洸聖の胸元を引き離すものの、その身体は悠羽に覆い被さったままだ。

そんな相手を睨み返す悠羽だが、知らない間に涙で頰が濡れていた。

怖くて、情けなくて、どうしたらいいのかと混乱するまま、いつの間にか涙が溢《あふ》れて止まらなかった。

だが、悠羽が泣いたことが意外だったのか、洸聖の手がようやく止まった。そのことに力を得、悠羽は言葉を絞り出す。

「こん、な、ことで、私を支配できると、思うな」

男としての矜持に、必死に縋《すが》った。

「たとえ、女のように、あなたの、ものに、なったとして、も、私は、奏禿の王族としての誇りは、失わな……いっ」

「悠羽……」

少しも、王族らしい容姿ではないくせに、その気骨はもしかしたら洸聖よりも王子らしい。

しかし、悠羽の言葉は心外だった。

男の身でこの光華国に嫁いできたくらい度胸と覚悟がある悠羽だ、夫になるはずの洸聖に抱かれることくらい覚悟していると当然のように思っていたのだ。

だから、これほど拒絶するというこは洸聖自身を拒んでいるのかと考えてしまい、別の怒りが全身を襲ってしまった。だが、一方で涙で潤んだ瞳で悠羽がじっと睨んでくるのを見ていると、どちらかといえば平凡な容姿が妙に扇情的に変化していくようにも感じてしまい、洸聖の怒りは熱に変化する。

己で勃《た》たせなくても力を漲《みなぎ》らせてきた性器に気づいた洸聖は、そこでようやく男相手に、それも美しい容姿でもない悠羽相手に興奮しているのを自覚した。

涙でくしゃくしゃな顔は、それこそみっともないほどなのに、洸聖の熱は冷めない。

「……その顔、もっと歪《ゆが》ませてみたいな」

許して欲しいと懇願させてみたいと、洸聖は暗い欲望を感じた。

「悠羽」

「……や……めろ！」

自らも服を脱いだ洸聖が、そのまま悠羽に覆い被さる。

素肌と素肌が触れ合う感触が生々しくて、悠羽は声だけでもと抵抗した。

しかし、洸聖は手を止めようとせず、縮こまっている悠羽の陰茎に手を触れる。

「！」

小さな身体に合った、小さな男の証。とても成人の男の大きさとはいえないその陰茎は、いきなり他人の手を感じてさらに小さくなっていくようだ。

そのせいか、男の性器に触っているという不快感はまったくなく、洸聖はまるで珍しい玩具《おもちゃ》を得たかのように悠羽の陰茎を嬲《なぶ》った。

「ふっ……んっ」

悠羽の声が甘くなる。気持ちとは裏腹に、身体は快感を捕らえ始めているらしい。

洸聖はさらに巧みに手を動かした。

「悠羽、気持ちが良いならば素直に感じろ。ここには私しかおらぬ。そなたが王子だと知る者はここにはいない」

「はっ……あっ」

「そなたがどれほど乱れようとも、誰も責めたりはせぬぞ」

まるで唆《そそのか》すように、洸聖は悠羽の耳元で囁《ささや》きながら、その陰茎や双玉を掌《てのひら》や指で愛撫《あいぶ》する。

自分でさえ満足に触れたことのない悠羽は、たちまち勃ち上がってくる己の陰茎にどうしたらいいのかわからなかった。

「サ、ランッ、サランッ、助け……てっ」

暴言ならば、言い返せる。

暴力ならば、我慢するか、やり返す。

しかし、快感はどうすればいいのか知らない悠羽は、一番信頼するサランに助けを求めるしかなかった。

だが、悠羽がサランの名を呼ぶのを聞き、洸聖はたまらなく苛立《いらだ》った。懇願も暴言も、すべて自分に向けられていないと面白くない。

この国に一歩足を踏み入れた瞬間から、悠羽のすべては洸聖のものになった。それを本人にわからせるためにも、洸聖は悠羽に痛みと快感を同時に与えるつもりだ。

「い、いたっ、こわ、い、怖い、サランッ」

「私の名を呼べ、悠羽っ」

「サラン、サラン！」

「……っ」

男を抱いたことはないが、やり方は知っている。

洸聖はまだろくに解《ほぐ》れていない悠羽の尻の蕾《つぼみ》に、男の身体では唯一受け入れることができる場所に、己の猛《たけ》った陰茎を押し当てた。

「っ、な、に？」

あらぬ場所に感じる感触に、悠羽は濡れた瞳を洸聖に向ける。

この時、初めて目が合ったような気がして、洸聖は唇に笑みを浮かべた。

「少し痛むだろうが、そなたが妻となるための儀式だ、受け止めろ」

「え……？」

先走りに濡れた切っ先が、わずかに蕾にめり込んだ。

ぬちゅりと淫猥《いんわい》な水音をたてながら、それは確実に悠羽の身体の中に侵入していく。

解していないそこは引き攣《つ》るように痛み、息をのんだ悠羽の身体には力が入った。そのせいで、洸聖の陰茎は頭の部分を途中まで含まれた形で行きも戻りもできないほどに締めつけられる。

その痛みに洸聖の額にも汗が滲《にじ》むが、ここで終われるはずがなかった。

洸聖はさらに悠羽の足を大きく開き、激痛に萎《しぼ》んだ悠羽の未熟な陰茎を手の中で握る。

「ひ……っ」

その痛みに思わず声を上げた拍子に、悠羽の強張りがわずかに解け、その時を見逃さなかった洸聖は、一気に先端部分を悠羽の中に挿入させた。

「！」

一番太い先端部分が完全にめり込んでしまうと、あとは力のままに竿《さお》の部分も押し込んでいき、時間はかかったものの、やがて洸聖の陰茎はすべて悠羽の蕾の中に収まってしまった。

「……っ」

初めて味わう男の、悠羽の中のそこは、どこまでも深く洸聖をのみ込み、きつく絞るような圧迫感を感じた。それに熱くて、このまま融けてしまいそうな錯覚に陥りそうになる。悠羽はもちろん、洸聖も快感を味わうとはほど遠い感覚に、これが女との性交の違いかと思えた。

所詮、男とは快楽を分け合えることはないと頭の中の冷静な部分で悟った洸聖だが、それが大いに間違っているとすぐに気づくことになる。

「ぅ……くっ」

きついだけだった中が、蠢《うごめ》きながら徐々に解けていくのを直《じか》に感じた。

内壁の締めつけは相変わらず強いものの、まるで複雑に愛撫するように収縮し、洸聖に初めての刺激を味わわせる。これでは、洸聖の方が先に気をやってしまいかねない。

思わず漏れそうになってしまう快感の呻《うめ》き声を唇を噛みしめることで抑え、洸聖はゆっくりと陰茎を引き出した。

「ひゃあぅっ」

確かな悦楽を感じる洸聖とは違い、悠羽は未だ痛みの方が勝っている。洸聖のわずかな

動きにも苦痛の声を上げ、一刻も早く身体を離そうと震える手を伸ばして洸聖の肩を引き離そうとした。

だが、体格の勝る洸聖の身体はびくともせず、反対に悠羽の腰に手を添えると、洸聖はさらに強く腰を押しつけてきた。

「！」

のけ反る喉元《のどもと》に強く吸いついた洸聖は、獣《けもの》のように粗野に腰を突き入れる。これほど理性を忘れ、目の前の相手を欲したのは初めてのことだった。

「い、いたっ、や……やめっ」

泣き声が混ざる悠羽の声を聞きながら幾度も抽送を繰り返し、次第に中が蕩《とろ》けてくると、今度はゆっくりと中を解すようにかき回した。

哀《あわ》れだと、可哀想《かわいそう》だと思う。

しかし、初めて男の身体を抱いて感じるその強烈な熱さと快感に、洸聖も余裕などまったくなってしまった。

既に我を忘れ、混乱している悠羽は、助けを求めて目の前の、洸聖の首にしがみつく。体勢が変わり、洸聖も、そして悠羽自身も新たな圧迫感を感じて呻いた。

「……くっ」

「ゆ……はっ」

喘《あえ》ぐ悠羽の唇を塞ぎ、そのまま洸聖は視線を落とす。隙間《すきま》なく密着しているその部分の下、敷布にはわずかな赤い染みができていた。許容量以上の洸聖の陰茎を受け入れた悠羽の小さな蕾が、耐えきれずに切れてしまったのだ。

その赤いものを見て、洸聖は悠羽を解放してやるどころかさらに暗い欲望を高めてしまい、痛みに悠羽の意識が朦朧《もうろう》としたままでも細い身体に食いつき、己の精を吐き出すまでずっと攻め立て続けた。


寝返りを打った時、つくんと、痛みが走った。

「……っ」

その痛みで浅い眠りから目を覚ました悠羽は、自分がどこにいるのかをぼんやりと考えた。

頬に触れる寝具は上等で柔らかく、もう一度眠りに引き込まれそうになったが、わずかな動きでもたちまち身体のあらぬところに走る痛みに眉を顰める。なぜと、改めて考える必要はなかった。

「ここっ」

(洸聖さまの部屋だっ)

悠羽は慌てて起き上がろうとしたが、身体の節々の痛みのためにすぐにその場に蹲《うずくま》ってしまう。

悠羽は震える手で己の身体を抱きしめた。

王子の身で、王女として育てられた悠羽は、誰かと肌を合わせるなどそれまでまったく考えたことがなかった。ただ、もしもそんなことがあるとしたら、きっとその相手は女性であろうと漠然と思っていたくらいだ。

そもそも、男の身体に同じ男を受け入れる場所などない……そう思っていた悠羽にとって、今回の出来事は衝撃と同時に驚きも感じていた。

(男同士でも身体を繋《つな》げることができるのか……)

己の身体は、昨日までとは変わってしまったのだろうか。悠羽は懸命に考えた。

「悠羽」

「！」

自分の身に起こったことを考えていた悠羽は、近くに洸聖がいることにまったく気づいていなかった。声をかけられた途端、文字通り飛び上がり、慌てて顔だけ振り向いた。

「こ、洸聖、さま」

悠羽が最後に覚えていたのは、鍛えた上半身と額にうっすらと汗を浮かび上がらせて自分を貪《むさぼ》っていた洸聖の端整な顔だ。当初見せていた冷たく感じる無表情ではなく、余裕がないような男の顔だった……気がする。

しかし、今目の前に立っている洸聖は簡単な夜着を羽織った姿で、その表情もいつもの冷然としたものに戻っていた。

「身体は？」

「か、身体？」

「まさか、男を受け入れるのは初めてではなかったと？」

悠羽の反応を見ていれば当然わかるが、洸聖はあえてそう言う。その言葉に悠羽は唇を噛みしめたあと、すっと顔を上げた。

「もう、よろしいでしょう」

「なに？」

「部屋に戻ります」

「悠羽」

既に敬称をつけずに名を呼ばれていることに気づくが、悠羽はそのまま痛む身体を無理に動かし、脱ぎ散らかされた服をゆっくりと身につけていった。

手も足も鈍く、重くて、下肢など自由に動かすこともままならない。

それでも悠羽は弱みを見せたくなくて、なんとか身支度を整えた。

「悠羽」

こちらを一瞥《いちべつ》もしない悠羽に、洸聖は思わずその名を呼んだ。

「お話は、日を改めてお願いいたします」

だが、悠羽は切り捨てるようにそう言うだけだ。

洸聖の中を、暗い感情がよぎった。

「……そなた、私に言うことはないのか」

「言うこと……」

「男のそなたを女にしてしまった私に、だ」

悠羽は息をのんだ。

何を思って洸聖がそんなことを言い出したのかはわからない。

しかし、本来男と女ならば、許婚同士であったならば、こういった行為はごく自然なことだ。そう考えると、王女と偽っている悠羽だけがおかしいということになる。

それを自覚している悠羽はようやく洸聖と目を合わせると、はっきりと言いきった。

「私は、あなたの妻です。これからはそれなりの待遇をしていただきます」

その口調にまったく媚《こび》などなく、正々堂々とした態度はむしろ立派な王族の威厳に満ちていた。

言いたいことを言った悠羽は、まさに身体を引きずるようにして部屋から出て行く。その姿に、洸聖は小さな舌打ちをしてしまった。

悠羽の身体の中心に己の陰茎をすべて埋め込んだ時、これでこの男のすべてを支配したという充足感があった。それが、目を覚ましたあとの悠羽の態度に圧倒されていた己に気づき、洸聖は強く机を叩いてこみ上げる感情を抑える。

と、その時、扉を叩く音がした。

まさかと思うが、悠羽が引き返してきたのかもしれない。しかし、こちらから開けてやる気持ちにならずそのまま無視をしていると、唐突に扉が開いた。

はっと振り向いたが、そこに立っていたのが悠羽ではなかったことに驚くほど落胆した洸聖は、許可もしていないのに部屋へと入ってきた相手を睨む。

「何用だ」

「さっき、悠羽殿と擦《す》れ違ったけど」

「……」

「まさか、兄上がこんなにも早く行動に移されるとは思わなかった」

こちらも夜着姿の洸竣が、少し感心したように言った。

最中を覗いたわけでもないのに、悠羽の不格好な歩き方や疲れきった表情を見た経験豊富な洸竣は、二人の間に何があったのか容易に想像がついたのだ。

「兄上が、男に手を出すなんて」

「……あれは王女だ」

「兄上？」

「奏禿の王女だ。私がこの目で確認した……いいな？　洸竣」

なぜ、悠羽の立場を庇うようなことを言うのか、己の心境が洸聖自身にも理解できない。

ただ、実際に悠羽が子を産むことなどできない男だと周りに知られれば、このまま婚約は解消ということになるのは確実だ。

これほどに敗北感を感じさせた相手を、みすみす婚約解消という形で解放するなどとは考えられなかった。

もちろん、洸竣が悠羽の本当の性を知っていることは承知の上だが、洸聖はその口を噤《つぐ》ませてでも、もはや悠羽を奏禿に帰す気はなくなっていた。

「洸竣、ここへ参ったのは悠羽のことではないだろう。何があった？」

「あ、ああ」

洸聖の部屋を訪ねる途中で垣間見《かいまみ》てしまった悠羽の姿に多少の衝撃を感じていた洸竣は、それ以上に兄の剣幕《けんまく》に驚いていた。だが、本来洸聖に伝えようとしていたのはまったく別口の話だ。

「今日の昼間のこと」

「町であったことだな」

「ん……まあ、偶然の上の必然って感じかな。出会うはずがないのに、出会うべくして出会ったって言うか」

珍しく真面目《まじめ》な表情になった洸竣に、洸聖は眉を顰める。

「順序立てて話せ」

小さくドアを叩く音で慌てて立ち上がったサランは、扉を開くなり部屋の中に倒れ込んできた悠羽を咄嗟に抱き止めた。

いや、抱き止めようとしたのだが、華奢な悠羽を受け止められるほどにはサランも逞《たくま》しくはなく、結局サランが悠羽を抱きしめた形のままその場に倒れ込んでしまった。

「悠羽さまっ」

己を抱きしめてくれているのがサランだとわかった悠羽はわずかに笑みを浮かべるが、その顔色は青白く脂汗をかいている。

サランは強く悠羽の身体を抱きしめた。

「悠羽さまっ、いったい何がっ」

「……案ずるな、休めば……治る」

呟くようにそう言った悠羽は、そのまま気を失うようにくったりと身体の力が抜けてしまった。

とにかく悠羽の身体を休めたかったが、サランの力ではとても悠羽を寝台まで運ぶことはできない。しかし、もちろんこのまま床に寝かせておくこともできるはずがない。

迷ったのは一瞬だった。

サランはそっと悠羽の頭を下ろし、寝台から布を引っ張ってきて身体にかけると、そのまま外に飛び出して目的の場所に走った。

昼間、必要ないと思っていたが念のためにその場所を教えてもらったことが、今ならば幸運としか思えない。

　しばらく走って目的の部屋の前に立ったサランは、力の加減などしないままに扉を激しく叩いた。

「申し訳ございませんっ、お願いしますっ、お開けくださいっ」

　その声が聞こえたのか、扉はすぐに開かれる。

「サラン？」

「お力をお貸しくださいっ、洸莱さまっ」

「力を？」

「お願いいたしますっ」

「何があった？」

　サランがこの王宮の中で唯一頼れると感じたのは、まだ十六歳の洸莱だった。

　状況がわからない様子の洸莱を強引に連れて部屋に戻った時、悠羽は先ほどとまったく同じ格好のまま床に倒れていた。

　悠羽を運んでくれるよう頼むと、洸莱はすぐに頷いてくれる。サランよりも六歳も年少ながら、その身体ははるかに逞しく、サランの腕では動かすことも容易ではなかった悠羽を軽々と抱き上げた洸莱は寝台に運んでくれた。

「……医師を呼ぶか？」

　悠羽のただ事ではない様子に、洸莱はそう声をかけてくる。だが、そんなことをすれば悠羽の正体が明らかになってしまうだけだ。

「いえっ」

強く否定したあと、サランは深く頭を下げた。

「悠羽さまも意識がない時に触れられることは好まないと思います。ただ、よろしければ熱冷ましと傷薬をいただきたいのですが」

悠羽が男であるということを知られるのはまだ早い。せめて正式な婚儀を挙げていないと、このまま追い返されるかもしれなかった。

悠羽は強く決心してここまできた。その気持ちを、サランの行動で無にすることなどできない。

「……わかった、俺が持ってくる」

言葉少なにそう言うと、洸莱はさっさと部屋から出て行った。

一瞬、唖然《あぜん》としてしまったサランだが、悠羽の呻き声に意識を切り替え、乱れた服を整えてやる。

洸莱は、すぐに戻ってきてくれた。薬を受け取り、洸莱には別室に控えてもらったサランは、覚悟を決めて悠羽の衣を脱がした。

「……っ」

現れた白い肌には、明らかな情交の痕《あと》が残っている。サランは唇を噛みしめた。

（これは、愛情を確かめ合ったという痕ではない……っ）

色白の身体に散っている噛み痕や紫や赤黒い痕。男の身では唯一受け入れることができたはずの場所は真っ赤に腫《は》れて少し切れている。後始末もしなかったのか、悠羽の流した血と洸聖が吐き出したであろう白いものが混ざり合ってそこから滲み、腿《もも》まで汚していた。歳の割にはまだ小さく、可哀想なくらい細い悠羽に、よくもこれほどの暴虐を加えられたと思う。

しかし、今は洸聖を非難している場合ではなかった。一刻も早く悠羽の手当てをしなければと、サランはできるだけ事務的に手を動かした。

「本当に、ありがとうございます」

そして、悠羽の手当てをすませたサランは、改めて洸莱に礼をし、茶を入れた。綺麗に結われたサランの髪が、少し乱れているのに洸莱は気づいた。

「……いや」

洸莱もこの状況を知りたかったが、サランの硬い横顔は質問を拒絶している。

切り出す言葉も思い浮かばず、洸莱はふと、先ほどの悠羽の姿を思い出した。

痩せた身体だった。抱き上げた悠羽の身体はとても華奢で細く、二十歳の女とはとても思えなかった。外見だけ見れば、とても将来、この大国光華国を継ぐ兄の妻になるとは想像できない。

その悠羽より、目の前のサランの方がよほど王妃にふさわしいと思えた。

醜いわけではないが、そばかすが目立つ貧相な容貌の悠羽とは違い、サランは珍しい銀の髪と蒼い瞳の持ち主で、容貌も人形のように美しく姿もたおやかだ。

サランが洸聖の花嫁だと言われれば見た目には納得がいくが、心のどこかで……それは嫌だと思っている自分がいる。

たかが異国の側仕いの一人を気にするなど、今までになかったことだ。

洸莱はそんな自分の気持ちに戸惑っていた。

「洸莱さま」

洸莱の思考は、サランの声で途切れた。そしてようやく、今自分が言わなければならない言葉を思いつく。

「すまない」

「洸莱さま？」

まだ若い洸莱にも、悠羽の様子やちらりと見えた肌に残った痕から、情交故《ゆえ》と予想がついた。

だとすると、原因は兄しかいない。

「兄上は悪い方ではないが……ただ少し、感情の表し方が苦手な方なんだ」

「……随分、他人行儀な言い方をなさるのですね」

サランの硬い声に、やはり洸聖が関わっているのだと確信した。

「俺は兄たちとはまだ六年しか一緒に暮らしていないから」

「え？」

「知らなかったか？　俺は十まで離宮で幽閉されていた」

淡々とした洸莱の告白に、サランは小さく息をのむ。

光華国へ行くと正式に決まってから、サランもそれなりに調べた。しかし、それはあくまでも国の情勢と、国王と、皇太子のことで、弟皇子の、それもまだ十六歳の末の弟のことはほとんど気にも留めていなかったというのが本当のところだ。

極々私的な部分に踏み入ってしまったとサランは立ち上がり、その場に膝を折って謝罪しようとしたが、洸莱はそんなサランを押し留《とど》めた。

「謝ることはない。今の俺には、あの時間もただ懐かしく思うだけだ」

十六歳の少年にしては、洸莱はとても大人びて思慮深い。

しかし、そんな彼にサランも想像できない深い闇があったのだと思うと、歳に似合わないその沈着さがなぜかとても痛く感じた。

（大国の皇子でもこんな凄まじい人生が……）

同時に、サランは己の人生を振り返る。それは、苦しくて哀しい、とても愛《いと》しい日々だった。


「どうしたの？　お母さまは？」

母親に手を引かれてここにきたのはまだ陽が高い時間だったのに、今はもう肌寒い風が吹いていて、月も姿を見せる時間になっていた。

六歳になったばかりのサランは、顔を覗き込んでくる女をじっと見上げる。

母親と同じくらいの、だが、母親が自分を見る目とはまるで違う優しい眼差しだった。

「お名前は？」

「……」

「寒くない？」

「……」

「寒くて口も利けないのかしら……困ったわね、小夏《しょうか》、羽織るものはないかしら？」

物心ついて、初めて聞くかもしれない優しい言葉に、サランはもう涸《か》れ果ててなくなってしまったと思っていた涙が頬を伝っているのにも気づかなかった。

国境近くの市場の外れにいた自分に声をかけてくれたのがこの国、奏禿の王妃叶《かのう》と、その侍女、小夏だということを知ったのはその翌日だった。

たまたま町に出た叶が、まだ陽が明るい内にサランの姿を見たらしく、その表情が気になってもう一度様子を見に引き返してきたのだ。

叶は口数の少ないサランの言葉の中から、それが単なる迷子ではなく捨てられたのだということに気づいたようだ。サラン自身、それは薄々感じ取っていて、珍しく母が手を引いて町に連れて行ってくれた時、多分自分はもう家に帰ることはないのだと悟っていた。

「サラン、お前さえよければうちにいらっしゃい。それほどに贅沢《ぜいたく》な暮らしではないけれど、わたくしたちはあなたを歓迎するわ。わたくしには子供が二人いるの。やんちゃ盛りだから女の子のサランには持て余すかもしれないけど、お姉さんになったつもりで遊んでくれたら……」

見かけだけを見てサランを少女だと思ったのだろう。

それもしかたがないと思えるほど、サランは珍しい銀髪に蒼い目を持つ、人形のように整った容貌だった。

ずるい性格であればそのまま黙っていたが、あの真っ暗で寒い夜、正体不明の自分にわざわざ声をかけてくれた叶を騙したくないと思ったサランは、己が親に捨てられた理由を口にした。

「私は、女の子じゃありません。でも、男でもないです」

両性具有——。

そんな難しい言葉をサランが知っていたのは、言葉を覚え始めた頃から……いや、そのもっと前から、忌み嫌うように言われ続けた言葉だったからだ。

もともと商人夫婦の間に生まれたサランは、その愛らしい容姿で当初はとても喜ばれて迎えられた。しかし、生後間もなく、些細《ささい》な風邪《かぜ》で医師のもとを訪れた時、その身体に神の悪戯ともいえる過酷な運命を背負わされていることを告げられたのだ。

男性器の下、本来は精を溜《た》める双玉には精が溜まることはなく、そのさらに下に未熟な女性器を持つ、男であって女であり、女でなくて男でもない、その両性を持つ稀有《けう》な存在。

女として子を産むことはできず、もちろん男として子を作ることもできないだろうという診断を受けた両親は絶望した。

やがてその絶望は普通の身体で生まれなかった我が子、サランへの憎悪に変わっていき、間もなく、あれほどに仲が良かった両親は離縁した。

どちらも引き取りたがらなかったサランを押しつけられる形で家を出された母は、手を上げることはほとんどなかったが日々呪詛《じゅそ》の言葉を吐き、サランをいないものとして無視するようになった。

それでもなんとか育ててはくれていた母が、急にサランを手離す気になったのは再婚するからだ。呪《のろ》われた身体の子を連れて行く気は毛頭なかった母は、新しい夫と新天地に向かうその日にサランを捨てた。

そこまで話した時、サランは不意に強く抱きしめられた。

柔らかでいい香りの叶の腕の中で、サランはどうしていいのかわからずに身体を硬直させる。

「素晴らしいじゃないのっ、サラン！　神さまに二重に愛されたなんて！」

「……え？」

「呪われた身体なんて、哀しいことを言わないで、サラン。あなたは男と女の二つの目で、広い世界を見ることができるのよ」

「……っ」

「悠羽、悠仙、これからこのサランがあなたたちの兄弟になるのよ」

叶の言葉に、やんちゃそうな二人の子供がサランの側に駆け寄ってきた。

「そらのめだね、きれいだなあ」

「おねえちゃん？」

「お姉さんだし、お兄さんでもあるの。どう？」

「すっごい！」

純粋に自分の存在を喜び、躊躇《ためら》いなく小さな手で抱きついてくる。

サランは恐る恐る、小さな身体に手を回してみた。

「ぎゅってして、サラン！」

サラン自身もまだ子供の小さな身体だったが、それでも思いきり両手を広げて二人の子供を抱きしめた。自分が初めて必要とされ、ここにいていいのだと言われ、サランは嬉しくて嬉しくて涙を流す。

それが、サランにとっての家族が、なによりも大切なものができた瞬間だった。

奏禿は裕福な国ではなかったが、国王以下国民も、皆善良で穏やかで、サランは自分がこんなにも幸せでいいのかと思うくらいに大切にされた。

だからこそ、悠羽が光華国に輿入れすることが決まった時、同行することを強く望んだのだ。

それは今まで世話になってきた恩返しというより、本当の弟の身を案じるというような肉親と同様の強い思いからだ。両性具有という中途半端な自分とは違い、性的には明らかな男であるのに、政治上女として嫁ぐ悠羽を守ってやれるのは自分しかいない。

なにより、素性の知れない己を、本当の兄のように姉のように慕ってくれる悠羽の幸せを見届けたい……そう思っていた。

「サラン？」

悠羽たちがいたからこそ、サランは己を肯定することができた。そして、幽閉という過酷な日々をすごしてきた洸莱も、洸聖たちの存在で今、穏やかな眼差しで目の前に立っているのだろう。

洸莱が慕っている洸聖という男は、もしかしたら良い人物なのかもしれない。しかし、今の悠羽にとって危険な存在であることに変わりはなかった。


「……いたっ」

いつも起きる時間に自然に目を覚ました悠羽は、いつも通り身体を起こそうとして……寝台に沈んでしまった。

「悠羽さまっ」

その声で悠羽が起きたのを知ったサランが慌てて駆け寄り、悠羽の身体を楽なようにとそっと寝かせ直した。

「酷《ひど》く痛まれますか？」

「……サラン」

「すぐに痛み止めをお持ちしますから」

「サラン」

再び強くその名を呼ぶと、サランは静かにこちらを向いた。

大好きなその蒼い目が憂いに満ちているのがわかると、悠羽は大きな溜め息をつく。

あんな状態で部屋に戻ってきたのだ。きっと手当てもしてくれたのであろうし、その痕を見てもわかったはずだ、悠羽が洸聖に抱かれてしまったことを。

いや、あれは愛情の交歓などではなく、ただの見せしめだ。

自分に逆らうなと、わきまえろと、洸聖に意見した悠羽に対する罰なのだろう。

名を呼んだきり口を閉ざした悠羽に、今度はサランの方から切り出した。

「奏禿に戻りますか？」

「サラン」

「今帰ったとしても、皆優しく迎えてくださいます」

「……うん、私もそう思う」

「それならば」

「でも、サラン。私は今逃げるわけにはいかない」

同じ男の身として、力で征服されたことは悔しい。抵抗できない圧倒的な力の差を思い知らされ、悠羽自身も持っている同じ性器で身体の中心を貫かれ、強烈に植えつけられたあの熱さと痛みと屈辱は、きっとこの先も悠羽の心を苛《さいな》み続ける。

それでも、ここで帰ってしまったら、なんのためにこの光華国にきたのかわからない。

「逃げたら、それで終わりだ」

「……」

「あの皇子は、去る者を追わない。追ってこなかったら、私はただ単に身体を弄《もてあそ》ばれたということだけになってしまう」

どんなに貧しい国だとしても、悠羽も一国の王族だ。ただ悔しいと、辱められたからと、泣いて逃げ帰ることはしたくなかった。

「考え方を変えよう、サラン。私はこれで名実共に洸聖さまの妻となった。正式な式は挙げてはいないが、皇太子妃の私の意見は、ただの奏禿からの客人よりも大きいはずだ」

じっと自分を見つめてくるサランに、悠羽は悪戯っぽく笑ってみせた。

「お金があったらやりたいことは山ほどあった。貧しい村に学校や診療所も建ててやりたかったし、川が遠い村には井戸を掘ってやりたかった。今までは思うだけで何もできなかったが、今の私の後ろには光華国がついている」

「悠羽さま……」

「私は偽善者と言われてもいい。一つでも多くの笑顔を見るためにも、この国から金を引き出してやる」

きっぱりと言いきる悠羽に、サランはこの王子の側で仕えることができるのを誇りに思った。

崇《あが》められる立場よりも、共に笑い合える位置に。そんな悠羽がとても愛しい。

どんなに金があっても、地位があっても、尊敬できない人間には誰もついてこない。

そう言えば悠羽は笑いながら過大評価だと首を振るだろうが、周りがきっと彼を押し上げるだろう。

悠羽が、この国の皇太子に劣るはずがないのだ。

「サラン、お腹が空いた。朝食を頼んでいい？」

「はい」

サランは笑って頷く。

昨夜の洸聖の凶行は、悠羽の人格に少しの傷もつけることはできなかったようだ。

＊＊＊

洸聖は苛立っていた。

昨夜、自分に対して堂々と意見を言ってきた悠羽を、まるで女のように組み敷いた。いや、本来悠羽は奏禿の王女として洸聖に嫁いできたのだが、その身体を完全に支配したと思った洸聖に、悠羽は驚くほど強い意思を見せつけて立ち去った。

（あれでは意味がないではないか……っ）

洸聖にとって、身体を繋げるという行為は、生理的な欲求を解消するためのものだ。その解消に、わざわざ男の身体を使う必要などない。そこには、大きな意味がある。

だからこそ、悠羽の身体を抱いたのは従順に従わせるためだと己に言いきかせたのだが、その目論見《もくろみ》は完全に外れてしまった。

「洸聖さま、野城殿がお見えになりました」

「……」

「洸聖さま？」

「……ああ、わかった」

洸聖は頭を振って、悠羽のことを振り払った。

貴族の野城を呼んだのは、その屋敷に住むという少年の話を聞くためだ。

家族以外に興味のない洸竣が、珍しく頭を下げて洸聖に願い出たからだ。

政以外まったく人間には興味がなく、目もいかない洸聖と、広く浅く付き合い、家族以外には皆平等な思いしか抱かない洸竣とは、よく似ているようだがまるで違う。洸聖から見れば、もしかしたら、洸竣の方が人嫌いが激しいのかもしれないと思っていた。

そんな洸竣が、初めてといってもいいくらい皇太子としての洸聖の力を借りたいと言ってきたのだ。できることはしてやりたい。

「御前、失礼いたします」

片膝をつき、片手を胸に当てる礼をとった野城に、洸聖はゆっくりと視線を向けた。

役人や官職以外の貴族と話すことはあまりないので野城という男を見るのは初めてだったが、貴族にしては平凡な、おとなしそうな男だった。

「いきなり呼び出してすまなかった」

「いえ、皇子の御尊顔を間近に拝見できて光栄です」

「回りくどい話はやめよう。野城、お前の屋敷に黎という召使いがいるな?」

「……はい」

洸聖が何を言おうとしているのかわからない野城は、怪訝《けげん》そうな顔をしながらも素直に答えた。

「その者、宮に召し上げたいのだが」

「え?」

驚くのも無理はないだろう。

光華国ほどの大国の皇太子が、たかが一介の貴族の召使いの名前まで知っているとは思わないはずだ。だが、これで洸聖は昨日の出来事を、息子である京が野城に伝えていなかったことを確信した。

確かに、第二皇子に喧嘩《けんか》を売ったとは父親には言えなかったのかもしれないが、それならばそれでこちらが優位に話を進めればいい。

いや、皇子の言葉に逆らうことなどできないだろう。

「私には弟が三人いる。その中の一人、洸竣が昨日その者に会い、その忠義心をいたく気に入ったらしい。手が足りなくなるのならば他の者を手配する」

「し、しかし、黎は……」

言葉を濁す野城に、洸聖は引っかかりを感じた。

「何やら、いわくのある者か？」

「そのようなことは……っ」

「ならば、問題はないだろう。その者にとっても良い話だし、お前にとっても悪くない話のはずだ。近日中に支度をさせて宮に上げるように」

深く頭を垂れる野城に下がるように告げ、洸聖は今の言葉を洸竣に伝えてやろうと執務室を出た。

廊下を歩いていると、庭から笑い声が聞こえてくる。その声の主はすぐにわかり、洸聖は一声かけようと庭に足を向けた。

「では、木登りもおできになるのですか？」

「川で泳ぐこともできますよ。サラン、私は早いよね？」

しかし、洸聖の足は途中で止まった。莉洸と共にいるのが誰か気づき、容易に近づくことができなくなったのだ。

「ええ、悠羽さまはまるで生きのいい魚のように早く泳げますすね」

然なかった。

「魚とは酷い」

莉洸が可愛らしい笑顔を向けているのは、洸聖がその身を蹂躙した悠羽だ。

最後に見た様子ではとても今日起き上がれるとは思えなかったのに、東屋に用意されてある椅子に座って笑っている顔に疲労は見て取れない。

いつもの簡素な服を着て、化粧もないまま笑っている悠羽の頬には、昨夜の涙の跡は当然なかった。

洸聖は眉を顰める。身勝手とは思うものの、己が与えた行為が、悠羽にとって少しの痛手にもなっていない様子が何やら悔しい。

まるで、洸聖の存在がとても軽いものだとでもいうように、あの行為はすべてなかったことにしようと笑っている悠羽の顔色を変えたくて、洸聖はわざと足音を立てながら三人に近づいた。

「……悠羽さま」

位置的にサランが最初に洸聖に気づき、悠羽に知らせている。すると、それまで笑っていた悠羽の顔が明らかに強張った。

どうやら少しは意識しているらしいことがわかり、洸聖の矜持も甘く疼《うず》く。

「悠羽、身体は痛まぬのか？」

「……っ」

サランや莉洸がいる前で、明け透けに物言う洸聖に悠羽の頬にたちまち朱が走った。だが、悠羽が動揺したのを見て取った洸聖の方は笑みを湛えたままでいる。

その顔は悠羽の目には意地の悪いものに見え、初対面で会った時の感情を抑えた無表情を浮かべていた人物と同じだとはとても思えなかった。

これ以上動揺しても洸聖にからかわれるだけだ。悠羽は一度深く息を吐き、わざと洸聖の顔をしっかりと見返した。

「おかげさまで、ぐっすりと眠れました……洸莱さまのおかげで」

思いがけなく出てきた末っ子の名前に、洸聖の笑みが消える。

悠羽と、洸莱と、まったく繋がりがない二人に昨夜何があったのかすぐにでも問いただしたいようだが、さすがの洸聖もこの場であからさまに問いつめることはできないようだ。

「悠羽、私の部屋に」

場所を変えようとそう言った洸聖に、悠羽はにっこりと笑みを向けた。

「洸聖さまはこのあともお仕事がおありでしょう？　私は莉洸さまに美味《おい》しい木の実の場所を教えていただく約束をしておりますので。そうですよね、莉洸さま」

悠羽が笑いかけると、莉洸は輝く笑顔で頷く。

「ええ。兄さま、悠羽さまは木登りもおできになるんですよ。凄いですよねっ？」

「……王家の姫らしからぬな」

莉洸の前でも嫌味は忘れない洸聖に、もはや開き直った悠羽ははっきり言い返した。

「役に立たない踊りよりも、食べられる木の実を取る技術の方がよほど役に立つと思いますけれど」

洸聖に腕力では勝てないということは、昨夜の出来事で身に沁《し》みて思い知った。

それならば、言葉ぐらいは洸聖に負けたくない。

強気な悠羽に、洸聖は次の言葉が出ないようだ。

それを確かめてから悠羽は椅子から立ち上がり、振り向いて莉洸を呼ぼうとした。だが、無意識に急いでいたせいか足が引っかかってしまい、その途端我慢していた下肢の痛みが突然襲った。

思わずその場に崩れ落ちそうになった悠羽だが、咄嗟にその身体を支えてくれたのは洸聖だ。

まさか助けてくれるとは考えてもいなかったので、悠羽はまじまじとその顔を見てしまった。

「大丈夫か」

「……は、い」

いつまでもこのままではいられず、悠羽は礼を言って体勢を整え直す。鈍い痛みはまだ消えないが、それでも意識すれば我慢できないほどでもない。

「悠羽さま」

「悠羽さま、大丈夫ですか？」

心配げな眼差しを向けてくる莉洸とサランに頷き、悠羽は洸聖に向かって頭を下げた。

「ありがとうございました」

「……いや」

「行きましょう、莉洸さま」

悠羽は緊張しながら洸聖の前を歩く。痛いほど強い視線を感じたが、振り返ることはしなかった。


「れ、黎と申します。本日より王宮で仕えることとなりました」

黎は強張った表情のまま両膝をつき、深く頭を垂れるという礼を取りながら、なぜ一介の召使いである己が王宮の広間に通されたのか混乱していた。

そうでなくても初めて足を踏み入れた王宮は荘厳で広大で、己が小さな虫のようにしか思えず、居たたまれない思いに全身が震えている。呼び出されてこの場にいるが、今この瞬間も間違いではないのかと何度も自問自答していた。

大広間には先日会った皇子たちの他、数人の高貴な雰囲気をまとった人が居並んでいる。その中の一人、真ん中の椅子に腰かけていた怜悧《れいり》な容貌の人物が口を開いた。

「私が皇太子、洸聖だ。お前を呼び寄せたのは私だが、仕えるのは第二皇子洸竣になる、よいな」

絵姿でしか見たことがない皇太子自らの言葉に、黎はただ諾の意志を示すしかない。

「心配することはない。洸竣は少々奔放だが、優しい性根だ」

話に出てきた洸聖の隣に座っているはずの洸竣の姿を、黎はまともに見ることはできなかった。何がどうしてこうなったのか、黎は今もって理解できていないが、それでも今回の話にこの第二皇子が大きく関わっていることはなんとなく感じている。

「王宮に上がるように」

父親であるものの、仕える主人としてしか対したことがない野城に呼ばれ、そう言われたのは一昨日だった。あまりに急な話に驚いた黎だったが、すぐに思い当たったのはそれより数日前の、町での出来事だ。

あの時は洸竣の連れのとりなしでその場は収まったが、この急な話と結びつけずにはいられなかった。

「い、いつからですか」

「できるだけ早くだ。京がいれば煩いから、あいつが屋敷を空けている明後日までに出向きなさい」

異母兄である京は、今朝から母親と共に婚約者のもとへ行っている。

近々行われる結婚式の打ち合わせと聞いたが、内実はなかなか婚約者のもとへ通わない京をなんとか懇意にさせるための、両家の両親がわざわざ作った時間らしいとは他の使用人の噂だ。

渋々出かけて行った京の機嫌の悪そうな顔を思い出し、黎は俯きながら考えた。

今の黎の立場は、京の側付だ。しかし、京が結婚して屋敷を出れば、黎の立場は宙に浮くことになってしまう。黙っていなくなれば京のことだ、激怒するに違いないが、その京でさえも父で主の野城に逆らうことはできない。

京のことは、黎にはどうしようもないことだ。どちらにせよ野城の言葉は黎にとっても絶対だった。

ただ、黎が気になったのは、屋敷に残していく母のことだ。

野城の愛人で、黎という息子まで産んだというのに、母は召使いのままだった。周りから遠巻きにされていて、頼るのは黎しかいないという状況だ。己以上にこの屋敷に居づらい黎の立場を思い、そして、理由もわからず王宮に召し上げられる黎の行く末を思い、母は涙してくれた。

母のことを考えると、胸が痛んで泣きたくなる。堪えるように唇を噛みしめる黎の頭上から、聞き覚えのある穏やかな声が下りてきた。

「黎、顔を上げて」

誘われるように恐る恐る顔を上げると、そこには先日も助け舟を出してくれた優しい笑顔の主がいた。

「また会えて嬉しい。これは侍女のサランという」

見事な銀髪の見目麗しい相手に微笑まれ、黎は驚いて口をぽかんと開けてしまった。

「よろしくお願いいたします」

「は、はい、こちらこそ」

慌てて頭を下げるが、黎はふと、悠羽はどういう立場なのかと不思議に思った。

光華国の皇子は四人で、彼らは一様に秀でた容姿で目の前に居並んでいる。しかし、悠羽は華奢ではあるもののそばかすの目立つ、愛嬌はあるがどちらかといえば平凡な容姿だ。着ている衣も、この国のものと違う。

皇太子である洸聖の隣にいるということは縁者だろうかと考えていると、黎の視線に気づいた洸聖が淡々と告げた。

「これは、私の妃になる者だ」

「お、妃、さま?」

てっきり同性かと思っていたが、妃だと告げられて驚いてしまった。ただただ驚く黎とは違い、悠羽はにっこり笑って洸聖を見る。

「洸聖さま、これというような呼び方はおやめください。私には悠羽という名前がありますから」

王に続く地位の洸聖に口ごたえするなど黎は考えられなかったが、悠羽の顔からは笑みは消えず、じっと洸聖を見つめ続けている。

その視線を受けて洸聖は眉を顰めたが、やがて悠然と立ち上がった。

「詳しいことは侍従頭に聞くがよい」

洸聖が広間を出て行くと、まるで待ちかねたように皇子の一人が駆け寄ってくる。彼もあの時町で出会った、第三皇子の莉洸だった。

「私は第三皇子、莉洸。よろしくね」

「は、はい、黎と申します」

「この間は町中でごめんなさい。僕はあまり外に出ないから、突然のことに対処ができなくて……」

素直に先日の謝罪をする莉洸に、かえって恐縮するしかない。

「黎はいくつ？」

「十八、です」

「じゃあ、僕より一つ下だね」

「そ……なんですか」

「なに？　僕の方が年下と思った？」

人に指摘されなくても、莉洸自身、自覚していた。病弱だった幼い頃の名残のせいか、莉洸はその年頃にすれば縦も横もかなり小さい。しかたがないと諦めているが、あからさまな反応をされると少しだけ口が尖《とが》ってしまう。もちろん、本気で怒っているわけではない見せかけの態度のつもりだったが、黎の反応は顕著だった。

「もっ、申し訳ありませんっ」

莉洸の態度は、黎にしてみれば皇子を怒らせたとして身も震える思いがした。

再び床に伏した黎に莉洸は慌てたが、駆けつけて起こそうとした莉洸を止めて黎の肩に手をやったのは、黎を王宮に呼ぶことを画策した張本人の洸竣だ。

「黎、莉洸は身長と容貌の幼さを指摘されればいつも怒っている。それは条件反射なんだ、気にしないように」

「竣兄さまっ」

「よくきてくれた、黎」

つい数日前までは顔を間近で見ることはおろか、言葉を交わすことさえも想像していなかった王族の人間に慕わしい笑顔を向けられる。どんな理由にせよ、今日から自分の運命が大きく変わったことには違いがないと、黎はこれからの生活を想像し、覚悟を決めた。いや、決めるしかなかった。

その後、黎を質問攻めにする莉洸を宥め、洸竣は黎を自室に連れて行った。

「僕は何をしたらよろしいのでしょうか」

硬い表情でそう言う黎に、洸竣は改めて考える。

「そうだな……何をしてもらおうか」

町での出来事が鮮烈で、どうしてもあの男の側に黎を置いておけないと思ってしまった洸竣は、兄の力を借りて今回黎を王宮に出仕させた。

ただ、そのあとと言われても、考えていなかったというのが正直なところだ。

「俺の閨《ねや》の相手でもする？」

黎の表情をなんとか変えてみたくて、洸竣はわざと怒りそうなことを言ってみた。

しかし。

「……閨、ですか？　あの……僕は経験がないので、洸竣さまが満足されるかどうかわかりませんが……」

そう言いながらおもむろに衣を脱ごうとした黎を、洸竣の方が慌てて止める。

「悪かった、冗談がすぎたな。……黎、俺はお前を性奴として迎えたつもりはない。今まではどうだったか知らないが、俺に対しては嫌なことは嫌だとはっきり言って欲しい、いいね」

「……」

「黎、返事」

「あ、はい」

思いがけないことを言われたかのように戸惑っている黎の表情は、まだ幼いものだった。

その瞳には生き生きとした生気は見られず、どこかひっそりと影が薄い。

いったい、野城という貴族の屋敷でどんな扱いを受けてきたのかと洸竣は腹が立った。

目に見える場所に傷跡はないし、折檻《せっかん》を受けていたという様子もない。

それでも、目に見えない暴力というものは確かに存在するということを洸竣は知っていた。

「とにかく、宮の中を案内しよう」

「お、皇子自らですかっ？」

「広くて迷子になってもらっても困るからね。ああ、それと、私のことは洸竣と呼んで欲しい。この宮には私以外にも三人の皇子がいるから」

洸竣は今からすぐにでも黎を誘ったが、その時突然、召使いが重大な言づけを持って部屋を訪れ、その予定は流れてしまった。

光華国の現王――洸英が、王宮に戻ってきたのだ。

王宮に伝令が到着してから数刻後、そろそろ陽が暮れかけた頃に突然ひと月ほども離宮に行ったままだった洸英が帰ってきた。

たった一人、常に側に置いている影人以外の供もなく戻ってきた洸英に、当たり前だが王宮の中は騒然となる。

「父上、常に護衛はつけてくださいと申し上げているはずですが」

洸英不在の間、代理として様々な案件を処理してきた洸聖が、さすがに怒りを顔に貼《は》りつけたまま問いつめた。臣下たちならば思わず背筋が伸びるほどの緊張感にも、当の洸英はまったく動じない。

「我が身も守れず国を守れるか。洸聖、お前は型にはまりすぎだ」

そう言って大声で笑う洸英に洸聖は苦い思いを抱くが、これ以上は何も言えなかった。

豪放磊落《ごうほうらいらく》で、色事に精力的だが、それ以上に素晴らしい政治手腕を誇る、民に圧倒的な支持を受けている洸英に対し、己はまだ未熟だと自覚しているからだ。

それに、洸英は子供たちの苦言すら楽しむ質《たち》だ。これでは振り回されるだけと、洸聖は大きな溜め息をついた。

「……八番目の愛人はいかがされた」

「なかなか良かったぞ。ただ、最近正式な妃にしてくれと煩くなってな、熱が冷めてしまった」

「まさか、五人目の兄弟ができたとは言わないでしょうね」

「まあ、大丈夫だろう。なあ、和季《わき》」

影人である和季は目以外を隠した姿で、静かに洸英の後ろについている。

呑気《のんき》な父に再び溜め息をついた洸聖だったが、そこでようやく興味深そうにこちらを見ている悠羽の視線に気づいた。

奏禿の王女を洸聖の許嫁に指名したのは洸英だが、この二人は面識があるわけではない。洸聖は父の視線を悠羽へと誘導した。

「父上、あちらが先日、奏禿からこられた悠羽殿です。あなたが私の妃にと決めた方です」

「奏禿の？」

洸英の視線がひたりと悠羽に合う。初めて視線が合った悠羽は、高鳴る心臓の鼓動を必死に抑えた。

洸聖と同じ黒髪の、少し灰色がかった瞳を持つ光華国王、洸英は、成人した息子がいるとは思えないほど若々しく華やかな雰囲気を持っている。諸外国からは剛と柔を併せ持つ賢王と名高かったが、こうして実際に会うとそれをひりひりと肌に感じた。

こちらから挨拶をするのが筋だが、悠羽は切り出さなかった。試すつもりではないが、隣に立つサランと自分を間違わないか、少し気になったからだ。

光華国の王ならば惑うはずがない。そう思う一方で、他の人間のように間違われてもしかたがないと諦観《ていかん》していた悠羽は、ゆったりと歩み寄ってきた洸英が迷いなく自分の目の前で立ち止まったことに息をのんだ。

「悠羽か」

「は、はい」

洸英の視線はまっすぐに悠羽を見つめている。

慌てて悠羽が膝を折ろうとすると、それよりも先に洸英は片膝をついて悠羽の手を取り、口づけした。

「よくこられた、悠羽。歓迎するぞ」

「あ、ありがとうございます」

「今私には正妃はおらぬからな、煩い姑《しゅうとめ》はなしということだ。この王宮ではそなたが女の中で長《おさ》となる。悠羽、安心してこの国の人間になりなさい」

「王……」

「なんだ、それは、色気がないな。義父上《ちち》と呼んでくれ」

茶目っ気たっぷりだが、洸英の言葉には強い力がある。

自分がちゃんと望まれて呼ばれたのだと感じ、悠羽は嬉しくなって素直に頷いた。

「……はい、義父上」

立ち上がった洸英は、笑いながら悠羽の頭を撫《な》でてくれる。

子供にするような仕草だったが、悠羽は嫌な気はしなかった。

洸英は噂以上に豪快な人物で、とても洸聖の親とは思えないほど正反対の性質に感じる。

悠羽は比べるように洸英の向こうにいる洸聖に視線を向けた。

さすがに今はいつもの無表情ではなく、洸聖は苦虫を噛み潰《つぶ》したような顰《しか》め面になっている。その表情がまるで子供のようで、なぜだかとても洸聖が可愛く思え、悠羽は笑ってしまった。

「おお、悠羽の笑顔はまこと可愛らしい。洸聖、父の選眼は確かであろう」

「……はい」

洸英の言葉に、洸聖は渋々といったように頷く。

それには怒らないといけないのかもしれないが、悠羽はとうとう噴き出してしまった。

「少し宮を空けている間に、麗しい顔が増えておるな。しばらくはおとなしく政務にかかるか」

サランや黎の顔を見ながら満足そうに言う洸英に、洸聖はもう溜め息をつくしかない。

「……そうなさってください」

「怒るな、怒るな。それよりも洸聖、そなた噂を聞いておらぬか？」

「噂？」

「蓁羅の武王が我が国に現れたと」

洸聖は咄嗟に悠羽を見る。まさか、父の口からその名が出てくるとは思わなかった。と、同時に、悠羽が言っていたことが、ここで大きな意味を持った。

己の行動の是非に関係があることだけに、洸聖は強張った顔で詳細を洸英に訊《たず》ねようとしたが、それを遮るように音を立てて広間の扉が開いた。

「父上っ」

身体のためにと毎日している午後寝のせいで広間に駆けつけるのが遅れた莉洸は、大好きな父の顔を見て満面の笑顔で駆け寄って抱きつく。

「おお、莉洸。お前はいつ見ても愛らしいな」

四兄弟の中でも一番可愛がっている莉洸の出現に洸英は笑み崩れた。

「お帰りなさい、父上」

「身体の調子はどうだ、莉洸」

「父上、僕はもう身体の弱い子供じゃありませんよ？」

わざと口を尖らせて言うと、父は目を細めてその頬に自分の頬を触れさせて笑った。

四歳の時に母が王宮を出た時は、それこそ毎日のように熱を出し、泣いて一日をすごした。父にとっては未だ莉洸はその時と同じ印象らしい。

「そうだったな。すまぬ、莉洸。お前がまだまだ可愛いゆえ、いつまで経っても子供と思ってしまう」

「もうっ」

面白くない話だが、父だけは許してしまえる。

どんなに不在が多くても、女遊びが激しいと言われても、莉洸や兄弟たちにはとても真《しん》摯《し》で優しい父を、莉洸は心から愛しているのだ。

「……父上、先ほどの話ですが」

莉洸と洸英の再会の抱擁《ほうよう》が一段落ついたと同時に、待ちきれないように洸聖が前触れなく切り出した。

「ああ、蓁羅の王のことか」

「それはまこと間違いのない話でしょうか？」

「あれほど目立つ赤目を見誤ることなどないであろう」

赤い目と聞き、洸英に抱きついていた莉洸の身体が強張る。そして、数日前の町での出来事が、頭の中に鮮やかに蘇《よみがえ》った。

助けてくれた相手は一見して旅の商人のような格好だったが、莉洸を抱きしめた腕も胸も逞しく、雰囲気も独特で、外見との不均衡に違和感を覚えたのも事実だった。

名のある剣士か、それとも後ろ暗いことをしている者か。

だが、幼稚な自分の考えは打ち消された。あの人物は隣国、蓁羅の王だったのだ。

一国の王が相手国になんの伝達もなく、供もつけずに現れるなど普通ありえない。蓁羅の王の目的がわからないだけに、莉洸は正体のわからない恐怖でふるりと震えてしまった。

「莉洸、どうした？　気分でも悪いのか？」

自分では気がつかなかったが、莉洸の顔色は真っ青になっていた。

「誰か」

「私が」

洸英がそう言うが早いか、側にいた影人の和季が軽々と莉洸を抱き上げる。そのまま歩き出した和季の後ろに洸莱も続いて、広間は急に静かになった。

悠羽はちらりと洸聖を見上げ、ふっと息を吐いた。

どうやら、あの赤い目は見間違いではなかったらしい。

奏禿と蓁羅は直接の国交はないが、それでも武力国という蓁羅の噂は聞いている。もともとが軍人や犯罪者が立ち上げた国で、周りからも疎まれ、恐れられているというのは周知の事実だ。

その国の王がどんな目的で光華国にやってきたのか。身分を隠していたことからも、あまり良い意味があるようには思えなかった。

「悠羽さま……」

「うん、なんか意味がありそうだな」

こそりと話しかけたサランも、引っかかるものがあったのだろう。悠羽は頷き、小声で返した。

「だが、私たちが動くよりも、洸英さまや洸聖さまがこのままにはしておかれないだろう。しばらく様子をみよう」

サランにそう言いながらも、悠羽は落ちつかない気分を抑えるのに必死だった。本来の悠羽なら、考えるよりもまず自ら動くことの方が性に合っているからだ。それでも、洸聖の許嫁として来国しているとはいえ、まだ客人の立場なので勝手に動き回ることはできない。

己の思うようにできない状況に悠羽が拳を握りしめた時、ふと悠羽は横顔に視線を感じて顔を上げた。

見たことのない、複雑な感情を貼りつけた洸聖の表情は、珍しくその心情を露《あら》わにしていた。

きっと、今の洸英の話を聞いた洸聖は、激しく動揺しているのだ。

「……」

「……」

じっと見返すと、ぎこちなく視線は逸らされる。

後悔するくらいならもう少し人の話を聞いてくれればよかったのにと、悠羽は呆れとも脱力ともわからない感情に大きな息を吐くしかなかった。

数日前、悠羽を陵辱し、その人格を貶めようとした行動のそもそもの原因は、悠羽が町で赤い目の人物を見たという言葉に端を発していた。それが、今の洸英の言葉で、悠羽の話の信憑《しんぴょう》性が立証されたようなものだ。

己の偏った考えの結果を、洸聖はどう考えるのか。

洸聖がこれからどういった行動を取るのか、悠羽は不謹慎だが楽しみになる。

その思いはそのまま悠羽の表情に表れ、むずむずと口元が緩みそうになった時、

「……そのことについては、至急調べさせたいと思います。私は……知りませんでしたから」

そう硬い声で言った洸聖は、既に強い眼差しを取り戻していた。

蓁羅の王の動向が気になるのはもちろんだが、それ以上に洸聖は悠羽に対する己の暴挙をどう償えばいいのかを考え続けていた。

もともとは、小国の王子だというのに王女と偽り、その上で堂々と洸聖と渡り合う悠羽に対し、どちらが高位であるのかを知らしめるつもりだった。町での出来事は、そのきっかけでしかなかったと今ならば嫌というほどわかる。

それが、洸英の言葉で洸聖は己の行動がどれほど安易だったかを思い知った。

大国の皇子だから何をしても許されるはずがない。悠羽はどう思っているのか、考えるのも怖かった。

だが、恨みを抱えてもおかしくないはずなのに、洸聖を見上げる悠羽の目には憎しみも恨みも含まれてはおらず、ただまっすぐに洸聖に向けられていた。そのあまりにもまっすぐな視線に、洸聖は己の中の醜い嫉妬《しっと》を強く刺激されてしまった。

無言のまま、悠羽は訴えているのだ、優先すべきは蓁羅の王の動向だということを。洸聖と悠羽の間の亀裂《きれつ》より、まずは国政を注意すべきだと。

賢王と慕われながら、いつも自由に動き回っている洸英の代わりを、洸聖は十分に務めていると思っていた。政務に関しても皇太子という立場から幼い頃から勉強していたし、今では数もこなして、次期王としての力を見せていると自負もしていた。

しかし、こんな重要な場面で、私情に捕われているのは誰なのか、今ここで突きつけられた気がする。

以前、洸英に苦言を呈した時、笑いながらこう言われた。

「洸聖、賢王というのは自ら思うのではなく、周りがそう思ってくれているかどうかだぞ」

まだまだ洸英には及ばないことを自覚しなければならない。

気持ちを新たに、洸聖は己がすべきことに目を向けた。蓁羅の王、稀羅が、なぜ光華国にやってきたのかを知るために、様々な情報を集めようとした。

だが、洸聖が調べる間もなく、数日後蓁羅から正式な使いがやってきた。

それには、直接王に対面したいという旨しか書かれていなかった。当然のことながら、蓁羅に良い印象を持っていない臣下たちは会う必要などないと強硬に反対をする。

「お前たちはどう思う」

臣下の意見を聞いた洸英は、息子たちに問いかけた。

「……私は、先方の意図がわからぬ会見はできるならば避けた方がよいと思います。まずは大臣同士の交渉からでもいいのではないでしょうか」

生真面目な洸聖の意見に頷き、今度は洸竣を促す。

「私も兄上と同じです。もともと国交がない相手に、初めから王自ら会うことはないと。それに、身分を隠してまで我が国に潜入したという経緯もありますし、慎重に対処した方がよいかと思います」

普段呑気な洸竣も、真面目にそう答えた。

実際に洸竣は蓁羅の王と遭遇していて、たとえその時は相手が身分を隠していてわからなかったにせよ、何も気づかなかった己を悔いていたのだ。

既に成人して、政務にも関わっている上二人の意見を聞いた洸英は、今度は下二人の皇子に視線を向ける。

「お前たちはどう思う？」

「……ぼ、僕は、父上さえよろしければ……会っていただきたいと思っています」

「莉洸っ？」

鋭い声で名前を呼ぶ洸聖から視線を逸らし、それでも莉洸は震える声で続けた。

「あ、相手がどのような気持ちなのかはわかりませんが、こうして使者を寄越されたからには何か……何か重要なお話ではないかと。僕は、その話を聞かれた方がよろしいと思います」

「……そうか。洸莱はどうだ？」

「俺も……会った方がいいと思います」

上二人が否、下二人が是。

真っ二つにわかれてしまった意見に、洸英は苦笑を漏らす。だが、これほど己の意見をはっきり口にできる息子たちが誇らしかった。

しかし、対応は迅速《じんそく》にしなければならない。

もう一度口を開きかけた洸英は、ふと気配に気づいて視線を向けた。その先にある執務室の入口がわずかに開かれ、そこから洸聖の許婚である悠羽が顔を覗かせている。

内密な協議のために人払いをしていたが、洸聖の許嫁である悠羽を衛兵も止めることはできなかったのだろう。

「……悠羽、中にお入り」

まるで悪戯がばれてしまったかのように一瞬複雑な顔をした悠羽だったが、洸英の言葉に素直に部屋の中に入ってきた。

「話は聞いていたな？　そなたはどう思う？」

悠羽はちらりと顔を上げて洸聖を見たが、すぐに洸英に顔を向けた。

「私も、お会いした方がよいと思います」

「なぜ？」

「蓁羅の現王は、それまでの王とは違って自国のために尽力されていると聞いたことがあります。もともと蓁羅は光華国の一部であったと聞きました。お会いするぐらいは構わないのではないかと考えます」

「悠羽、そなたが政に口を出す必要はない」

だがここで、洸聖は悠羽を押し留める。

「父上、蓁羅の王に会うか会わぬかは最後は父上のご判断にお任せます。しかし、もしも会われると決めた時は私の同席もお許し願いたい。次期光華の王として、蓁羅の王には会っておきたいのです」

これだけは譲れないと厳しい表情を向ける洸聖に頷くと、洸英は居並んだ息子たちに向かって穏やかに言った。

「わかった。早急にどうするか決めよう。皆、下がってよいぞ」

部屋から出ながら、洸聖は今の洸英の顔と言葉を思い浮かべる。父の性格からすれば、結局は稀羅に会うだろうと思った。

洸聖は、己だったらどうしただろうかとも考えた。

洸英が不在の間、王の名代として様々な政務をこなしていたが、そんな時に今回のような場合の判断を冷静に下せるかどうか。もしかしたら、洸英のように他の意見を聞くことなく、己の考えのみで判断したのではないか。

「洸聖さま」

「……っ」

洸聖は今自分が浮かべているだろう不安の色を払拭《ふっしょく》し、少し眼光に力を込めて振り返った。

サランを後ろに従えた悠羽は、洸聖に向かって頭を下げた。

「申し訳ありません。私はまだ奏禿の人間なのに、光華の内情について意見を言ってしまいました。洸聖さまが気分を害されたとしても当然です」

洸聖が非難する前に、己の方から謝罪する悠羽に言葉がつまった。

「本当にごめんなさい」

深く頭を下げた悠羽の赤毛は、相変わらずふわふわと跳ねている。それを見ると、洸聖も責める言葉は言えなくなった。

「……頭を下げることはない」

「洸聖さま」

「それに、そなたはもう光華の人間だ。自国のことを考えるのに遠慮は要《い》らぬ」

洸聖自身、そこまで言うつもりはなかった言葉に内心驚いたが、悠羽も目を丸くしたあと、嬉しそうに顔を輝かせる。

本当に喜んでいることがわかるその様子にわけがわからなく動揺した洸聖は、そのまま足早に己の執務室に向かった。

今までの自分ならば、女の身で――実際、悠羽は男だが――政に口を出した悠羽を簡単に受け入れることはしなかった。許すことなどしなかっただろう。まだ奏禿の人間なので目に見えた制裁はできないが、それでもその行動に制限をつけていたと思う。

いつの間にか、洸聖の頭の中では悠羽は既に他国の人間ではなくなっているのだ。

「……っ」

それは、単に身体の関係を持ったからというだけではないのは確かだ。しかし、それを素直に認めるには、洸聖も素直な性格をしていなかった。

秦羅の王、稀羅の光華国への来訪が決まったのは、それから二日後。幸せに満ちた光華国にとっては、嵐《あらし》の訪れとなった。

＊＊＊

半月後、光華国の王宮には、不気味にも見える黒ずくめの一団が居並んでいた。

目元以外は黒い頭巾で覆われていてわからないが、皆一様に背が高く、大柄な身体は見る者に威圧感を与えた。

大国の余裕を見せつけるために王である稀羅の剣の携帯は許可したが、他の人間は皆王宮の入口で剣を置いていくことを要求した。

それに異を唱えることもなく従うのは、武国として剣術だけでなく体術にも優れている秦羅の余裕なのだろうか。ともかく、その十数人の黒い一団を見る光華国の人間は皆怯えたような、それでいて忌むような目だった。

その中で、莉洸は柱の陰から先頭を歩く背の高い男をじっと見つめていた。

面影は遠くからでよくわからないが、覗いている目は確かに赤い。

「莉洸、父上から顔を出さないように言われているだろう」

「莱」

後ろから洸莱に肩を抱かれた莉洸は、少し困ったように目を伏せた。

今日は部屋から出ないようにと言いつけられているのに、こうして出てきてしまったのがどういった理由か、洸莱にはわかってしまったのだろう。

「莱、僕は……」

「今はやめておいた方がいい」

いつもなら、まず莉洸の言葉を聞いてくれる洸莱が、今日は即座に言った。

「どうして？」

「相手の目的がわからない。莉洸、せめて父上があいつから話を聞くまでおとなしくしていた方がいい」

洸莱の正論に反論もできないでいると、不意に髪をくしゃりと撫でられた。

「莉洸、洸莱、こんなところで何をしているんだ？」

「竣兄さま」

一団を迎えに出る役を買って出た洸竣は、鮮やかな青い正装姿だ。普段もお洒落《しゃれ》で華やかだが、きちんとした格好はさらに見惚れるほどに凜々しい。

だが、目の前にいる洸竣の顔は普段は常に浮かべている口元の笑みも影を潜め、少し怒ったような目で、莉洸と洸莱を交互に見て溜め息をついた。

「お前たちは部屋にいるようにと言われなかったか？」

「竣兄さま、僕も……」

「莉洸、今回の来訪は相手の真意がわからないものだ。そんな場に可愛いお前を置いておきたくはない父上のお気持ちがわからないか？　洸莱、莉洸を部屋に。そのままお前も一緒にいるように」

「はい」

「わかったな？　おとなしく言う通りにしなさい」

最後はいつものように優しい笑みを浮かべた洸竣は、まだ俯いている莉洸の顔を上げさせ、その頰に唇を寄せて踵《きびす》を返した。

洸竣に念を押されては莉洸も我儘《わがまま》を言えず、しかたなく部屋に戻ろうとする。最後に、もう一度その姿を見ようと振り返ると、一瞬、あの深い赤い色の目と視線が合ったような気がした。

しかし、それを確かめる前に、莉洸は洸莱に肩を抱かれてその場を立ち去ることになった。

落ちつかないのは莉洸だけではなかった。

王宮内のざわめきに、悠羽も落ちつきなく部屋の中を歩き回っている。

「悠羽さま、少しは落ちついてください」

「だって、あの秦羅の王がきているんだぞ？　私も対面の場にいたいくらいなのに」

稀羅との対面には、王と洸聖、そして洸竣が立ち会うことが決まっていた。

悠羽としても己が部外者だとは十分自覚しているが、噂だけでなかなか真実の姿を語られない秦羅の王をこの目で見たいという欲求は収まらない。

「陰から覗くだけというのは駄目かな？」

「すぐにわかってしまいますよ」

「じゃあ……衛兵になりすますというのは？」

「悠羽さま、それでは……」

「体格が違いすぎるだろう」

悠羽とサランは大きく身体を震わせて振り向いた。そこには既に正装している洸聖が、腕を組んで呆れたような表情でこちらを見ている。

「女というものは、むやみに人前に顔を晒《さら》すものではない」

「……はい」

理由がそれでは納得がいかないが、現状では言い返すこともできない。悠羽はしかたがなく諦めようとしたが、続く洸聖の言葉に目を丸くしてしまった。

「……ただし、薄布で顔を隠し、一言も口を開かないと約束するならば同席を許そう」

「本当にっ？」

信じられない条件に、悠羽の顔はたちまち輝く。

「嘘は言わない。どうする？」

「もちろん、同席させてくださいっ」

素直に頭を下げる悠羽に、洸聖は視線だけを動かしてあとについてくるように促した。


「王」

すぐ側にいる衣月の声に、稀羅は浅く頷いて顔をまっすぐに上げた。

蓁羅の王が正面からこの光華国を訪問するのは稀羅が初めてだ。

元は同じ光華国とはいえその独立のしかたがあまりにも乱暴だったため、今現在も二つの国の国交は断絶状態といってもいい。

そんな中、王である稀羅自らの訪問はどんな裏があるのかと、光華国側は戦々恐々としているはずだ。小国とはいえ武国と名高い蓁羅は、戦をするにはかなり危険な相手と思われているのだ。

その反面、向けられる視線の中には蔑《さげす》みの色も濃い。元は犯罪者や脱走兵の末裔《まつえい》だろうという思いが彼らの中にあるからだろう。

それは間違いではない。

ただ、蓁羅の人間は彼らの想像以上に努力し、あの貧国を他国が一目置く国にまでしてきた。

なんら恥じる必要はないと稀羅が言い聞かせたせいか、帯同した近衛兵の先鋭たちも堂々と胸を張り、華やかな光華国の王宮の真ん中を歩いていた。

王宮の中に足を踏み入れると、ふと横顔に視線を感じた。それがあの第三皇子だと、すぐにわかった。

ほぼ半月ぶりだが、莉洸を欲しいと思った己の気持ちは少しも薄れていない。

光華国の光の皇子を手に入れること——それが、今の稀羅の最大の目的になっているのだ。

綿密な計画を立て、やっとここまできた。

稀羅が奥歯を噛みしめた時、ゆっくり近づいてくる足音がした。

「ようこそ、光華へ」

ゆったりとした笑みを浮かべて立っているのは、あの時町で見かけた優男……光華国自慢の第二皇子、洸竣だ。

身長はわずかに稀羅より低く、その身体の厚みも細い。しかし、さすがに隙のない気配は、ただの呑気な皇子と思わせないものだ。

「初めてお目にかかる」

「……初めて？」

意味深に繰り返した洸竣の目がきつくなる。

「……そうですね、初めまして、光華国第二皇子、洸竣です」

「蓁羅の王、稀羅だ」

互いに挨拶はするものの、手を差し出すことはしない。それが失礼なことだと感じないまましばらくの間睨むように視線を交わしていたが、先に動いたのは洸竣だった。

「父が待っています。どうぞこちらに」

さすがに光華国の王に蓁羅の一行全員が同席できるはずもなく、蓁羅の近衛兵たちは広間の前で待機することになった。稀羅は衣月だけを従え、足を踏み入れる。

その途端、謁見《えっけん》の間は異様な雰囲気に包まれた。

王座には光華国王、洸英が座っており、後ろには案内を買って出た洸竣と、もう一人、正装した男が並び立っている。知性的な面影と立ち位置から、稀羅はその男が第一皇子、皇太子の洸聖だと見当をつけた。

もう一人、洸竣から少し離れた場所に、顔を薄布で隠した女がいる。その左右は光華国側の臣下たちが、強張った表情でずらりと居並んでいた。

「初めてお目にかかる、蓁羅の王、稀羅と申す」

「よくぞ参られた、稀羅殿。私が光華の王、洸英だ」

それに対面して立っているのは、稀羅と衣月の二人だ。洸英に挨拶をして初めて、稀羅は顔を覆っていた頭巾を取って素顔を晒した。

衆人の目に、禍々《まがまが》しいほどに赤い稀羅の目が露呈し、ざわめきがいっそう大きくなった。

その反応に構わず、堂々と顔を上げている稀羅を、洸聖は注意深く観察する。

噂には聞いていたが、確かに稀羅の目は炎のように赤く、見る者の魂を奪うかのように鈍く輝いていた。その眼差しは油断ならないほど鋭いが、精悍《せいかん》な容貌は素直に男振りが良いと思える。

身長も高く、身体つきもがっしりとしていて、いかにも武国の王というのを体現している男だ。ただ、その体格の良さは稀羅だけではなく、今は膝を折っている従者の男も大柄で隙がなかった。

人数ではこちらの方がはるかに勝っているのに、圧倒的な迫力を感じる。

そんな中、稀羅から口を開いた。

「突然の謁見を快諾していただき、まこと光華の王の度量の大きさに感服するだけです」

「いや、貴殿がそう言ってこられるだけで、どれほどの覚悟をお持ちかはよくわかっておるつもりだ」

「……痛み入る」

同じ一国の王という立場だが、国力は圧倒的に光華国の方が大きい。

それに加え年長でもあるせいか、稀羅は今のところ洸英を立てているように見えた。

「ところで此度《こたび》の来訪の意味を尋ねてもよろしいか」

「……王、それを話させていただくには、まずは控えておられる方々の退室を願いたい」

「退室を？」

「さよう。ああ、王族の方々はそのままで結構」

「何をおっしゃられるかっ！　初めてのご訪問でいきなりそうおっしゃられるのは不躾《ぶしつけ》ではあるまいか！」

あちらこちらから不満や非難の声が上がるがそれは予想通りだったのか、稀羅は少しも臆《おく》することなく、ゆったりと言葉を続ける。

「我が国と貴国との苦い歴史は私も承知している。しかし、このままでは互いが互いを警戒するだけで、なんの進展もないとはお思いにならないか？　今回私は一歩踏み出したいと思い、ここまでやってきたのです」

「それが過分なお申し入れだと……っ」

「よい。稀羅殿、貴殿の言葉に従おう」

「王！」

「信じたいのならばまずは信じなければならない。そうであろう？」

一切の交流がない国の人物と対するのがどんなに危険を伴うことか、ここにいる誰もがわかっている。それでも、洸英は受け入れた。普段は見せない王としての決断力と胆力に、これが王というものなのかと洸聖は拳を握りしめる。

洸英の言葉に逆らうことはできず、明らかに不本意そうに光華国の臣下たちが退出するのを見ながら、稀羅も己の申し出に即座に反応した洸英をさすがに大国の王だと感服していた。賢王と名高いが、それも嘘ではないらしい。

「お前も外で待て」

「……王」

一瞬、稀羅の顔を仰いだ衣月だったが、すぐに頭を下げると外に出る。

やがて、謁見の間には稀羅と、光華国の王族だけとなった。

これだけの広さに数人だけというのは妙に肌寒く、そして空気も張りつめた。

「紹介が遅れた。これが第一皇子洸聖。それに第二皇子洸竣と、そちらが洸聖の妃、悠羽だ」

洸英の紹介で、稀羅はようやくもう一人の人物の正体がわかった。確か洸聖には許嫁がいた。奏禿の第一王女だったはずだ。

その王女——悠羽の表情はよくは見えないものの、稀羅を恐れている様子は感じない。国内はまだしも、国外ではその名を口にしただけで……いや、この赤い目を見ただけで皆恐れるというのに、恐怖を見せない悠羽を変わった女だと思った。

「それで、貴殿の望みはなんだ？」

稀羅の思惑を知らないはずなのに、洸英は自ら切り出した。

今稀羅が考えていることを聞いて、この偉大な王がどんな反応を見せるのか興味深い。

勿体《もったい》ぶる必要はないのだ。稀羅はこの一言を言いに、この国までやってきた。

「我が国と光華の国交を回復したい」

「国交を？」

「他国が我が国をどう思っているかはわかっているつもりです。しかし、私は光華を裏切るつもりはない……ただ一つの条件が聞き届けられたならば」

「……条件、とは？」

洸英が目を眇《すが》める。

この瞬間を、稀羅はどれほど待ち望んでいただろうか。

「光華の皇子、第三皇子の莉洸殿をいただきたい」

「！」

きっぱりと言いきる稀羅の言葉に、悠羽は思わず息をのんだ。

いや、悠羽だけではなく、隣に立つ洸聖も洸竣も、そして今まで冷静に稀羅と対峙《たいじ》していた洸英の顔色も、一瞬のうちに変わった。

「……莉洸を……所望と？」

「いかにも」

「……あれは皇子だが」

「承知している」

「……その意図は？」

「欲しいと思った……それだけです」

短い言葉の中に、稀羅の莉洸への執着が強く感じられる。そして、悠羽はあっと気づいた。

国外はおろか、王宮からもあまり出たことがない莉洸を、秦羅の王である稀羅が見初《みそ》めるのは不可能なはずだ。そう考えると、あの時、あの町中で暴れ馬から莉洸を救った時に、稀羅は初めて莉洸を見たはずだった。

だとすれば、あの一瞬で稀羅は莉洸を欲したということになる。

そんなことがあるのかと信じられない思いだが、莉洸の父と兄たちは悠羽のように疑問を抱くだけではいられなかったようだ。

「断わる」

すぐに、洸聖が断じた。

「我が弟を慰み者などにさせられるものかっ」

「私も反対だ。大事な莉洸を手放せるはずがないっ」

洸聖と洸竣の反応に、洸英も厳しい表情で言う。

「貴殿の意図はわからぬが、大切な子を未知の国に渡すことなどできぬ」

それは、悠羽も身体が震えるほどに強く、威厳に満ちた声だったが、向けられた稀羅はまったく臆した様子を見せない。

「それが、光華国国王としてのお答えか」

「莉洸の父としての答えだ」

洸英は話を打ち切るために立ち上がった。

「わざわざここまでこられたのだ。しばらくはごゆるりとされるがよい。我が国の女人もなかなかに美しいぞ」

暗に、男の莉洸ではなく女を選ぶがいいと言っているようなものだが、この洸英の言葉も想像できたものなのか、稀羅は口元に冷笑を浮かべたまま答えない。

そんな稀羅に、洸英は念を押すように繰り返した。

「莉洸は我が国から出さない。よろしいか、稀羅殿」

「……承知した」

最後にはそう答えた稀羅だったが、悠羽にはそれが納得したという意味には聞こえない。何か、起こるかもしれないと漠然とした不安を感じながら、悠羽は稀羅の赤い目から視線を逸らすことができなかった。


その夜、光華国で行われた歓迎の祝宴は盛大なものだった。

秦羅ほどの国力の一行を迎えるにしてはかなり過分な接待だったが、それだけ光華が秦羅の存在を重視しているという証拠と誰もが思った。しかし、その真意が別にあるということを、一部の人間だけが知っていた。

「稀羅殿、お気に召す者がいれば何人でも言うがよいぞ」

客の前で舞を踊る踊り子も、酒を注ぐ侍女たちも、選りすぐりの女が揃えてあった。

普通の男ならば誰もが目を惹くであろう美女揃いだが、接待を受けている蓁羅の男たちに笑みはない。

「どうぞ」

そんな中、悠羽が稀羅の前に座って酒を注いだ。洸聖には側に寄らないように注意されたが、悠羽が強引に説き伏せたのだ。

怯えることもなく興味に満ちた眼差しを向けられ、さすがに稀羅はちらりと悠羽に視線をやった。

「そなた、私が恐ろしくないのか？」

「恐ろしい？　何がですか？」

「他にはないであろう、この赤い目は」

蓁羅だけでなく、他国にも赤い目の種族がいると聞いたことはない。稀羅ただ一人、特異な色なのだ。

「確かに珍しいとは思います。なんだか不思議な感じがしますけど……怖くはないです」

それは悠羽の正直な考えだった。

噂ばかり先行していた時は何もわからずに得体の知れない怖さだけを感じていたが、実際に会ってみると彼も人間なのだとわかる。赤い目も、見慣れればとても綺麗なものだ。

「……変わっておるな」

悠羽の言葉に、稀羅はわずかに唇の端を上げた。

「悠羽」

そんな二人の間に割って入る声がして、悠羽の華奢な腕が強引に引っ張られる。

振り向いた悠羽は、相手を確かめて眉を顰めた。

「何をするんですか、洸聖さま」

「何をと？」

危機感のない悠羽に、洸聖は不機嫌さを隠さなかった。

目の前のこの男は、はっきりと莉洸が欲しいとその口で言った。妖艶《ようえん》な美女に少しも目がいかないということは、きっと稀羅は男を性愛の対象にする人間に違いなかった。

そうであれば、悠羽だとて狙《ねら》われないとは限らない。莉洸と悠羽では容姿の差はあるものの、悠羽には彼なりの魅力があると洸聖は思っている。なにより、悠羽は自分のものなのに、にこやかに談笑しているように見えた二人が許せなかった。

その時点で稀羅が悠羽の性別に気づいていないということは、洸聖の頭の中になかった。

「悠羽、そなたはもう部屋に戻るように」

「え？　まだ……」

「戻りなさい」

洸聖が重ねて言うと、悠羽は渋々だが広間から出て行く。きっと明日には文句を言われるだろうが、とりあえず今は稀羅の前から姿を消してくれて安堵した。

「……そんなに可愛いものか？」

去っていく悠羽の後ろ姿を見送っていた洸聖は、まるで嘲笑《ちょうしょう》するように呟いた稀羅を振り返る。思わず睨んでしまうが、挑発に乗った方が負けだと拳を握りしめた。

「変わった女だ」

「……」

「しかし、なかなか面白い。莉洸殿がいなければ、欲しかったところだ」

腰に剣があれば斬りかかったかもしれない。しかし、惜しいことに洸聖は今何も持っていなかった。

せめて目線だけでも稀羅を射殺せるようにと睨むと、稀羅はふっと目を細める。

「光華国の皇太子は冷静沈着な人物だと聞いていた。どんなことにも動じず、冷たいほど冷静な目で物事を見ていると思っておったが……そのような感情も見せることがあるのだな」

さらりと言い、稀羅は酒を飲み干した。

洸聖も黙ったまま酒を口にする。

だが、その場は酌み交わすという和やかな雰囲気は微塵《みじん》もなかった。

それから数時間後、表面上は滞りなく酒宴は終わった。

洸英が期待していたように蓁羅の面々は稀羅以下、誰も女を寝所に連れ帰るということはなかったが、無理やりに押しつけることはしなかった。

それが、甘いのだ。

稀羅が案内された来客用の貴賓室《きひん》は、信じられないほど立派なものだ。豪奢《ごうしゃ》というわけではなく、落ちついたその雰囲気は、初めて泊まるはずの稀羅にとっても心地好いものに思えた。

しかし、今夜稀羅はここに泊まることはない。

「稀羅さま」

部屋に入ってきた衣月に、稀羅は視線を向けた。

「場所は？」

「南です。見張りが数人ついていますが」

「私の言葉に反応したのだろう。その方がやり易《やす》い」

酒宴で出された光華国の上品な酒は、蓁羅の国の人間からすればまるで水と同じだ。

稀羅はまったく酔いもせず、そのまま窓際に向かった。

「退路は確保しています。あとは獲物を手にするだけです」

既に万事準備は整えていると報告された稀羅は、己の赤い目が決意に鈍く光っていると感じていた。

断わられるのがわかっているのにわざわざ光華国まできたのは、力ずくでも莉洸を手に入れるためだ。さすがに光華国の王宮内にこっそり忍び込むのは至難の業で、そもそもの時点では莉洸がどこにいるのかさえもわからなかった。それならば、危険を冒して忍び込むよりもはるかに、正面きって乗り込む方が得策だと判断したのだ。

仮にも一国の王をむざむざと追い返しはしないだろうという思惑通り、光華国は稀羅を受け入れた。いや、稀羅だけでなく十四人もの近衛兵さえも受け入れたのだ。

窓を開け放つとそこは二階ほどもある高さだが、わずかな外壁の突起を伝えばこのまま移動は可能だ。

廊下に見張りはいるだろうが、この部屋に面した庭の警備の人数は多くはない。武力国家と言われる秦羅の人間の能力を甘く見ている証拠だ。

「よし、合図を」

命ずると、頷いた衣月はそのまま鳥のような鳴き声を放つ。

この月もない夜、今が動く時だった。


「おやすみ」

遅くまで部屋にいてくれた洸莱を見送り、莉洸は溜め息をついた。

結局、酒宴に出席することも許されず、莉洸は秦羅の王を間近に見られないままだ。

一人で会うのは怖いが、あの時暴れ馬から助けてくれた礼は言いたかった。父や兄たちと一緒ならば平気だと思っていたのに、対面さえも許されない状態では何もできない。

「なんだか、様子も変だし……」

いつもは部屋の外にいない衛兵が、今夜に限って三人も立っていた。どうしたのかと尋ねたが、言葉を濁され、反対に部屋から出ないように言われてしまった。

己が頼りないという自覚はしていたが、それでもここまで何も言ってもらわなければ、莉洸の不安はますます大きくなるばかりだ。

「明日、悠羽さまにお会いしようかな……」

悠羽ならばこの複雑な思いをわかってくれるような気がして莉洸は呟くと、ようやく夜着に着替えるために寝室に向かおうとした。

その時だ。

今夜は月は出ていないが風もなかったはずなのに、窓がかなり煩く揺れた。

「……鍵《かぎ》を閉めた方がいいかな」

そう思いながら、莉洸は片方だけしか閉めていなかった窓に手を伸ばす。

「騒ぐな」

「！」

窓の外、空中からいきなり伸びてきた手が、莉洸の手首を摑んだ。

あまりの驚きに悲鳴も上げることができなかった莉洸は、そのまま窓から中に入ってくる人物を呆然と見上げる。黒装束に黒い頭巾を被り、防塵布で口元を覆っている莉洸よりも二回り近く大柄なその人物は、唯一覗く赤い目をまっすぐに向けてきた。

「し、蓁羅、の？」

その主が誰であるのか、莉洸にもすぐにわかった。

震える声に目を細めた男は莉洸の腰を抱き、真上から顔を覗き込んでくる。

「そなたを貰いにきたぞ、光華の皇子、莉洸」

「ぼ、僕を……？」

「私の言う通りに動け。少しでも不審な真似をすれば、そなたの周りの人間に危害を加えることになる」

恐ろしい言葉の意味をようやく理解した莉洸の顔は真っ青になった。

「早速、私の言う通りにしてもらおうか」

――しばらくして、莉洸は扉を開いた。部屋の前を警護していた衛兵たちが、顔を覗かせた莉洸に問いかける。

「莉洸さま、いかがなさいました？」

莉洸は一瞬だけ目を伏せたあと、なんとか言葉を押し出した。

「あ、あの、窓から見ていたら、西の庭の方で明かりが見えたような気がして……。もしかしたら、気のせいかもしれないけれど……ちょっと見てきてくれる？」

三人いたうちの一人が慌てて走っていく。その背を見送り、莉洸は続けて言った。

「の、喉も渇いているから、何か持ってきてくれないかな？」

「莉洸さま、それは今の者が戻ってからでよろしいでしょうか？」

「でも……あの、お願い」

莉洸のお願いに勝てる者などいなかった。二人は顔を見合わせたが、すぐに一人が食堂に向かう。

「ごめんなさい」

「いいえ、お気になさらず」

「……ごめんなさい」

「莉洸さま？」

泣きそうに歪んだ莉洸の顔を驚いたように見た衛兵が一歩踏み出したのと、中から扉が大きく開かれたのはほぼ同時だった。

反射的に腰の剣に手をやる衛兵の前に飛び出した黒装束の男が、その首に腕を回して一気に締めつける。声もなくその場に崩れ落ちる衛兵に莉洸は駆け寄ろうとしたが、その身体は軽々と後ろから出てきた赤目の男――稀羅の肩に担がれてしまった。

「死、死んでいないですよね？」

「息はあるはずだ」

見もせずに言う稀羅に莉洸は言い返そうとするものの、遠くから見た時はあれほど綺麗に見えた赤い目が怖くてすぐに俯く。

そんな莉洸の横顔を見つめながら稀羅は続けた。

「外に出る道を教えろ。遅くなればそれだけ、血を流す人間が出るだけだ」

涙で潤む莉洸の目を、稀羅は射るように見た。

蓁羅の人間にとっては容易《たやす》い壁登りも、か細く力のない莉洸にはとても無理だというのは初めからわかっていた。己が背中に担いで動くことも考えたが、万が一に危険な目に遭わないとも限らない。

そうなると一番安全な方法は入ってきた時と同様、正規の通路のいずれかから出て行くということだ。もちろん、そのためには協力者が必要で、それには連れ去る人物、皇子である莉洸が一番の適任だった。

思惑の通り、莉洸の誘導で王宮の中庭に出た稀羅は、既に待機していた近衛兵たちと合流した。

「裏門から出るか」

「南門に、出入りの商人が通る小さな門があります。そちらの方が目立たないでしょう」

何度も光華国に潜入している衣月の情報は確かなので、稀羅はその言葉通り南門に急いだ。まずは一刻も早く王宮を出て、国境を越えなければならない。

それは己の、いや、ここまでついてきてくれた近衛兵たちの命にも関わるのだ。

稀羅は、己の外套にすっぽりと包んだ莉洸を見た。荷物のように肩に担いだ状態だが、稀羅としてはできる限り大切に扱っているつもりだ。頑丈な己とはまったく違う、小さく壊れやすい莉洸に負担はかけたくないが、こちらも命懸けだった。

「皇子、もうしばらく我慢しろ。行くぞ」

十五人の蓁羅の一行……いや、莉洸を加えた十六人は、そのまま暗闇に紛れて南門に向かう。

「こちらです」

そろそろ莉洸が追い払った衛兵が部屋の前に戻ってくる頃だ。気を失わせた衛兵は莉洸の部屋に入れておいたが、鍵もかけていないので中を調べられれば異変にはすぐ気づかれる。

その途端、動く王宮内の衛兵をすべて相手にするのは厄介なので、その前にこの敷地からは出ておきたかった。

「……いる」

不意に足を止めた衣月が制止した。

「何人だ？」

「……四……五人ですね。やはり通常時より多い」

頷いた稀羅が合図をすると、一人が胸元に入れていた石を取り出し、今きた方向とはまったく違う方向の繁みに向かって投げた。音に敏感に反応した衛兵が二人、剣を構えながらその方向に走っていく。

その隙に稀羅の近衛兵が残った三人に飛びかかり、声を出す暇もなく倒した。

本来は殺す方が簡単だったが、稀羅は莉洸の目の前で血を流すことはしたくなかった。

気を失わせるだけではすぐに気づかれてあとを追われてしまうが、足の腱《けん》を切らせたので簡単には動くことはできないはずだ。

そうでなくても恐れられているのに、これ以上莉洸に嫌われたくない。

……いや、今も好かれてはいないだろうが。

門から出た稀羅は、以前から光華国に潜入させておいた者に用意させていた馬に乗ると、そのまま一気に走らせた。

王宮の門はたちまち遠ざかっていく。

ここまでは稀羅の計画通りに進んだ。

「しっかり摑まっていろ」

「……っ」

莉洸は鞍《くら》をつけていない馬に乗ったことはないのだろう。いや、ほとんど王宮から出ることはなかったと聞くこの皇子は、馬に乗るのさえ容易ではないはずだ。

振り落とされないよう馬の鬣《たてがみ》にしがみつくようにしている莉洸の身体を守るように後ろから抱きしめながら、稀羅は口元を歪ませる。

もう、あとには引けなかった。

この大国の皇子を、王宮から強奪したのだ。

どれほどの修羅の道になろうとも、このまま突き進むしかない。

「今しばらく我慢せいっ」

自らも砂塵《さじん》を吸い込まないように防塵布で口を覆っている稀羅が、くぐもった声ながらも鋭く莉洸に言った。

「国境をすぎれば休めるっ」

その言葉に、莉洸は息をのんだ。それまで国境はもちろん、王宮からも数えるほどしか出たことがない莉洸にとって、国境を越えるということは恐ろしい未知の世界に飛び込むのも同然だったからだ。

「んっ……ん〜っ」

「口を開くなっ、息ができなくなるっ」

稀羅の言った通り、叫ぼうと開きかけた莉洸の口元に、怖いほどの勢いで砂粒と空気が入り込もうとした。顔全体も布で覆われているというのにその感触ははっきりと伝わってきて、その恐怖に莉洸は叫ぶこともできなくなる。

蓁羅の王に会ってみたいなどと思わなければよかった。

もう一度あの赤い目を、どうしても間近に見て、助けてもらったお礼を言って……しかし、そんなふうに呑気に思っていた己の浅はかさが、今この状態を生んでしまったのかと思うと、莉洸は後悔してもしきれない。

一国の皇子を略奪する。それがどういった嵐を呼ぶのか、莉洸は考えることが怖かった。

「王！　早馬です！」

その時、稀羅の馬のすぐ後ろを走らせていた人間が叫んだ。

「早いなっ」

「幸いまだ一人の様子っ、最後尾に相手をさせます！」

「頼むっ」

（やめて！）

莉洸は叫んだ。いや、声にはならなかったが、どうしても叫ばずにはいられなかった。包まれた布の中で涙を溢れさせる莉洸に気づいたのかどうか、稀羅は小さなその身体をさらに強く抱きしめてきた。


莉洸が部屋から消えたという一報を受けた洸聖は、ただちに莉洸の部屋に駆けつけた。しかし、そこにあの可愛い弟の姿はない。

「……蓁羅の一行はっ？　部屋にいるのか確かめろっ」

目まぐるしく動き出した王宮内は、深夜だというのに大騒ぎになった。

洸聖の悪い予感は当たり、貴賓室の稀羅だけでなく、他の部屋にいたはずの蓁羅の近衛兵たちの姿もなかった。

「洸聖さまっ、南門の衛兵が三人倒されています！」

「殺されたのかっ？」

「足の腱を切られて追われないようにしているようです！」

「皇子！　町をかなりの速度で馬を走らせて行った一団を見たと！」

次々に舞い込む報告に、洸聖は声を荒げて叫んだ。

「警備を立て直せ。私もすぐにあとを追う」

稀羅の存在に危機感を感じ、できる用心はしていたというのに、まさか目の前から堂々と莉洸を攫っていくとまでは想像もしていなかった。

正面から乗り込んできて、洸英の前で堂々と莉洸を欲しいと言い放ち、歓迎の酒宴を終えたその夜に、まさかこんな暴挙に出るとは思わなかったのだ。

いや、光華国の方が、洸聖が甘かっただけだ。

だが、後悔ばかりをしてはいられなかった。

この光華国の領土内にいるうちにどうにかして捕まえなければと、洸聖は自らも馬に乗って王宮を飛び出した。

深夜の町は昼間の人波など嘘のように静まり返っており、洸聖たちが走らせる馬の蹄の音だけが妙に大きく響いていた。

先を行く馬の砂埃が遠くに見えることだけが希望だった。相手は慣れない異国、こちらは抜け道も心得ている。必死に追えば、追いつけると信じた。

「兄上っ、あ奴らこのまま北の門に向かう気です！」

隣を走る洸竣の指摘に、洸聖は唇を噛みしめる。国境に一番近い北大門まで、この調子で馬を走らせていては追いつかない可能性があった。

もちろん、門番にこの大事を伝える伝令も間に合わない。

国境を守る兵はそれなりに力もある者たちだが、不意をつかれてしまえばそのまま突破される危険も考えられた。いや、王である稀羅付きで、最少人数で乗り込んできた秦羅の人間は相当な腕の持ち主ばかりだろう。そんな秦羅の猛者《もさ》相手に、どこまで耐えられるか。

「急げっ、洸竣！」

とにかく、追いつかねばならない。

国境を出てしまうと、そこは隣国との中立区だ。強権をふるうことは難しく、それがたとえ罪人だとしても、いくら人道上の問題があるとしても、簡単に他国の王を拘束することもできない。

途中、馬から落とされた近衛を発見した。

莉洸が攫われたとわかってすぐにあとを追わせた者だった。

命に別状はなかったが、あまりにもあっけなく追跡の芽を断たれ、それだけでも武国と名高い秦羅の手際のよさを痛感する。

大事な莉洸をあんな野蛮な男に渡すことなど考えられず、そうなる前に一刻も早く追いつき、取り戻すことを願った。

そして王宮に取り残された悠羽も、青褪めた表情で外を見ていた。

悠羽の責任ではないと洸英も言ってくれたが、己の進言が今回の会談のあと押しをしたことに違いはない。

謎《なぞ》が多い蓁羅の王に会ってみたいと思っていた。実際に会った彼は、噂のような赤い鬼ではなく、精悍な容貌の凛々しい男で、話していても知性を感じさせた。

その男が、まさかこんなだいそれたことをするとは――想像もできなかった。

「悠羽さま、今回のことは悠羽さまのせいではありません」

「でも、サラン、私が……」

「サランの言う通りです」

不意に聞こえた声に振り向くと、そこにはさすがにいつもの無表情ではなく厳しい顔をした洸莱がいた。

「いくらあなたのお言葉があったとしても、実際に蓁羅の王を招くことを決めたのは父上です。あなたがそのように思い悩むことはありません」

淡々と告げる洸莱は、年齢以上に大人びたことを口にする。しかし、その本心はどうだろうか。

幼い頃からいつも側にいてくれた弟だと、莉洸は嬉しそうに笑いながら話してくれた。どういった事情か、幼い頃は離れて暮らしていたらしい洸莱は、病弱な莉洸の遊び相手としてようやく王宮に上がることが許されたという経緯があるらしい。そのせいか、普段は感情表現が乏しい洸莱も、莉洸の側にいる時はその表情が和らいでいたように見えた。

きっと自分も稀羅を追いかけて行きたいだろうにと、悠羽は申し訳なさに目を伏せる。

「蓁羅の王は、何故《なにゆえ》莉洸さまを攫ったのか……」

「蓁羅と光華には過去の因縁があるので……その恨みかもしれません」

「でも、サラン、稀羅王はそんな過去を払拭しようとなさっていたんじゃないか？」

「……悠羽さま、人というものは弱い生き物です。頭では納得していたのかもしれませんが、実際にこの光華国の地を踏んで自国との違いをあからさまに感じた時、思いもよらない感情が生まれることもあるでしょう……申し訳ありません、洸莱さま」

言いすぎたと思ったのか、サランが洸莱に向かって頭を下げた。

しかし、洸莱はゆっくりと首を横に振った。

「いや、サランの言う通りかもしれない」

「洸莱さま」

「俺たちは、人の感情というものを甘く見ていたのかもしれない」

だからと言って、なんの罪もない、ましてや抵抗もできないか弱い莉洸を攫ってもいいはずがない。

どうか洸聖が間に合って欲しいと、悠羽は心から祈っていた。


国境までの一本道を、稀羅の操る馬は休むことなく全速力で走り続けていた。

所狭しと並ぶ市場や商家がある賑やかな通りを抜け、馬は簡素な民家がところどころ並ぶ道に差しかかっていた。

　豊かな光華国とはいえ、国民すべてが裕福な生活をしているわけではないということも、莉洸は洸聖から聞いていた。

「ここはまだよいっ」

　そんな莉洸の気持ちを読んだかのように稀羅が言った。

「我が国蓁羅は、未だ家もなく野に暮らす者や、食べるものがなく、日々死んでいく赤子があとを絶たないっ。痩せた畑で作物も少なく、水源も限られたその国で、人は何を糧に生きていると思うっ？」

　突然の鋭い問いに、莉洸は答えられなかった。

「今にと、いずれと、先を思うだけだ！　そんな民を救いたいと思う何が悪いっ？」

「き、稀羅王……」

「そなたは光華国との交渉に必要な大事な客人だ。命を奪うことはせぬ、安心しろっ」

　稀羅の言葉が嘘だとはとても思えない。莉洸も、自分でできることならばなんでもしたいと思うほどに心に痛く響いた。

　しかし、稀羅のこの方法が、莉洸を攫うという方法が、正しいとはとても思えない。もどかしいこの思いをなんとか言葉にしたい……莉洸がそう思った時だ。

「国境が見えた！」

　慌てて莉洸も視線を向け、はるか前方に国境の門と永遠に続くかのような壁、そして塔が見えた。

あれが北大門だった。

「稀羅さまっ、後方から追っ手がっ」

だが、緊張した声が聞こえたと同時に、莉洸を抱きしめる稀羅の腕にさらに力が込められる。

ここまで計画通りにことが運んだと考えていた稀羅だが、さすがに王宮から抜け出すまでには多少の時間がかかった上、腕の中の莉洸を気遣って馬の速度は落としていた。本来ならばもっと速く走れたのを、少し鞭《むち》を入れる回数を減らした分、必死の思いで追いかけてきた相手に追いつかれそうになる。

逃げきれると考えていた己が甘かったのかもしれない。

「我らが相手をするゆえ、王は門を！」

「王っ、お早く！」

稀羅と莉洸さえ国境を越えればあとはどうにでもなると叫ぶ衣月に、稀羅もさらに強く馬の腹を蹴《け》った。

「止まれ～！」

「止まれっ、止まれ！」

尋常ではない馬の速さを確認した門番が、門の前に立ち塞がって叫んでいる。

稀羅の腕の中にあるのが大切な自国の皇子だと知ったら抵抗はやむだろうが、生憎《あいにく》そんな悠長なことをする時間はなかった。

「皇子、しっかりと掴まっておれっ」

そのまま稀羅は片手で馬の手綱を握り、もう片方で剣を抜いた。

「歯向かうなら斬《き》り捨てる！」

大声で叫びながら剣を振りかざすと、数人いた衛兵や門番の動きが止まる。

間の前に立ち塞がる壁を壊すことに躊躇いはなかった。


砂埃しか見えなかった前方に、はっきりと馬の姿が現れた。

洸聖はさらに馬を急かせ、前を行く略奪者に追いつこうと焦る。

多分、この騒ぎは国境の門を守る衛兵も感じ取り、簡単には稀羅たちを門外には出さないはずだ。いや、そうあって欲しいと願いながら、洸聖は前方を睨みつけた。

国境の門まであと少しという場所で、急激に止まった馬がこちらに向かってくる。

洸聖は止まった馬の向こうへ走っていく二頭の馬に視線を向けた。

多分、あの二頭の馬のどちらかに稀羅が乗っている。そして、その腕の中には怯えているであろう莉洸がいる。

だが、その手前で立ち塞がる蓁羅の男たちは剣を抜いて構えている。直接対決も厭《いと》わないその姿に、洸聖は荒々しく恫喝《どうかつ》した。

「己の主が何をしたのかわかっておるのか！　他国の皇子を攫い、兵士を傷つけ、このまま国境を出れば戦になるのは必至！」

「先刻承知！　我らは稀羅さまのお心に従うまで！」

相手は命も惜しくないのだろう。洸聖の忠告にも耳を貸さず、頭巾の下から覗く目には確かな殺意さえ湛えていた。手強いが、ここで相手にしていてはさらに稀羅を遠くに逃がしてしまう。

「洸竣っ、頼む！」

洸聖のあとをついてきた衛兵の数は多くはないが、もう間もなく近衛の一師団があとを追ってくるはずだ。

この場は洸竣に任せ、洸聖は先頭を走る馬へと向かう。

「行かせぬ！」

「どけ！」

普段、政務で王宮内にいることが多いが、洸聖も幼い頃から剣の師について腕を磨いていた。安穏と暮らしている呑気な皇子とは違うと、向かってくる剣を跳ねのけて馬を進める。

「莉洸！」

振り絞るように叫ぶと、微かに莉洸の声が返ってきた。

「……に、うえっ」

「じっとしていろっ」

馬上でむずかる莉洸を、稀羅が鋭く制した。

「お前は離さぬ！　どけっ！」

稀羅はそう言い、門前に立ち塞がる衛兵を一刀に斬った。

目の前で飛ぶ鮮血がまるで鮮やかな華のように見え、莉洸は息をのむ。これまでも耳にしてきた他国の戦の話。しかし、莉洸は今までそれをどこか遠くの、現実に感じない、ただの物語のようにしか聞いていなかった。

しかし、人は斬られれば赤い血を流す。そして……死んでしまう。

「やだあ～～っ」

莉洸が泣き叫ぶと同時に稀羅の操る馬の鼻先が国境の門をくぐり、その瞬間手綱を引いた稀羅は馬を急止させ、向きを変えた。

「剣を納めよっ」

響く声に、洸聖だけではなく、剣を交えていた者たちも瞬時に止まった。

国境の門の下、いや、わずかだが国境に出た場所で、馬上から稀羅が降り立つ。その腕はしっかりと莉洸を抱いていた。

「莉洸！」

「剣を納めよ、洸聖殿。今我らは光華国ではない地に立っている。この場でそちらが剣を抜けば、どういったことになるかわからぬほど、お主も子供ではあるまい」

隣り合う国々の間にある、国境の地。そこはどの国の支配も受けない中立区だ。

そこで何か事件が起こった場合、大国十ヶ国の代表者によってその行いの是非が問われる。言い換えれば、その真偽が行われる前に手を出してしまえば、そちらの方が罪に問われる可能性もあった。

それがたとえ、大国の王族だとしても同様だ。

「……兄上！」

「……っ」

洸竣が叫ぶが、洸聖は唇を噛みしめながら剣を下ろした。

感情のままここで稀羅に斬りかかるほど、洸聖は愚かではなかった。洸聖の背には、光華国の民がいるのだ。たとえ勝つであろう戦だとしても、少しでも民が傷つき、命を失うかもしれない戦を簡単に起こせるはずもない。

「話がわかる相手でよかった」

そんな洸聖の胸の内を読んだのか、稀羅は頬に皮肉気な笑みを浮かべた。

「私の臣下を解放してもらおう」

既に何人か拘束されてしまった者を見ながら言う稀羅に、さすがに洸聖は固く応じる。

「……否と言えば」

「否と言えるか？」

稀羅の手が莉洸の首筋を撫でた。大きな男の掌は、簡単に細い莉洸の首を摑める。

言葉以上の、強烈な脅迫だ。

「……解放しろ」

「兄上っ」

「あちらは莉洸を手にしている」

洸聖が苦渋の選択をしたことを洸竣も認めざるを得ず、拘束の縄を解かれ、ゆっくりと国境の門をくぐる秦羅の人間を、視線だけで射殺しそうなほどに強く睨みつけた。

やがて、全員が稀羅の側へと戻り、再び馬に乗る。稀羅も腕の中にいた莉洸を再び馬の背に乗せ、自らも身軽に跨《またが》った。

「協力感謝する、皇太子、洸聖。このあとは互いの大臣を通しての交渉になるが……しばらく弟君は私がお預かりする。大切に、大切に、もてなそうぞ」

そう言い捨てると、今度はこちらが焦れるほどにゆっくりと馬を走らせながら、黒い集団は秦羅へと向かっていった。

「いかがされましたか、悠羽さま」

用意された軽食も口にせず、湯も浴びないまま椅子に座って考え込んでいる悠羽に、サランは静かに声をかける。しかし、悠羽は軽く首を横に振るだけだ。

隣国の王による、光華国皇子の略奪。

その信じられないほど大きな事件で、悠羽は重い責任を痛感していた。

攫われた莉洸を洸聖たちはすぐに追ったが、国境までできて逃げられてしまったらしい。夜更けに稀羅を追って行った洸聖は、日付が変わったずっとあとに戻ってきた。そこに、莉洸の姿はなかった。

その悔しさがどれほどのものか、悠羽の想像以上だろう。

そして、これほどの大事を犯した稀羅が何を考えているのか、これもまた想像ができない。

だが、戦が始まるかもしれないと、悠羽は恐ろしくて身が震えた。

「悠羽さま」

サランもきっと、同じような心配をしているに違いない。先ほどから心配げに声をかけてくれるが、今の悠羽は己の心配をする場合ではないことを自覚していた。

「少し出てくる」

「どちらに？」

「洸聖さまのところに」

悠羽の答えに、サランの眉間に皺が寄る。

洸聖に陵辱された悠羽のことを、サランは我がことのように痛みを感じ、怒りを覚えてくれた。同時に、守れなかったという罪悪感をも深く抱いている。

今の洸聖は莉洸を奪われて自暴自棄になっている可能性もあり、そんな男のもとに大切な悠羽を送り出すことはしたくないというのがその表情でありありとわかった。

しかし、悠羽の考えは違う。

「男同士だとはいえ、あの方は私の許婚だ。確かに理不尽なことはされたが……多分、今日のあの方は大丈夫だと思う。行かせてくれ、サラン」

この大国に嫁ぐと決まった時、二人手を取り合って互いの味方は互いのみだと誓い合った。大切な弟で、主人でもある悠羽を守ることこそが己の使命だと、サランは静かに頭を垂れる。

「部屋までお送りいたします」

「ここでいいよ、サラン。遅くなるようだったら先に休んでくれ」

軽く手を振って部屋を出た悠羽は、まだざわめきが残る王宮内を横切り、洸聖の部屋へと向かった。

扉を叩いても、中からの返答はない。もしかしたらまだ執務室か、それとも洸英と話すために留守にしているかと悠羽は迷ったが、もう一度扉を叩いたあと、そっと中へと足を踏み入れてみた。

そのまま奥へ向かうと、居間の椅子に洸聖は腰かけていた。

「洸聖さま」

王宮に戻ってきた時の洸聖と洸竣の顔は、真っ青で言葉もなかった。それですべてを悟った洸英は二人を労《ねぎら》い、今後の対策は明日にと、二人に休むように言った。

洸聖はそんな、戻ってきた時と同じ服装のままだった。

いつもきちんとした身なりの洸聖が、髪も顔も、服も砂埃で汚れているのに気にした様子はない。まるで時が止まったままのように見えた。

その時、悠羽は洸聖と目が合ったはずなのだが、洸聖は何も言わなかった。それが、きつく悠羽の胸を締めつけていた。

「洸聖さま」

「……何用だ」

もう一度名前を呼ぶと、ようやく洸聖は応《こた》えてくれる。悠羽はその隣に立ち、ゆっくり床に跪くと、下からその表情を見た。泣いてはいないが、暗く硬い表情だ。

「……今は何も話すことはない」

その言葉一つにも、洸聖がかなり参っているのがわかる。

本当なら、こんなふうに弱った姿を誰にも見せたくないであろう誇り高い洸聖が、悠羽にとってはかなり好ましく愛しい姿に映った。

助けたいと、心から思った。

「……洸聖さま、私はあなたのなんでしょうか」

その思いそのままに、悠羽は洸聖の膝に手を置いた。

「男の私は妃とは思えないと言われるのでしたら、どうか同志として考えてはくださいませんか？」

「……同志と？」

訝しげに小さく呟いた洸聖に、悠羽はにっこりと笑ってみせる。

「私は確かに男です。ならば、女にできないことが私にはできるのではないでしょうか」

「……」

「お許しをください」

「許し？」

「私が蓁羅へ行くことを」

突然の悠羽の提案に洸聖は目を瞠《みは》る。あんな恐ろしい国に、好き好んで行こうと思う人間がいると思わなかった。ましてや、悠羽は稀羅の暴挙を目の前で見たのだ。

「許せるはずはないっ」

「なぜ？」

「そなたは私の妃だ。妃をむざむざ危険に飛び込ませる夫がどこにいるっ」

今度は悠羽の方が驚いて、目を丸くして間抜けな顔を晒した。

しかし、洸聖は己の言葉がどれほど悠羽に衝撃を与えたのかわからなかった。まだ婚儀を挙げていないとはいえ、身体を重ね、精を注いだ以上、悠羽は既に洸聖の妃だ。その大切な存在を、みすみす危険に晒すことなどできるはずがない。

洸聖はまっすぐに悠羽を見つめた。

「今回のことは、王や私が考えることだ。そなたが自ら動くことはない」

「……洸聖さまは、私を家族だと思ってくださっているのですか？」

家族とは、少し違う。悠羽には弟たちに感じるような、温かな感情ばかりを抱いているわけではなかった。

悠羽に関しては、自分でも思いがけない感情ばかりが溢れ出てくる。

焦りとか、戸惑いや、渇望《かつぼう》。

己でも制御できない感情が渦巻いていて、洸聖は今も悠羽をどう見ていいのか迷っている最中だった。

そんな洸聖に、悠羽はさらに心掻《か》き乱すようなことを言ってくる。

「洸聖さま、私はこの国に骨を埋める覚悟で参りました。あなたの正式な妃になれるとは思っていませんが、既に莉洸さまは私にとって大切な家族です。その家族を助けるのに、私ができることをしたいのです」

悠羽は洸聖の手を強く握りしめた。

「話し合いにせよ、戦にせよ、こちらには蓁羅の情報がないも同然。対等になるためには、少しでもあちらの国の事情を知っておいた方がよろしいかと。それは私ならば、言うのもお恥ずかしいですが、私は特に目立つ容姿ではありません。王の住まわれる場所には入れなくても、その周辺の情報は集められるはず」

「悠羽」

「同志にならせてくださいませ、洸聖さま」

「……強いな、そなたは」

体格も、多分知識も、己の方が悠羽よりはるかに上だと自負していたが、洸聖にここまできっぱりと言いきる勇気と度胸はあるだろうか。

——目の前にいるのは洸聖が組み敷いた哀れな青年ではなく、洸聖を凌駕《りょうが》できるほどの度量を持つ男だ。悠羽と共にいると、己が完璧な皇子だという自信がなくなってくる。負けると、思ってしまう。

負けたくなければ、覚悟を決めるしかなかった。

「……悠羽、私に力を貸してくれるか」

「当然です」

力強く笑って頷いた悠羽を見て、洸聖もようやく笑みを浮かべた。

翌日、悠羽を連れて現れた洸聖に、洸英は何事かと不思議そうな顔をした。

だが、洸聖の口から今回の悠羽の蓁羅行きを聞いた途端、それは賛成できかねると厳しい表情に変化する。

「悠羽はそなたの許婚であるが、婚儀を挙げていない今はまだ奏禿の王女だ。他国の姫を我が国の事情で、情勢もわからぬ国へやることはできぬ」

洸英の意見は真っ当なもので、昨日までの洸聖ならば同じように考えた。しかし、昨夜悠羽の真摯な思いと固い決意を知った洸聖は、父の形通りの反対をそのまま受け入れることはできなかった。

「父上、ここにいる悠羽は許婚というだけではありません」

意を決して、洸聖はまっすぐに洸英を見つめた。

「悠羽は既に、我が妻となっています」

何を言い出すのだと、隣にいた悠羽は瞬時に真っ赤になって洸聖を見上げる。だが、洸聖はそんな悠羽の細い腰を抱き、暗に洸英に見せつけた。

洸英が悠羽の本当の性別を知っているのかどうかはわからないが、洸英や洸竣とは違い、真面目で、女関係はあくまで淡泊な洸聖が、まだ式も挙げていない悠羽に手を出すとは考えていなかったはずだ。

洸英はしばらく厳しい表情で洸聖を見つめたあと、深い溜め息をついた。

「お前は……」

「悠羽は既に我々の身内も同然。莉洸を救いたいという思いは同様です。もちろん、悠羽を一人で行かすことはいたしません。私も同行します」

「だ、駄目ですっ」

それまで黙って二人の会話を聞いていた悠羽は、そこで慌てて口を挟んだ。

「あなたはこの国の皇太子ですよ？　王の次に国を統べる者です。そんな方が容易く他国に潜入するなどとおっしゃってはなりませんっ」

「そなた一人で行かせるわけにはいかぬ」

己が同行するつもりで悠羽の申し入れを受け入れた洸聖は、駄目だという悠羽の言葉も無視するつもりだった。

しかし、やはり悠羽は一筋縄では行かない相手だった。

洸聖への説得は無理と早々に判断したのか、その矛先を王である洸英に向けた。

「王、洸聖さまのお言葉は確かに心強く、嬉しいものです。ですが、私はいずれこの光華国の王になられる洸聖さまに、自ら危険な地へ赴《おもむ》くことをさせたくはありません」

「悠羽っ」

洸聖の声に悠羽は振り向かず、洸英に直接訴え続ける。

「上に立つ者とは、広く世を見なければならないと思います。そのような方が自ら動けば、私的な感情も生まれてしまうかもと思われませんか？」

「……そうだな」

「父上っ」

「洸聖さまは既に光華国の顔として広く知られておりますゆえ、どちらにしても簡単には入国できないはずです。でも、私の容姿は平凡で目立たず、動くことも容易いかと。動くのは私が、指示は王や洸聖さまが。これが万策だと思いますが……いかがでしょう？」

有無を言わせない悠羽の理論に、しばらく考え込んでいた洸英は洸聖を見て苦笑した。

「どうやら、お前はまたとない策士を手に入れたらしいな」

「……父上」

「奏禿がなかなか手離したがらなかったのがよくわかる。そなたは本当に得難い姫だ」

洸英に言われるまでもなく、悠羽がただの、何も知らないような王女ではないと、洸聖もとうに認めていた。

それがわかるまでに少し時間がかかった上、暴挙まで犯してしまった己に対し、早々にその能力を認めた父親とは、やはりまだ格の違いというものがあるのかもしれない。

「既に尻に敷かれておるな、洸聖」

「……国の母が強いというのは古《いにしえ》からですから」

かろうじて言い返すと、洸聖は己を仰ぎ見て笑みを見せる悠羽を見下ろした。

光華国の主要人物たちの許可を取るのにはわけもなく突き進めた悠羽だったが、このあとこの世で一番説得が難しい人物と対峙しなくてはならなかった。

「悠羽さまお一人では反対です。私もお連れください」

洸英への報告を終えた悠羽は、洸聖と共に洸竣と洸莱、そしてサランと黎の前でその話を告げた。既に洸英が認めたということと、悠羽自身の決意が固いことを話して説得を試みたが、案の定サランはなかなか納得してくれない。さらには、絶対に同行すると言い張った。

「同行を認めてくださらないのならば、私は命を張ってでも悠羽さまをこの王宮から出しません」

サランは悠羽が宥めても、洸聖が説得しても、頑として頷かない。たよやかな見かけとは違う頑固な性格をよく知っている悠羽は、なんだか笑みが零れてしまった。洸聖相手に譲らなかった己の姿を見ているようだからだ。

「……そうだな、サラン。私とお前は一心同体。共に手を取り合う仲だった」

悠羽がそう言うと、サランの顔が嬉しそうに輝いた。

白い頬が気持ちの昂ぶりで赤く染まっていくのは艶《なまめ》かしいが、兄弟同然で育ってきた悠羽にはサランの美しさは当然のものだ。

「あ、あの……僕もお供します」

そして、思いがけない方向からも手が上がった。

洸竣の後ろから少しだけ顔を出して言った黎に、主人であるはずの洸竣が驚いたように止めた。

「何を言ったかわかっているのか？」

「ぼ、僕、二年ほど前、蓁羅に行ったことがあるんです。ぼ、僕の母が身体を弱くて、蓁羅には良い薬草があると聞いたので……。ただ、山の中を分け入ったので、国を知っているとは言えませんが、多少は通った町や、王宮も見た覚えがあります。お、お役に立つかどうかはわからないんですけど」

黎がどんな育ちなのかを、悠羽も詳しくは聞いていない。

しかし、一緒にすごした時間は短くとも、黎がおとなしすぎるほどおとなしく、人に気を遣う性質だということは感じ取れた。今でも常に洸竣の後ろに従うように行動する黎を見て、そうしなければ生きてこられなかったのかと、十八歳にしては子供のように華奢な身体の黎を見れば皆思う。

その黎が、自ら声を上げたのが莉洸のことだということに、悠羽は人を思うことを当たり前のように考えているらしい黎を尊敬の眼差しで見つめた。

ただ、洸竣はやはり反対のようで、黎の肩を摑んで説得を試みている。

「黎、最悪あちらの人間に正体を見破られてしまったら、王族である悠羽殿は助かるかもしれないが、召使いのお前の命を助けてくれるとは限らないよ？」

「はい」

「お前たちのような三人で、何かあったらどうするつもりなんだ？」

洸竣は憮然《ぶぜん》とした表情で続けるが、

「四人」

再び、新しい声が上がる。

「洸莱？」

さすがに驚いた洸聖が何か言おうとするのを遮り、洸莱は十六歳とはとても思えない落ちついた声で言った。

「俺たちの兄弟のことです。代表として俺も同行します」

「洸莱、お前が行くというのなら私が行く」

絶対に譲らないという洸竣の剣幕にも、洸莱は少しも負けなかった。

「いいえ、洸竣兄上は顔が知られています。特に女性は兄上の存在には敏感でしょう。私はまだ世間に出ていないので、光華の皇子とは気づかれません」

「洸莱……」

洸竣を言い任せた洸莱は悠羽の顔を見た。

「四人でいいですね、悠羽殿」

洸聖に似た……だが、まだ幾分若い洸莱の声に、悠羽は押しきられるように頷いていた。

＊＊＊

見渡す限りの岩山に、枯《か》れたような痩せた木々。

己の国の緑豊かな山々と、美しく咲き誇る花や木々しか見たことがない莉洸は、こんなにも荒れ果てた土地を初めて見て愕然《がくぜん》としていた。

時折強く吹く風には乾いた砂が混じり、莉洸はその砂埃のせいで咳《せ》き込んでしまった。

「……大丈夫か？」

そんな莉洸の様子にすぐに気づき、稀羅はさらに深く莉洸の身体を抱き込み、すっぽりと頭から布を被せてくる。これでは二重になって息苦しいが、それを稀羅に訴えることはできなかった。

「宮まであと少しだ。もうしばらく我慢してくれ」

光華国を出てからの稀羅の物言いは別人かと思うほど優しく、慣れない旅で日々衰弱していく莉洸をとても気遣っているのは身に染みて感じていた。

だが、莉洸は一向に側にいる稀羅の存在に慣れない。

大好きな兄たちを面前に、今まで出たこともなかった光華国から強引に連れ去られてしまってから丸五日、ほとんど休憩を取ることもなく馬上で揺られて、今朝未明には蓁羅の領土に足を踏み入れてしまった。

話だけ聞いた時ははるか遠くの国だという思いがあったが、実際はこうして五日でこれてしまうほどに近い国なのだ。それもそのはず、元は光華国の領土だった蓁羅は、本当に近くて遠いという言葉が当てはまる国だった。

莉洸はふるりと身体を震わせた。

この先、いったい己の身に何が起こるのか、想像もできないことが怖かった。あの時、稀羅はこのあとは大臣を通しての話し合いになると言った。この男が何を要求しようというのかわからないが、己が国の枷《かせ》となってしまうのは避けようがない。

不甲斐《ふがい》なさに気持ちは落ち込み、莉洸はますます心身ともに弱っていった。

しかし、それからも馬は止まらずに走り続けた。


「皇子、我が宮に着いたぞ」

陽が暮れかけた頃、稀羅はそう言ってようやく馬を止めた。

腕の中で身体の強張りを解かないままの莉洸を見下ろしたあと、稀羅はまず己が馬から降り、続いて莉洸を降ろした。

身体を包んでいる布をしっかりと握りしめたまま、莉洸は怖々と周りを見つめている。その心許《こころもと》ない表情は、年齢以上に莉洸を幼く見せた。

「そなたの国とはまるで違う粗末さであろう。だが、これでも、昔よりは良くなった」

稀羅が王になった当初は、本当に普通の民家に毛が生えたような造りの王宮だった。それを民が皆協力して石を切り出し、磨き上げて、今の形に造り上げたのだ。

光華国のような美しい装飾はなく、華やかな色合いでもない簡素な建物だが、稀羅はこの王宮をとても気に入っていた。

「ご無事の帰還、お喜び申し上げます、王！」

「お帰りなさいませ、稀羅さまっ」

「稀羅さま、ご無事で！」

大臣や衛兵や召使い、身分も関係なく皆が心から喜んで迎えてくれる。貧しい国をここまで他国にものが言える国にまで押し上げた稀羅の功績を皆が認め、盛り立てていこうという気持ちがあるからだ。

「稀羅さま、その方が？」

その中の一人が、稀羅の腕の中にいる小柄な莉洸を見て声をかけてきた。

本当はこのまま過酷な旅の疲れを癒《いや》すために休ませてやりたかったが、王宮にいる者たちには莉洸の顔を覚えておいてもらわなければならない。

なにより、稀羅に我儘を許し、これほど危険な行動に力を貸してくれた皆に対して、その成果をしっかりと見せてやりたかった。

「そうだ。光華の宝石の一つ」

「……っ」

すっぽりと莉洸の身体を包んでいた布を取ると、現れた可憐《かれん》な麗人に周りからざわめきが起こる。

「光華国の第三皇子、莉洸殿だ。丁重にもてなしをするように」

一同が感嘆の眼差しで莉洸を見つめるのは当然だった。

蓁羅の民はその気候風土のせいか肌は浅黒く、髪も黒髪が多い。赤い目をしているのは稀羅だけだが、他の者は灰色の、黒に近い瞳をしている者がほとんどだった。それに比べ、陽に透けるような薄い茶色の髪と瞳に、真っ白い肌。整った顔も華奢な身体も、莉洸をまるで別世界の存在に思わせたはずだ。

いや、実際、蓁羅の女よりもはるかに、莉洸はか弱く美しかった。

「皇子の部屋は」

「ご用意しておりますが……とてもかの国のようには」

「構わぬ」

「では、すぐにお休みになりますか？」

「その前に湯を浴びよう。砂埃だらけの身体で休ませるのは気の毒だ」

「ではこちらに」

先を行く召使いに続き、稀羅は莉洸の背を押して続こうとするが、その場に足が張りついてしまったかのように莉洸は動かなかった。

それが嫌がらせなどではなく、本当に恐怖を感じて動けないのだと悟り、稀羅は黙って軽々と莉洸の身体を抱き上げた。

「お、下ろしてください……」

「そなたが歩くよりも早い」

大勢の目がある中で、抱き上げられて運ばれるのは相当な屈辱を感じているのか、莉洸は稀羅の腕の中でますます身体を小さく縮めてしまう。

（そうだ、誰にも容易く顔を見せるな）

稀羅は抱きしめる腕に力を込めた。


「湯加減はいかがでしょう」

「だ、大丈夫、構わないでください」

湯殿の外からかかってくる女の声に慌てて答えた莉洸は、想像以上に広かった湯船に急いで肩まで浸かった。

光華国でも世話をしてくれる召使いはいるが、年頃になってからは湯浴みは己でするようにしていた。貧弱な身体を他人に、特に女性には見られたくなかったからだ。

もしかしたら稀羅も一緒に入るのかと警戒したが、稀羅は王専用の湯殿が別にあるらしい。部屋の前で別れた時、背中を向けられて一瞬心細いと思ってしまったが、莉洸は瞬時にそんな己を恥じた。いくら弱々しくとも、政務に携わってこなくても、己も光華国の皇子なのだと改めて思い直したからだ。

落ちつかないまま、莉洸は恐る恐る周りに視線を巡らせる。

通ってきた廊下も、この湯殿も、装飾はほとんどなくて質素ではあるものの、造りはしっかりしているようだ。

湯量も十分だが、光華国にあったような泡袋はなく、香草が袋に入って置いてあった。

匂いは良いが、肌触りはあまり良くない。それでも、莉洸はそれを肌に擦りつけ、意味もなく涙が溢れそうになった。

会いたくないからといっていつまでも湯に浸かっていることもできず、莉洸は意を決して湯船から立ち上がった。そろりと仕切りの布を捲《めく》って外に出れば世話をする召使いが控えていて、濡れた莉洸の身体を素早く丁寧に拭ってくれる。

女たちが中年であったことがまだ救いだ。

「皇子のお肌はまるで赤子のようですわ」

「本当に真っ白でお美しい」

彼女たちは口々に莉洸を褒め称《たた》えてくれるが、それになんと返していいのかわからない。

黙ったままでいる莉洸に対して気分を害した様子もなく、素早く身支度は整えられた。

それは今まで莉洸が着ていた光華国のものではなく、蓁羅の国のものだ。着たくない気持ちを抑え、莉洸は袖《そで》を通した。

「あ、あの」

「はい」

ここから出てしまえば、否応なく稀羅と対面しなければならない。その時どういった態度を取ればいいのか、莉洸は少しでも情報を得ようとした。

「稀羅王には、あの……王妃やお子さまたちはいらっしゃるのですか？」

だとしたら、敵国の王族を前に無様な姿を見せないようにしなければならない。

しかし、返ってきた言葉は思いがけなかった。

「王に正妃さまはいらっしゃいません。お子さまもですわ」

「……結婚、されていないのですか？」

「はい。王の伴侶《はんりょ》になりたい者は星の数ほどおりますけれど」

王は私たちの憧れのお方ですから……そう言う彼女たちの顔を見れば、本心で言っているということは伝わった。他国からは武王と恐れられている稀羅も、自国の民からはとても慕われているらしい。

長兄、洸聖よりも年上に見え、さらには一国の王という立場の稀羅が未だ独身だというのには驚くが、噂を考えれば他国から姫を娶《めと》るのは難しかったのかもしれない。

そこまで考え、莉洸は頭を振って意識を切り替えた。どんな理由があろうとも、卑怯《ひきょう》な手段で自分はこの国に連れてこられた。

まずは光華国の皇子として、顔を上げて対峙しなければならない。

「どうぞ、こちらに」

湯殿から出て案内された広間も、簡素な造りだった。

稀羅が座っている玉座も煌びやかなものではなく、床も壁も天井も装飾など一切ない、木や石を組み合わせてできたものだ。

国の中で一番立派な建物であるはずの王宮がこれでは、いったい蓁羅の国民の生活はどれほどのものか。

莉洸は馬上から見た蓁羅の人々の姿を思い出して胸を痛めた。

「皇子」

広間の中には稀羅の他に、十数人の男たちが左右に立って莉洸を見つめている。若い男から、初老の男まで、年齢は様々だが、皆体格は立派だ。その中でもひときわ立派な体格の稀羅が莉洸を呼んだ。

「どうした、怯えておるのか」

立ち上がった稀羅が、ゆっくりと莉洸の目の前まで歩み寄る。そこで初めて、莉洸はしっかりと稀羅を見ることができた。

莉洸よりも頭一つ半ほど高い身長に、長い手足。ゆったりとした普段着の上からも相当に鍛えていることがわかる上半身。腰も高く、下を見れば足も大きかった。

そこにいる誰よりも目立つ存在感と、威風堂々とした姿。

何もかもが莉洸の上をいく稀羅は、赤く光る瞳をまっすぐに向けて言った。

「少しは落ちつかれたか？」

「……」

「皇子」

「ぼ、僕をどうなさるおつもりですか？　我が国、光華との交渉に使うおつもりですか？」

「……」

「し、蓁羅の王は、人質を取らなければ交渉ができないほどに、気の小さい方なのでしょうか」

一気にそう言った莉洸は、今にも逃げ出そうとする足を必死にその場に留める。そこまで言うつもりはなかったのに、あまりにも己とは違う恵まれた体軀《たいく》の相手が犯した暴挙が理解できず、つい責めるようなことを口にしてしまった。

「それは、我が王に対する侮辱か」

稀羅の近くにいる男が硬い口調で言い、莉洸が目に見えるほど大きく震える。

しかし、怯える莉洸を見ていた稀羅は腹を立ててはいなかった。それよりも、ようやく口を開いた莉洸が、今までただ泣いていたか弱い皇子が、己に噛みついてきたのが面白かった。

稀羅が一歩前に踏み出せば、莉洸は一歩後ずさる。そのわずかな動きで、長い上着がはらりと揺れた。

莉洸に着せたのは、蓁羅の王族の衣装だ。王である稀羅も正装以外には滅多に用いない、絹でできているそれは、頭からすっぽり被る長衣は白色で、その上から肩がけしている上着は藍《あい》色なので、色白の莉洸に案外似合っているように見えた。

さすがに今まで大切に育てられた莉洸に不自由はさせられないと、使う部屋も湯殿も、着させる服も、稀羅としては最大限気を遣ったつもりだったが、それでも光華国で見た時の莉洸の衣装とはかなりの落差がある。

そんな思いを振りきるように稀羅は言った。

「私がそなたを奪ってきたのは、ただの交渉の切り札としてではない。そなた自身に価値があると思ったからだ」

「僕の、価値？」

莉洸は不思議そうに稀羅の言葉を繰り返した。本当にその意味がわかっていないらしい。目立つ兄弟がいる莉洸は、己にどれほどの価値があるのか理解していないのだろう。

ただそこにいるだけで心が安らぎ、柔らかな美貌に心を震わせる——光華国の貴重な光と謳われている己のことを知らないらしい莉洸に、稀羅は改めてその価値を説いた。

「光華は、どんなことをしてでもそなたを奪還するはずだ」

「……」

「それほどに、光華にとってはそなたが大切だということだ」

まっすぐにその目を見つめると、莉洸は動揺したように視線を逸らす。

「で、でも、僕……」

「……町で初めて会った時のことを覚えているか？」

「え？」

「暴れ馬からそなたを救った時、私の心の中にはなんの邪《よこし》まな思いはなかった。ただ助けたかった……それだけだ。だが、そのあとに思ったのだ、光華の光の象徴でもあるそなたが欲しいと」

臣下が居並んでいるこの場で、稀羅は己の心情を吐露することに躊躇いはなかった。莉洸に思いを伝えると同時に、臣下たちにいかに稀羅にとって莉洸の存在が大切なのか、わからせるのに一番良い方法だからだ。

稀羅は莉洸の手を取る。咄嗟に引こうとした小さなそれを、強く握りしめた。

「欲しいものを手に入れるためには、どんな手段を講じようとも手に入れる。今回のことはそれを実行しただけだ」

「そんな……」

「たとえこの先、光華国が取引を申し出てきても私は応じない。もう欲しいものは手に入れているのだ、取引するものがないであろう。皇子、そなたももはや、光華に帰れるとは思わないでくれ」

帰すつもりはないと宣言され、莉洸は息をのむ。

稀羅が何を言っているのか、莉洸には理解できなかった。

そもそも、政治手腕があるわけではなく、武術に優れているわけでもなく、ただひ弱で役立たずなだけの己に、とても取引をするだけの価値があるとは思っていなかった。

だが、取引を優位に運ぶための手段ではなく、莉洸自身が欲しいということでこれほどの大事を起こしたとは、今の今までまったく考えもしなかったのだ。

思わずその場に崩れそうになった莉洸だったが、稀羅の逞しい腕に支えられて身体を床に打ちつけることはなかった。

「……蓁羅……王」

途切れ途切れにその名を呼ぶと、赤い目がじっと自分を見下ろしている。

「ぼ……くを、どう、する、つもり……です、か？」

「どうなると思う？」

莉洸の運命は、稀羅の手に握られていた。

「……殺す？」

「殺すはずがない。討たれるのを覚悟で敵地まで乗り込んで手に入れたものだ」

稀羅の手が、ゆっくりと莉洸の背中を撫でた。

「光華では知らぬが、我が蓁羅では同性婚も認めている。……皇子、我が花嫁になるか？」

その言葉に、莉洸ははっと稀羅の顔を見た。

信じられなかった。

光華国でも同性間の結婚はままあるものの、今まで歴代の王族で同性婚をした者はいない。王族は国のため、子孫を残すということが大きな義務の一つだからだ。

莉洸自身、あまり男らしい見かけではなかったが、将来は優しい女性と結婚して、己の子をこの世に送り出すのだと漠然とだが思っていた。

それが、この稀羅の花嫁となってしまったら、夫ではなく妻として生きることになれば、生涯我が子を腕に抱くことはできない。

皇子としての、大切な矜持もなくしてしまう。

莉洸が答えるのを待っているわけではないだろうが、稀羅は莉洸の顔から目を逸らさない。

間近にある赤い目を見るのも怖くて莉洸は目を閉じ、勇気を振り絞って言葉を押し出した。

「……なりません」

「……」

「僕は、あなたの花嫁には、なりません」

頭上で、稀羅が笑った気配がした。

「ならないという返事は必要ない。私がすると言えば、そうなる」

そして、顎を摑まれて顔を上げた次の瞬間、唇に何かが触れた。反射的に目を開くと、驚くほど間近に稀羅の顔があった。

莉洸は混乱して稀羅の腕の中で暴れたが、大人と子供ほどもある力の差で莉洸は押さえつけられる。そのまま強く唇を吸われ、息もままならなくなった。

苦しくなった莉洸が何度も稀羅の胸を叩き、ようやく唇は離れていく。

目にいっぱいの涙を溜めて見上げる莉洸に、稀羅は一瞬眉を顰めたあとに低く囁いた。

「逃がしはせぬぞ、皇子」

「悠羽さま、私はまだ納得ができておりません」

「え？」

いよいよ光華国を出発し、莉洸が攫われてしまった蓁羅へ偵察に向かうという日の朝。動きやすく簡素な従者の衣装をまとった悠羽は、恨めしげに言うサランを振り返った。幾重にも薄絹を重ねた衣装に、綺麗に髪を結い上げた姿のサランは、どう見ても身分が高い女性の姿だ。

やはりこれで間違いはなかったと、悠羽は満足げに笑う。

「どうして？　その衣装、よく似合っているぞ。どこからどう見ても、立派な姫君だ」

耳飾りも首飾りも指輪も、派手ではないがすべて価値のあるもので、それらは王である洸英が揃えてくれた。

もともと持っているサランの品の良さと、容姿の美しさ。身につけているものすべてがサランを身分のある女性に見せている。だが、当のサランはあれほど説得し、納得したと思っていたのに、まだしこりがあるらしい。

「……私が主人の役とは、やはり」

「でも、サランが最適なんだよ」

どんな方法を取れば悠羽たち一行が一番目立たないか皆で考えた結果、蓁羅ではままある光景の、薬草探しがいいのではということになったのだ。蓁羅は荒れた土地ながら、珍しい薬草が多かった。その薬草を手に入れるために入国する者が、一定数いるらしい。

四人の中で身分が高いのは悠羽と洸莱だが、何も知らない他人は、まず見た目で判断する。それならば己よりもサランの方が最適だと言い出した悠羽の意見が採用され、貴族の娘役がサラン、召使い役が悠羽と黎、護衛の役が洸莱ということになった。

しかし、サランは主人の悠羽よりも良い着物を着て、良い馬に乗るということがなかなか納得いかず、出発直前になった今でも異を唱えているのだ。

「やはり主人役は悠羽さまが」

「サラン」

「ならば、洸莱さまでも」

「サラン、納得してくれたのではないのか？」

「……」

「どう見たって、この中ではサランが一番綺麗で上品だし、主人役には一番合っている。私も洸莱さまも、そのことに納得しているんだ。サランが私のことを思いやってくれるのは嬉しいけれど、できればこうして従者の方が動きやすいし。サラン、どうか協力してくれないか？」

サランが悠羽の願いを無下にできないと知ってそう言う悠羽に、結局サランは諦めの溜め息をつくしかない。

ちょうどその時扉が叩かれ、中に洸莱と黎が入ってきた。

「サランさん……綺麗」

　素直な黎の言葉に、サランは苦笑を零した。

「中身がないゆえ、恥ずかしいのですが……」

「そんなことないですっ」

　一生懸命そう言う黎の服も、従者らしい簡易な旅服だ。

　あの格好の方が気楽だったと思いながら見つめていたサランは、ふと横顔に視線を感じて振り返る。そこには、護衛の騎士の格好をした洸莱が立っていた。

　こうして見ると、洸莱はとても十六歳には見えない。もちろん見た目は若いが、落ちついた物腰と言葉少なさが、年齢以上に見せているのだ。

　今も、これから敵国に乗り込んで行くというのに、洸莱の表情には気負いも恐れも浮かんでいない。可愛げがないというよりも安心できて、サランは小さく微笑んで頭を下げた。

「よろしくお願いいたします、洸莱さま」

「……洸莱でいい」

「え？」

「王宮を出た瞬間から、主人はそなたで俺は護衛だ。護衛に敬称をつける主人はいないだろう」

　淡々と言う洸莱に、サランは素直に頷いた。

「……はい」

そう言って小さく微笑むサランから、洸莱は目を逸らせない。

黎のように素直な性格ならばすぐにでも綺麗だと告げたいが、口が重い自覚がある洸莱はただじっとサランを見つめるだけだった。

召使いには見えないサランの容姿や所作に、憧れの目を向ける者は王宮内にもかなりの人数がいるが、サランの目に映るのは悠羽だけで、他の人間には近寄りがたい空気を隠さない。

ただ、なぜか洸莱には好意を含んだ視線を向けてきて、時折話しかけてもくる。

特別扱いのようなその感覚は、莉洸から向けられる情愛とはまた違う、気恥ずかしい嬉しさがあった。

「洸莱さま、頼りにしています」

ふと、サランの向こうから声がした。

すっかり召使いになりきった悠羽が、にっこり笑って話しかけてきたのだ。

それまでサランしか目に入らなかった洸莱は、改めて悠羽に向き合う。

「悠羽殿」

「悠羽、ですよ」

「……」

「さっき、洸莱さまもサランに言ったでしょう？　王宮を出ればその役になりきらなければならないのだから、今から私のことは悠羽と呼んでください」

「……そうですね」

「莉洸さまを取り戻すためにも、頑張りましょう」

人は見かけによらないとはよく言うが、この悠羽はまさにその言葉を体現しているように思えた。

誰よりも視野が広く、勇敢で、決断力がある。

初対面ではその容姿のせいかサランを王女と見間違ってしまったが、今ではその魂の輝きがよく見えて、一国を背負う人間なのだと十分納得がいった。

「……それでは悠羽、王に挨拶に向かおう」

「はい。じゃあ、サランさま、黎」

主人からの敬称に慣れないサランが戸惑った表情をするのを、洸莱は珍しいものを見たような気がして見つめた。

すっかり旅支度を整えた四人は、揃って洸英を訪ねた。

「……なるほど」

ずらりと居並ぶその姿に、洸英は苦笑を零すしかない。

もう決定したこととはいえ、直前になっても本当にいいのだろうかという迷いが洸英の中にも残っていたからだ。

己の子供、洸莱はもちろん、大切な預かりものである悠羽やサラン。そして自国の民である黎、そして……攫われてしまった莉洸。誰もの命が大切で、できれば自らが動きたいほどだったが、一国の王となると自由に他国にも乗り込めない。

それがもどかしいが、洸英は顔に出さなかった。

今すべきは、王として泰然とした姿を見せることだ。

「……悠羽、くれぐれも無理はしないように」

「はい」

悠羽の目には迷いは見えない。

そのことに、心底安堵した。

「サランと黎も、己が犠牲になることは考えるな」

「はい」

「は、はい」

最後に、洸英は末息子の洸莱を抱きしめる。

「洸莱、まだ成人しておらぬそなたにこのような重責を負わすのは忍びないが……くれぐれもこの三人を守ってくれ。もちろん、そなた自身もだ」

「はい」

諸事情があってなかなか引き取ることができなかったが、洸英は子供たちの誰よりも洸莱を気にかけていた。感情表現が薄いのも己のせいだと思い、どうにかしなければとも思っていたが、その前にこんな事態になってしまった。

どんなに忍びで偵察を差し向けても、なかなか真実の姿を知ることができなかった秦羅。

元は同じ領土、そして今も一番近い他国というのに、その情報量はあまりにも少ない。そんな中、王族という一番身近な者の言葉や目は無条件に信じられる。

それほどに、洸英は洸莱を愛していた。

「父上」

「無事の帰還を祈る」

「それでは、行ってまいります」

深々と頭を下げた四人の無事を、洸英はただ祈ることしかできなかった。

表門から出るのは目立つので、一行の出立は裏門からひっそりと行われた。

「……本当に行くのか」

まだそう言う洸竣に、黎は少しだけ笑ってしまった。

「ちゃんと、皆さんの足手まといにならないように頑張ります」

「……そういうことを言っているわけではないんだが」

初めて町で会った時、黎はすべてを諦めたような、歳に似合わぬ老成をしている少年に見えた。そんな姿が忍びなくて王宮に召し上げたが、それからも何をしたらいいのだろうかと常に不安そうで、新しい主人となった洸竣にもなかなか打ち解けようとはしなかった。

それが、今回の旅の同行を申し出てから、黎の表情は途端に生き生きとしたものになった。どうやら、己が人の役に立つということが嬉しいらしい。

そんな黎の変化がわかるからこそ、洸竣も今回の話を受け入れるしかなかった。

「黎、父上もおっしゃっていたが、悠羽殿や洸莱の立場を考えてくれるのはありがたいが、そなた自身もけして犠牲になどならぬように」

これだけはと、もう何度目かもわからない忠告を口にすれば、黎が嬉し気に笑った。

「洸竣さま、僕を召し上げてくださってありがとうございます」

「黎……」

「僕はこれまで、何事にもただ流されるまま生きてきました。元の主人に仕えていたのも、母がそう望んだからです。でも、今回の旅のお供は僕自身が悠羽さまの、皆さまのお役に立ちたいと、心から思って同行を許していただきました。重大な役割をいただいたこと、心を引きしめて務めさせていただきます」

主人の暴言に口ごたえもせずに、暗い目をして俯いていた黎のまとっていた硬い殻に最初にヒビを入れたのが悠羽だと思うと、少し面白くない気分だ。悠羽は兄である洸聖の伴侶であるので、これ以上の親密な間柄にはならないだろうがと思いながら視線を向ければ、洸竣と同じように今回の話を未だ納得していない兄が憮然とした顔で立っていた。

「よし」

乗る馬に荷物を載せた悠羽は、すぐ側に立ってじっと視線を向けてくる洸聖を見上げる。

「それでは、行ってまいります」

「……」

「洸聖さま」

「……そなたの勇気や思いは尊重するが……」

洸聖もまた、悠羽の真摯な思いを聞き、納得をした上で送り出すことにしたはずだったが、それでも心配な思いを簡単に消し去ることはできなかった。

確かに、蓁羅の内情を知りたいのは山々だが、それは危険と隣り合わせでもある。どんなに悠羽が進言しても、王女であったらこんな危険な真似はさせなかった。

しかし、悠羽は男だった。

世間的には王女として通していても、本人の気持ちは立派な男のもので、己ができることは進んでするという固い意思を持っている。だが、いくら悠羽が男だとしても、洸聖よりもはるかに華奢な体軀なのだ。

「ご心配には及びません。危険が目の前にあれば避けて通りますから」

「……悠羽」

「この身で光華国にまでやってきたのです。私は案外ずるい人間なのですよ」

笑って言う悠羽の言葉に、洸聖は真面目に頷いた。

「ずるくても構わぬ。一番大切なのはそなたの……そなたたちの命だ。もちろん、莉洸の命も大切だが、あれほどの危険を冒してでも生きたまま連れ去ったくらいだ、簡単に命を奪うということはしないはず」

「そうですね。少しお話をさせていただいただけですが、私も蓁羅の王がそれほど無節操ではないと感じました。莉洸さまを連れ去ったのにも何か意味が……もちろん、その方法はけして正しくはありませんが」

「……あの男を弁護する必要はない」

洸聖以外の、それも莉洸を連れ去った男を擁護するような言葉は聞きたくない。自然と険しい表情になった洸聖に、悠羽は失礼しましたと素直に頭を下げた。

「とにかく、莉洸さまに一刻も早く無事にお戻りいただくため、私たちでできることはすべてするつもりです。洸聖さまはどうかここで、その対策をお考えください」

「……わかった」

「では」

「悠羽」

「はい？」

「無事の帰りを待っている」

「……はい」

悠羽はしっかりと頷くと、軽やかに馬に飛び乗った。

「行こうっ」

見送りは洸聖と洸竣、そして数人の衛兵だけだ。

こちらの動きを悟らせないためにはできるだけ目立たぬようにとの配慮からなのだが、悠羽は少しも寂しいとは思わなかった。

既にこの光華国は、祖国奏禿と同様、悠羽にとって大切な国となっている。莉洸も、大事な家族だ。その家族を救うためにこうして自ら動けることが嬉しい。かえって、容易には動けない洸聖や洸竣、そして洸英を気の毒に思うほどだった。

悠羽とサランは馬には慣れていて、見かけよりもかなり巧みな手綱捌きができた。洸莱も遠出はしたことはないらしいが、王宮内でそれなりの訓練を受けていて、馬に乗る姿は危なげがない。

ただ、黎だけはあまり慣れておらず、サランと同じ馬に乗って移動することとなっていた。見た目は黎が手綱を捌いているように見えるが、実際に動かすのはサランなのだ。

国内の地形は頭の中にあるのか、先頭を行く洸莱には迷いはなかった。できるだけ人に見られないように、そして早くと、自然と馬を走らせるのは険しい道になってしまう。

悠羽は馬を走らせながら後ろを振り返った。

綺麗な衣装を着たサランは裾が捲れるのも気にせず、背中に黎をしがみつかせて馬を走らせている。

見かけの優美さとは打って変わり、サランはかなり武術の腕がたつ。

端麗な容姿のために様々な危険がその身に及んでしまうであろうことを憂いた悠羽の父、

奏禿の王が、護身術として武術を習得させたのだ。たおやかで細い腕が、簡単に大男を投げ飛ばすのは痛快なのだ。

次に、悠羽は少し前を走っている洸莱に視線を向ける。

先ほどから洸莱もサランの馬を気にする視線を向けていることがわかっていたので、悠羽は防塵のために口元を覆っている布越しに少し大きく叫んだ。

「サランは心配いりませんっ、このまま国境まで先導をお願いします！」

洸莱は頷き、また少し馬の速度を上げた。

己の目で確かめても、サランは心配が要らないとわかったのだろう。

言葉数は極端に少ないものの、本来素直な洸莱の行動は案外わかりやすい。どうやらそれは、サランが絡むと顕著になるような気がするのは……悠羽の気のせいではないだろう。

少しくすぐったい思いがしながら、悠羽は再び前方を見た。

蓁羅までどのくらいの時間がかかるのか、今はまだわからない。だが、すべては時間との戦いで、問題は長引くほど重大で解決しにくいものになってしまいかねない。

悠羽は唇を嚙みしめると、さらに勢いを増すように馬を走らせた。

＊＊＊

隣国、蓁羅に面している国境の門は北大門と西大門がある。稀羅が光華国から出て行ったのは、国境の北大門だった。

そのままあとを追うのは危険だと判断した悠羽は、西大門から蓁羅に向かうことにした。しかし、それは少し遠回りになってしまうため、ようやく蓁羅との国境に面した西大門に着いたのは馬を走らせ続けて五日目、既に陽は完全に落ちていた。

「今日はここに泊まりましょう」

国境近くには宿と店がかたまっている小さな村がある。それまで野宿を続けていた一行は、初めて宿で休むことにした。

「黎、お尻大丈夫？　ずっと馬に乗り続けて、腫れたり皮が剝《む》けたりしていない？」

裸馬ではないものの、馬に乗り慣れていない黎の負担はかなり大きいはずだ。そう思って訊ねた悠羽に、黎は思ったよりも元気に答えた。

「いいえ、サランさ……まが、気を遣ってくださっているので」

「そう」

「黎は案外運動神経がよろしいのですよ。馬にも気を遣ってくれるので、馬も私たちを安全に快適に運んでくれています」

悠羽は目を細め、自分の馬を振り返った。

サランの言うことはけして気のせいではなく、賢い馬は己が乗せる人間の本質を見抜ける。乱暴に走らせる相手よりも気遣ってくれる相手に対して、最善を尽くしてくれるのは嘘ではないのだ。

「これからも頼むよ」

聡明《そうめい》な馬の目を見て呟くと、まるで返事をするかのように馬が嘶《いなな》いた。

案内された部屋は二部屋で、悠羽とサラン、洸莱と黎という組み合わせだった。当然ながら、悠羽とサランの二人を女として考えた選択になっている。

「黎、一緒に湯浴みする？」

まずは自然と一部屋に集い、外套を脱ぎながら何気なく言った悠羽に、黎は焦って激しく首を振った。

「そ、そんなことできません」

「え？　私とじゃ嫌ってこと？」

残念と眉を下げると、黎が違いますと即座に否定する。

「洸聖さまの大切な方の裸身を見てしまうのは恐れおおいです。どうか、サランさんとご一緒にお入りください。女性は、あの女性同士が」

「……あ」

黎の恐縮したような言葉を聞いて、悠羽はようやく己の性別を黎が誤解したままだということに気づいた。

悠羽自身、光華国に乗り込む時は、王女としてやってきていた。

しかし、サランほどの美貌の主ならまだしも、悠羽程度の容貌ではとても女と見られない……そうも思っていた。案の定、悠羽を出迎えた洸聖と洸竣はすぐに悠羽が男だと気づいたし、多分、王である洸英もわかっているだろう。

身の回りの世話はすべてサランがしているので、王宮に仕えている者も疑っているかもしれないが、確信はないのかもしれない。ただ、莉洸や洸莱はそれについて話題にはしなかったので、今まであまり気にしていなかったのだ。

そして、黎も。

「悠羽さま?」

悠羽は少し考えた。

今ここで己の性別を告げたとして、現状はどう変わっていくだろうかと。だが、悠羽は損や得といった打算だけで物事を決めたくなかった。洸莱も黎も、今や悠羽にとって大切な存在だ。

それに、彼らも危険を冒してまで、秦羅へ行くという悠羽の我儘に付き合ってくれている。秘密を抱えたままでは心苦しかった。

結果などあとで考えればいいと、悠羽は黎に向かってにっこりと笑いかけた。

「私は、黎と一緒に湯浴みできるよ」

「そ、そんな、僕はお世話は……」

「私は男だ」

「……え?」

黎の大きな目がさらに見開かれた。

その瞳に、悠羽の笑顔が綺麗に映った。

「身分としては奏禿の王女というのに変わりがないが、身体も心も、私は男なんだ。今まで言わなくて悪かった。騙したことを怒るだろうか？」

「あ、え、いえ、怒る、なんて……」

衝撃的な事実を聞かされたはずなのに、不思議とそれは黎の心の中に違和感なく納まっていた。

容姿が、というよりも、悠羽のこれまでの言動を見ていれば、なるほどそうかと頷ける。常に堂々と胸を張って意見を述べ、己というものをしっかりと持っている悠羽は、王女というよりも王子という立場の方がふさわしい感じがした。

黎に複雑な出生の事情があるように、一国の王子が王女として異国に嫁いでくるのにも特別な事情があるのかもしれない。

黎に話してくれるということは、既に洸聖や洸英も周知のことだろう。雲上の方々の事情に黎が言うことは何もなく、むしろその秘密を悠羽自らの口で明らかにしてくれたことが嬉しかった。

「……僕にとって、悠羽さまは悠羽さまで変わりはありません。それよりも、ただの召使いである僕にこんな大切な事情を話してくださったこと、とても嬉しいです」

「ありがとう、黎」

嬉しそうな悠羽に自然と黎の顔も綻ぶが、ふと、隣に立つ洸莱のことが気になる。以前から知っていたのかどうか、その表情は見た限り、いつもと変わらなかった。

「俺も、性別ではなくあなたを見ている」

その言葉で、洸莱も今知ったのだろうとわかった。

落ちついた声音で返答をする洸莱が黎よりも二歳も年少であることが信じられず、動揺している己が恥ずかしくて顔が熱くなる。

そんな黎の肩を軽く叩いて悠羽は言った。

「黎、一緒に湯浴みをしてくれる？」

話が最初に戻っている。

それに今度は断ることはなかったが、やはり身分が上の相手と共に湯を浴びるのは緊張するものだ。何かしようと思っていても悠羽は黎がするよりも手早くできるし、かえって黎の世話をしようとしてくれる。

「は～、やっぱり湯は気持ちいいな」

「は、はい」

悠羽は隣で身体を小さくして湯船に入っている黎を見て笑った。

「何を緊張しているんだ？　今の私は黎と同じ従者だろ？」

「そ、それはそうですが……」

国境の地の宿ということでそれほど期待していなかったが、疲れを落とす風呂は案外重要視されているのか、悠羽が想像していたよりも広く小綺麗だった。

「まるで貸切だ」

ちょうど時間帯が良かったのか、風呂には二人しかいない。

一応腰に布を巻いて、悠羽は広い湯船の中で思いきり手足を伸ばした。

「ん？　なに？」

「え、あ、いえ、すみません」

ちらちらと視線を向けてくる黎が、本当に悠羽が男なのだろうか確かめているのが手に取るようにわかって笑みを誘われる。いくら貧弱な身体とはいえ、女ならば確かに膨らんでいるはずの胸元は平らで、腰も骨ばって肉もついていない。

これでもまだ疑うのだろうかと、悠羽はふと思いついて腰の布を湯の中で外した。

「見ろ、黎。お前と同じものがついているだろう？」

「ゆ、悠羽さまっ」

言葉につられて悠羽の股間《こかん》を見てしまったらしい黎はたちまち顔を真っ赤にし、急いで悠羽の手に握られている布を腰元にかけた。

「か、軽々しくお身体を人目に晒さぬようにっ」

「そう？　まあ、自慢できるほどのものでもないがな」

洸聖に知られているとはいえ、王宮の中では一応王女のように振舞っているが、故郷奏禿では自由に木に登り、馬で駆け、川でびしょ濡れになって魚を捕っていた悠羽にすれば、光華国での生活は随分窮屈なものだ。

だからか、気楽な身分に身を窶《やつ》している今の状況がこんな時なのに妙に楽しく、少しばかりはめも外したくなってしまう。

「……大丈夫か？」

「え？」

「今なら王都に戻れるだろう。黎、ここまでついてきてくれたことが十分嬉しい」

本音を言えば、悠羽は一人で蓁羅へ向かいたかった。洸莱は洸聖の大切な弟でまだ十六歳の少年であるし、黎はといえば、訓練など受けたこともない普通の青年だ。

いつも一緒に行動するサランさえ、その命を思うのならばこの国境の村に置いていきたいくらいなのだ。

もともと、蓁羅へ行くと言ったのは悠羽だ。命を捨てようなどとは思っていないし、必ず生きて帰るつもりだった。それでも、危険な目に遭うのは一人でも少ない方がいい。

「黎」

悠羽は、ここまでついてきてくれた黎に感謝しているし、一度でも蓁羅へ足を踏み入れたことがある人間が一緒ならば心強いことに間違いない。

それでも、せめて黎はここまでで……そう思ったのだが。

「悠羽さま、僕も嬉しいんです」

黎は湯の温かさに染まった頬に笑みを浮かべて、それまでとは違うはっきりとした口調で言った。

「誰かのために動けるというのはもちろんですが、それが僕自身の意思で……それがとても嬉しいのです。ご迷惑かけないように頑張りますので、どうかお連れください」

「……そうか」

それ以上、悠羽は言わないと決めた。既に黎も覚悟決めている。

「そうだな。今さら黎だけ置いてきぼりはできないか。……一緒に頑張ろう。そして、莉洸さまも一緒に、皆で光華国に戻ってこよう」

「はいっ」

嬉しそうに頷く黎を見ながら、悠羽は使命というものの背負う重さと与えられる喜びを考えた。

今回の旅は危険を伴い、莉洸奪還の下見という使命もあるので責任重大だ。それでも、ただ漫然と生きているよりも何か目的を与えられる方がはるかに生きている実感と喜びがあることが、黎を見ていればとてもよくわかる。

共に行く仲間のためにも、悠羽は今回の使命を絶対に完遂しようと思った。

悠羽が黎を引っ張るように風呂に連れていってしまい、部屋に残された形になった洸莱は、心許ない眼差しを扉に向けたままのサランを見て小さく息を吐いた。

（男、か）

確かに驚いたものの、悠羽が男だったと聞いても、洸莱の気持ちとしてはやはり、だった。

思えば、少し違和感はあったかもしれない。以前、倒れた悠羽を運ぶのを手伝った時、その身体は細く華奢で、その上柔らかさというものをほとんど感じなかった。そう考えれば普段の物腰から見ても男だったという方がしっくりときて、騙されたという感情はない。洸莱にとって、悠羽の性別はもともとそれほど問題ではなかった。あの洸聖に対して、きちんとものが言える存在という認識はまったく変わらないからだ。

「……洸莱さま」

不意に名前を呼ばれて洸莱は顔を上げた。

サランの表情はいつもとあまり変わらなかったが、白い肌がますます青白くなっているように見えた。

「サラン、どこか悪いのか？」

ここまでサランには過酷な旅路だったかもしれないと眉を顰める洸莱に、サランは一度目を閉じ、再び開いてじっと洸莱を見て言った。

「私も、お伝えしたいことがあります」

「え？」

突然切り出されて戸惑う洸莱に、サランは淡々と告げてきた。

「悠羽さまが本当は男性だったということと同様に……私も、女ではありません」

洸莱は息をつめた。

これほど美しく、たよやかな姿を持つサランがまさかと思っていると、そんな洸莱の考えがわかるのか、サランは頬に苦笑を浮かべた。

「正式には、女でなく……男でもないのです」

どういうことか、洸莱は問うようにサランを見つめる。サランの言い回しが理解できなかったからだ。そんな洸莱の疑問に、サランは勿体ぶることなく真実を告げた。

「私は、男の器官を持ちながら子をなすことができず、女の器官を持ちながら子を産むこともできない……両性具有の人間なのです」

サランは目の前にいるまだ大人の男になりきっていない、しかし、十分知性の煌きをその瞳に持つ洸莱から目を逸らさなかった。

サランにとって、己の命の価値はほとんどない。黎のことも、素直でおとなしく良い青年だと思うが、今の段階でサランの中ではその存在は大きくない。

洸莱は洸聖の弟で、光華国にきて以来、口数は少ないながらも気を配ってくれている良い少年だが、それでもサランにとって悠羽より上となる存在ではなかった。

サランにとって唯一無二なのは悠羽だけだ。今回の旅でも、己が犠牲になることで悠羽が助かるのならば迷わず命を差し出せるし、それが洸莱や黎の命だとしても多分、迷わない。

今後の悠羽の安全をできるだけ盤石にするためにも、己の身体の秘密を話し、洸莱に共有の秘密を持つという鎖をつけたかった。

もちろん、皆が無事に光華国に帰ることができるというのが一番だが。

「……それは、本当なのか？」

確認するような洸莱の声が珍しく震えていた。己の見た目というものを自覚しているサランは、その大きな驚愕を当然のことだと受け止める。

「はい。私は半陰半陽の、人間としたならば欠けた存在です」

「サラン」

「ですから、もしも敵が襲ってきたとしても、女だからというつまらない理由で私を助けないでください。あなたさまに守っていただきたいのは悠羽さま、ただお一人。もちろん、あなたさまや黎の命も大切ですが、私にとって尊いのは悠羽さまだけなのです」

サランは深々と頭を下げた。

「お願いいたします、洸莱さま。何があったとしても、まずは悠羽さまのことをお守りください」

硬派な見かけと同じ、洸莱は当然のように己よりも弱い存在、男よりも女を先に助けようとするはずだ。今回の一行の中ではその女がサランだけと思っている状況下では、洸莱もこちらに手を伸ばしてくるだろう。

しかし、一番大切なのは悠羽だ。

「……サラン」

「はい」

しばらくして、洸莱は静かに口を開いた。

「そなたの思いはわかった」

「洸莱さま」

サランの顔に安堵の笑みが浮かぶ。

「ありがとうございます。これで私も安心して……」

「違う」

「……え？」

「俺にとっては悠羽殿だけでなく、サランや黎も大切な存在だ」

「洸莱さま……今の話をお聞きになられたでしょう？　私などよりも悠羽さまのお命を第一に」

「人の命に差はないと思う」

己よりも年上のサランに、洸莱はまるで言い聞かせるように続けた。

「そなたの願いは叶えてやりたいとは思うが、それがそなたを見捨てよというものならば断るしかない」

「洸莱さま……」

「それと、自分で欠けた存在と言うのはやめて欲しい。俺はそなたの容姿も心根も、美しいものだと思っているから」

勿体ない言葉だ。

長い年月、ずっと一緒に暮らしてきた奏禿の人間以外に、出会って間もない洸莱にこんな思い遣り深い言葉を貰うとは思わなかった。

「サラン……」

ゆっくりと伸びてきた洸莱の手が、少し躊躇ったあと、サランの銀の髪をゆっくりと撫でる。

思った以上に骨太の大きな手が、サランの視界にはっきりと入ってきた。


「お熱が下がらないのです。それほど高くはないのですが、お食事も召し上がらないし……」

「この国の気候が合わないのだろう」

(誰……だろう、側で話しているのは……)

莉洸は声のする方を向こうとしたが、どうしても身体が重くて寝返りもうてない。それでなくても、体中が熱いくらいだ。

すると、そっと頬に何かが触れた。

ひんやりと冷たいそれはどうやら掌らしく、莉洸の熱い額や頬を優しく撫でてくれている。

王宮内では誰からも、それこそ厳つい大臣から下級兵士、召使いに至るまですべての人間から可愛がられていたが、こんなふうに優しく触れてくれる大きな手の主は限られていた。

「莉洸……」

大切なものを呼ぶように、莉洸の名を呼んでくれる。

頼もしく優しい兄のどちらかが、莉洸を心配してついていてくれているのかもしれない。朦朧とした頭でそう考えた莉洸は、わずかに唇を綻ばせてその手に擦り寄った。

「兄……さま……」

不意に、優しい手の動きが止まった。

莉洸はもっと撫でて欲しいと擦り寄るが、その手は無情にも離れていく。

悲しくなった莉洸は、重い瞼《まぶた》を一生懸命押し開いた。すると、すぐ目の前に赤く輝く瞳がある。

驚いた莉洸が寝台の上でも後ずさろうとしたが、その動きが予測できたらしい稀羅に皮肉気に笑われてしまった。

「体調を崩すほどに、この国の気候はそなたには合わぬのか」

「稀……羅王」

「しかし、どれほどそなたが弱っても……たとえ生死の境を彷徨《さまよ》うことになったとしても、光華に返すという選択はない。それを期待してのことならば諦めろ」

真っ青な莉洸の顔色は、けして仮病ではないことを稀羅に教える。だが、稀羅はわざときつい物言いになるのを変えなかった。

「この国は皇子の祖国のように豊かでないのはもはや承知しているだろう。そなたに飲ます薬も豊富にあるわけではないのだ。いつまでも長々と床に伏せられていても困る」

「す、すみません……」

「……謝罪の言葉など要らぬ。それよりも早く回復しろ」

稀羅の言葉は、酷く莉洸の胸に深く突き刺さった。

確かに、この国の現状を思えば、薬一つ、食事の食材一つ、無駄にはできないだろう。ここに連れてこられたのは莉洸の本意ではないが、少しでも早く回復しなければさらに周りの人間に迷惑をかけてしまう。

俯いた莉洸の目から、ぽたぽたと涙が零れた。

「……わか……り、まし、た。すぐに……すぐになおし……」

それ以上言葉は続かず、莉洸は漏れそうになる嗚咽《おえつ》を堪えるように唇を噛みしめる。

稀羅は何も言わないまま、踵を返して部屋から出て行った。

それ以上、莉洸の涙を見ていられなかったのだ。

「稀羅さま、皇子は」

部屋から出てきた稀羅に声をかけた衣月は、その厳しい表情に次の言葉がかけられなかった。

稀羅はもどかしかった。

莉洸に対して思うことはなかった。優しく、丁重に扱い、居心地好くこの国ですごして欲しいと思っていた。しかし、莉洸は怯えるばかりでなかなか心を開こうとはしてくれず、さらにもともと幼い頃は身体が弱かったと聞いていたが、蓁羅の気候が合わなかったのか身体の調子を崩したままで、ここのところずっと床に伏せっていた。

何も心配することはないと、言ってやりたかった。

命の保障はするし、無意味な争いごとも起こす気はないと教えてやりたかった。

だが、莉洸がこれほどまでに稀羅に心を許さないと、稀羅も優しい言葉をかけてやるきっかけが見つからない。

「……光華の状況は？」

「兵を徴集している様子はまだないようです。近隣の国々にも今回のことは伏せられているようで」

「……このまま皇子を見切るということは……ありえんな」

あれほど家族に、そして国民にも愛されている莉洸だ。いくら光華国の王が争いを好まないといっても、このまま見捨てることはない。

そして、国境の門の前で血を吐くような声で莉洸の名を絶叫していた第一皇子、次期光華国の王の洸聖の動向も気にかかる。品行方正で眉目秀麗《びもくしゅうれい》な、まさに生まれながらにしての皇子の洸聖だが、あの時、莉洸を腕に抱いた稀羅を睨みつけてきたあの目は、けして心優しい皇子のものではなかった。

洸聖は、絶対に莉洸を見捨てないはずだ。

「監視は怠るな。少しでも動きを見せたらこちらも動けるように」

「それは心得ておりますが……稀羅さま」

「なんだ」

「莉洸皇子をどうなされるおつもりでしょうか？」

「どういうことだ」

稀羅は足を止めて衣月を見た。

「光華国に対する要求の切り札として扱われるのか、それとも、我が蓁羅の積年の敵相手に見せしめのためにその命を奪うのか……」

すべてを言う前に衣月は口を噤んだ。稀羅の赤い瞳が、まるで射殺すように衣月を射抜いたからだ。

「皇子は殺さない」

「……稀羅さま」

「あれはもう……私のものだ」

町中で初めて出会った時から、この腕の中に柔らかく花のように匂い立つ身体を抱きしめた瞬間から、莉洸のすべては稀羅のものだった。

ようやく手に入れたその存在の命を、奪うことなどありえない。

「衣月、今後そのような言葉を言えば、お前の舌を切り落とす」

言葉だけでなく、その手が腰の剣にあるのを見た衣月は、稀羅の本気を悟った。

言葉では莉洸自身を欲していると言っていても、衣月は当初、稀羅は光華国に対する敵対心のために莉洸を略奪したと思っていた。莉洸が女ならば、婚姻という血を流さない侵略ができたが、皇子ではそれも叶わない。

それが、思いの外、莉洸に対する稀羅の執着は大きかった。

建国が浅く、そもそもの独立理由が理由だけに、ここ蓁羅には王族という者がいない。稀羅だとて、元は兵士だった。

民は皆稀羅を敬愛し、その伴侶と世継ぎを心待ちにしている。そんな中、稀羅が男に、それも宿敵国の光華国の皇子に現を抜かしているということを知られては、極々少数とはいえ、稀羅に反発を感じる者が不審な動きをする可能性もあった。

聡《さと》い稀羅が、そのことに気づかないはずがない。すべてをわかった上で言う稀羅の本気に、衣月は対抗する術《すべ》を持たなかった。

「できるだけ皇子の心地好いようにすべてを整えろ。服も食事も、何もかもだ」

「……御意」

衣月は深く頭を垂れた。

＊＊＊

光華国の王宮を出立してから十日。

大回りをしたせいで少し時間がかかってしまったが、悠羽たちはようやく奏羅の国境の門の前に立った。

目の前に立ち塞がる門番を見、悠羽と洸莱は目配せをして頷く。

昨日の夜、国境の役人に対してどう対応するか、疑われないようにするための問答を何回も練習した。ここまできて奏羅に入れないという、最悪の状況だけは避けなければならないのだ。

「国は」

数人いる役人の中で、悠羽たちを担当した役人はまだ若い。それも幸運だった。

「慶賀《けいが》でございます」

悠羽は祖国、奏禿の隣国の名前を言った。お互いの王が親友同士だったので、悠羽もよく遊びに行っており、多少の知識があるからだ。

「名は」

「姫さまのお名前は櫻《さくら》さまです。お母上のご病状が思わしくなく、国の薬も効かないようですので、薬草が豊富だというこちらの国へ姫さま自ら参った次第でございます。私とこちらの者は従者、この者は護衛でございます」

役人はちらりと馬上のサランを見上げた。

薄い布を頭から被ったサランは、役人の視線に儚《はかな》い笑顔を浮かべてみせる。もともと美しい顔立ちにその笑みはサランの美しさをさらに際立たせて、役人は一瞬で顔を真っ赤にしてしまった。

「わ、わかった、滞在期間は？」

「薬草が見つかりましたらすぐにでも国へ戻りたいのですが……期間としては十日間でお願いいたします」

「十日だな」

滞在を許す許可証に期間を記し、判を押すと、人数分差し出しながら役人はサランを見上げて言った。

「早く薬が見つかるとよいですね」

「……ありがとうございます」

サランが頭を下げた時、隣にいた別の旅人を取り調べていた役人が声を上げた。

「光華からきた者は国に入れることはできんっ」

光華国の名前を聞いた瞬間、悠羽は心臓が凍りつきそうなほど緊張する。手が回っている可能性は考えていたが、やはりと、悠羽は試しに不思議そうな顔を作って目の前の役人に尋ねてみた。

「光華の民は、なぜに入国を許されないのですか？」

「それは俺たちにはわからない。ただ、上から光華の者は商人でも旅人でも入れぬようにとのお達しがあった。さあ、そろそろ雨が降りそうだ。早く宿を決めて姫君を休ませてやった方がいいだろう」

「はい、ありがとうございます」

これ以上聞いてもかえって怪しまれるかもしれないと思い、悠羽は丁寧に頭を下げて馬を引いた。

「やはり警戒はしているようだな」

「はい」

役人が言った通り、国境の門をくぐってしばらくすると雨が降ってきた。

小雨程度ならと思ったが結構降り出したので、悠羽たちは手近の食堂のようなところで一時雨宿りをすることにした。

「いらっしゃいませ」

注文を取りにきた女に何があるのかと訊ねると、申し訳なさそうな顔をされる。

「すみません、今は野菜の雑煮《ぞうに》しかないんです」

「雑煮？」

「ここ一、二年雨が降らなくて、畑が随分枯れてしまったんです。そうすると家畜の餌《えさ》にも困るどころか、その家畜を食べるしかなくなって……」

「……でも、今雨が……」

「ええ、少し前から雨が降るようになったんですよ。これも稀羅さまがお連れになったお方のおかげかもしれません」

女の弾んだ言葉に、もしかしてそれは莉洸のことなのかと悠羽はさらに聞いた。

「稀羅さまというのは、この国の王のことだろう？」

「はい、蓁羅の国を立派に治めてくださっている王です」

「その王がお連れになったとは……どなたか輿入れでもなさったのか？」

噂好きを装ってわざと楽し気に尋ねれば、女も話したくてうずうずとした様子で教えてくれる。

「いいえ。確かに稀羅さまには今正妃さまはいらっしゃいませんが……でも、もしかしたら正妃さまにされるのかも。先日、見た者から話を聞いたんですが、稀羅さまが小さな花のような方を腕に抱いてらしたと。どんな方か私も見てみたかったです」

お待ちくださいと笑いながら奥に入っていく女を見送り、悠羽は三人の顔を順番に見ていく。

「莉洸さまだ」

「ご無事のようですね」

黎も真剣な顔で頷いた。

「でも、やはり蓁羅は国情が厳しいようですね。下々の者だけに食料が回っていないというよりも、国自体が貧しているような感じがいたします」

サランの言葉に悠羽も頷いた。

祖国、奏禿もけして裕福な国というわけではなく、王族であっても国民と同じような食事をしていた。それでも国は緑や水が豊富で、森に行けば食料があったし、川で魚も捕れた。

しかし、見た限り蓁羅は土地自体が痩せて、岩山が多いせいか、田畑も満足にできないのだろう。人力を売買して外貨を稼いできたという理由も頷ける。

それでも、今回の稀羅の行動を肯定できるものではなかった。

「……でも、それと莉洸さまを攫うというのは問題は別だ」

その場に流れた重い空気を振り払うように悠羽は言い、他の者たちも頷いた。

「稀羅王は、間違っている」

己に言い聞かせるような悠羽の言葉を聞きながら、洸莱はじっと窓の外を見ていた。

そこには光華国とはまるで違う、村の風景と民の姿がある。ここに来るまでに擦れ違った子供たちは裸足の者が多く、服も着古した感じだった。

ここはまだ国境近くだが、国自体大きくない蓁羅を考えれば、中心部もあまり変わりはないだろう。

木でできた家や、整備されていない道。

今の女の話では、食べるものも少ないという。

だが、一見して恵まれていない生活なのに、人々の顔に陰険な暗さはない。今の女だけではなく、擦れ違った大人も子供も、皆しっかりとした目の輝きを持っていた。あの目を見れば、この国がまだ終わってはいないと強く感じる。

「……賢王なのだろうか……」

「こうら……コウ？」

名前を呼びかけ、慌てて言い直した悠羽が首を傾げる。

「どうした？」

「……諸外国ではどうかわからないけど、蓁羅の民にとってあの男は賢王なのかもしれないと思って……」

言いながら、どこか違和感もあって言葉は濁った。すると、その部分を悠羽も感じ取ってくれたらしい。

「……そうかもしれない。人々を見ていると、国政に対して不満を抱いているようには見えないし。きっと、いろいろな国ともっと国交を活発にすれば、さらに良くなるのかもしれないな」

「……」

「……光華国とも、な」

洸莱は悠羽の顔を見た。

「二つの国の間には深い隔たりがあるのは知っている。ただ、当事者ではない私は客観的にしか言うことはできないが、隣国の光華が手助けをしてやれば、この国はもっと良くなるような気がする」

その時、ちょうど料理が運ばれてきて会話は止まった。

米や野菜の量は少なく、それを出汁を含ませることによって量を増したような雑煮だ。しかし、これでもこの国では上等な方の食事なのだろう。

洸菜はゆっくりとそれを口に運ぶ。わずかな塩味が口の中に広がっていくのを感じ、ゆっくりと口の中のものを飲み込んだ。


洸竣は窓の外を見つめた。

暗雲がたちこめている空は、もう間もなく雨が降り始めるだろう。

「……もう、着いている頃かな」

「……」

「兄上、心配じゃない？」

先ほどから、洸竣は途切れなく兄に話しかけていた。

洸聖はそれに答えることはなかったが、今言った言葉に不意に手を止め、顔を上げる。

「……洸竣、お前はいったい何をしている？　私に愚痴を言っているだけで、蓁羅へ向かった悠羽たちが無事に戻るとでも思っているのか？」

「兄上……」

辛辣《しんらつ》な洸聖の言葉に、洸竣は言葉につまった。

悠羽が、洸莱とサラン、黎を伴って王宮を旅立ってから十日をゆうに超えた。少し遠回りをするとは言っていたものの、もう蓁羅へ着いていてもおかしくはない頃だ。

行ってきますという言葉を置いて黎が旅立ったあと、洸竣は自分が何をしていいのかわからなかった。

洸英からは勝手な真似はしないようにと強く言われたし、洸聖は諸外国との交渉に追い立てられていた。そんな中、己にいったい何ができるのか。あの痩せた、小さな黎さえも過酷な旅を続け、命の危険さえもある蓁羅に乗り込んでいるというのに、何もできないでいることに苛立ちもあった。

「洸竣」

「……」

情けなくてしかたないのに、誰かの指示を待つしかできない。洸竣は光華国の皇子という身分が初めて重く、厄介なものに思えた。

「お前にはお前にしかできぬことがあるだろう？」

そんな洸竣を見てどう思ったのか、洸聖は幾分声を和らげた。

「……私、しか？」

「なんのために今まで町で遊び人を装ってきた？　洸竣、お前の馴染《なじ》みの酒場や女が持っている情報を安易に思うな。人は酒を飲み、女を抱けば口が軽くなる。蓁羅へ行った者も、蓁羅からきた者も、一人もいないというほど我が国は小国ではないぞ」

「兄上……」

「たらしの名前は飾りか、洸竣」

「……っ」

いきなり、目の前が開けた気がした。むしろ、洸聖に言われるまで気づかなかった己に呆れた。

自分しかできないことは確かにある。

「失礼しますっ」

慌てたように出て行く洸竣を見送った洸聖は、手にしていた書状を机の上に投げ出して立ち上がった。

「……できること……か」

それは、洸竣にだけ向けた言葉ではない。洸聖は洸竣に言いながら、己にもその言葉を言い聞かせていた。

今自分がしている各国との交渉も、元はといえば父からの助言だ。

もともと同一の国であった光華国と蓁羅の諍《いさか》いに乗じて他国がこの二カ国に手を出さないよう、あらかじめ釘をさしておいた方がよいとの父の言葉があり、洸聖は情報が漏れてしまった時のことを念頭において書状を交わしていた。

しかし、もっと他に自分にできることはないかと思って焦ってもいる。連れ去られてしまった莉洸はもちろん、危険な情報収集に自ら向かった悠羽のことを考えると、洸竣のことを笑っていられないほどに溜め息ばかりが漏れてしまうのだ。

兄の威厳でかろうじて抑えてはいるものの、いつまでも見栄が続くとは限らない。

『同志にならせてくださいませ、洸聖さま』

今までの洸聖の常識を次々と打ち破り、目の前に鮮やかな世界を広げてくれた悠羽。

洸聖に向かって対等に向き合い、その上王である父にも自分の意思をしっかり伝えて、結局今回の蓁羅行きを納得させてしまった悠羽。

彼は間違いなく、洸聖の大切な許嫁だ。

彼のためにできることはなんだろうかと思いながら、洸聖は拳を握りしめていた。


今まで淫《みだ》らな声が響いていた光華国の王、洸英の部屋が静まりかえり、やがて洸英は寝台の上に起き上がった。二十歳をすぎた洸聖を筆頭に、四人もの子持ちとは思えないほどの鍛えた逞しい裸身が月夜に浮かぶ。

明かりが届かない寝台の上には、洸英以外の人影がもう一つあった。

男とも女とも決めかねる不思議な声の持ち主は、そのまま寝台から足を下ろす。一糸まとわぬその身体は眩しいほど白く、ほっそりとしていて、まるで人ではないような雰囲気だった。

羞恥《しゅうち》など欠片も感じさせないまま服を身にまとっていくその様子をじっと見ながら、洸英は硬い口調で問いかける。

「何日で着く？」

「私の馬ならば五日で。首都へは七日もあれば大丈夫でしょう」

「七日か」

「一日でも早くと考えております」

「すまぬな」

「何をおっしゃいます。私にとって王は唯一のお方。その方の御為ならば、どのようなことも厭いませぬ」

「……」

淡々と告げる言葉には、迷いの欠片もない。だから、心配なのだ。

洸英のためにはどんなことでもするのがわかっていて、命さえも喜んで差し出すことを知っていて、その上で頼むという己が身勝手だとは自覚している。だが、もう他に方法は

「……行くか？」

「はい」

なかった。

しかし、目の前のこの相手も、大切な存在であることには変わりない。見返りも何も要求せず、ただ洸英のためだけを考えて動くこの相手が、とても哀れで、愛しい。

この相手にだけは、洸英は快楽をわけ合う女とは違う想いを確かに抱いていた。

「しばらくお前の姿が消えたことは内密にしておく。身代わりの手筈《てはず》は」

「既に控えております」

「そうか」

これ以上何を言おうか。話をしている間は旅立つことができないので、いつもは沈黙が多いこの場で無理に会話を続けようとする。

その時、着替えを終えた相手が振り向いた。

そこにいるのは、頭からすっぽりと外套をまとった見慣れた姿だ。綺麗な青い目がこちらを見、やがて跪くと、そのまま洸英の手をとって掠《かす》めるだけのくちづけをした。

「それでは」

「……生きて戻れ」

音もなく立ち上がってドアに向かおうとした相手の手を、洸英は反射的に摑んだ。

「王」

「……」

これはすべて洸英自身が決めたことなので、今さら前言を撤回するつもりはない。それでも別れがたい思いというものは、簡単には消すことはできなかった。

「王、お離しください」

そっと洸英の手に触れてその手を自分の手から離すと、相手はゆっくりと頭を下げる。

「……和季」

「行ってまいります」

わずかに青い目を細めてそう言うと、長年影人として洸英に寄り添っていた和季は音もなく寝室から出て行った。

＊＊＊

国境の門がある村から蓁羅の王宮がある王都へは、丸二日かかった。

「あれのようですね」

「ああ」

悠羽は少し先に見える石造りの建物を見上げた。

悠羽の故郷の王宮も自慢するほど立派なものではないが、目の前の王宮よりははるかに大きい。

「どうしますか、悠羽さま」

馬上からサランが聞いた。

「そうだな。もうすぐ夕刻になる頃だし、先に宿を決めておいた方がいいだろう。そのあとで私と洸莱さまで町の酒場に行く」

「酒場に？」

「酒場には兵士も商人も来るだろう？　できれば酔わせて間取りでも聞き出せればいいが、それが無理でも王宮内のことを少し知っておきたい」

酒を飲めば多少なりとも人の口は軽くなる。それを期待して早速動くつもりだったが、横から疑問の声が上がった。

「お待ちください。なぜその役目が洸莱さまなのですか？　洸莱さまはまだ十六。その役目は私の方が」

「サラン、どう見たってお前よりは洸莱さまの方が適任だ。おとなしく、黎と宿で待っていてくれ」

サランの懸念はよくわかる。外見はともかく、実年齢はサランが一番上で洸莱は一番下になり、酒を出す店にその洸莱を出向かせるのは常識的には頷けない。

しかし、サランの容姿はどう見ても儚げな美女そのもので、そんなサランが酒場に行ったりすればどうなるか、別の危惧《きぐ》が生まれかねないと、悠羽はそれを考えたのだ。

「俺も、悠羽殿の言う通りだと思う」

「洸莱さま」

「待っていてくれ」

その言葉にサランは素直に頷かなかったが、時間がない悠羽は説得もそこそこに、洸莱を連れて足早に部屋を出た。

宿からそう遠くない酒場に出向いた悠羽と洸莱だったが、そこでも悠羽は眉を顰めてしまうのを隠せなかった。そこは酒場とは名ばかりの、水で薄めたような酒と、干した肉しかないような店で、それでも人が良さそうな店主は特別だと言って野菜の煮込み料理を出してくれた。

「大変だねえ、薬草探しも」

「ええ、道中長かったですよ」

「まあ、ここはそれが売りだからなあ。岩場に生えているものも多いし、取る時は気をつけなよ」

悠羽が薬草を探しにきたと言うと、店主はそう言いながら薬草がありそうな場所を教えてくれる。黎が言った通り蓁羅には珍しい薬草が多く、それを探しにくる旅人も少なくはないらしい。

それならば、薬草こそを国の売りにすればよいのにと悠羽は思った。他の国にはない特徴を生かせばもっと国は豊かになれるはずだ。しかし、そう言った悠羽に店主は苦笑して首を横に振った。

「確かに薬草は良い金になるだろうが、ここにはそれを取りに行く人手も少ないんだよ。若いもんは外に働きに行っているし、そのまま戦で命を落とす者もいる。残った年寄りや女には、薬草取りはかなり危険だしな」

「若い人間はそんなにいないのですか？」

「この国は人が商品だからね」

当たり前のように言う店主に、洸菜が横から尋ねる。

「……皆……王に不満は？」

「あるわけないよ！　稀羅さまのおかげでわしらは生きている。いい王だよ」

にこやかな笑顔を見れば、とても表面上の言葉ではないことはわかった。

「どうした？　外国人かい？」

「ああ、わしらの王を自慢していたところだ」

顔なじみらしい老婆《ろうば》に店主が言い、老婆も同じように稀羅を褒め称える。それは崇《あが》める
というよりは、もっと身近にいる存在のように感じさせる言葉だ。

「早く良い妃さまをお迎えになればねえ」

「そうなりゃ、祝いは何日続くだろうな」

「ひと月あっても足りないんじゃないかね」

稀羅の話をしていると、周りからも声がかかり、それこそ本当に全員が稀羅の信奉者と
しか思えないほど盛り上がった。どんなに貧しくとも、己の王を信頼し続ける姿に、悠羽
は故郷の父の姿が頭の中に浮かぶ。

国力のない小国の武器は、本当に民だ。民のことを一番に考えるようにと常日頃から言

っていた父の言葉は確かに正しい。

そして、これほど慕われている稀羅という人物は、いったいどんな男なのだろうかと改めて考える。それがわからなければ、正しい判断はできないかもしれなかった。

「……サラン、怒っているだろうか」

ふと洸莱が零し、悠羽は思わず吹き出す。

「あれは頑固だから」

「頑固？」

「何か手土産《てみやげ》を持って帰ろう」

それでも多分、置いていかれたサランの怒りは解けないだろうと思った。


「王、光華国からの書状です」

衣月が差し出した書状を黙って手に取った稀羅は、封を開いて視線を走らせたあと、その口元を歪めて呟いた。

「さすが大国の王だな」

「……なんと？」

「このまま莉洸皇子を無傷で帰せば、今回のことは不問に付すと」

ある程度は予想がついていたものだった。

稀羅の方から光華国に対しての要求は何も出してはいなかったが、光華国の方は一刻も早く莉洸を取り戻そうと、あらゆる手段を講じているのに違いない。その一つが、この書状だ。

いくら秦羅が武国と名高いとはいえ、光華国との国力を考えればその差は歴然としている。国を滅ぼされたくなければ全面降伏せよ。この文書の裏の意味はまさしくそれだろう。

「稀羅さま、いかがされますか」

衣月は置かれた書状にちらりと目を向けた。

「大臣の間では、これを好機と光華国への強い要求を求めています。第三皇子をこちらが手にしている今、ある程度の要求は必ず……」

「ならん」

「稀羅さま」

「莉洸皇子を取引の材料にするつもりはない。皆にもそう通達しろ。我が意に逆らえば、それなりの処罰は覚悟するようにと」

どんなに心の中で異を唱えていたとしても、王である稀羅に臣下である衣月が逆らえるはずがない。

稀羅は衣月の返答を待たず執務室を出た。

光華国の反応と共に、臣下たちの鬱屈《うっくつ》した感情も、稀羅には手に取るようにわかっていた。それは、少し前までの稀羅の思いと同様だったからだ。

今まで、まったく手が届かなかった大国、光華国。元は同じ国だというのに、その国力は足元にも及ばなかった。

しかし、今回稀羅の手には切り札が握られていた。最強で、この上もなく大切な切り札……なのに、どうしてもそれを利用しようと思えない。利用してしまったら、すべてがこの手の中から零れ落ち、二度と手に入らないと感じていた。

そのまま、稀羅は王宮の最上階へと向かう。そして、一番奥の扉の前で立ち止まり、一瞬間を置いて軽く叩いた。

中から返答はなく、稀羅は躊躇う。だが、引き返すことなく扉を開けた。

広くはない部屋の居間の奥、寝室の寝台の上に起き上がっていた莉洸は、怯えた目で稀羅を見ていた。

「皇子」

輝く赤い目で莉洸をじっと見つめながら寝台の側まで行き、稀羅は莉洸の目の前で立ち止まった。

「そなたの国から書状が届いた」

まだ体調も不安定な時に話すことではない。それが、莉洸と会話がしたいばかりの己の我儘だということを稀羅は自覚していた。しかし、稀羅がそう言った途端、莉洸があからさまに輝いた顔をしたのを見ると、無性に腹立たしくなる。

「無傷で帰せば不問とするとな。光華の王は、我が国を己の属国と思っておられるようだ」

皮肉を交えて言えば、莉洸の顔はたちまち真っ青に変化した。

「無傷とは、どこまでのことを言うのであろうか」

「え……あっ！」

稀羅は莉洸の肩を寝台に押しつけた。仰向けになった莉洸は、呆然と稀羅を見上げる。

これほど大切に扱っているというのに、己を傷つける者と怯えていることに苛立った。

「どこまでなら……よいのかな」

稀羅の言葉が何を指しているのか、莉洸はまったくわからない。

まじまじと見下ろしてくる稀羅の赤い目に、ただただ息をのんだ。

「……皇子」

何度見ても綺麗な目だ。

人々は忌み嫌う赤い瞳だが、莉洸は初めて見た時から炎のように激しく、綺麗な色だと思っていた。

その目が、ゆっくりと自分の方へ近づいてくる。

「……っ」

莉洸が反射的に目を閉じた次の瞬間、莉洸の唇に温かい何かが触れた。

逃げることもできない莉洸にくちづけた途端、稀羅の全身に甘美な熱が走った。甘い唇だ。いや、唇だけでなく、莉洸のどこもかしこも甘く、良い香りがする。とても男だと思えないのに、莉洸は間違いなく光華国の第三皇子だ。

「……んっ」

唇を割り、その口腔《こうこう》内へと舌を差し入れる。逃げる小さな舌を追いかけて吸い、歯列を弄《なぶ》れば、身体の下の小さな存在……か弱き獲物は、いっそう震えた。

いったい、自分は莉洸をどうしたいのか、稀羅はくちづけをしたあとも迷っていた。

このまま、莉洸がどんなに泣き叫ぼうともその身体を征服したいという欲望と、兄弟に向けていたような深い信頼と愛情を込めた目で見つめてもらいたいのと、己はどちらをより強く思っているのだろうか。

稀羅自身がわからない思いを莉洸が知るはずもなく、大きく見開かれた目が莉洸の驚きの大きさを教えてくれる。

稀羅自身驚いているのだ、無理もないだろう。

「ふぁ……」

稀羅はようやく唇を離した。唾液《だえき》に濡れ光る唇は艶めかしく、もっと味わいたいという渇望を覚える。

莉洸が体調を崩したこの数日、稀羅は何度も部屋を訪ねはしたが、その身体に触れることはなかった。早く体調を戻してやりたかったし、この国に、自分に慣れて欲しかった。

しかし、大切にしたいという稀羅の思いも、今この瞬間に崩れてしまった。

「あ……」

大きな目に涙を滲ませた莉洸に眉を顰めた時、いきなり慌ただしく扉が叩かれた。

「王っ、衣月ですっ、お開けください！」

先ほどの稀羅の剣幕《けんまく》を見てなお、ここまできた衣月に、なんだか妙な胸騒ぎを感じる。

稀羅は莉洸の身体の上から身を起こし、乱れた髪も整えないままに扉を開けた。

「何用だ」

一瞬、衣月は稀羅の様子に声を失ったが、すぐに硬い表情で言った。

「申し訳ありませんっ、先走った大臣が光華に使いを出したようです」

「使い？」

その意味を測りかね、稀羅は声を落とす。

「どういうことだ」

「……莉洸皇子の御身と引き換えに、光華の領土の半分を望むと」

「……！」

衣月の声が聞こえていたのだろう、稀羅の背後で莉洸が息をのむ気配がする。

「……召集をかけろ」

今すぐにでも莉洸を宥めたかったが、まずは全容を把握しなければならない。

王である稀羅を差し置いて他国と交渉をしようとした者を、蓁羅の王として一刻も早く罰せねばならなかった。

振り向かないまま部屋を出て行く稀羅を、莉洸は呆然と見送った。

「僕と……引き換えに？」

光華国を二分する。

初めはまったく実感を伴わなかったが、何度も頭の中で反芻《はんすう》していくうちに莉洸は重い現実を知った。その途端、寝台に縫いつけられたように動かなかった身体を起こし、慌てて側の椅子にかけてあった上着を羽織る。

(僕のせいで光華が……っ)

海も山もあり、緑に恵まれ、商工盛んな国。

光の国という別称も持つほどの、豊かで華やかな国。

莉洸が愛し、莉洸の家族も愛している祖国を二つに分かつというのだろうか。

莉洸はそのまま部屋から飛び出した。

今しがた稀羅が訪れていたせいか、いつもはいるはずの見張りはおらず、莉洸はそのまま長い廊下を走る。

王宮にきてから間もなく体調を崩してしまったために、その構造は未だによくわからない。それでも、食堂や湯殿、そして広間など、わかる範囲の場所を巡って外に出ようと思った。逃げるためではなく、そんな恐ろしいことを思い留まってほしいと稀羅に頼むためだ。

己のために国を分けるなど、あってはならないことだった。そんな悲しいことを莉洸も、いや、誰も望んでいない。

どんなことをしても、阻止しなければならなかった。


稀羅の目の前には、真っ青になって震えている中年の男が三人跪いている。

いずれも大臣や軍隊長など地位のある者ばかりだが、今は罰せられる側としてこの広間に召集されていた。

広いとはいえない広間の中には、問題の三人の他、他の大臣やそれぞれの役の長もいる。彼らの顔色も同様、青褪めていた。

その中で、稀羅は無言のまま彼らを睨《ね》めつける。赤々とした目には、誰もが声を発することができないほどの殺気があった。

「申し開きはあるか」

ようやく、稀羅は口を開いた。その低く、冷気を伴った声に、誰もが口を開かない。

稀羅がこの言葉を言った時は、もう何を言ってもその罪は消えないという証だからだ。

だが、意を決したように、ひときわ体格の良い軍隊長が膝を前に進めた。

「恐れながら、王のなさっていることは我らには理解できかねます。命の危険を冒してまで王自ら敵国に侵入し、王族の一人をその手にして戻られたというのに、なぜに動き出そうとなさらないのか。今が我が秦羅にとっては千載一遇の好機です。長年我ら秦羅を虐《しいた》げてきた光華に、一矢を報いる時ではございませんかっ」

「……」

「王！」

「言いたいことはそれだけか」

立ち上がった稀羅はゆっくりと腰の剣を抜くと、そのまま跪く者に歩み寄った。

「お前たちが何を考えようとも、それが我が秦羅のためを思ってのことだとしても、王である私の意志をも聞かず、勝手に他国に使者を出すとは重大な越権行為にすぎない。覚悟はできているだろうな」

「稀、稀羅さまっ」

周りがざわめき、口々に諌《いさ》めてくるのを聞きながら、稀羅は己が冷静であることを自覚していた。

稀羅も、臣下の気持ちがよくわかっていた。

元は同じ領土のはずが、光華国と秦羅ではあまりにも国情は違う。もともとの建国の時の事情が事情だが、今秦羅で生きている者には関係がないことだ。

その妬みが恨みに代わり、それが憎悪に膨らんでいくのもわからないではないが、それをいつまでも抱いていては秦羅は光華国に勝てない。王になった稀羅は、必死で国力を蓄えようと努力してきたのだ。

だからこそ、臣下の暴走が悔しかった。一言、稀羅に望みを言ってくれさえしたら、共に考えることもできた。だが、王である稀羅の意見を仰がず、勝手に動いた者には、それなりの罰を与えなければならない。

このまま見逃せば、今度は稀羅の王としての資質が問われてしまう。

「覚悟は」

「……できております」

軍隊長が頭を下げた。

「よし」

稀羅は剣を振り上げる。

しかし、

「待って……っ」

今にも剣を振り下ろそうとしたその時、広間に悲痛な叫びが響いた。

「待ってくださいっ、稀羅王っ」

重い扉をやっとの思いで開いた莉洸は、寝巻き姿のまま稀羅が立つ場所まで駆け寄ってきた。

そして、跪く臣下の前に立ちはだかり、小さな身体で精一杯腕を広げる。

「剣をお納めくださいっ」

まさかこんな場所に莉洸が現れると思わなかった稀羅は一瞬驚いたものの、すぐに表情を改めて諫めた。

「……どけ、これは我が国の問題だ。光華の皇子に口を出す権利はない」

「そ、それでも、目の前で人が斬られようとしているのを黙って見てはいられませんっ」

一気にそう言った莉洸は、病み上がりのせいか足をふらつかせてしまった。咄嗟に稀羅は手を伸ばそうとしたが、莉洸は唇を引きしめて首を横に振る。意地でもその場から動かない、そんな強い意志を感じた。

臣下たちがこれほどはっきりと莉洸の姿を見、声を聞くのは初めてだった。

小さな、まだ幼い容姿の莉洸が真正面から稀羅に対するのを、蓁羅の臣下は固唾《かたず》をのんで見つめる。こんなふうに臣下が居並ぶ中で稀羅に反抗するなど、どんな罰を受けても文句は言えず、そのあとの運命を思って憂いていた。

「……皇子、もう一度言う。どけ」

「い、嫌です」

「皇子」

「嫌ですっ」

震えて、今にも泣きそうになっているのに、なぜ抵抗するのかわからない。

頑として退かない莉洸の面前に剣の切っ先を向けた稀羅は、必要以上に声を落として告げた。

「それならば、そなたがこやつらの罰を受けるか？」

「……っ」

今までの生活の中で、莉洸はこれほど強く命の危機というものを感じたことはなかった。光華から連れ出される時も鈍い剣の光を間近に見たものの、殺されるとまでは思わなかった。

それが、今は稀羅の視線だけで肌が切り裂かれるほどの強い恐怖を感じる。このまま指先だけでも動けば、即座に剣が振り落とされそうだ。

本来はこれが、武国蓁羅の王、稀羅の顔なのかもしれない。

それでも、莉洸は退かなかった。

「光華の皇子」

面前の剣がゆっくりと振り上げられた。

「そなたは罰を受けなければならない」

「ば……つ？」

「蓁羅の王である私に意見を言った、その勇気は褒めてやろう。だが、居並ぶ臣下の前で侮辱されたことを、私がこのまま許すとは思うまいな」

「そ……な……」

今になって、莉洸は自分がどんなに無礼なことをしたのか思い知るが、咄嗟に身体は動いてしまったのだ。

本当は、逃げたかった。この場から一刻も早く立ち去りたかった。それでも、今逃げてしまえば、稀羅の怒りはさらに増すかもしれない。己のせいで、蓁羅の人間を傷つけたくない。

泣きそうなほどの恐怖を感じながらも、莉洸は逃げるという選択をしなかった。

「……」

一方、剣を構える稀羅も戸惑っていた。

王である稀羅の意向をまったく聞かずに勝手な行動を取った臣下への罰は、たとえそれが自国を思っての行動だったとしても罰を与えなければならない。斬るのは可哀想だという莉洸の甘い気持ちは通らないのだ。

その上、稀羅に歯向かった莉洸にも、なんらかの罰を与えなければならなくなった。

それでも……と、心の奥底で思いが揺れる。

「王っ、おやめください！」

「罰は我らに！」

跪いた臣下が口々に叫んだ。

いくら敵国の皇子だとはいえ、見るからに幼く力のなそうな莉洸に太刀を浴びせることはできないと思ったのだろう。いや、身体を張って稀羅から守ってくれようとした莉洸に、一瞬で恩義を抱いたのかもしれない。

特に頑強で正義感の強い軍隊長が、莉洸の身体を押し退けて前へ出ようとしたが、稀羅は一睨みでその動きを止めた。

「もはや、お前たちだけの問題ではない」

「王！」

「そうであろう、光華の皇子。そなたも覚悟はできておろう」

真っ白で、小さな掠り傷さえない綺麗な莉洸の身体。苦労などまったくしたこともないであろう、大切に大切に愛しまれた存在。

あの肌に最初に傷をつけるのは自分なのかと、暗い興奮が稀羅を襲った。

「覚悟しろ」

「！」

殺しはしない。

しかし、痛みは与えなければと、稀羅は上げていた剣をそのまま莉洸の腕に向かって振り下ろした。

襲いかかる激痛を思い、莉洸は咄嗟に目を閉じる。

熱い痛み——いや、莉洸が感じたのは重さだった。慌てて目を開いた先には、覆い被さっている衣月の姿がある。

「あ……」

「……衣月」

驚きに声も出ない莉洸とは違い、稀羅は唸《うな》るようにその名を口にした。

「落ちつかれませ、稀羅さま」

そう言いながら衣月は莉洸から離れると、その身体を背にして稀羅に向きなおる。

「ち……血が……」

莉洸の目に映った衣月の背中には、剣で斬られた傷から血が滲んでいた。

稀羅も、衣月の傷を目にした。いきなり動いた衣月の身体に、手元が狂ってしまったのだ。

「恐れながら、稀羅さまのお怒りを受ける覚悟で申し上げます。莉洸皇子は大切な人質、何も交渉が始まっていない今の段階で傷つけることは賛成いたしかねます」

傷を負った者とはとても思えない、きっぱりと稀羅の目を見ながら言う衣月の口調に乱れはなかった。

それほど深い傷ではないが、けして軽い傷でもない。現に切り裂かれた服から滲む血は止まらずに流れ続けている。

「衣月」

「確かに、軍隊長らが先走ってしまったことは、稀羅さまからすれば謀反《むほん》にも近い行為かもしれません。しかし、皆秦羅を、稀羅さまを思ってのことなのです、どうか温情あるご処置を」

深く頭を下げる衣月に、稀羅はどう言葉をかけていいのか迷った。

「……お、王、僕からもお願いしますっ」

無言のままの稀羅に、今まで放心したように座り込んでいた莉洸が我に返り、その場に跪いた。

あれほどの大国の皇子が、これほど人がいる前で膝を折る。稀羅だけではなく周りにいた全員が驚いて目を瞠った。

「僕が出すぎた真似をして、稀羅王の顔に泥を塗るようなことをしてしまい、深くお詫《わ》びいたします。でも、どうかこれ以上、その剣で人を傷つけることはおやめくださいっ」

「……」

「どうか、どうかお願いしますっ」

「……」

「稀羅王っ」

縋るように叫ぶ莉洸に、稀羅はその瞬間敗北を悟った。

子供だと思っていた莉洸に、いや、子供だからこそ、これほど素直に頭を下げられるのかもしれないが、どうやら自分はなんの驕《おご》りも無駄な矜持もない、本当に光と称される無《む》垢《く》な莉洸に、いつの間にか心の奥底まで魅了されていたようだ。

「罰は衣月が受けた。……傷の手当を」

「はい！」

弾かれたように何人かが広間から出て行き、側にいた莉洸も小さな手で傷を押さえようとしている。

「皇子、お手が汚れます」

「そんなの、関係ありませんっ」

「ここは我々が」

「誰でもいいでしょうっ、早く、早く医師を呼んでっ」

連れ去られた敵国で、莉洸は必死になって敵人の傷を心配していた。寝巻きは血で汚れ、裾も埃でうっすらと黒くなっているというのに、一向に気にした様子はない。

その心の優しさが、その場にいるすべての人間に浸透していくようだった。

光華の光とは、まさしくこの莉洸の慈悲の心のことかもしれない。人々から愛されて育ったからこそ、莉洸は誰にでも無償の愛を注げる。意識せずに、自然に身体が動くことができる。

「……」

稀羅は騒ぐ一団に背を向けた。衣月を傷つけた己は、ここに居場所がない。綺麗な莉洸を視界に入れることも憚《はばか》られた。

その背中に、

「ありがとうございます、稀羅王っ」

莉洸の声がかかった。

「ご温情、感謝いたしますっ」

「……」

思わず、稀羅の口元に苦笑が浮かんだ。

しかし、背を向けた稀羅のその笑みを見た者は誰もいなかった。


「え？　商人は入れるのか？」

王宮には簡単に潜り込めないと思っていた悠羽だったが、宿に泊まっている商人から意外な話を聞いた。

「ああ。この国は見たとおりそれほど裕福な国じゃない。だが、見返りのない施しは裏がありそうで簡単には受けつけられない。だから、この国の薬草を取って商売をしたい商人に限っては、ある程度の現物支給によって条件が緩和されるんだ。その審査が王宮内で三日に一度あるんだよ」

「あなたはもう行かれたのか？」

「俺は明日だ。衣料品を持ってきたんだが、この国じゃやっぱり食いもんの方が値打ちがあるからな、あまりいい薬にはありつけないかもしれない」

せっかくここまできたのにと、愚痴混じりに話す商人に悠羽は頷いた。

珍しい薬草が多いならば、それを商売にすればいい。悠羽でもそう考えついたことを稀羅はとっくに実行に移しているようだ。しかし、貧しいからかどうしても目先の現物に目が行きがちで、それはまだ商売の形になっていないように見えた。

しかし、これは唯一の好機かもしれない。

「どうする？」

部屋に戻ると、悠羽がまずはと切り出した。

「このままでは時間の無駄でしかない」

「ここにいてもなんの進展もないし」

「一端王宮内に入れば、莉洸さまがどこにいらっしゃるかわかりますよね？」

「危険だがな」

最後に呟いた洸莱の言葉が一同の胸に深く響く。

既に秦羅の王宮がある首都に入って今日で三日。なんの手がかりもないまま時間だけがすぎている。

許可証の期日も迫ってきているのだ、安全策ばかりとってもいられない。

「……さっきの男から荷を買い取ろう」

悠羽は決心したようにきっぱりと言いきると、三人の顔をゆっくり見つめながら続けた。

「その荷を使って、商人として王宮に乗り込む。もちろん、私が行く」

「駄目ですっ」

「そんなことっ、悠羽さまお一人に危険なことをさせるわけにはいきませんっ」

サランと黎が即座に止めるが、悠羽はちらりと洸莱の顔を見る。

「洸莱さまのお考えは？」

「……悪くはないと思う。ただし、行くのは悠羽殿以外がいい」

「えっ」

だが、味方になってくれると思った洸莱の言葉に、悠羽は目を瞠った。すぐに反論しようと思ったが、洸莱は先を制して続ける。

「悠羽殿は既に顔を知られている。サランも同様だ。ならば、俺か黎……そう考えると、俺が行くのが一番だと思う」

「なりませんっ。あなたは光華の皇子なのですよっ？」

「そう言う悠羽殿も、奏禿の王女だ」

普段はほとんど話さない寡黙な洸莱がこれほど強く主張するのを初めて見た三人は、驚きと共に納得せざるをえなかった。

事実、悠羽の顔は知られているし、サランは商人という風体ではない。同じ理由で黎も除外するとなると、残るは洸莱しかいなかった。

受け入れはしたものの、納得しないまま、翌朝、昨日話を聞いた商人に金を渡して荷物一切を引き取った。かなり吹っかけられてしまったがどうにか払える金額で、洸莱はいよいよ商人として王宮に上がることになった。

服を着替え、荷物を背負い、洸莱は宿の裏手で三人と別れることにした。

「……無茶はしないように」

己の行動を棚に上げてきっぱりと釘を刺す悠羽に笑みが誘われるが、彼女、いや、彼の行動力でここまでこられた。卑屈というわけではなく、かといって諦観していたわけでもないが、洸莱は今まで自ら何かをなそうと動いた覚えはなかった。

そんな己が密偵の真似事をしようとしているのだ、こんな時だというのになんだか不思議で面白い。

「二人を頼みます」

ここに残る三人の顔ぶれを見れば、頼れるのは悠羽しかいない。その言葉に、悠羽も力強く頷く。

「こちらのことは心配なく。必ず無事に戻ってこられるように」

「はい。黎、無理はしないようにな」

既に目を潤ませている黎は、泣きそうになるのをぐっと我慢して頷く。

まるで弟みたいだなとそれを見つめて微かに笑んだ洸莱は、次に無表情のまま……それでも青褪めた顔色で立っているサランに向かった。

「サラン、悠羽殿と黎を頼む」

「……もちろんです」

抑揚のない声で答えるサランの顔をじっと見つめていると、胸の奥からじわりと熱いものがこみ上げてくる。

二度と会えないわけではないと思いながら、それでもこんな切羽詰った状況だからこそ、己の中の一番素直な思いが見えてきた。

その思いのまま、洸茉は静かに佇むサランに向かって言った。

「無事に戻ってきたら……サラン、お前の唇が欲しい」

「……え？」

「洸茉さま？」

あまりに唐突だったからか、その言葉に驚いたのはサランだけではなく、悠羽も黎も唖然としている。しかし、洸茉の視線はサランから離れなかった。

「嫌か？」

「……私の唇に価値などないと思いますが」

「俺が欲しいと思うんだ」

出会った時から、綺麗な人間だと思った。

まるで世の穢れを一切知らないような、透明な存在感の人間が、まさか己と同じ男だとはとても信じられなかった。

そして、男と知った今でも、変わらずにサランを綺麗だと思う。洸茉にとってそれだけ特別な存在の彼に触れてみたい。それは自然な心の動きだった。

「サラン」

懇願も込めた声で名を呼べば、サランは一度悠羽を見たあと、ゆっくり頷いた。

「……私のような者でよろしければ」

「では、諾と？」

「洸莱さまがこれほど物好きなお方とは知りませんでした」

無表情のサランの顔が、わずかに色づく。

「無事のお戻りを願っております」

「……行ってきます」

洸莱はもう一度悠羽に向かって頭を下げると、朝靄の中、一人王宮へと向かっていった。

「洸莱さまは、サランのことを好いておいでなのか？」

たちまち靄の中に消えていく洸莱の背を見送りながら、悠羽は驚きも冷めないまま、サランに言った。

「まさか。洸莱さまにはお立場があります」

「でも、今の言葉……」

あれほど真摯な言葉を、気の迷いなどで言えるはずがない。

そんな悠羽に、サランは緩く首を振る。

「理由はなんでもいいのです。あの方が無事お戻りになるよう祈りましょう」

サランにとっても、今の洸莱の言葉は意外だった。

今までの会話の中でも、少しも好きとか嫌いとか、感情的な話をした覚えはなかったからだ。

洸莱の思いも、それ以上に己の思いも、今はまったくわからない。だが、身体の秘密を洸莱に話した時にはもう、サランの中で洸莱の存在が少し特別になっていたのかもしれな

いとは思う。

そして、己とのくちづけのために洸莱が無事に戻ってこられたら、きっと嬉しいと感じるだろう。

「……そうだな」

静かなサランの笑みに何かを感じたのか、悠羽も笑って軽く黎の肩を叩いた。

「よし、私たちもここでじっとしているわけにはいかない。少しでも蓁羅の現状をこの目で見て、光華の王や洸聖さまにお伝えしなければ。できるな、サラン、黎」

「はい！」

「はい」

待っているだけで何もしない人間ではない主に、サランもようやく笑みを浮かべながら頷いた。


莉洸は寝台の上に起き上がった衣月に向かって深く頭を下げた。

「本当にごめんなさい」

「皇子」

稀羅が衣月に負わせた傷は、血の量から比べればそれほど深いものではなかった。傷を負うはずだった莉洸に対して、稀羅はそれなりに手加減をしてくれていたらしい。

それでも、衣月が傷ついてしまったことには変わりはなく、莉洸は涙を我慢して真っ赤になった目を衣月に向け、何度も繰り返し謝罪した。

「……もう、よろしいですよ」

止めるまで莉洸が謝り続けるのだとようやくわかったらしい衣月が静かに言った。

「これは、稀羅さまの剣の前に出た私の責任ですから」

「でも、僕が怒らせなかったら……」

「あなたが稀羅さまの面前に出なければ、あの三人は間違いなく斬られていたでしょう」

「え……」

「軍隊長は剣を振るう腕を切り落とされ、大臣は書類を見る視力を奪われる。命を助ける代わりに、その者が一番苦痛を感じる罰を与える……それはしかたがないことなのです」

淡々と説明をする衣月の言葉に、莉洸は叫び出さないようにするのが精一杯だった。

事実だけを聞けばどんなに恐ろしいことをするのだと思うが、一国を統べる王からすればこのくらいの処罰は当たり前なのかもしれない。

甘い顔をすれば、王自身が足元をすくわれかねないからだ。

きっと、光華国の王である父もそうなのだろう。莉洸にはとても甘い父だが、あの大国光華の頂点に立っている父だ。莉洸の知らないところで、厳しく冷酷な判断をしているのかもしれない。

「莉洸さま？」

黙り込んだ莉洸は顔を上げ、少しだけ頬に笑みを浮かべた。

「助けてくれて、本当にありがとう」

心からの感謝を込めた言葉に、衣月は痛そうに眉を顰める。

「……礼など、どうして言われるのです？」

「え？」

「私たちはあなたを光華から攫ってきた人間なのですよ？　こういう目に遭って当然とは思わないのですか？」

「……そうだった」

改めて言われ、莉洸は今この瞬間までそのことを忘れていたことに気づいた。

「僕って……呑気だな」

「……そのようですね」

きっぱりと言われると反論もできない。

「あなたほどの呑気な方は見たことがありません」

そう言うものの、言葉ほど衣月が呆れた様子はなく、むしろ穏やかな表情になっているのを見て、莉洸はくすぐったく思った。

「……ゆっくり休んでください」

傷を負った相手にあまり無理はさせられないと思った莉洸は早々に部屋を出、少し迷ったが稀羅のもとへ行こうと考えた。

衣月の傷が気になってこちらにきたが、稀羅とはあの場で別れたきりだった。昂ぶった気持ちが落ちつき、衣月の傷の心配がなくなった今、今度はどうしようもなく稀羅のことが気になってきたのだ。

「あ、あの、稀羅王のもとに行きたいのですけど……」

「はい」

部屋から勝手に出てしまった莉洸には、今は素晴らしく体格の良い二人の衛兵がついている。これで逃げる機会は失われてしまったが、今の莉洸にはそんな気持ちはなかった。稀羅を怖いという思いは消えてはいないが、あの状況で莉洸を許してくれたのだ、礼を言わなければと思った。

「莉洸さま！」

「え？」

廊下を歩いて間もなく、莉洸は不意に呼び止められた。

慌てて振り向くと、そこには先ほど莉洸が背に庇った男が片膝をついて控えていた。

「先ほどはありがとうございました、感謝いたします」

莉洸よりもはるかに大きく、まるで大きな動物のように顔中に髭《ひげ》を生やした男は、深く頭を垂れている。

「私は、蓁羅の軍隊長、里巳《さとみ》と申します。あの時、己の身が傷つけられることも厭わず我らを庇っていただいたこと、深く……深く、感謝いたします」

突然軟化した相手の姿に戸惑いながら、莉洸は小さく訴えた。

「い、いいえ、お礼など必要ありません。かえって、衣月さんに傷を負わせてしまいました……」

「あなたがいらっしゃらなければ、王の太刀はまだ深く我らの身体に食い込んでいたことでしょう。衣月があの程度の傷であったのは、やはりあなたのおかげなのです」

彼も衣月と同じようなことを言うが、やはりそれは稀羅の優しさのおかげだと思う。

「……あの、光華に書状を送られたのは……あなた方なのですよね？」

もともと稀羅の怒りを買ったのは、臣下である軍隊長らが勝手に莉洸の処遇を決めようとしたからだ。莉洸が部屋を飛び出してあの場に駆けつけたのもその書状を撤回してもらうためだったことを、先ほど衣月から謝罪された。

「そうです。我らが王の御意思を確認しないまま、光華へその条件を提示しました」

軍人らしく、里巳は言い訳などはしなかった。

「あなたさまも王宮にこられるまでの道のり、我が国がどれだけ貧しいか目の当たりにしたと思います。王もこの状況を打破しようといろいろ策を講じておられるが、残念ですが……限りがあるのです」

強面《こわもて》の顔が苦渋に歪んでいる。それほど、この国の問題は大きな影を落としているのだ。

「歴代の王からすれば、稀羅さまは我らにとって素晴らしい王です。頭も良く、実行力もあり、なによりこの蓁羅の国と国民を愛していらっしゃる。ただ、莉洸さま、気持ちだけでは何も変わらないのです……っ」

悪い人間など、いないのかもしれない。

貧しい現状を変えようとする手段に、自分がこの国に連れてこられたことも、何か意味があるのかもしれないと思えてしまう。稀羅の講じた手段はけして正しくはないが、それもこの方法しか考えられなかったとしたら、莉洸は彼らを責めるだけではいられなかった。

莉洸が愛する光華の国のように、この蓁羅もどうすれば豊かで平和な国にできるのか、その時初めて、莉洸は真剣に考え始めた。

稀羅《きら》は己の手をじっと見下ろした。

既に湯を浴び、服も着替えて、人を斬《き》った形跡は皆無だ。それでも、この見下ろしている手には明らかな血の跡が見える。

この手で、莉洸《りこう》に触れていた。いきなり部屋で押し倒し、その唇を奪った時は目を丸くして硬直していた。あのまま衣月《いつき》が呼びにこなければ、もしかしたらそのまま莉洸を汚していたかもしれない。そう思うと、身体《からだ》が震えた。

だがそれも、喜びが後悔か、今となってはわからない。己の欲を優先させているのかと思うと、稀羅は腹の中に重いものが圧《の》しかかるような気がした。

その後にあった出来事で、莉洸は稀羅に対してさらなる恐怖の感情を抱いたかもしれない。

力は、ある意味正義だ。だが、それを莉洸に対して胸を張って言えるかと問われれば……。

その時、扉が叩《たた》かれた。あのあとの処理のことかと、稀羅は苦い思いを押し殺して返答を返した。

「なんだ」

「莉洸さまが王にお会いしたいと」

「……皇子が？」

思いがけないことに、稀羅は一瞬たじろぐ。

剣を振り上げた時、恐怖で真っ青になって、怯《おび》えたような目で自分を見つめていた。あれからまだ時間は経っていないのに、どういうつもりなのだろうか。

詰《なじ》られるのか、それとも。複雑な感情のまま、稀羅は入室を許可した。

ゆっくりと扉が開かれて、衛兵に促された莉洸がおずおずと中に入ってくる。

服は着替えたようで、衣月を抱きしめた時についていた血痕《けっこん》はどこにも見当たらなかった。

「どうされた、皇子」

稀羅はできるだけ感情を押し殺して訊《たず》ねたが、莉洸の方は初めて見る部屋の方へと意識がいっているらしい。まるで珍しいものを見る子供のように視線を動かす莉洸に、稀羅は少しだけ口元を緩めた。

「……ここが、王のお部屋ですか？」

「あまりに質素なので驚いたか」

「い、いいえ、そんなっ」

莉洸がそう思うのも無理はないほど、稀羅の部屋は簡素な造りだった。もともと日々執務に追われているため、部屋には寝に戻るといった状態であるし、部屋を飾り立てる趣味もなく、お金もない。

今までも、この部屋には衣月くらいしか入ったことがなかった。臣下はもちろん、女を連れ込んだこともなく、こうして莉洸がいるだけで無味乾燥な部屋の中が華やかになったように感じるほどだ。

「先ほどは……すみませんでした」

するとと、改まって謝罪した莉洸が頭を下げた。だが、莉洸に謝る理由などない。

「それはなんの謝罪だ？」

「王として、あなたが臣下に下そうとした罰を途中で止めてしまったこと……出すぎたことだと思います。本当に、申し訳ありませんでした」

「……それで？」

莉洸が何を言いたいのかが計りかね、稀羅は表情を変えないまま先を促す。

莉洸は少し困ったような顔をして唇を噛《か》みしめたあと、小さな声で、しかしきっぱりと切り出した。

「この国を……秦羅を救うために、僕に何ができるでしょうか？」

「……そなたができること？」

「はい」

稀羅が驚いているのが莉洸にもよくわかった。

無理もない、あれほど拒絶していたというのに、いきなり秦羅のためにと言っても、それは逃げる手段ではないかと疑われるのが当然かもしれない。莉洸自身、己の心境の変化に戸惑《とまど》っているが、それでも、短い時間で考えたのだ。

この目で見た秦羅の現状を、そしてあれほど強く祖国を思う人々の声を、莉洸は何もなかったことにはとてもできなかった。

初めて見るような唖然《あぜん》とした表情の稀羅をまっすぐに見つめながら、莉洸はなんとかこの思いをわかってもらえるように言葉を継いだ。

「僕一人には力はありません。でも、幸いに僕の故郷である光華には、こちらの国を手助けできる力があると思うのです。稀羅王、どうか僕を、一度国に帰していただけませんか？　そして、どうか父に……」

「……私に、頭を下げよと言うのか」

稀羅が声を落としたのを怒りと取り、莉洸は慌てて首を横に振る。

「い、いいえっ、頭を下げるとか、そういうことはなくて……ただ、僕が連れ去られた形では、光華はこの国に援助もできません」

莉洸にできることは、結局父、洸英《こうえい》に願うことだけだ。稀羅にとっては屈辱かもしれないが、一番平和的な解決方法はこれしかない。

莉洸はもう人の血など見たくないし、貧しい生活をするこの蓁羅の民を救いたかった。

莉洸の目を見れば、それが真実思っていることだというのは伝わる。

そんな莉洸の思いは、純粋で綺麗《きれい》なものだ。だが、手助けをするとか、援助とか、それは立場が上だからこそ言える言葉だ。

根本では、大国の皇子という意識が抜けきっていない。傲慢《ごうまん》だと思ってしまう。

そして、そう考えてしまう己の卑屈さが情けない。

一方で、これを好機にしようとする己もいた。莉洸をこの手にするために、純粋な思いさえ利用しようとする自分は、結局卑劣な男なのかもしれない。

莉洸の顔をじっと見つめていた稀羅は、ようやく口を開いた。

「……皇子、そなた、なんでもできるのか？　血を流さぬよう、この蓁羅の国の民を救うために、そなた、私の申し出を受けることができるか？」

「え？」

一瞬、その言葉の意味を考えたのだろう、莉洸は戸惑ったように視線を揺らした。しかし、すぐに頷《うなず》き、はっきりと言いきる。

「僕にできることならば」

その言葉を、今から言うことを聞いても撤回しないか、稀羅は莉洸の腕を摑《つか》んで問うた。

「無血で二カ国が手を結ぶのにはどうすればよいと思う？」

「……わ、わかりません」

「婚姻《こんいん》だ」

「……婚姻？」

「婚姻で両国が結びつけば、お互い手を結ばざるを得ないだろう」

「それは……稀羅王のおっしゃることはわかりますが、光華には皇女はおりません。あ、蓁羅には姫がいらっしゃるのでしょうか？」

当たり前の莉洸の反応に、稀羅は唇をつり上げて笑った。

普通に考えれば、二国の王子と王女が結婚するのが当たり前だ。もしも適齢の王族がいなければ、貴族や大臣の息子や娘が対象になるはずだった。

しかし、稀羅は誰《だれ》でもよいから欲しいわけではない。

「あの……」

「我が国には王女はおらぬ」

戸惑う莉洸に、稀羅ははっきりと告げた。

「では、他に……」

「そなたがよい」

稀羅は莉洸を引き寄せて華奢《きゃしゃ》な身体を抱きしめると、零《こぼ》れそうなほど大きく目を見開く莉洸を見下ろした。

「そなたが私の花嫁となって、この蓁羅の国に嫁《とつ》いでくればよい」

正式に莉洸をこの国に迎えれば光華は手の出しようがなく、縁戚《えんせき》という関係上、蓁羅を無視することもできなくなる。

なによりこの光華の光を、ずっと側《そば》においておけるのだ。

「我が妻になれ、皇子」

これは提案ではなく、口にしたこの瞬間から、稀羅にとっては実行すべき事柄になっていた。

「妻って……」

だが、莉洸の方は当然ながら稀羅の言葉に頷くことはできない。

いくら男らしい見かけでなくても、王族としての働きをしてはいなくても、莉洸は立派な光華国の皇子だ。皇子である己が同じ男に嫁ぐなど、莉洸の常識ではとても考えられなかった。

「……稀羅王、僕は、男……ですよ？」

「見ればわかる」

「だ、だったら、男同士で、結婚……」

「皇子は知らぬのか？　諸外国では妾妃に同性を召し上げる例は少なからずある。さすがに、王妃が……とは、あまり聞いたことはないがな」

新興国蓁羅の常識など、あってないようなものだ。要は、王が《そうだ》と言えば、皆はそれに従うしかない。

「返事はすぐにはせずともよい。だが、皇子、無血での和解の方法など、ごく限られているぞ」

そう言うと、稀羅は廊下にいる莉洸の護衛兵を呼んだ。

「皇子を部屋へ」

「はい」

「き、稀羅王」

「疲れているだろう、休みなさい」

それ以上は何も言わず、稀羅は黙って莉洸を見下ろす。

莉洸は何かを言わなければならないと思って口を開きかけた。今ここで反論しなければ、今以上の嵐《あらし》に巻き込まれてしまう気がする。

それでも、何をどう言えばいいのか混乱する頭では考えられず、言葉は喉《のど》の奥に貼《は》りついたまま出てこなかった。

「皇子」

護衛に促された莉洸は目を伏せ、力なく歩き始める。そのあと姿が見えなくなるまで見送った稀羅は、もう一度己の手を見下ろした。

（この手に堕《お》ちてこい、皇子）


「次！」

「はい」

王宮の入口には十数人の商人らしき男たちが並んでいた。

洸莱《こうらい》もその一番後ろに並んで己の順番を待ちながら、初めて足を踏み入れた蓁羅の王宮を見ていた。

剝《む》き出しの石壁や、色褪《いろあ》せた木の装飾。絨毯《じゅうたん》も擦《す》り切れ、花の一つもない。

幼い頃に幽閉されていた離宮よりもさらに質素な王宮に、洸莱はここに連れ去られた莉洸の身を案じて眉《まゆ》を顰《ひそ》めた。

たとえば洸莱なら、そして兄ならば、生きていくために蓁羅の王とも対峙《たいじ》すると思うし、最悪、力を振るうこともできる。しかし、今まで王宮から滅多に出ず、皆から守られて育ってきた兄莉洸には、この過酷な生活は心身共にかなり衰弱をさせるだけではないだろうかと心を痛めた。

「次！」

「……はい」

いよいよ洸莱の番がきた。

ここで、左右異なる目を見られるわけにはいかない。

できるだけ顔を見せないように俯《うつむ》いた格好で、洸莱は役人の前にゆっくりと歩み寄った。

「要京国《ようけい》、蔡《さい》か？」

「はい」

役人は提出された申請書に目を走らせている。それは、荷物を買い取った男のものだ。

「中身は衣料か」

「それと、珍しい宝飾を」

「宝飾？　これには書かれてないが」

「手離すかどうか迷っていたのですが、やはりよい薬草をいただきたく」

そう言いながら、洸莱は胸元から一つの指輪を取り出した。

希少な、青く輝く指輪。これは、父が兄弟の妻となる者にとそれぞれに贈ったもので、洸聖《こうせい》には赤い指輪、洸竣《こうしゅん》には紫の指輪、洸莱には碧《みどり》の指輪がそれぞれ与えられている。

この青い指輪は莉洸のもので、洸莱は味方となる者がこの地にいるということを莉洸に伝えたいと、国から持参してきたのだ。

それには、なんとしてでもこの指輪を莉洸が目にするようにしなければならない。

「どうか、王にお納めいただくよう、お願いいたします」

深く頭を下げ、洸莱はどうかこの指輪が莉洸にまで届くようにと祈った。


「へえ、じゃあ、蓁羅の武力は相当なものなんだな。噂《うわさ》以上ってことか」

「武器はそれほど揃《そろ》ってはないがな、体術が凄《すご》いんだ。人間を輸出するっていうのもまんざら嘘《うそ》じゃないってことだな」

「ふ〜ん、あ、飲んで飲んで」

上等の酒を注いだ洸竣に、男は上機嫌に笑いながら杯を出す。酔うと口が軽くなるというのは、どこの国の人間も同じだ。

男は、己に酒を勧めている優男が、この国の皇子だとはまったく気づいていない。だからこそ、下種な噂話も、重要な他国の秘密も、ついぽろりと口に出した。

悠羽《ゆうは》たちが蓁羅へ旅立ってから、洸竣は毎夜のように町の酒場に通い続けていた。国にいながらに蓁羅の内情を知る方法。兄、洸聖の助言を受けて、洸竣は夜の世界で蓁羅に行ったことがある商人や旅人などを捜していた。高価な薬草がある蓁羅に行く商人はかなりの数がいて、洸竣は彼らに酒を飲ませながらその内情を聞いた。

貧しく、痩《や》せた土地。

武力や力仕事に秀でた民族性。

王や役人でさえ、国民とそう変わらぬ生活をしているらしい国。

聞けば聞くほど秦羅の国情は厳しいもので、洸竣の心の中には、いつしか少なからず秦羅への同情心にも似た気持ちが生まれていた。

だが、莉洸が捕らわれてしまっている今、同情を感じてはいられないのだ。

「なあ、秦羅の王には妃《きさき》はいるのか？」

「王妃？　いないよ、あそこには。王は独身だ」

「独身……」

「そもそも、今の王は王族じゃないからね。軍人上がりの平民だ」

「元軍人……か」

洸竣に話してくれる商人の男は、派手な服に砕けた口調の美貌《びぼう》の主を、光華の皇子ではなく話好きな貴族の息子とでも思っているらしい。

国の中枢の話をしているというのに、まったく頓着《とんちゃく》していない様子だった。

「良い男だしね、統率力もあるようだが、少々頭が固い」

「どういう意味だ？」

「すべて自国で解決しようとしていることがさ。頭の一つでも下げりゃ、この光華の王だって援助ぐらいしてやるだろう？　その下げる頭がないって言うんならどうしようもない」

「……なるほど」

的確な言葉に、洸竣は笑った。

「オヤジ、いいこと言うな」

「お前さんも、飲んでばっかりじゃなくて働けよ？　普通は働かなきゃ食っていけないもんだぜ」

「……その通り」

洸竣は苦笑して酒を注いだ。

そんな時だった。光華国に蓁羅からの書状が届いた。

莉洸が連れ去られてから半月余り。いつも明るい笑顔を振りまいていた莉洸と、短期間で王宮内の人々に溶け込んでいった悠羽がいなくなった宮の中は妙に沈んでいたが、洸聖も洸竣も、そして光華の王である洸英も、表面上は気を張って平静を保っていた。

しかし。

「なんと……この国の半分を寄越せと……っ」

送られてきた書状に素早く目を走らせた洸聖は、目に怒りを滲《にじ》ませたまま強く呻《うめ》いた。

「父上」

「……」

「父上、私たちはこのままただ待っていていいのですか」

【光の国、光華国の領土半分を譲られたし】

堂々と書かれたその文面を穴の開くほどじっと見つめている洸英も、表情を険しくしていた。

洸英も洸聖も、蓁羅がそこまで大きな要求をしてくるとは思わなかった。ある程度の金品の要求や食糧援助などは想像していたし、覚悟もしていた。

もともと一つの国だった光華と蓁羅。洸英も蓁羅の現状は気にして、蓁羅が受け入れる気があるのならば、できうる限りのことをしたいとも思っていた。ただし、その手段が莉洸の誘拐という、乱暴なものだったというのにはかなり憤慨しているが、それでも一考しようという温情はあった。

だからこそ、表立って動くことはしなかったというのに、その結果がこの法外な要求だったとは。

領土を二分する。一つの国を線引きすることなど無理な話であるし、今の蓁羅の行政が、半分とはいえ広大な光華国を治められるとはとても思えない。

いくら稀羅王が優秀な王だとしても、国は一人では治められないのだ。

手紙には次いで、こんなことが書かれてあった。

莉洸の身柄は丁寧に扱っていること。

返答にはある程度の猶予を与えること。

しかし、否という返答は受けつけないこと。

己の優位を疑わないその乱暴な論法に、洸英が頷けるはずがない。

莉洸の父であると同時に光華国の王でもある洸英は、たとえ可愛《かわい》い我が子を犠牲にしても守らねばならないものがあった。

「……洸聖、兵を招集しなさい」

「父上っ？」

「近隣の国にも報告をしないとな」

「……莉洸は……莉洸はどうされるのですかっ」

洸聖はつめ寄った。

なんのために悠羽が蓁羅にまで乗り込んでいるのか、それは莉洸を無事に救い出すためだ。そんな中、軍を動かしたことを悟られてしまったら、あの国にいる悠羽たちにも危険が及ぶかもしれない。

「戦は、今すぐにではない」

「父上っ」

「覚悟はしておいた方がいい。あれも……光華の皇子だ」

無情ともいえる言葉に、洸聖は強く拳《こぶし》を握りしめた。

「私は……納得できません」

「兄上っ」

「莉洸を見殺しなどできぬっ」

何十万、何百万の民と比べても、莉洸の命は軽いものではないのだ。

「兄上っ、落ちついてください！」

洸英の執務室から足音も荒く飛び出した洸聖の姿を追い、洸竣は宥《なだ》めるように声をかけながらその隣を歩いた。

「父上は莉洸を見捨てるとは言われていません。ただ、最悪のことを考えておいでなのでは……」

「洸竣、お前はどうなんだ」

洸聖は足を止めて洸竣を振り返った。その目はまるで燃えるように強い輝きを帯びている。

「そなたも、国民と比べて莉洸を見捨てるか？　私たちの愛《いと》しい弟の命を、民を救うためならば差し出せると言うのか？　私は……できぬ」

「兄上……」

生まれた時から身体が弱く、最初は十歳までは生きられないかもしれないとまで言われた莉洸。家族が、そして周りの臣下が、それこそ足元の小石さえ取り除くようにして大切に育ててきた弟だ。

「……だが、私もわかっている。父上がどれほどの思いを押し殺してあのようなことを言われたか……。だからこそ、これほどまでに私たち家族を苦しめる蓁羅が、稀羅王が許せないっ」

洸竣は唇を噛みしめる。洸聖の気持ちは、痛いほどわかった。洸竣も同様に、莉洸が愛しい。可愛い弟を犠牲になどしたくはないが、一方で光華国の民の命も、そして蓁羅の民の命も危険に晒《さら》すような戦を避けたいとも思う。

秦羅のことを調べたせいか、洸竣にとっていつしか秦羅ははるか遠くの国ではなくなっていた。

「あちらは猶予を与えると言っているのです、目一杯その時間を使いましょう。あちらに行っている悠羽殿や洸莱たちの連絡も待たねば」

洸竣は兄の腕を掴んだ。

「兄上、諦《あきら》めることだけはやめましょう。私たちにはできるはずです、無血の解決が」

洸聖に意見する日がくるとは思わなかったが、洸竣は今自分が思っている限りの言葉を伝える。

洸聖ならばわかってくれる……そう思った。

「兄上……」

「……時間は、それほどにないぞ、洸竣」

強く洸竣の肩を掴んだ洸聖は、ただ短くそう言った。

＊＊＊

「王、本日の商人の申告書です」

執務室に入った稀羅は、そこにいるのが側近の衣月ではないことに一瞬眉を顰めた。

しかし、それが己が傷をつけてしまったためだということにすぐに気づく。

「衣月の容態は」

「微熱があるようですが、刃傷は深くありません。衣月殿もすぐにでも職に戻るとおっしゃられていましたが、医師がせめて今日一日休むようにと申されて」

稀羅の心の内を、稀羅が言葉にしなくてもわかってくれている衣月という存在。

王座に就いてから、いや、それ以前の部隊にいた頃から、常に稀羅に寄り添ってくれていた衣月を不本意ながら傷つけたことは後悔をしている。

だが、王としての振舞いを後悔していると周りに悟らせるわけにはいかなかった。

「……王」

「なんだ」

「……皇子はどうされているのでしょうか」

稀羅は書面から顔を上げ、目の前に控えている役人を見た。

今まで臣下が莉洸のことを聞くことはなかった。蓁羅の民の中には光華国への反発を抱いている者が多いせいか、目に見えぬ空気のように見て見ぬふりをしている者がほとんどだった。

その空気が、昨日の出来事から一変したのを稀羅も感じていた。

稀羅の剣を前に、小さな身体で臣下を庇《かば》った話は既に王宮内では知れ渡っていて、その大国の皇子らしからぬ義侠《ぎきょう》心に感銘を受けた者は少なくなかったらしい。

こんな結果を予想していたわけではないが、思いがけない臣下たちの心境の変化は稀羅の望むものであった。

「……皇子は、衣月のもとに行ったようだ」

「衣月殿の？」

「何かをしていないと落ちつかないのであろう」

稀羅は役人の質問を打ち切るように、再び書面に視線を落とす。

しかし、その頭の中には、昨日の困惑していた莉洸の面影が鮮やかに蘇《よみがえ》った。

『我が妻になれ、皇子』

莉洸が欲しい稀羅と、光華の力が欲しい蓁羅。争わずに両方を手に入れるにはやはり縁戚関係を結ぶのが一番で、皇女のいない光華から誰を迎えるかは選ぶまでもない。

今まで王妃が男だという国があるとは聞いたことがないが、己がその先駆けになるのも面白いと思った。もともと王族などではない民間の出の稀羅だ、血を残すということに執着もない。

考えれば、それが一番良い方法なのだ。

光華国には、既に臣下が無断で送った書状が届いているはずだ。国を半分などと、稀羅からしても荒唐無稽《こうとうむけい》な条件を光華国が受け入れるはずがない。

今のところ、光華国は不気味に沈黙している。そうなると、ここまで無謀な要求を突きつけた蓁羅に対し、光華国がどんな手段に出てくるかを考え、今度こそ失策を取らないようにしなければならなかった。

「……これは？」

流すように書面を見ていた稀羅の視線が不意に止まった。

「何か？」

「青い指輪とは？」

「ああ、これは是非にと商人が差し出してきたものです。調べましたが細工をされている様子はありませんし、職人に見せてもかなり良い品だということです」

「……見せろ」

「ただいま」

一礼した役人が執務室を出て行く。

稀羅は軽くその文字を指先で叩いた。

「青……」

それは清廉で透明な雰囲気の莉洸に、よく似合う色のような気がした。

長く待たせることなく戻ってきた役人が恭しく差し出した指輪は、そんな稀羅の予想以上にかなり見事なものだと一目でわかった。

青一色ではなく、見る角度、光の当たり具合などで、その色合いが鮮やかに変わっていく。装飾も細かく見事で、名のある職人の手によるものだとはすぐにわかった。

これほどの名品は、きっと大国にもあるかどうかわからないほど希少品のはずだ。現に、装飾品などにまったく興味がない稀羅でさえ、どんなに見つめていても飽きることはない。とても一介の商人が持っているものとは思えないほどの素晴らしい指輪に、稀羅は視線を外して顔を上げた。

「これを差し出した者は？」

「いつもの待機部屋に入れておりますが」

「……その者には特別高価な薬草を取る許可を与えよ」

「はっ」

今の蓁羅の国力ではとても手に入らないような素晴らしい宝飾品。一目見て莉洸の細く白い指にはめている姿が想像できた。

そうなると、すぐにでも莉洸にこれを見せたくなった。そうすれば、少しは笑顔を向けてくれるかもしれないと思う自分は、かなり女々しいかもしれない。


洸莱は他の商人と一緒に、一室に入れられて待たされていた。

審査はほぼ一日かかるらしく、その間は王宮の外には出られないらしい。

外と連絡を取る手段もなく、小さな窓から外を見つめていた洸莱だったが、ふと気づくと目の前に人が立っていた。

「……」

気配がまったく感じられない相手に、洸莱の警戒は強くなる。

「大変ですね、長い時間待たされて」

「……ええ」

穏やかに笑いかけてきたのは……多分、男だ。迷うのは、女のように繊細な容貌《ようぼう》に、外套《がいとう》を羽織っても感じられる華奢な姿のせいだった。だが、硬質な雰囲気は女とも思わせない。

ほとんど表情が変わらないのに、その瞳《ひとみ》だけは笑んでいた。綺麗な青い瞳だ。

「こちらには初めてですか？」

「ええ」

「私も、王宮に足を踏み入れるのは初めてですよ」

「……あなたは、どちらの？」

初めて会うはずの洸莱に、なぜこんなにも親しく話しかけてくるのだろうか、敵意は感じないものの不気味さは拭《ぬぐ》えない洸莱に対し、その人物は隣に腰を下ろしながら言った。

「私は、和季《わき》」

「……和季？」

頷いた男――和季は、そっと洸莱の耳元に唇を寄せて囁《ささや》いた。

「光華国の影が側におります。ご心配なさらぬよう、皇子。あとは私にお任せを」

「お前は……」

思わず声を上げようとした洸莱を眼差《まなざ》しだけで制し、和季はそのまま見本の薬草が置かれている棚へと向かう。洸莱も急く気《せ》持ちを抑えてゆっくり歩き、商品の品定めをしているというふうを装って書類を見下ろしながら、初めて見ると言ってもいい和季の横顔に視線を走らせた。

和季。

名前だけを聞いても一瞬気づかなかったが、和季、彼は父の、光華国の王の影だ。

子供である洸莱も、多分三人の兄も、その素顔は知らないはずの、光華国最大の謎《なぞ》の存在だった。

影と言っても、単純に身代わりになるというだけではなく、その補佐も務めるという王の影は、歴代の王全員についていたわけではない。

優秀な補佐や賢い王妃がついていた王には影はおらず、現王洸英にしても三代ぶりについた影のはずだった。

見慣れたいつもの服装ではなく、異国の衣をまとっていたから気づかなかった。

いや、いつもはまるで存在を感じさせないのに、今目の前にいる彼は意識的に気配をばらまいている。

たったそれだけの変化なのにまるで別人のようで、洸莱はただ驚くしかなかった。

「……どうなされた」

洸莱の視線に気づいているのだろう。

部屋の中で待機している見張りの役人に聞こえないよう、小さな平坦な声で和季は静かに訊ねてきた。普段から感情の起伏というものがないと聞く和季だが、今の声にはわずかな柔らかさを感じた。

「私が珍しい？」

「……はい」

素直に頷くと、和季はすぐに答える。

「心配は無用。私は光華と王は裏切らない」

「……あなたは、男、か？」

「……どちらに見えますか？」

抑揚のない声は高くもなく、低くもなく。

見える顔の造形は、女のように美しいが、柔らかくない。

「どちらにも見える」

正直な洸莱の言葉に、和季は珍しく楽しいというように笑った。いや、単に唇を上げただけだが、それでも無表情があまりに人形のようなので十分笑っているように見える。

「どちらも」

「え？」

「私は男であり、女でもある。両性を兼ね備えている者は案外多いのですよ」

「両性……」

それは、この旅で聞いたサランの秘密の性と同じだ。まさかこんな身近に二人もいたという事実に、洸莱は驚いて目を瞠《みは》った。

「この王宮の構造はご存じですか？」

「あ……いや」

驚いている洸莱を尻目《しりめ》に、和季は手に持っていた紙を少しだけずらして見せる。そこには、簡単ではあるが王宮内の間取りらしきものが書いてあった。

「これは……」

「莉洸皇子は王の部屋……ここから南の、王妃の間におられるはず」

「王妃の？」

大切な兄が女扱いをされているのかと思うと面白くなく、洸莱の眉が顰められた。

「今蓁羅には王妃が不在なのです。王の部屋の次に整っているのは王妃の部屋しかないはずですので、莉洸皇子は十分手厚く世話をされているはずですよ」

「……」

「どうやら蓁羅の王はかなり莉洸さまを気に入られている様子。見張りは厳しく、容易に近づくことはできないと思われます」

いつの間にそこまで調べたのだろうか、和季の有能さの前に声も出なかった。

容易には近づけないとは思っていたが、どうやらかなり警護は厳しいようだ。

莉洸と会うにはどうすればいいかとさらに考えていた洸莱に、和季はこともなげに言った。

「正々堂々会いに行きましょう」

「え？　しかし……」

「青の指輪をお渡しになったでしょう？　それをつけられた麗人のお姿を一目拝見したい……そう願い出ればよいのです」

「ご気分が優れないようですね、皇子」

「い、いいえ」

「お疲れならばお部屋にお戻りください。私の看病で調子を崩されたりしたら、我が王に叱責《しっせき》を受けてしまいます」

部屋に一人でいるといろいろ考えてしまうので、莉洸はまだ療養している衣月の部屋を訪れていた。

傷の治りは順調のようで、会うたびに元気になっていく様子を見ると安心した。しかし、言葉数の少ない衣月とは身体の調子を訊ねる会話が終わってしまうと、どうしても沈黙に支配されてしまう。

そうすると、莉洸の頭の中に浮かぶのは稀羅の言葉だった。

『そなたが私の花嫁となって、この蓁羅の国に嫁いでくればよい』

光華から攫《さら》われた時も、花嫁にならないかと言われ、くちづけをされた。

だが、その時の莉洸は攫われた衝撃と、殺されるかもしれない恐怖で頭がいっぱいで、その言葉の真意まで考えることができなかった。

あの時はそう言った稀羅自身、半ば莉洸を脅す冗談のような口調だったという記憶もある。ただ、昨日のあの言葉は、とても真剣な響きだった。

多分、稀羅は本気で莉洸を花嫁に娶《めと》るつもりなのだろうし、その言葉通り、戦を起こさないで今回のことを解決する方法はそれぐらいしかないのかもしれない。

しかし、男である莉洸が花嫁になるのはやはり受け入れ難かった。

「皇子」

「……」

「莉洸皇子」

「あ、はい」

ぼんやりと考え込んでいた莉洸は慌てて顔を上げた。衣月はじっと莉洸を見ており、視線が合うと静かに切り出した。

「……皇子は稀羅さまを恐ろしい方だとお思いかもしれませんが、あの方はけして激情だけで人を傷つける方ではありません」

傷つけられた本人の言葉に違和感があったが、衣月自身それを信じて疑わないようだった。

「私のこんな掠《かす》り傷で、王に逆らった者たちの罪をすべて帳消しになされたのです」

剣で斬られ、あれほどの血が流れてしまったというのに、衣月にとってはたいした傷ではないということに驚く。しかし、衣月は構わずに続けた。

「荒れ果てたこの国を立て直すのに、王は想像を絶する苦労をされてこられました。本来のあの方は、とても優しく、そして……寂しい方です」

「……」

「どうか、皇子、あの方の真の姿をご覧になってください」

今までの言動からはとても結びつかないが、目の前の衣月が嘘をついているようには見えなかった。

真意を問うようにじっと見つめると、視線を合わせた衣月が微《かす》かに笑う。

その笑顔に戸惑った莉洸は視線を逸《そ》らし、そっと椅子《いす》から立ち上がった。

「……お大事になさってください」

「ありがとうございます」

衣月に見送られて部屋に戻って間もなく、稀羅が訪ねてきた。

衣月との会話で稀羅に対する複雑な思いを消化しきれない莉洸はできるなら会いたくなかったが、わざわざ部屋まで足を運んできた稀羅を無下に帰すこともできない。

　しかたなく部屋の中に招き入れたものの、扉は完全に閉めずに少し開けたまま居間まで通した。

　もしかしたら、入室を拒まれるかもしれない。そう思っていただけに、稀羅もこうして莉洸が逃げずに向かい合ってくれることに内心喜びを感じていた。

「皇子」

　名を呼ぶと、戸惑った眼差しが向けられる。その目の中に嫌悪はなく、怯えだけでない感情が込められているのを、己の気のせいだと思いたくない。

「ご、ご機嫌よう、稀羅王」

　律儀に挨拶《あいさつ》をする莉洸に内心で笑みを漏らしながら、稀羅はゆっくりと近づいた。

「あ、あの」

　何を言われるのか……怯えているのが丸わかりの莉洸を見下ろしながら、稀羅はずっと握りしめていた手を差し出す。

「これを、お前に」

「え？」

　ゆっくりと手を開くと、待ちかねたように輝きだす青い指輪がそこにあった。

　美しく輝く指輪に、莉洸の目が次第に見開かれていく。その時、驚きで叫び出さなかった己を、莉洸は褒めたかった。

（これは、僕の指輪……だ）

十五歳になった時、父から贈られた青い指輪。

子供心にもきっと高価なものだろうと思い、未来の伴侶《はんりょ》を夢に見ながら、ずっと部屋の秘密の場所にしまい込んでいた。その場所を知っているのは、一度だけこの指輪を見せたことがある洸莱だけだ。

身長差のせいで稀羅には莉洸の表情は見えないはずだったが、それでも莉洸は喜びと安《あん》堵《ど》に歪《ゆが》む顔を見られまいと必死に感情を押し殺した。

「気に入らぬのか？」

ずっと黙ったまま俯いている莉洸に、稀羅が少し硬い声で問いかける。

下を向いたまま、莉洸は慌てて首を横に振った。

「い、いいえ、あまりにも綺麗な指輪だったから驚いて……あの、これはどうされたのですか？」

「献上された」

「献上……」

それはありえない。これほど見事な青い宝石を、これほどまでに見事な細工を施したものを、他にも持っている者がいるとは考えられなかった。

「一介の商人が持っていたものにしてはものがいいだろう。そなたの白い肌に似合うと思ったのだが」

伴侶に送る指輪なので、似合うと言われても複雑な思いがする。

しかし、莉洸はすぐに考えた。この指輪がここにあるということは、父の命を受けた光華国の誰かがこの王宮内にいるのかもしれない。誰も味方がいないと思っていた莉洸にとって、それは勇気が湧《わ》いてくる思いだった。

「あ、あの、稀羅王」

莉洸の考え通りだとすれば、味方は極々近くまできている。その人物と接触するために何をすればいいのか、莉洸は恐る恐る切り出した。

「この指輪を献上してくださった方に、お会いできますか？」

「……なぜに？」

「あ、あの、一言……お礼をと」

疑問を感じて当然の稀羅に問われ、咄嗟《とっさ》に返した返答はおかしくなかっただろうか。声は喜んでいなかったか、それとも顔が笑っていなかったか。

莉洸は緊張で強張《こわば》りそうになる顔をどうにか普通に見せるように、そっと稀羅を見上げた。

「いいのかなあ、私たちここでのんびりしていて」

「遊んでいるわけではないのですから、悠羽さま」

「そうですよ、悠羽さま。あとは洸莱さまの連絡を待つしかできません」

「それはそうなんだけど」

悠羽は溜《た》め息をついた。

明け方に洸莱が王宮に向かってまだ数時間。どんな結果もまだ出ないということはわかっている。それでも、じっとしていることに慣れない悠羽は、宿にいるよりはと三人で町に出、あてもなく歩いていた。

それに付き合うサランや黎《れい》も、内心では洸莱のことが気になってしかたないのだろうが、今できることは何もないということも知っていて、苛立《いらだ》つ悠羽の側に黙ってついていてくれる。

もっと落ちつかなければならないのにと、悠羽は自嘲《じちょう》した。

「……難しいな、サラン、黎」

どの国も、滅んでよい国はない。

このままでは間違いなく、光華と秦羅は戦を起こすだろう。

そうなれば、国力の差だけではなく、近隣の国々がどちらを支援するかは目に見えるようにわかっていた。

一回の戦で、何千、何万……いや、それ以上の犠牲者を作る。それは秦羅の民だけではなく、光華国の民も、周辺国の民も含めたすべてでだ。

なまじ戦慣れしている秦羅の民は、すぐに屈服することなく対抗してくるかもしれない。

それがさらに犠牲者を生んでしまうことは、想像に難くない。

「どうにかならないかな……」

悠羽の呟《つぶや》きに、サランが考えたあと答えた。

「……蓁羅の王が、莉洸さまを無傷でお返しになれば、あるいは」

「蓁羅の王が帰すと思うか？」

問いかけて、それはありえないと当然のように答えが出た。

稀羅は予想以上に莉洸に執着している。それが、光華国に対する恨みゆえなのか、それとももっと別の感情があるのか、今時点でははっきりしなかった。

悠羽自身、稀羅と会ったのは町中の騒動の時と、王宮に訪れた夜の宴の二回だけで、その本質までわからないのがもどかしい。

「夕刻をすぎれば洸莱さまがお戻りになるはずです。その結果をお聞きしてから考えましょう」

「……そうだな」

今はそれしかできないと諦め、悠羽は王宮にいるはずの洸莱の無事を祈った。


その頃――――。

「おい、要京国、蔡！」

「……はい」

昼をかなりすぎた頃、洸莱は名乗っていた偽名を呼ばれた。慌ただしく近づいてきた役人は洸莱の腕を取り、にこやかに笑いながら言った。

「お前が献上した指輪を、王がいたく気に入られた。直接礼が言いたいそうだ、名誉なことだぞ」

その言葉に、洸莱は思わず顔を上げる。こちらから言い出す前に、まさか稀羅の方から謁見《えっけん》を許すとは思わなかった。莉洸のもとまで指輪がいったかどうかはまだ不明だが、稀羅に直接会えるというのは大きい。

「それと、成宮《なるみや》国、和季、お前の首飾りも見事なものらしい。そなた、彫刻もできると申していたな？　ぜひ話を聞きたいそうだ、一緒に御前へ」

いつの間にそんな話になっていたのか、事情が知りたくて和季を振り返りたいのを必死に堪《こら》え、洸莱は役人の指示に従った。

「では、二人共、俺のあとについてこい」

先に動いた和季が、通りすがりに洸莱に微笑《ほほえ》みかける。それだけで何か落ちついた気がした。

それにしてもと、洸莱は未《いま》だ謎の人物、父の影である和季の後ろ姿をじっと見る。

洸莱らが光華を出たあとに和季も国を出たのだろうが、この華奢な身体でほぼ同時に蓁羅に辿《たど》り着き、その上王宮内にもぐりこむ手筈《てはず》を整えたという手腕は素直に凄いと思う。

もしかしたら、もっと他のことも考えているのかと気になるが、洸莱のわずかな気の変化を和季は感じたらしい。

「焦りは禁物です」

小声で和季が言った。

「どんな事態になろうとも、焦って行動は取らないように」

洸莱は黙って頷いた。

この先にいる稀羅。そこに莉洸がいるとは限らないが、稀羅の行動の意図はわかるかもしれない。早く悠羽に、そして国で待っている父や兄に良い報告がしたいと、洸莱は唇を引きしめて歩を進めた。


「王！　商人二人をご面前に！」

王座に座ったまま、稀羅は扉から入ってくる男をじっと見た。

商人としてはかなり若いだろう男と、一見して性別不詳の人物。普通の商人とは言い難い男たちに、稀羅は眉を顰めた。

「要京国、蔡はどちらだ」

「……私でございます」

若い男の方が少しだけ前に出て、きちんとした礼の形を取った。優雅な礼の形は完璧《かんぺき》と言ってもいいほどで、礼儀を知っていると思いながらその顔を見ると、商人にしては陽に焼けた肌をしているわけではなく、顔立ちもどことなく気品がある。

（……本当に商人か？）

伏し目がちで視線を合わせないのが気になるが、それが明確な形にはならず、稀羅はその視線を横に向けた。

「そちらが、成宮国の和季か」

「さようでございます」

こちらの人物も優雅に礼を取った。ゆっくり上げた顔は目元以外頭巾で隠れているせいか、男とも女ともわからない声に、不思議な身体つきだった。

「師事している教えにより、顔をお見せできないことをお許しください」

「……」

不意に、稀羅は背筋に妙な緊張が走るのを感じた。恐怖とは違うが、じわりと不安が湧き上がってきたのだ。あからさまな敵意を向けられてはいないし、仮に襲いかかられても取り押さえる自信はある。だが……稀羅は顔を上げた。

王たるものが、理由のわからない不安に怯えている場合ではなかった。

稀羅は己の負の感情を極力表に出すまいと肘《ひじ》かけに置いた手に力を込め、一呼吸おいて声をかけた。

「献上品、しかと受け取った。どちらも見事なものだった」

「お言葉、光栄に存じます」

「ありがとうございます」

「この宝飾を身につける者がぜひ礼を言いたいと申してな……リィ」

奥に向かって呼ぶと、静かに扉代わりの幕が開いた。続いて、二人の衛兵に守られた人物がゆっくりと歩いてくる。

その姿を見て、和季は目を眇《すが》めた。

稀羅がどれほど莉洸に執着しているのか測りかねていたが、これはあまりにも酔狂がすぎる。

現れたのは、確かに莉洸だった。当然、光華国の衣装を着てはいないだろうと予想がついていたが、今の莉洸はふんわりと長い袖《そで》に引きずるような衣を何重もまとい、頭から薄い絹を被《かぶ》っていて、一見してどこぞの姫のようだった。いや、多分莉洸のことを知らない者ならば、そのまま姫だと言われても気づかないだろう。

歳《とし》のわりには冷静沈着な洸莱も、さすがに莉洸がそんな格好をさせられて出てきたことに絶句し、思わず身体を起こそうとしたが、和季はここは我慢と洸莱の足にわずかに指をかけた。

「……」

その気配に気づいた洸莱はたちまち怒気を隠し、先ほどまでと同じ礼の形を取っている。

この歳でここまで感情を律するのは立派だと、和季は己の忠告にきちんと従ってくれた洸菜を目の端で見、次に目の前の莉洸にゆっくりと視線を戻した。

己の格好に羞恥《しゅうち》を感じるのか、莉洸は俯いたままこちらをまだ見ない。

そんな莉洸に、稀羅が手を差し出した。

「こちらへこい」

莉洸は素直に……だが、覚束《おぼつか》ない足取りで稀羅の側に歩み寄る。

「この者たちが、そなたの身につける宝飾を献上してくれた。よく礼を言うがよい」

その言葉に顔を上げた莉洸は、素直に和季と洸菜の方を向いた。

「このたびはよい品をいただきまして、ありがとうございます」

頭を下げ、再び顔を上げた莉洸の目が、薄絹越しに大きく見開かれたのがわかる。

和季は驚きに莉洸が叫び出すよりも先に口を開いた。

「お美しい姫君に身につけていただいて、こちらこそ光栄でございます」

じっと洸菜を見ていた莉洸は、その声に初めて和季の方を振り返った。


女のような格好をさせられてしまうことに抵抗がないわけではない。

しかし、今の莉洸はそんなことよりも、青の指輪をこの蓁羅まで持ってきてくれた人物に会うことが最優先だった。もしかしたら知っている人間かもしれないし、知らなくても、光華国の人間であることには変わりないはずだ。

その相手に己の現状をどうにか知らせることができるように、そしてなにより戦を起こすことなど考えないように伝えたいと、莉洸は己の身を飾っていく召使いの言葉に素直に従った。

着替え終わった莉洸は、次に見知らぬ部屋に通される。どうやら幕で仕切られた向こう側が、謁見の間になるようだ。

「リィ」

やがて幕の向こう側で人の気配がし、稀羅の低い声が不思議な名を口にした。それに合わせるかのように、控えていた衛兵に促される。

どうやら名前も伏せられているらしい。しかたがないが、今着ている衣装もあいまって、莉洸は己がまったく違う人物になったかのような錯覚に陥った。

それでも、今は稀羅に従う他ない。慣れない裾捌《すそさば》きで稀羅のもとへ向かった莉洸は、促されてようやく、今回面会が許された商人に向き合った。

幸い薄絹を被っているので微妙な表情の変化は見られないだろうが、それでも緊張で声が震えないように慎重に礼を述べて頭を下げ、再び顔を上げた莉洸は思わず息をのんだ。

そこに洸莱がいたからだ。

莉洸同様、国から出たことがない洸莱が、まさか緊張関係にある秦羅にまで乗り込んでくるなど想像もしていなかった。よくも兄が許したと思うのと同時に、もしも稀羅に正体が知られてしまったら、それこそ洸茉まで拘束されてしまうと恐れた。

心配し、動揺したが、それでも莉洸の胸を占めたのは喜びだった。

愛しい弟がここまできてくれた。今までの心細さがすべて消し飛びそうな感情の高まりに思わず声が漏れそうになるが、

「お美しい姫君に身につけていただいて、こちらこそ光栄でございます」

突然、横からかかった聞き覚えのない声に、口を開きかけた莉洸の目が向けられた。

そこにいたのは、見たことがない人物だった。

それなりに身長はあるようだったが、全体的にほっそりとしている。頭巾で顔も十分には見えないものの肌は白く、その瞳は美しい青い色だった。

「お指を、拝見させていただいてもよろしいでしょうか」

抑揚のない、男か女かもわからないようなその声に、莉洸は慌てて指輪をはめた右手を差し出した。本来は妃の印として左手につけるのが正式なのだが、莉洸はどうしても抵抗があって右手につけたのだ。

「……本当に、よくお似合いでございます」

「あ、ありがとう」

「リィ、この者は今お前が身につけている首飾りを献上した者だ。良い品だろう」

稀羅に言われ、莉洸は己が身につけている首飾りに視線を向ける。これも指輪と一緒に渡されたが、指輪に負けない見事な石と細工だと思った。

「お褒めいただき、ありがとうございます。その飾りの青い宝石は奏秃から発掘されたもので、一番大きな宝石を囲うように三つの透明な宝石が飾られています。必ずやこの先、その首飾りは姫君を守って輝くでしょう」

「奏秃……」

それは悠羽の国だ。その比喩《ひゆ》に莉洸が思い浮かんだのは悠羽の顔で、莉洸は改めてじっと目の前の人物を見つめた。

「どうか、お言葉を頂戴《ちょうだい》くださいませ」

莉洸には見慣れぬ人物だが、弟、洸莱の気配に警戒の様子はなく、むしろのその言葉に微かに頷きながら莉洸を見つめている。

きっと、この人物は味方なのだ。奏秃の石というのは悠羽のことで、三つの石というのは洸莱の他、あと二人、一緒にこの地にきてくれているという意味ではないだろうか。四人で蓁羅に乗り込み、こうしてなんとか接触しようと試みてくれている……目の前の人物の言葉から莉洸はそう考えた。

その考えは、大きく間違ってはいないはずだ。

そして、己の返す言葉が相手への大きな示唆になる。

莉洸は目まぐるしく考え、ようやく思いついたことを一言一言、確実に伝わるよう大切に口にした。

「……ありがとう。美しい飾りをいただき、大変満足しています。朝、眩《まぶ》しい日差しに輝くこの指輪を見つめ、夜、月明かりに輝く水鏡にかざして見つめましょう。もしかしたらその時に二、三枚の葉が落ちているかもしれませんが、この輝きに影を落とすことはありません」

「リィ」

莉洸の言葉が終わるや否や、稀羅はその腕を摑み、それ以上口を開くのを行動でやめさせた。まさか、莉洸がここまで言葉を尽くして礼を言うほど、この宝飾が気に入っていたとは思わなかったのだ。

あの指輪を見せた時、確かに莉洸の様子は変わった。献上した者に会いたいと言い、稀羅が命じた女装にも文句を言わなかった。

稀羅は目の前にいる二人に鋭い視線を向ける。

確かに少ししゃべりすぎだし、王と謁見するというのに緊張したふうには見えない。しかし、見ていた限りでは怪しい動きをしたわけではなく、莉洸に必要以上に近づいたということもなかった。

二人が交わした言葉はあまりに風雅すぎて稀羅には理解できなかったが、おかしい言葉を言い合っているようにも思えない。

気にしすぎかもしれないが、これ以上は莉洸をここに置いておきたくなかった。

「部屋に戻りなさい」

「稀羅王」

「戻りなさい」

「……はい」

莉洸は素直に頷き、もう一度商人たちに頭を下げてから退席する。その姿が一同の視線から外れたことに稀羅は内心安堵し、それからゆっくりと二人の商人を振り返った。

「両名、我が国の希少な薬草を摘む許可を与える。それが私からの感謝の気持ちだ」

「ありがとうございます」

「ありがとうございました」

深く頭を下げる二人を置いて、稀羅も王座から立ち上がって踵《きびす》を返した。


発行された許可証を受け取った洸莱と和季は、陽が完全に落ちた頃、王宮から出てきた。

「あんなに側にいたのに……」

目の前に愛する兄がいたというのに、何もできなかったことが悔しかった。しかし、あの場で怪しい行動をすれば命はなかったかもしれない。

相反する思いの板挟みに、洸莱は唇を噛みしめるしかなかった。

「洸莱さま」

王宮を出てからずっと無言で歩いている洸菜に、和季が静かに声をかけた。

「あなたの勇気ある行動で、かなりの情報を得ました」

「……何がだ？　わかったのは莉洸が無事だということだけだ」

「それも十分貴重な情報ですが、莉洸さまのお言葉を思い出してください」

「言葉？」

「そうです。莉洸さまはこうおっしゃった。『朝、眩しい日差しに輝くこの指輪を見つめ、夜、月明かりに輝く水鏡にかざして見つめましょう。もしかしたらその時に二、三枚の葉が落ちているかもしれませんが、この輝きに影を落とすことはありませんん』」

すらすらと、一言一句間違えずに言葉にされ、洸菜もその時のことを思い出した。

「……ああ、確かに」

「私の持っていた間取り図は頭の中にありますか？」

洸菜は立ち止まって目を閉じる。王宮の間取り図を頭の中に広げ、今和季が言った言葉と合わせて考えてみた。

「……莉洸の言っていた、朝眩しい光というのは、朝方光が差し込む東側に窓があるということか？」

「ええ、多分。そして、月明かりに水鏡にかざすというのは、部屋の真下に噴水か池か井戸……水に関係するものがあるということではないでしょうか」

「確か、王妃の部屋の真下は、小さな池みたいなものの印が……あった」

すべてが繋《つな》がり、洸茉は思わず声を弾ませる。

「王妃を慰めるための噴水です。今は水が涸《か》れているようですが。洸茉さま、これで莉洸さまがいらっしゃる部屋が正しくわかったということです」

「二、三枚の葉というのは見張りのことか？」

「多分、部屋の前にいる衛兵の数でしょうね」

そう言うと、和季はゆっくりと目を細めた。

「幼い頃、お身体が弱かった莉洸さまはたくさんの書物を読んでおられた。だからこそ、咄嗟だというのにあれほどのことが言えたのでしょうね」

現状を伝えようと必死に考えてくれた莉洸に、洸茉は手を握りしめてその名を呟く。どんなに不安な思いを抱いているか、早くあの場から救い出してやりたい。

和季という味方が増え、洸茉も心強くなる。早く悠羽たちにそれを伝えたくて、洸茉は和季を連れて急いで宿に戻った。

部屋の扉を開けた途端、今か今かと待っていた悠羽が急いで話しかけてこようとしたが、後ろから現れたもう一つの人影に目を丸くして口を噤《つぐ》んでしまう。驚いたという感情が露《あら》わなその表情に、洸茉はようやく笑みが零れた。

「和季だ」

「わ……き？」

「父上の影人だ。王宮でも会ったと思う」

「あ……ああ、あの時のっ？」

洸聖の父親である光華国の王、洸英と初めて対面するのに緊張していた悠羽だが、その時洸英の後ろにひっそりと控えていた人物のことは覚えていた。

顔ははっきりと見たわけではないし、服装も違うが、まとっている雰囲気は確かにあの時の人物と酷似している。

悠羽の視線を感じたのか、和季がするりと外套を脱ぎ、同時に頭巾も取った。晒されたその素顔に、その場にいた者たちは皆釘《くぎ》づけになった。

透けるような白い肌に、青い瞳。艶《つや》やかな髪は美しい金に近い銀髪だ。硬質で中性的なその美貌を見ているうちに、洸莱はどこかサランに似ていると感じた。容姿もそうだが、持っている雰囲気がそう感じさせるのだ。

現に、悠羽も目を丸くして和季とサランを交互に見ているし、黎もぽかんと口を開けている。そしてサラン本人も、己の面立ちに似たその人物を食い入るように見つめていた。

「で、でも、王の影人がどうして……」

いち早く我に返った悠羽がようやく切り出し、その場の空気が動いた。

「私を助けてくれた。和季のおかげで、莉洸の安否がわかったんだ」

そう前置きすると、洸莱は王宮での出来事を話した。洸莱も安堵しただけに、自然と声も明るくなる。

莉洸が怪我《けが》もなく無事だったということには、悠羽たちも一様に安堵した様子だった。

まさか稀羅が大きな怪我などを負わすことはないとは思っていたが、蓁羅というあまり知られていない謎の国の王が何をするのかは、はっきりいって誰も予想がつかなかったのだ。

「よかった！　莉洸さまが無事で！」

悠羽の顔が綻《ほころ》ぶと、洸莱もほっと温かな気持ちになる。

だが、続いて苦言もされた。

「でも、洸莱さま、あまり一人で危険なことはなさらないように。今回は和季殿もいらしたが、あなたの御身も大切なのですから」

「……はい」

まるで本当の家族のように心配してもらえることがとても嬉しい。

そして、洸莱は和季から預かった王宮の間取り図を小さな机の上に広げた。一同はいっせいにそれを覗《のぞ》き込む。

「これは……王宮の？」

「和季が調べてくれた」

「和季さん凄い！」

素直に歓声を上げる黎とは対照的に、サランはどうしても和季のことが気になるのか彼らしくないあからさまな視線を向けている。いつもは悠羽のことしか目に入らないサランのこんな様子は珍しかった。

「じゃあ、ここ、この王妃の部屋に？」

「はい。どうやら見張りは扉の向こうに二人」

「でも、中の警備は厳しいのだろう？」

悠羽の質問に、和季がよどみなく答えた。

「想像していたよりは。おそらく、国境で外からの侵入者をある程度止めているということもあるでしょうし、蓁羅の国情からしても無理なのでしょう」

「国情？」

「人材が輸出の主なものであるために、世界各国に蓁羅の人間は傭兵として出向いています。そんな中、戦ができるほどの人間を国に呼び戻すのは至難の業ですし、それを他国の人間に知られないようにするとなると、ほとんど不可能と言ってもよいでしょう」

悠羽は和季の言葉に深く頷いている。

余計なことは言わないだけに和季の言葉はすんなりと頭の中に入ってくることを、洸莱も己が経験し、よくわかっていた。

「では、案外王宮に潜り込むのは簡単かもしれないな」

「あくまでも、危険であることには変わりがありませんが」

「でも、せっかく莉洸さまの無事も確認したし、居場所もわかったんだ。何もしないという選択は少し……」

どうやら前向きな悠羽の心は、既に蓁羅の王宮への侵入に向けられているようだ。洸莱もこの機会を逃さない方がいいと思うので、悠羽の意見には賛成だった。

確かに莉洸には怪我はなかった。しかし、その顔色はけして良いと言えるものではなく、早くあの石でできた、冷たい牢獄《ろうごく》のような王宮から救い出してやりたいと心が急くのだ。

「では、どうする？」

洸莱が言うと、悠羽は和季を見た。

「私と洸莱さまと……和季殿、あなたも手を貸してくださいますか？」

「私はそのためにここにおりますので」

当然だというように和季は頷く。

「ありがとう」

そう言って素直に頭を下げる悠羽は、王族だからという矜持《きょうじ》は持ち合わせていないようだ。この場ではそんなものは通用しないということもあるが、してもらったことにちゃんと感謝できる人間こそ、本来のあるべき王族の姿なのかもしれない。

「じゃあ、早速今夜」

相手が警戒をして警護を厳しくする前に動いた方がよいとの意見に、侵入するのは今夜になった。もしも、稀羅王が洸莱と和季の正体を怪しんでいたとしても、まさかその当日に動くとは思わないはずだ。

「サランと黎はここで待っていてくれ」

そこまで意見がまとまると、当然のように悠羽はサランと黎に残るように言った。

それも、洸葉にとっては当然だと思ったのだが、今回ばかりは二人も素直に頷くことはできないようだった。

「私もお供いたします」

無理もない。ここまできて留守番をすることは、洸葉が言われたとしても納得できない。だが、大人数で行動すれば、それだけ危険が高まってしまうのは確かだ。

「サラン……」

困ったように名を呼ぶ悠羽に代わり、今まで黙っていた洸葉がきっぱりと言いきった。

「一度に三人は守れない」

珍しく感情を露わにしたサランの目が、まっすぐに洸葉に向けられる。挑むように輝くその目が綺麗だと、洸葉は場違いながら思った。

「洸葉さま、私は剣も嗜《たしな》んでいますし、多少の武術の心得もあります。けして足手まといになるとは思いませんが」

「言葉ではいくらでも言える。サラン、おとなしくここで待っていてくれ」

サランには甘い主人の悠羽になら、縋《すが》れば同行を許してくれたかもしれない。しかし、サランはまっすぐに自分を見つめながらそう言いきった洸葉の言葉に対して、どうしても否と言うことができなかった。

「サラン」

重ねて名前を呼ばれ、サランは目を伏せる。

「……わかりました」

「サラン……」

「サランさんっ」

気遣わしそうに声をかけてくる悠羽に強張った笑みを向けると、サランは必死な表情で訴えかけてくる黎に向かって静かに言った。

「私たちはここで莉洸皇子が戻られるのを待ちましょう」

「で、でもっ」

「それが、一番良いのです」

それでも、多少の意趣返しはしたい。

「ですが、私の唇をという約束も反故です」

「……あ」

そこで初めて、洸莱はその年齢に相応しい表情になった。

きっと、和季と出会ったことでその約束を忘れてしまっていたのだろう。自ら切り出すのは恥ずかしかったが、それでも洸莱の情けない顔を見ることができ、サランはようやく高まっていた不満を抑えることができた。

深夜、サランと黎を置いて宿を出た悠羽たちは王宮へと向かった。

夜遅くまで開いている酒屋や食堂などはなく、道は月明かりがなければ歩くことも困難だと感じるほどに暗くて足下も悪い。当然ながら、人影もまったくなかった。

「侵入は裏門から？」

囁くような小さな声で悠羽が問うと、いいえとこちらも声を落とした和季が答えた。

「正門からです」

「……でも、門番がいるんじゃないのか？」

「深夜の門番は三人。そのうち二人は金を渡してありますので」

「金……大丈夫なのか？　蓁羅の民の結束は固いようだが……」

「その固い結束も、金で売ってしまえるほどに貧しいのです」

確かに、和季の言うことは正論だ。どんなに国を愛していても、己が、家族が、死んでしまっては、そこですべては終わってしまう。

そうはいうものの、金を受け取ったとしても、心が痛まないはずがなかった。後悔してもしきれない時、彼らは己の行いをどう振り返るのだろうか。そんなことを考えている間に、王宮の間近まで着いた。

そこには、本来立っているべき門番の姿は一人もいない。

和季が迷うことなく大きな木造の正門の横にある小さな通用口に手をかけると、鍵《かぎ》がかかっているはずの扉はなんの抵抗もなく開いた。

そのまま先に中に入る和季のあとに悠羽が、そして最後に洸莱が続く。そこにも人影はなかった。どうやら和季が手筈を整えた通り、金を渡した相手は他の見張りもどうしてだかその場から離れさせているようだ。

三人の頭の中にはしっかりと間取りは入っていたものの、それでも薄暗い月明かりだけで迷うことなく歩を進める和季の背を、洸莱はじっと見つめる。

名前以外、すべての素性は父である洸英しか知らない和季。だが、あまりにもその雰囲気はサランに似ていて、洸莱はその身元が気になってしかたがなかった。

しかし、今は莉洸の救出に全神経を傾けなければならない。

三人は無言のまま足を急がせ、やがて目印にした涸れた噴水を見つけた。

その側には、こちらも枯れて葉がほとんどついていない大木が数本、まるで王妃の部屋を目隠ししているように立っている。

「……これでは、噴水が見えなかったんじゃないか？」

素直な悠羽の感想に、和季が静かに答えた。

「おそらく、この王宮を建てた初代王は、己の妻を他人の目に晒したくはなかったのでしょう。木の葉で目隠しをしながらも、王妃にはそなたのために噴水を作ったと慰める。もともと私欲で国を立ち上げた者ですので、その真意は案外笑えるほどに単純なのかもしれませんが」

和季の話を聞きながら真上に視線を向けると、窓から続いた手摺《てすり》つきの露台が見えた。

灯《あか》りも……まだついているようだ。

「あそこか」

蓁羅の王宮は三階建てだが、三階はどうやら見張り台の役目らしい。目当ての王妃の部屋は二階で、その高さは洸莱の身長の三倍以上……もしかしたら四倍近くはあるかもしれなかった。

「どうする?」

石でできている外壁は、足をかければ登れないこともないだろうが、それでも頼る綱か何かが必要だ。

まずは、あらかじめ準備した綱をあの露台に括《くく》りつけなければならない。

「私が行く」

「悠羽殿」

洸莱が止めようと声をかけてくるが、ここは悠羽にしかできないことだという自信があった。

「この中で木登りの経験があるとすれば私くらいだろう。幸い、ほら、この木々があの露台の側に枝を伸ばしている。これを登って行けばなんとかなるはずだから」

そう言いきった悠羽は肩から綱を引っかけると、そのまま身近の木に足をかけた。力を入れてみたが、ビクともしないほどしっかりとしている。

悠羽はまっすぐ上を見上げて木を登り始めた。観賞用としてはまったく役に立たない木だが、葉がないだけに登るのは容易《たやす》い。奏禿でのやんちゃがここで役に立ったと思いながら躊躇《ちゅうちょ》なく手足を運び、そのままどんどん上に登っていった。

一つの木の枝が少なくなればその隣の木に移り、またそれが頼りなくなれば次にと、まるで動物のように身軽に登っていく悠羽はそれほど時間をかけることなく、間もなく手を伸ばせば露台に届くほどの高さまできた。

（莉洸さまは……）

中から姿が見えないように木の陰に隠れるようにして部屋の中を覗いて見るが、どうも人影は見当たらない。

迷ったのは一瞬だった。

本当はこのまま部屋の中に侵入してしまいたかったが、もしも誰かに見つかった場合のことを考えると、退路は確保しておいた方がいい。それには廊下に飛び出して、慣れない王宮内を逃げ回るよりも、この露台から綱一本で降りて逃げた方がいいだろう。

悠羽は思いきり身体と手を伸ばし、なんとか露台の手摺に縄をかけると、解《ほど》けないようにと何重にも結んでいった。

「よし」

これを試すのには、実際に自分が使った方が間違いはない。

悠羽としては順序だてた行動だったが、下から見ていた洸莱にとっては驚くべき光景だった。

「！」

悠羽が木の枝から綱に乗り移った瞬間、そのまったくの躊躇《ためら》いのなさにこちらの方が驚きで声を上げそうになる。

度胸があるというよりは無鉄砲な感じさえしてしまうが、悠羽はそのまま反動を使って上手く石壁の凹凸に足を引っかけ、あとはあらかじめ綱につけていたいくつかの結び目を利用してそのまま無事に降りてきた。

「……っと」

無事に地面についた悠羽が、少しも疲労を見せないまま振り向いた。

「部屋の中には誰もいないようだ。どうする？　中に潜んでいてもいいだろうか」

悠羽の問いに、和季がすぐに答えた。

「莉洸さまには何人か召使いがつけられているはずです。部屋の中にも入ってくるかもしれません」

「じゃあ、莉洸さまが一人になる時を待った方がいいということか」

「そのあとのことも考えなければなりませんし」

「そのあと？」

「上手く莉洸さまとお会いして連れ出すことができるとしても、あの方にこの綱を伝って降りることができるかどうか」

「あ……」

考えるまでもなく、それは無理だ。

「無理は禁物です、悠羽さま。ここまで上手くいったからといって、これから先も上手くいくとは限りません。ここは敵の本拠地であることをお忘れなく」

「わかった」

悠羽と共に洸莱も頷いた。

ここまで問題もなく侵入できて、もしかしたらこのまま莉洸を連れて逃げられるかもしれない……そう思っていた。しかし、確かに和季の言う通り、すべてが上手くいくとは限らない。頭の中に間取りがあるとはいえ、慣れないこの蓁羅の、そしてこの王宮の中では、明らかにこちらの方が不利なのだ。

「じゃあ、また私が木の上で見張りを……」

「いや、今度は俺が」

すべて悠羽に頼ってばかりはいられない。

悠羽は男でありながら兄の大切な伴侶だ。莉洸と同じように、悠羽も守らなければならないと思った洸莱が申し出る。

「でも、洸莱さま」

「木登りは確かにしたことはないが、腕力がないわけではない。和季、悠羽殿を」

「はい」

昼間王宮にきたことで、もしかしたら召使いの誰かが顔を覚えているといけない。

洸菜は頭からすっぽりと頭巾つきの外套を着直すと、革の手袋をしっかりとつけてそのまま綱を握った。

「……っ」

思いがけず己の体重の重さを実感してしまったが、思ったよりは手も動く。洸菜は慎重に石壁に足を引っかけ、綱をしっかり握りしめて上に登っていった。

そして、もう少しでバルコニーに手が届くといった時だ。

「皇子、顔色が優れないようだが」

「だ、大丈夫ですから」

聞き慣れた莉洸の声と、昼間間近で聞いた稀羅の低い声がした。

どうやら部屋に戻ってきたらしい。洸菜はそのまま物音がしないようにとじっと動きを止める。

その気配に、下の悠羽と和季も何かを悟ったのか、息を潜めてそのまま身動きを止めた。


莉洸は洸菜と再会してから、ずっと動揺していた。

もちろん、自分を追って見知らぬ国蓁羅の、それも王宮にまできてくれたことは嬉《うれ》しい。

ただ、危険な目に遭うかもしれないという心配も大きく膨らんでいた。

つい居場所も教えてしまったが、莉洸がいる部屋の外はもちろん、王宮のいたるところに衛兵はいる。誰もが体格の良い、一見して武術、体術に優れているとわかる者たちばかりだ。いくら太刀筋が良いと褒められている洸莱でも、あまりにも実力が違うように思えた。

いろいろと考えていると部屋でじっとしているのも落ちつかず、莉洸は衛兵に頼み込んで食堂に行くことを許してもらった。

冷たい水で喉を潤し、ほっと溜め息をついた時、

「皇子」

物思いに沈んでいた莉洸は、すぐ側に気配を感じて慌てて顔を上げる。

「稀羅王……」

「どうした、眠れぬのか？」

「い、いえ……」

夕食を食べてから部屋に閉じこもってずっと考え込んでいたので、今がどのくらいの時間なのかまったく気がついていなかった。

慌てて外を見てみれば、窓からは薄ぼんやりとした月明かりが差し込んでいる。

「少し、目が冴《さ》えてしまったものですから……ご心配をおかけしました、もう休みますので」

昼間のことを……洸莱のことを悟られてはならないと、莉洸は稀羅にそう言って少しだ

け笑みを向けた。

だが、その態度はかえって稀羅に不審なものと映ったらしく、眉を顰めて莉洸の顔を覗き込んでくる。その視線から顔を逸らし、莉洸は挨拶もそこそこに部屋へ戻ろうとした。

「皇子」

そんな莉洸の細い腕を稀羅は摑んだ。

今日、あの二人の商人に会わせたあとから、莉洸の様子が少し変わったのには稀羅もすぐに気づいた。ただし、それがどちらの商人と会ったからかまではわからない。

国境では他国の人間の出入りには特に気をつけるように命じ、商人でも、旅人でも、光華国の人間の入国は許さないようになっているはずだ。しかし、それがいくつかある国境すべてで徹底されているかどうかは稀羅にもはっきり言えず、光華国の人間が他国民になりすまして入国をしている可能性はあった。

今の莉洸を、そのまま見逃すことはできない。結局、稀羅は王である己の隣、王妃の部屋の前までつきそった。

「あの、ここで」

莉洸は後ろ手に扉を開けた。中は灯りがついたままだ。

「お休みなさいませ」

するりと中に入って一礼した莉洸がそのまま扉を閉めようとするのを、稀羅は反射的に止めて強引に大きく開いた。

「……っ」

「皇子、顔色が優れないようだが」

莉洸よりも先に部屋の中に入ると、稀羅は改めてその顔をじっと見つめる。少し赤みを帯びていた莉洸の顔は、たちまち白いほどに青褪《あおざ》めてきた。

確認するようにその頰《ほお》に手を伸ばしかけたその時、稀羅の視界の端に、不自然に動く木が映った。

「何者だ！」

叫ぶと同時に莉洸の身体を庇うように抱きしめ、稀羅はそのまま腰の剣を抜く。

同時に、ガサッ、ドンッと不自然な物音と、数人の気配が窓の外で聞こえた。明らかにこの部屋に何者かが侵入しようとしていたようだ。

「衛兵！」

「王っ？」

稀羅が大声で呼ぶと、外に控えていた二人の衛兵が部屋の中に駆け込んでくる。

「侵入者だ！　即刻すべての門を閉めて捕らえよ！」

「はっ！」

部屋を飛び出した衛兵に視線も向けず、稀羅は莉洸を振り返ると同時に、華奢な身体を抱きしめた。

「……そなたに怪我がなくてよかった」

「き、稀羅王」

早口にそう言った稀羅は莉洸の身体を離すと、まずは窓の外に向かう。広い露台の細い柱には何重にも縄が括りつけられていた。稀羅は舌打ちをしてその縄を剣で切り落とし、そこから厳しい目で庭を見下ろした。

しかし、灯りが乏しく、鬱蒼《うっそう》とした草が生えたままの庭に、誰が何人潜んでいるかなどはわからない。

住居など寝られればいいと思っていて、あまり手入れなどに力を入れなかった己に腹が立ってしまうが、今さらすぎたことを考えてもしかたがない。

稀羅は踵を返し、呆然《ぼうぜん》と立ち竦《すく》んだままの莉洸の身体をもう一度抱きしめると、今までになく気遣う口調で言った。

「侵入者はすぐに捕らえる。そなたは安心して休め」

そう言って慌ただしく部屋の外に出て行く稀羅の後ろ姿を呆然と見送った莉洸は、やがてその場に腰を落としてしまった。

「僕を……庇った……？」

侵入者がいるとわかった時、稀羅が最初にしたのは莉洸を庇うことだった。

まさか、そんなふうに守ってくれるとは思わなかった。驚いて、そして、戸惑ってしまった。もしかしたら稀羅は、莉洸が思っている以上に莉洸のことを大切に扱ってくれているのかもしれない。それがたとえ人質だからとしても、きちんとその存在を認めてくれていると思うと、妙に胸の中がざわめいた。

「……あ」

それと同時に、莉洸は侵入者の方へ意識がいった。昼間のことを考えても、あれは洸莱たちかもしれないと思い当たったのだ。

慌てて立ち上がった莉洸は部屋を飛び出した。いつも見張りに立っていた衛兵は稀羅に命じられて廊下にはおらず、莉洸は比較的簡単に庭に出ることができた。

そこでは松明《たいまつ》の火灯りが揺れ、そこかしこで低い怒声がしている。

(どこ、どこにっ？)

大きな声で名前を呼ぶことはできない。ただ、あれが本当に洸莱たちならば、どうにか捕まらずに無事に逃げて欲しかった。

「皇子っ？　ここは危険ですゆえ、中に！」

一人で立っていた莉洸に声をかけたのは、莉洸が身体を張って助けた軍隊長だった。

「あ、あの、侵入者って」

「今追いつめております。すぐに捕らえますので、どうか皇子は……っ」

そこまで軍隊長が言った時、大きな声が響いた。

「捕らえたぞ！」

「捕らえたかっ！」

ざわめきがどんどん大きくなっていき、灯りも一つにまとまってくる。

間もなく、その灯りは莉洸の方へと移動してくると、その先頭にいた稀羅が莉洸の姿を見てわずかに目を瞠り、やがて皮肉気に口元を歪めて言った。

「油断ならないな、皇子」

その言葉で、莉洸は侵入者の正体を確信した。

「そなたの大切なお仲間は、傷をつけずに丁重に迎えさせてもらった。そなたにも会わせてやろう」

そう言い、稀羅は莉洸の腕を摑む。その強さに思わず呻き、莉洸は絶望に目尻に涙が浮かんだ。


それより少し前――――。

洸莱は身体が動かないようにしっかりと綱を持ち、足も石壁に固定して息を潜めていた。すぐ側に莉洸と稀羅の気配を感じ、今にも部屋に飛び込みたいのを堪えて好機をうかがっていたが、慣れない不安定な足場のせいでわずかながら身体が少し下にずれてしまった。

それを持ち直そうと腕を揺らした時に、わずかに綱が木に触れる。

それは、風で葉がざわめいた時と変わらないようなほどの音しか出なかったはずだった。

ところが、

「何者だ！」

「！」

稀羅はその音と共に、洸莱の気配までも感じ取ったらしい。

声を聞いた途端、洸莱は咄嗟に何度か身体を揺らして大きく下へ移動すると、己の身長以上の高さから飛び降りた。

「見つかったっ」

それだけで十分わかったらしい。

下にいた悠羽と和季もすぐに行動に移して、この場所からは一番近い裏門へと走り出す。

だが、身を隠すには絶好の草むらも逃げる時にはかなり邪魔になってしまい、そこかしこから松明の灯りと共に、大勢の気配が出てくるのがわかった。

「囲まれてしまう」

悠羽も焦るが、薄闇《うすやみ》の中、思うように身体は動かない。

「いたぞ！」

何かで後ろから肩を殴打された洸莱が、思わず地面に片膝《かたひざ》をついた。

「洸莱さま！」

「に、逃げろ……っ」

これは光華国の問題だ。洸莱は莉洸の弟で、和季は現王、洸英の影だ。

しかし、悠羽は関係ない。まだ正式に洸聖の妃となっていない悠羽まで捕らえられ、その上拷問《ごうもん》にでもかけられたらと思うと、洸莱は兄に申し訳が立たなかった。

とにかく、悠羽だけでも逃げてくれたらと思っていたのに、悠羽は……悠羽だった。

己の腕を摑んでいた大柄な衛兵を振り返りながら、堂々と声を張り上げたのだ。

「私たちは抵抗をしない。そちらも、これ以上の武力の行使はやめてもらいたい」

「侵入者が何を言う！」

荒々しい衛兵の声にも、悠羽は毅然《きぜん》とした視線を向ける。一見、貧相な子供のようなのに、持って生まれた王族としての威厳は立派に衛兵を凌駕《りょうが》していた。

「武国と名高い蓁羅の兵士は、剣を持たぬ者をそのまま嬲《なぶ》るというのか」

「お前っ！」

相手が手にしている剣を怖いと思わないはずがない。

悠羽が今持っているもので武器として使えるのは小刀くらいだし、それ以前に、今まで誰かを傷つけたという経験もなかった。

だが、気持ちだけでも負けたくなかった。今ここで屈してしまったら、莉洸はもちろん、自分たちも光華国に戻れない。洸聖に必ず戻ると約束したその言葉を、悠羽はここで諦めるわけにはいかなかった。

「下がれ」

その時、まるで割り込むように、低い声が衛兵の言葉を遮った。

ざわめきと共に悠羽ら三人を囲んでいた衛兵の一辺が割れ、そこから大柄な男が進み出てくる。

「これは……光華国の皇太子の許婚殿《いいなずけ》か。いささか乱暴なお越しで、失礼をしたな」

松明の灯りではっきりと悠羽の顔を見た稀羅は、目を眇めて慇懃無礼《いんぎんぶれい》にそう言った。もちろん、悠羽は言われるだけではなかった。

「そちらの最初のご招待が少々乱暴であったので、それを真似《まね》たまで。稀羅王、莉洸皇子の無事は確認している。このまま我らを光華に帰していただけるなら、此度《こたび》のことは私がなんとしても穏便にすましてみせる」

「……勇ましい姫だな。莉洸皇子よりもそなたに目が行けば、花嫁の問題は解決したかもしれないが」

「稀羅王！」

「莉洸皇子に会わせてさしあげよう。今生の別れでないことを願われよ」

稀羅は内心、怒りが渦巻いていた。

連れ去ってきてしまった乱暴な経緯はあるものの、国のことしか考えたことがなかった己がこれほど気を遣い、大事にしてきたはずの莉洸が、稀羅には儚《はかな》げな姿を見せたまま逃亡の手段を考えていたことが腹立たしかった。

それならば、いっそあの身を無理やりにでも引き裂いてしまえばよかった。

既にその身が汚れていたならば、莉洸は帰るに帰れないはずだった。己の甘さが今さらながら腹立たしい。

今、広間の中には稀羅と、大臣や武官たちが並び立つ。

そして、捕らえたばかりの悠羽と二人の男。この二人は昨日の昼に会った商人で、稀羅は怪しいと思った己の勘が当たったことを痛感した。

「悠羽さま！　洸莱！」

間もなく、両脇《りょうわき》を衛兵に囲まれて広間にやってきた莉洸は、手を後ろで縛られ、王座の前に跪《ひざまず》かされている三人の姿を見て、見る間に顔色が青白くなった。その表情の変化ももちろんだが、稀羅は今の莉洸の言葉を聞き逃さなかった。

(悠羽と……洸莱と言ったな。では、あの若い商人は第四皇子洸莱か)

先日、光華国を訪れた際は未成年ということで酒宴にも顔を出さなかったために、稀羅が洸莱の顔を見るのはこれが初めてだった。母親がすべて違うと聞くが、本当にこの光華国の兄弟は皆似ていない。

そして、噂通り左右の目の色が違うことを確認する。

どうして昼間気づかなかったのか、稀羅は歯噛みする思いだ。

「皇子、大国光華は、他国の王宮に忍び込むような身内を持たれておるようだな」

莉洸は、涙で潤んだ目で稀羅を見上げた。

「稀羅王とて、僕を光華国より攫ってきたではありませんか……っ。皆はそんな僕を救いにきてくれただけですっ」

莉洸がこれほどはっきりとものを言うのは初めてだった。感情をぶつけてくれるのは嬉しく思うが、一方でそれが自分のためでないことを苦々しく思う。

「それでも、王宮に忍び込んだ者を無傷で解放するわけにはいかぬ。そなたの兄の許婚と、弟と……そして従者か。皇子、たとえ身分がある者が相手だとしても、この王宮内の権限はすべて私にある。この宮の内部を見た目を潰《つぶ》すことも、そなたと話した舌を引き抜くことも、この敷地内を歩いた足を切り落とすことも、すべてが私の意のままだ」

今の状況に混乱している莉洸には、稀羅の言葉が真実なのかただの脅しなのか、判別するのは難しいだろう。

いくら自国内でも、他国の王族を手にかけることは重大な問題だ。光華国は大国であるし、悠羽の故郷奏禿は、もともと今回のことには関係ない立場だと言っていい。洸莱はもちろんだが、それ以上に無関係な悠羽を傷つけるようなことは簡単にできないのだ。

何を思っているのか莉洸は唇を噛みしめたまま、しばらくじっと目を閉じていた。

しかし、今回のことを稀羅は簡単に許すつもりはない。傷つけることが叶《かな》わないとしても、なんらかの条件の材料にはするつもりだった。

「稀羅王、どうか、彼らの縄をお外しください」

しばらくして、莉洸は小さな声で言った。

「ならぬ」

「稀羅王」

「たとえそなたの願いであっても、それは聞き入れられぬ」

「……兄弟となる者なのに？」

「……何？」

聞き取れなかった稀羅は、莉洸を振り返って再度訊ねる。

脅すつもりはないが、今の状況では自然と威嚇《いかく》するような口調になってしまう稀羅に、莉洸はその視線を正面から見返しながら、今度ははっきりとした声で言った。

「僕があなたと結婚したら、悠羽さまと洸莱はあなたにとっては義理の兄弟となるはずです。その兄弟を、その手で傷つけることなどなさいませんよね？」

稀羅は目を瞠った。今の莉洸の言葉がきちんと耳に入ったというのに、とても信じられなかった。

これは、願望がなせる幻聴だったのか。稀羅は震える声で聞き返した。

「今……なんと申した？」

「義兄弟と申しました……稀羅王、僕は、あなたの申し出をお受けいたします」

「皇子、そなた……」

「あなたの、稀羅王の花嫁となります。だからどうか……どうかあなたの義兄弟となる彼らをお許しください」

己の目の前で膝を折り、深く頭を下げる莉洸を稀羅は呆然と見つめたあと、抑えきれない感情のままにその小さな身体をすくい上げるようにして強く抱きしめた。

なのだ。

「り、莉洸さま、今のお話は……」

莉洸の言葉に騒然とした中、最初に声を発したのは悠羽だった。

隣にいる洸莱は信じられないと目を瞠ったまま、莉洸を見つめるだけで声も出ないよう

いったい、いつの間にそんな話になったのだろうか。

最初に思ったことは、悠羽たちの命をたてに脅されているのではないかということだった。心優しい莉洸は命を助ける条件として、その話を受けたのではないかと思ったのだ。

しかし、悠羽自身、男の身で他国の皇子と結婚しようとしているのでわかるというわけではないが、莉洸の顔には絶望したような表情は見えなかった。

確かに緊張しているのか強張った顔で、笑みも浮かんでいない状態だったが、その瞳には強いなんらかの意志があった。

けして絶望して服従しているのではない……悠羽にはそう感じ取れたのだ。

「莉洸さま、今おっしゃったこと……」

「……本気です」

莉洸は未だ稀羅に抱きしめられたまま、視線だけを悠羽の方へ向けた。

「確かに、僕自身も……今の自分の言葉に驚いているくらいだけど……」

心細い表現に、稀羅の腕の力が強くなった。その強さが、稀羅の必死さに繋がっていると感じた。

「方法は、正しかったとは言えません。僕にとっても、光華国にとっても、今回のことは少し乱暴で……戸惑うことも多かったけれど、稀羅王は僕をとても気遣ってくださっているし、僕も、この国の民のために、何かをしたいと思ったんです」

「莉洸さま……」

幼い頃から身体が弱く、兄たちのように国政に関《かか》わっていない莉洸は、だからこそ知識だけでも国の役に立ちたいとかなり勉強熱心だということを聞いた。その献身の思いを光華国の民だけではなく、己を連れ去ってきた稀羅の国、この蓁羅の民へも同様に与えようとしているのだろうか。

だが、悠羽はそれは愛情とはいえないような気がした。民を思う気持ちと、稀羅の花嫁になることはまったく別だ。今この状況を打破するために言っているのだとしたら、すぐさま撤回して欲しかった。

「莉洸さま、それは……」

「悠羽さまならわかってくださいますよね？　お国のために光華国にいらっしゃったのに、あなたはもう光華のことを考えてくださっているでしょう？　愛情というものは、あとからでも生まれるのではないでしょうか」

悠羽に向かって言いながら、莉洸は己に言い聞かせる。

今、莉洸の中に稀羅への愛情があるかと聞かれれば、すぐに頷くことはできなかった。莉洸にとって稀羅は、未だ怖いと感じる存在であることには間違いがないのだ。

ただ、この目で見てきた秦羅の民の現状を、自分ができるのならばなんとかしたいと思ったのも嘘ではない。そのために、尽力している稀羅の手助けができるのならと思ったのも事実だ。

結婚という形が正しいかどうかはわからなかった。男である莉洸に、稀羅の妃が務まるかどうかもわからない。今は莉洸のことを欲してくれている稀羅でも、将来は己の血を引く後継者を欲しいと思うようになるかもしれない。

しかし、それならばそれで構わなかった。

結婚とは男女の間で行われるもので、中には少数の同性が伴侶という者もいるだろうが、王族に限ってはほとんどない。どう頑張っても跡継ぎを産めない同性の伴侶を持てば、いずれ子を生《な》すことができる相手を欲するのが自然だった。

少し、胸が痛いが、その間のわずかな時間でも、自分に何かできるかもしれない。

「悠羽さま、ここまできてくださったこと、とても感謝しています。でも、僕は大丈夫。とても大切にしていただいていますから」

「……本当に？」

「本当に」

悠羽ならば、莉洸の真意に気づいて、黙って頷いてくれるはずだ。

その悠羽は、複雑な顔をして莉洸を見つめている。それでも、嘘だとも、駄目だとも言わなかった。

だが、別のところから強い反対の声が上がる。

「俺は賛成できない」

「洸莱……」

「この国では莉洸は幸せになれない」

莉洸と悠羽の会話を聞いていても、洸莱には莉洸が望んで稀羅の花嫁になるとはとても思えなかった。あんなにも乱暴に連れ去った相手を受け入れるなど、あるはずがない。

それに、今はかなり良くなったとはいえ、もともと身体が丈夫ではない莉洸がこの地で暮らしていくのはかなり無理がある。気候も、食べ物も、光華国とは比にならないほど悪い。莉洸の体調が悪くなるのが目に見えていた。

そして男の王妃というのも、莉洸にとっては重い足枷《あしかせ》になる――――はずだ。

同じ男でも、悠羽は王女として光華国にやってきた。

洸莱はこの旅の中で悠羽が男だと知ったが、既に身体を重ねたはずの兄、洸聖は当然その性別も了承しているのだろう。それでもよいと思えるほどに、洸聖は悠羽を認めている。悠羽自身、その心も身体も、とても強い人だということを洸莱は知っていた。

対外的にも王女として知られている悠羽とは違い、光華の四兄弟として名の知れ渡っている莉洸は男として嫁ぐことになってしまう。どんな好奇の目で見られるか、陰口を叩かれるか。莉洸がそれに耐えられるほど強い心の持ち主ではないことは、側にいた洸莱が一番よく知っている。

「洸莱、僕は」

「稀羅王、兄を返していただきたい。無理にこの地に連れ去った上結婚などと、兄を馬鹿にされているのか」

一歩も引かない気合で稀羅と向き合い、洸莱は強い口調で言った。稀羅の赤い目で射貫かれても恐ろしいと思わなかった。

「……馬鹿になどしておらぬ」

ようやく、口を開いた稀羅は、それでも莉洸の腰を抱きしめたまま洸莱を見据えた。

「どうしても欲しくて奪ったくらいだ。離しはせぬ」

「……」

「莉洸、そなたの言葉……信じてよいな？」

洸莱の面前で二人が視線を交わす。甘い雰囲気ではないが、それでも真摯《しんし》な空気がそこにはあった。

「……はい」

「よし」

莉洸の言質を取った稀羅は、再び洸莱を振り返った。

「莉洸が我が花嫁になれば、そなたは私とも義兄弟となる。大切な兄弟をこの手で傷つけることはないとここに誓おう」

「稀羅王、お待ちください、俺は……」

「そして、光華国もう一つの我が故郷となる。故郷に刃を向ける者などいないだろう」

攻め入ることはないと言っている稀羅を、洸莱はじっと睨《にら》んだ。

「それでよいな、莉洸」

皇子から、莉洸と名前で呼ぶ意味をきちんと受け取ったのか、莉洸はしっかりと頷いた。

「はい」

莉洸の言葉は予想外で、稀羅は珍しく浮かれてしまった。欲しいと思った相手から腕の中に飛び込んでくるというのだ、ここで受け止めなければと思った。いや、この好機を絶対に逃すつもりはなかった。

莉洸が結婚を決意してくれたのならば、この王宮の中に悠羽や洸莱が忍び込んでもなんの問題もない。義兄弟が遊びにきただけだと言えばすむことだった。

婚儀もできるだけ早く、その時は各国の王族も呼んで盛大に披露目をしなければ……そう思っていた稀羅に、腕の中の莉洸がおずおずと切り出した。

「稀羅王、一度僕を光華に帰していただけませんか？」

その途端、せっかくの良い気分が一瞬で冷えてしまい、稀羅の声音は低くなった。

「たった今、我が花嫁になると誓った口でそのようなことを言うのか？」

やはり、花嫁になるというのは口先だけで、真意は光華国に帰りたいということではあるまいか。もちろん、そんなことを許すはずがない。

「駄目だ」

即断する稀羅の腕を摑み、莉洸は必死に口説《くど》いた。

「国を出た時の……あの状況を考えれば、一度、父上や兄にきちんと話をしておきたいのです。僕自身が、望んで秦羅に行くということを」

莉洸は頭を下げた。

「必ず、この地に戻ってまいりますから」

どう言葉を尽くせば信じてもらえるのか、莉洸にはわからなかった。それでも、誠意を込めて頼めばきっと……そう思い、もう一度願おうと口を開きかけたが、そっと伸ばされた手で唇を触れられ、言葉につまった。

怖くて綺麗な赤い目が、莉洸の心の中をも見ようとでもするように輝いている。その目から視線を逸らすことはできなかった。

「……わかった」

やがて、稀羅が溜め息混じりに許可をしてくれた。ぱっと表情を明るくした莉洸だが、続く言葉に慌ててしまった。

「だが、私も同行する。私もそなたの父、光華の王に、きちんとそなたを貰い受ける許可を取らなければな」

「で、でも、きっと……」

まさか稀羅まで同行すると言い出すとは思わず、莉洸は焦って首を横に振る。

莉洸自身は決意を固めたが、稀羅との結婚などとんでもないと父や兄が反対するのは目に見えていた。もしかしたら、稀羅に対して剣を向けることがあるかもしれない。

そんな対立など見たくはないし、まずは莉洸が言葉を尽くしてわかってもらう方が先だと思った。

「僕が説得して、ちゃんと戻りますから」

「古《いにしえ》から、結婚の申し込みは男の側から行くと決まっている。光華の花と言われているそなたとの結婚を請うのだ、多少の反論も覚悟の上」

莉洸の危惧《きぐ》はよくわかる。稀羅自身、簡単に受け入れてもらえるとは思わなかった。

だが、稀羅も譲れなかった。莉洸の言葉が稀羅への愛情からだと思うほどに自惚《うぬぼ》れてはいないが、それでもこれは神が与えてくれた最大の好機だ。

素直な莉洸をこの手の中に抱き込むのは容易いかもしれない。ただ、できればこんな己に対しても慈悲の心を持って対してくれる莉洸との結婚を、皆から祝福してもらえるようにしてやりたい。

強引に連れ去り、莉洸の大切な者の命をたてにするようにして欲しい言葉を言わせたくせに、莉洸の心からの愛情までも欲してしまう己が浅ましいと思う。

それでも、稀羅はどんな仕打ちを受けたとしても、光華国をもう一度訪れなければ前に進むことができないと覚悟していた。

光華国王、洸英と、皇太子、洸聖、そして第二皇子、洸竣の三人は、硬い表情のまま王宮の門前に立っていた。

三日前、国境に到着したという知らせが届き、今日の早朝、王宮近くの町に入るという連絡があった。

どんなにゆっくりとした馬の歩みでも、もう間もなくこの王宮の前に到着するだろう。

「……絶対に許さない」

洸聖は唸《うな》るように呟く。

「莉洸をあのような野蛮な国に渡せるか。それも、花嫁としてだぞ……っ」

攫われたことだけでも口惜しいのに、その上、永遠に奪われるなどと考えたくない。

「それは、俺も反対です。今までこの国の将来を健気《けなげ》に考えていた莉洸が、あの蓁羅に嫁ぐなど考えられない」

「きっと、我が国の民の命を引き換えに、蓁羅の王が脅して取った言質だろう。莉洸が戻りさえすれば……もう蓁羅になどやるつもりはない」

領土の半分を望むという荒唐無稽な書状から日を置かずして、再び蓁羅からの早馬にて送られてきた書状。それは、光華国の第三皇子、莉洸を蓁羅の王稀羅の花嫁として貰い受けたいとの信じられない話だった。

確かに、この光華国内でも同性同士で結婚している者はいる。洸聖の許婚悠羽は、知る人間は少ないが男であったし、洸竣が興味を惹《ひ》かれているのも黎という少年だった。

今の二人に、頭から同性との結婚を反対することはできない。それは、己の想いも壊すことになる。ただし、その相手が問題だった。とてもあんな乱暴な手段をとる稀羅に、大切な莉洸を嫁がせるなど考えられなかった。

それは、父である洸英も同じだ。

昔から身体が弱かった莉洸を大切に育てた洸英は、むざむざ不幸になるだろう国に行かせるつもりはない。莉洸は大切に大切に、真綿に包んで見守ってこそ、輝く花だ。

前回のこともあり、稀羅本人を光華国に迎え入れることには多くの反対の声が上がった。しかし、洸英は息子たちとも話し合い、稀羅の来国を認めることにした。用件は面白くないが、これは莉洸が国に帰れる絶好の機会なのだ。

国境を越えれば、なんらかの理由をつけて稀羅を拘束し、莉洸と離れさせることもできる。

そのためにも、光華国の王と皇子は、こうして稀羅の到着を苛立ちながらも待ちわびていた。

どのくらいこの場で立っていたか、やがて視線の先に馬の姿が見えた。

「兄上」

「とにかく、宮の中に招き入れてしまうまでは手を出すな」

洸竣に言い聞かせた洸聖は目を凝らし、先頭の馬に乗っている小柄な人物の正体がわかると思わずその名を呟いた。

「悠羽……」

先頭の馬に乗っていたのは、蓁羅の国に密偵として乗り込んだ悠羽だ。

莉洸同様、どうしているかと心配していただけに、無事な姿を見た洸聖は深い安堵の溜め息をつく。

光華国にきてまだ間もない悠羽だが、洸聖にとっては既に親兄弟に匹敵するほど大切な存在になっていた。

「洸聖さまっ」

軽々と馬から飛び降りた悠羽はそのまま洸聖の身体に抱きつきかけ、すぐにあっと気づいたように膝を折った。

「此度はせっかくの使命もまっとうできず、こうして戻ってくることになってしまいました」

申し訳なさそうに、悠羽は眉を下げる。まずは謝罪をする悠羽の気持ちはわかるが、彼はできうる限りのことをしてくれた。責めるつもりはもうとうなく、洸聖は悠羽の腕を取って身体を起こしてやる。

「頭を上げよ、悠羽。皆が無事で良かった」

「私たちのことは心配ありません。ただ、莉洸さまが……」

よく見れば、戻ってきたという高揚感は悠羽の顔にはなく、どこか戸惑ったような、途方に暮れたような表情で洸聖を見上げている。何事もはっきりとした己の意思を持っている悠羽にしては珍しい態度だ。

しかし、その表情を見た洸聖は、再び蓁羅からの書状の内容を思い出して眉を顰めた。

「既に書状が届いている。結婚の申し込みをしに来国するなどとたわけたことを……」

「稀羅王は本気です。そして、莉洸さまも……」

そう言いながら、悠羽は後ろを振り返った。つられるように視線を向けた洸聖は、厳しい表情を崩さない。

そこには一足遅れて黎と一緒に馬に乗った洸莱、続いてサランと、もう一人見たことがない人物がいる。

そして、そのさらに後ろに黒馬の一団がゆっくりと現れた。


以前訪れた時と空気が一変しているのを稀羅は感じていた。

無理もない。前回は一応、国賓として来国したのに対し、今回はまるで敵国の襲来といってもいいような立場だからだ。

大切な皇子を連れ去った野蛮な国の恐ろしい王。きっとそう評価されているだろうが、稀羅は少しも気にすることはなかった。稀羅が唯一心を砕くのは、今己と共に馬に乗っている莉洸だけだ。

　莉洸から結婚の承諾を受けてすぐ、光華国には使いを出した。莉洸の願いもあったが、どちらにせよ、一回は訪ねて行かなければならない。同時に、いつの間にか蓁羅に入り込んでいた悠羽らの処遇も考えねばならず、まずは入国時の防波堤として利用することにした。

　莉洸がいるのだから大丈夫だと思ったが、そこに未来の皇太子妃と第四皇子までいるとなると、いくら敵国の王が乗り込んできたとしても、早々に手を出すことはできないだろう。あらかじめ通達があったせいかもしれないが、予想以上に国境の門は簡単に通過できた。

（今からが本番だがな）

　これから、光華国の王、そして皇太子と対決する。

　彼らの反応は想像に難くないが、覚悟して再びこの地を踏んだのだ。

「……久し振りの里帰りだな。やはり祖国は良いものか？」

「……」

「どうした、疲れたか？」

「……いえ、大丈夫です」

　そう言いながら、莉洸の目はじっと父や兄の方を見つめている。

突然連れ去ってひと月以上は経ったか……懐かしい、恋しいと思うだろうが、稀羅としては莉洸の意識が他に向けられるだけで面白くなかった。

「……莉洸、私はそなたを離さぬ。そなたも、同じだと思っていてもよいな？」

「……」

「莉洸」

手綱をしっかりと握りしめたまま、莉洸は小さく頷く。

稀羅は唇の端を上げると、そのまま後ろから小柄な身体を強く抱きしめた。

背中に稀羅の身体の温かさを感じながら、莉洸の眼差しは懐かしい家族にまっすぐ向けられていた。

国から出たことがない莉洸にとって、今回のことは随分長い、そして初めての旅となった。

だが、ようやく戻ったというのに、すぐに稀羅と共に蓁羅に戻らなければならない。そう……もはや蓁羅は、莉洸にとっての第二の故郷になる場所だった。

「莉洸！」

やがて、王宮の前で揃っていた父と兄が手を伸ばして名前を叫んだ。

莉洸は一瞬泣きそうなほどに顔を歪めたが、稀羅の存在を背に感じると泣くことも許されないような気がした。

莉洸の身体が逃げないことを確信したのか、まず稀羅が馬から降り、続いて莉洸の腰を持って降ろしてくれる。親しい者同士のような些細《ささい》な仕草を、周りの人間が刺すように見つめているのがわかった。

「稀羅王、手を……」

「構わぬ。私にとってそなたは大事な妃となる者。人に知らしめることが恥だとは思わぬ」

稀羅は莉洸の肩を抱きしめたまま、目の前に立つ光華国の王で莉洸の父、洸英に向かって堂々と言った。

「先日は暇乞《いとまご》いもせずに失礼した」

「……貴殿の腕にあるのは、我が息子莉洸のように見えるが」

「さよう、光華国の光の皇子であると同時に、我が妃になる莉洸だ。今回は結婚の許しを得るために参った」

「私が許すとでも？」

「莉洸の希望でもある」

「……莉洸」

洸英が名を呼んだ。

「父上……」

愛おしそうに、大切そうに、大好きな父に名前を呼んでもらうだけで胸が熱くなってしまう。あの大きな手で頭を撫でてもらったら、きっと我慢できずに泣いてしまうだろう。

だからこそ、莉洸はそのまま父に駆け寄ることができなかった。

「莉洸、さあ、私と共に父王に挨拶を」

今の莉洸の手は、稀羅に繋がっている。

莉洸はじっと父を見つめたが、やがて片膝をついて深々と頭を下げた。

「父上、どうか……どうか、私と稀羅王との結婚を認めては下さいませんか」

「莉洸っ」

洸聖の叫びが耳に痛く届くが、莉洸は下げた頭を上げることはなかった。

「父上っ」

「待て、洸聖。稀羅殿、ここで話すことでもないだろう」

洸聖の言葉を制し、洸英は稀羅を促して王宮の中へと入った。

唇を嚙みしめたまま、莉洸は稀羅と共にそのあとに続く。

「洸竣さま」

父の背中を目で追っていた洸竣は、小さく名前を呼ばれて振り向いた。

「……お帰り、黎」

洸竣は腰を屈《かが》め、外套を羽織った黎の顔をじっと見つめる。

「少し、痩せた？」

「いいえ、王宮にいる時よりも食べていたくらいです」

もともと細い黎が食べたと言っても目に見えた変化はないが、少し日焼けをして元気な様子を見せてくれるのに安堵する。どうやら、今回の旅は黎にとっては良い経験だったようだ。

「僕、重大な任務をいただいたというのに、悠羽さまや洸莱さまばかり危険な目に……」

「いや、よくやったね、黎」

洸竣は頭巾の上から黎の頭を撫でた。

「無事莉洸を連れ帰ってくれたし、お前も無事に戻った。それが一番の功労だよ」

そう言うと、黎はじっと洸竣を見上げて、やがて少しだけ笑みを見せてくれる。

「少しでもお役に立てたのならば……嬉しいです」

人に褒められることに慣れていないようなその態度に、洸竣は思わずその小さな身体を抱きしめた。

「こ、洸竣さまっ？」

「お帰り、黎……無事な姿を見られて嬉しいよ」

黎の手が、洸竣の身体を抱き返すことはなかった。

しかし、その指先が己の服の裾を掴んでいたことに、聡《さと》い洸竣は気づいていながら黙っていた。

黒馬を従えた蓁羅の一行はかなりの威圧感を醸し出しているが、その中に色白の華奢な莉洸がいるということが洸聖は我慢ができなかった。できるだけ冷静に、慎重にと己に言い聞かせるが、どうしても激しい感情がその端々から湧き上がってきてしまう。

稀羅は三十四歳だと聞く。莉洸よりも十五歳も年上だ。

大人の男である稀羅が、なぜ男の莉洸を娶る気になったのか。どう考えても、光華国の力を欲しているとしか思えない。莉洸と婚儀を挙げ、その夫となれば、光華国とは縁続きとなる。その上で、ゆっくりと光華国の中に入り込んでくるのではないかと洸聖は思っていた。

「……莉洸、身体の調子はどうだ？」

広間に行く廊下の途中で、洸聖は弟を振り返って聞いた。稀羅のすぐ隣を歩いていた莉洸は洸聖に視線を向けると、少し強張った笑顔で答える。

「大丈夫です、兄さま」

「食事はどうした？　ちゃんと眠れていたのか？」

「兄さまったら……僕は子供ではないですよ」

「……わかっている」

少し痩せて、色白だった肌がますます青みがかった白い色になったような気がして、かの地での生活を考えると胸が痛んだ。

気候もかなり厳しく、食料も乏しく、なにより攫われて行ったのだ、心が休まる時もなかっただろう。

そう思うと、さらに稀羅への憎しみが大きくなり、洸聖は睨むような視線を稀羅に向けた。

「兄上はかなり心配性のようだ」

だが、そんな兄心をあざ笑うかのように笑みを含んだ声で言われ、洸聖は思わず拳を握りしめる。

「……貴殿に兄と呼ばれる筋合いはない」

「莉洸と婚儀を挙げれば、私にとっても兄になる」

「……九歳も年下の私を兄と呼ぶのか」

「言葉だけならいくらでも」

「……っ」

不遜《ふそん》に言い返され、腹立たしくてしかたがない。

こんな男を弟と呼ぶことなどできるはずもなく、洸聖は決意を込めて前方を睨みつけた。

稀羅が同行した近衛兵たちは別室に案内し、ただ一人衣月だけが同行を許された。それは以前訪れた時と同じ処遇だが、控室の周りには厳しい警備体制が敷かれている。二度と同じ轍《てつ》は踏まないという、光華国の意地でもあった。

刀傷を負った衣月は完治したわけではないものの、今回の光華国行きには頑強に同行を訴えて今側にいる。稀羅としても一番信用している衣月が側にいるのは安心できた。

堂々と、真正面から光華国に乗り込むのはこれで二度目だ。

一度は莉洸を攫うために。

そして、今回はその莉洸を完全に己のものにするために。

前回もまるで観察されるような視線を感じていたが、今回はさらに強い敵意が全身に突き刺さる。今の稀羅は蓁羅の王という立場よりも、大切な光華国の皇子、莉洸を攫った略奪者という立場なのだろう。

それも面白いと、稀羅は唇をつり上げた。敵意を剝き出しにするつもりはないが、阿《おもね》るつもりもない。

広間に案内されると、そこには稀羅が思っていたほどには人間はいなかった。王と三人の皇子、そして悠羽と、今回蓁羅に同行していた召使いたち。他には大臣など一人としていなかった。

それだけ、今回の話は人には知られてはならないものだということだ。

「蓁羅の王よ、貴殿はまこと、我が息子莉洸を……娶るおつもりか」

さすがに大国光華国の王、洸英は、表向き落ちついた口調で稀羅に問いかけた。

「いかにも」

「……男、だが」

「承知している」

初めは、光華国の象徴である莉洸をこの手にしたいと思った。そうすれば、光華国に並び立てると考えた。だが、莉洸の人となりを知れば知るほど、皇子としての莉洸よりも、莉洸自身が欲しくなった。その綺麗な心も身体も、すべて己のものにしたいと思ってしまったのだ。

稀羅は椅子から立ち上がり、その場に片膝をつくと、目の前に立つ洸英に深々と頭を下げて言った。

「光華の王よ、貴殿の第三皇子、莉洸を我が花嫁にいただきたい。どうか、この私の願いを聞き届けてはくださらないか」

これほど真摯に誰かに頭を下げるなど初めてかもしれない。

これまでは誰かに頭を下げるなど負けと同然の屈辱だと思っていたが、今回に限っては、頭を下げることで許しを得られるなら、こんなことはなんとも思わなかった。

「……頭を上げよ」

「……」

「頭を下げたくらいで、大切な息子を男に嫁にやれると思うか？」

洸英の声はむしろ穏やかだと感じるほどだ。その洸英の眼差しが、稀羅の隣にいる莉洸へと向けられる。

「莉洸、そなた、稀羅王に何か言われたか？　国のことを心配しているのならばそれは無用だ。我が国はどの国からも干渉を受けることはない。それほど、弱い国ではないぞ？」

莉洸の心を動揺させるような洸英の言いように、稀羅は内心舌を打った。

「父上……」

稀羅の苛立ちに反し、莉洸は父の気遣いに胸が熱くなっていた。いや、父だけではない、兄も、洸莱も悠羽も、ここにいる全員が莉洸の気持ちを慮《おもんぱか》ってくれている。

嬉しくて泣きそうになってしまうが、ここで涙など流せば兄はきっと、稀羅に剣を向けてしまうほどに憤るかもしれない。

「稀羅王のおっしゃられることに、僕も……同意しています」

最初は、無理やりに連れ去られた。稀羅が怖くて、未知の国蓁羅が怖くて、莉洸は光華国に帰ることばかりを考えていた。

しかし、蓁羅の国の内情を知るごとに、違った思いに胸を痛めるようにもなった。光華国とはまるで違う厳しい生活をしている蓁羅の民を、なんとか少しでも助けたい……そう思うようになったのだ。

その一番早く結果が出る方法が、稀羅との結婚だと思った。……だが、それが正しかったのかどうか、今この時点で心が揺れていることも確かだ。

それでも、何も知らなかった頃には戻れない。大好きな家族に守られて幸せに生きる……そんな未来を捨てることを莉洸は決意した。

「父上、どうかお願いいたします」

「莉洸」

溜め息混じりの父の言葉は聞こえない振りをした。

洸英は頑固に己の意思を変えない莉洸をどう説得するか、珍しく困惑していた。どうやら稀羅に無理やり言わされているわけではないようだが、かといってすぐに承諾するには今までの稀羅のやり方は乱暴すぎた。

対外的には表立ってはいないものの、稀羅が光華国に対して刃を向けたらしいと近隣の国々では噂になっているし、洸英自身先手を打って内々に話は通していた。

このまま、何もなかったということにはできない。

洸英は深い息をつき、一同の後ろに控えている和季に視線を向けた。多分、この中では一番冷静にことの成り行きを見ていたはずの己の影。まず彼に話を聞こうと思った。和季ならば冷静に、そして光華国にとって一番良い方法を助言してくれるに違いない。

そんな洸英の気持ちがわかったのか、和季の青い目がわずかに細まった。

「……皆、長旅で疲れたであろう。今日はもうゆっくりするといい。話はまた時間を置いてしよう……異存はないか、稀羅王よ」

「わかった。それでは時間を改めよう」

「誰かっ」

稀羅の返答を聞いて、洸英が案内の召使いを呼ぶ。

「稀羅王を貴賓《きひん》室に案内するように」

現れた召使いのあとを当然のように莉洸の肩を抱いてついて行こうとした稀羅に、洸英は苦々しく言った。

「莉洸は自室に戻りなさい」

「父上？」

「……王」

「案じないでもらいたい。莉洸が離れた瞬間に貴殿に刃を向けるような真似はせぬ」

「……莉洸、ではまたあとで」

もっとごねるかもしれないと思っていたが、稀羅の手は案外にあっさりと莉洸の肩から外れた。

「あなたを信じますよ、王」

その言葉で己を牽制《けんせい》したのだとわかった洸英は、一筋縄ではいかぬ年少の王をじっと見つめた。


「……僕の部屋だ」

随分久しぶりのような気がして、莉洸は小さく呟いた。

留守にしていた時間をまったく感じさせないほどに部屋は隅々まで磨き抜かれていて、莉洸の好きな花も飾られている。皆が己の帰りを待っていてくれたのかと思うと嬉しくて、莉洸は泣きそうになるのを我慢したままそっと寝台に腰を下ろした。

寝台は身体に心地好い硬さで、莉洸はそっと手触りの良い布に手を触れる。蓁羅の王宮で莉洸に割り当てられた部屋は、王の部屋の次に立派だといわれるところだった。しかし、寝台は少し硬く、かけ布の手触りもざらついていた。それでも十二分に住みよくしてくれていたことを思い出すと、莉洸は今までの贅沢《ぜいたく》な生活を振り返らないではいられなかった。

「父上も兄さまも……反対されていた……」

心配してくれているのはとてもわかるし、莉洸もそれは嬉しい。ただ、蓁羅に嫁ぐことを決めたのは己の意思だ。莉洸はそれを自国に帰ってきたからといって撤回するつもりはなかった。

その時、扉が叩かれた。

莉洸は一度大きく深呼吸すると、そのままゆっくりと扉を開く。

「……兄さま」

「疲れているか？」

「大丈夫です、どうぞ」

莉洸は洸聖のあとに続く洸竣、洸莱、そして悠羽の姿を見て少し笑った。既に悠羽は家族になっているのかと思うと、なんだかくすぐったい気持ちになる。

部屋に入った洸聖は強く莉洸の身体を抱きしめた。懐かしい兄の香りに、莉洸もそっと背中に手を回した。

「無事で良かった……」

洸英の前では気丈に振舞っていたが、きっと泣きたいほどに心細いはずだ。稀羅が客室にいることは確認させたので、洸聖は今のうちに莉洸の真意を確かめるために、他の兄弟と共に莉洸の自室までやってきたのだ。

「ご心配かけました」

「馬鹿者、弟の心配をするのは当たり前だ」

「兄さま……」

「莉洸」

次に、洸竣が洸聖から莉洸の身体を預けられた。

「お帰り、莉洸」

「竣兄さま……」

抱き合う洸竣と莉洸を見つめながら、洸聖はじっと考え込んだ。

今回、結婚の申し込みということで光華国にやってきた稀羅だが、洸聖は、いや、この光華国は莉洸をあんな野蛮な国に嫁がせる気は毛頭なかった。いくら男同士の結婚も認められているとはいえ、こんな略奪のような手段で莉洸を奪われるなど言語道断だ。

洸聖は少し大人びた表情になった莉洸に苦労の影を感じながら静かに言った。

「心配するな、莉洸。そなたを二度と蓁羅にやることはない」

「兄さま？」

「そなたは私たちが、この光華国が全力をもって守る。いくら武国と名高い蓁羅とはいえ、我が国との国力を比べても敵ではないからな」

「そ、それは駄目ですっ」

「莉洸？」

「僕は、自分から稀羅王に嫁ぐことを望んでいるんです。兄さま、どうか父上を説得していただけませんか？」

「何を言う？　あんな国に、光華国の皇子であるお前が嫁ぐと言うのか？」

「はい」

決心は変わらないとでもいうように、莉洸は硬い表情のまま頷く。

洸聖は激情のまま怒鳴《どな》ってしまいたいのを拳を握りしめてかろうじて抑えていたが、ふと、その握りしめた拳に骨ばった細い指が触れるのを感じて視線を向けた。

「悠羽……」

「洸聖さま、莉洸さまのお話も聞いた方がよいと思います」

悠羽も、莉洸の頑《かたく》なな気持ちが稀羅への愛情ゆえとはとても思えなかった。

確かに、稀羅は莉洸に対して執着しているということを隠さずに見せているが、莉洸の方は愛情というよりはまだ多少の恐れを抱いたまま稀羅と接している。

それならば、莉洸の真意はどこにあるのか……そこまで考えた時、悠羽は己の目で見た秦羅の国情を思い出した。

貧しい国といわれている悠羽の国奏禿よりも、さらに貧しく厳しい生活をしている秦羅の民。その外貨を稼ぐ手段が傭兵が主というだけに、町中には若者と壮年の男の姿はほとんど見られなかった。

気候など、自然の上での悪条件はどうしようもないが、国情は潤沢な援助があれば変化するのではないか……そう思わせるほどに、蓁羅の民の目は生命力があった。

その民の頂点にいるのが稀羅だ。あれほどの厳しい生活の中で、誰も稀羅の悪口など言わず、かえって慕って尊敬しているさまがよくわかった。

悠羽には、稀羅がそれほどに悪い男だとは思えないのだ。

方法は失敗だと思うが、その心までを否定できない。

「莉洸さま」

悠羽が問いかけると、洸竣の腕の中にいた莉洸が視線を向けてきた。

「稀羅王をお慕いなさっているのですか？」

「……」

「莉洸、どうなんだ？」

洸竣が優しく身体を揺すると、莉洸はそっと目を伏せる。

「……わかりません」

「わからない？」

莉洸は少し考えるように間を置いたあと、途切れ途切れに己の気持ちを言葉にした。

「あの方は、立派な、強い王だとは思います。国民にも慕われておられるし……ただ、僕は今まで男の人を、その、結婚の対象とは考えたことがなかったので、今も稀羅王への気持ちが愛情からかとは……はっきりとはわかりません。でも、僕は蓁羅の国を良くしたいんです。悪いことをしたわけでもないのに、厳しい土地柄のせいで貧しい生活を送っている人たちを、少しでも良い方向へと……」

「ならば、結婚などしなくてもよいだろう」

莉洸の言葉を遮り、洸聖が眉を顰めたまま言った。

愛情がない上に、女でもない莉洸が、そんな理由でわざわざ結婚という名目で蓁羅に行く必要はない。

「蓁羅の民を心配するのならば、我が国から援助をすればよい。莉洸、お前が行く必要はないぞ」

莉洸はまだ何かを感じているのか、少し口籠《くちごも》っている。悠羽がそんな莉洸の顔を覗き込むように身を屈めた。

「お兄さま方に何もかも話された方がよいのではありませんか？　口に出して話すことで、気持ちがはっきりと見えるということもありますよ」

悠羽がさらに力づけるように言うと、莉洸は少し迷ったあとに小さく頷いた。

「稀羅王の側には、誰かがいなければならないと思うんです」

「……」

「僕はなんの力もなく、学もありませんが、稀羅王は……あの方は、僕を欲しいとおっしゃいました。それが愛情ゆえなのか、それとも単に光華の皇子である僕の価値を利用したいだけなのかはわかりませんが、確かに必要とされていると感じるのです。だから僕は、あの方の側にいなければ……」

洸聖も、洸竣も、そして洸莱も、真摯な莉洸に一瞬言葉が出なかった。

そして促した悠羽も、莉洸がこんなにも真剣に稀羅のことを考えているとは思わなかった。

莉洸の思いは愛情ではないかもしれないが、ただの同情でもないのかもしれない。話を聞いていると、そんなふうに感じてしまった。

「兄さま、竣兄さま、洸莱、悠羽さま、僕の気持ちは間違っているでしょうか？」

「……お前は優しすぎる」

心許《こころもと》なげな声に、洸聖がようやく言葉を搾《しぼ》り出した。

「その優しさが、もしかすれば蓁羅を救うこともあるかもしれないが……それならばお前はどうなのだ、莉洸。私たちは蓁羅の民の幸せよりも、お前の幸せを優先する」

それは兄としての偽りのない言葉だった。

小さな、扉を叩く音がした。

洸英はすっと立ち上がると自ら扉を開ける。そこには、影である和季が静かに立っていた。

何も言わずに和季の腕を引いて部屋の中に入れた洸英は、扉を閉めた次の瞬間、見かけよりもずっと細い身体を強く抱きしめた。

己の子供のために和季を送り出さなければならない時、さすがの洸英も一瞬躊躇ったことは誰にも言えない。

ただ、それほどに洸英にとって和季はただの影ではなく、存在は大きかった。

「和季……」

いつも己の命を懸けて洸英を守ってくれる和季。今回、和季が蓁羅へ向かったのも、洸英の子供である莉洸が攫われたからだ。できるなら己が動きたかった洸英の意をくみ、影なのに和季は洸英の側を離れた。

光華国自体というよりも、洸英に忠誠を誓っている和季の思いを利用したような形になり、洸英は和季が帰国してその顔を見るまで心配でならなかった。

「王」

そのまま黙って抱きしめていると、和季が少しだけ困ったような声でその名を呼んだ。

「お話を」

つれないが、洸英も莉洸のことが気にならないわけではない。

名残惜《なごり》しげにその身体を解放すると、洸英はいつもの目元だけが見える姿に戻った和季に訊ねた。

「稀羅王の真意は」

「彼《か》の王のお心は真実でしょう」

「……まこと、莉洸を愛しいと思っていると？」

「まだ若く、これまでの経緯を考えれば素直に求愛ができないのでしょうが、莉洸さまに対しての愛情は間違いがないと思われます」

洸英は眉を顰めた。

和季がこれほどまでにはっきりと言いきるのだ、おそらく、稀羅の莉洸への想いは真実か、それに近いものがあるのだろう。しかし、父親からすれば、むざむざと苦労することがわかっている国に、息子を行かせることに簡単には承諾ができない。

男同士での結婚が少数だとはいえ、現実にあることは理解している。現に、洸英が一番愛しいと思っている相手は女の身体ではない。

ただ、莉洸が花嫁になるとはやはり考えられなかった。

「歳が離れすぎている」

「王の先日のお相手は、あなたより二十七歳も若かった」

「あれは遊びだ」

「それでも、歳は関係ないと思われませんでしたか？」

あくまでも淡々と言われると、なんとなく責められている気分になる。口からは咄嗟に言い訳が零れてしまうのはしかたがないだろう。

「……抱く側と抱かれる側では違う」

せめて、莉洸が男の花嫁を娶るというのならばわかるが……そこまで考えた時、洸英は和季の気配が少し遠ざかったことに気がついた。

「和季？」

いつの間にか部屋の扉の側に立っていた和季は、見えることができる唯一の青い目を洸英に向けて言った。

「王、あなたは抱く側と抱かれる側では違うと申されたが、ならば男の身で男に抱かれようとしている莉洸さまのお気持ちは、あなたさまにはおわかりにならないでしょう」

「……っ」

「失礼いたします」

静かに、和季は部屋を出て行った。

一瞬のことに身体を動かすことができなかった洸英は、しばらくしてようやく、和季が怒っていたのではということに思い当たった。

「和季……」

声を荒げるわけでもなく、罵《ののし》る言葉を言うわけでもなく、和季は静かにその場を辞した。

しかし、洸英は、莉洸のためとはいえ和季を傷つけることを言った己を激しく後悔していた。

悠羽は部屋に戻る洸聖のあとについて歩きながら、なんと声をかけたらいいのだろうかと悩んでいた。部屋ではサランが待っていることはわかっていたが、莉洸の言葉に少なからず衝撃を受けているらしい洸聖を一人にはできなかったのだ。

そして、洸聖も悠羽がついてくることを当たり前のように受け止めていて、時折その姿を確認するように振り返って見つめる。

そのたびに悠羽は笑いかけた。

「……洸聖さま」

洸聖の部屋に着いた悠羽は、待ちきれないように口を開いた。

「今の莉洸さまのお言葉……どう考えていらっしゃるのですか？」

悠羽から見ても、稀羅の莉洸への好意はあからさまだった。たとえ始まりがどうであろうと、稀羅は莉洸を本当に愛しているように思う。それは蓁羅にいても、光華国へ戻る旅中でも強く感じていた。

ただ、莉洸はどうだろうかと考えるとなんとも言えなかった。稀羅に脅されて結婚のことを言い出したようには見えないが、愛情ゆえ……と、いう感じもない。

どちらかといえば使命感に近いようで、それで結婚と言われても少し違和感を覚えてしまった。

それは今の莉洸の話を聞き、ようやく少しだけ理解できた気がする。だが、血の繋がった兄弟である洸聖がどう感じたのかはわからなかった。

悠羽がいろいろと考えている間に、洸聖も混乱する己の心の中をじっと見つめていたらしい。しばらく空の一点を見つめていたが、やがて溜め息混じりに口を開いた。

「私は……幼い頃から身体の弱かった莉洸を、大切に守ってきたつもりだ。莉洸は素直で、とても優しく育ってくれた」

悠羽は頷いた。

王宮の中で莉洸は皆に愛されて育ったということは、その性格にも笑顔にも十分に表れていた。物怖《ものお》じしないで己の兄の許婚である悠羽にも懐いてくれて、悠羽にとっても真実の弟同様に大切な存在になっている。

「あのような手段で莉洸を己の国に攫っていき、その上、正式に婚儀を挙げたいなどと言ってきても……それが真実愛情からだとはとても信じられぬ」

弱音にも聞こえるが、それが洸聖の真実の思いなのだろう。

「悠羽……私はどうしたらよい？　莉洸の幸せを思えば、この結婚は絶対に反対すべきだと思う。だが……莉洸は私たちが反対したとしても、あの男についていくだろう」

確かに、今の莉洸の勢いはその恐れを感じた。思いつめていて、必死で、反対すればするほど、頑なになってしまいそうだ。

洸聖もそのことを恐れ、悩み、結局あの場では強い反対ができなかった。もう、どうすればいいのかわからないのだ。

「……それで、よいのではないですか？」

少しの沈黙のあと、ぽろりと口にした悠羽の言葉に、洸聖は目を見開いた。悠羽は絶対に己と同じ意見だと無条件に信じていたせいか、そんなふうに言い出すとは思いもしなかったのだ。

「洸聖さまが迷われるのは当然だと思います。それは稀羅王とて覚悟の上でしょう」

悠羽の手が、洸聖の腕をそっと摑んだ。

「兄のあなたが、先が不安な結婚に反対するのは当然です。許せないのに言葉だけ許可を与えても、莉洸さまの心には深い後悔だけが残るはず」

今頃、己の所業を一番後悔しているのは、もしかしたら稀羅かもしれない。どんな目的があったのか、それには他に方法はなかったのか。最終的にその手段を選んだのは己だろうが、稀羅は今頃、塗り返せない過去というものを痛感しているに違いない。

しかし、そのくらい後悔してもらわなくては、莉洸が感じた恐怖や、洸聖たちの心痛は癒《い》えないと思う。

「反対しましょう」

「悠羽」

「私も、今のままでは莉洸さまがあの国に嫁ぐのは賛成できません。裕福だとか、貧しいとか、そんな問題の前に、相手が信頼できうる人か、莉洸さまを任せられる相手かが問題だと思います」

そう言って、悠羽は笑った。

「反対は、婚儀を挙げる前にしかできませんよ、洸聖さま。やり方を間違えたあの方を、皆で苛《いじ》めましょう？」

最後は少し茶化すように口調を軽くする。真面目《まじめ》だからこそ前に進むことも後退することもできない洸聖に、新しい道を提案したかった。

どちらにせよ、選ぶのは洸聖だ。

「私は部屋に戻ります。あとはごゆっくりと考えられてください」

軽く頭を下げた悠羽は、触れた手を離してそのまま部屋を出ようとする。だが、反対に腕を摑まれ、悠羽の身体は一転して洸聖の腕の中に納まってしまった。

「こ、洸聖さま？」

「しばらく、このままで……頼む」

「……」

その言葉が、洸聖にとってどれだけ勇気を振り絞らなければ出せない言葉なのか伝わって、悠羽は黙ったままその背に腕を回した。

己とは違う立派な体格に、なんだか悠羽の方がしがみついているようだ。同じ男として羨《うらや》ましいと思っていたが、今は可愛いとさえ感じる。

もちろん、そんなことは言えなかった。

「お側にいます」

「……」

「あなたはお一人ではありません」

弱みを見せてくれる洸聖を、悠羽は愛しいと思った。


莉洸の部屋に行くと言って以来、悠羽は未だに部屋に戻ってこない。

サランは椅子に腰かけたまま、ぼんやりと窓の外を見つめていた。

（結婚……されるのか……）

攫われてしまった莉洸がどうしてそんな心境になったのかはわからないが、命を懸けて蓁羅まで行ったサランは気が抜けた思いがした。

あの旅の中で、洸莱に己の性別のことまで話したというのに、結局こんな結果になったのかと、莉洸を責めるつもりは毛頭ないものの、悠羽のことを思うと少しだけ理不尽だと感じるのだ。

結婚を申し込むという理由があるにせよ、稀羅は再び光華国にやってきた。あの男が莉洸を娶ろうという気持ちは本物なのだろう。あとは、光華国の人間がどうするかだ。

その時、扉が叩かれた。

悠羽ならば声をかけながら開けるはずだ。

サランはなぜか訪れた相手が誰だかわかるような気がして一瞬躊躇したが、扉の向こうの気配は消える様子はない。かといってあちらからも開けようとしないことにサランはゆっくりと目を伏せたあと、立ち上がって扉に手をかけた。

「休んでいたか？」

「……いいえ」

廊下に立っていた洸莱は、サランを気遣うように見つめながら口を開いた。

「少し、話してもいいか？」

「……はい、悠羽さまはまだお戻りになられていませんが」

「悠羽殿は兄上とご一緒だ」

「洸聖さまと？」

「ああ」

「……そうですか」

あの二人は表だけでも許婚という関係で、二人が一緒にいるのはなんの不思議もない。

わかっていたはずのことだが、サランはどうしても素直に二人の関係を祝福することはできなかった。悠羽自身はもう過去のこととして己の中で消化しているようだが、サランは悠羽にあれほど酷《ひど》い行為をした洸聖を、心のどこかでまだ許せていないのだ。

「どうぞ」

サランはそのまま洸莱を部屋の中に招き入れると、部屋に常備している冷たい茶を注ぐ。

洸莱は先ほどまでサランが腰かけていた椅子に腰を下ろし、その様子をじっと見ていた。

当たり前だが、洸莱も既に着替えており、見慣れた皇子の姿になっている。旅の時とはまったく違い、とても立派だ。だが、あの時は凜々《りり》しさが増していたように思う。

対等に話すことができ、親近感さえ抱いていたが、やはり洸莱はこの大国の皇子なのだと向き合って改めて思った。

「莉洸さまはなんと？」

兄弟で莉洸の部屋に行くと言っていた、その説得は効果があったのだろうかと訊ねると、洸莱は淡々と結果だけを告げる。

「……結婚するの一点張りだ」

自国の、それも一番心を許せるはずの自室にいてもまだそう言うとは、莉洸が蓁羅へ嫁ぐと言ったのは逃げる手段としての詭弁《きべん》ではなかったのかとサランも内心驚いた。

「兄上たちは反対したし、もちろん俺も反対した」

「それは……そうでしょうね」

誰がどう見ても、光華国の王族と蓁羅の王では格が違う。

それに、莉洸は皇子だ。光華国は他にも三人の皇子がいるが、蓁羅は他に王族がいないと聞く。ならば、絶対的に稀羅は子を作らなければならないはずだ。

いずれ必ず子を産む女を迎え入れ、莉洸は形だけの王妃となってしまうだろう。そんなことを光華国の王が、そして兄弟が許せるはずもない。

「父上も兄上たちも困っている」

「……ご本人の意思もありますし、難しいお話ですね」

サランは控えめに言葉を続けた。

「答えは、一両日中に出るようなものでもないでしょう。それまで蓁羅の王もご滞在なさるのでしょうか？」

「さあ。多分、国に戻る時は、莉洸も連れて行くだろうな……そんな目をしていた」

「……蓁羅の王は莉洸さまを愛されておいでなのでしょうか」

「……そうは、思う。でも、許せないという皆の気持ちもわかるし……俺もさっきは反対したが、正直にいえばどちらの味方をしていいのかわからない。どちらが莉洸にとって幸せなのか……」

「……洸莱さまは莉洸さまをとても愛しておいでなのですね」

「サラン？」

少し突き放したような言い方になってしまったサランを、洸莱は怪訝《けげん》そうに見つめた。

「すべての方々に愛されて育った方ですから、きっと蓁羅の王も莉洸さまを可愛がってくださるのではないですか」

サランの赤い唇から零れる言葉の数々に、洸莱は奇妙な違和感を覚えていた。

言葉の端々に、小さな棘《とげ》があるのだ。

確かにサランは主人である悠羽のことを第一に考えていたが、それでも他の人間にも気遣うということが十分できる相手だとも思っているからだ。

洸菜が黙っていると、サランははっとしたように、わずかに顔色を変える。

「……お許しください、言葉がすぎました」

「サラン、いったい……」

「申し訳ありません」

しかし、洸菜がその理由を訊ねる前に、サランは強引に会話を断ち切った。

「少し、休みたいのですが」

それがあからさまな口実だとわかっても、洸菜はそれ以上問いつめるつもりはなかった。

そんな資格は今の己にはないと十分わかっているからだ。

「……わかった」

「お休みなさいませ」

「お休み」

部屋を出ると、扉はすぐに閉められた。さすがに鍵をかける音はしなかったが、洸菜はもうこれ以上関わるなと拒絶されたような気になる。

サランが唯一大切に思っているのが悠羽だということは理解していたが……どうして胸が痛むのか、人との関係に慣れない洸菜にはまだよくわからなかった。

稀羅は豪奢《ごうしゃ》な貴賓室の寝台に横たわった。

今頃、莉洸は父親や兄弟に説得されているだろう。それならばそれで構わなかった。莉洸の気持ちがどう変化をしたとしても、稀羅が莉洸を自国に連れて帰るのは決まっているからだ。

今回は莉洸のために、形だけでも光華国に結婚の申し込みをしにきた。それが結果どうであれ、稀羅の気持ちは変わらない。

稀羅は視線を移して部屋の中を見回す。己の国、蓁羅ではとても考えられないような贅沢な造りだ。

ごく普通にこんな生活を送っていた莉洸が、この先、蓁羅で暮らしていけるのかとわずかながら思うこともある。稀羅としてもできるだけ暮らしやすいようにしてやりたいとは思うが、光華国と同じようにはとてもできない。

口では光華国から援助を引き出すと言ったものの、他国の、それも光華国にだけは情けを受けたくないというのが偽りない気持ちだ。

それでも……今の稀羅にとって一番に考えるのは莉洸のことだった。そのためならば、己の矜持などは捨てても構わない。

稀羅は目を閉じる。

蓁羅の王宮とは雲泥の差の快適な寝心地。横たわるだけで眠りに誘われてしまいそうだ。

「莉洸……」

豊かで住み良いこの国から、莉洸は再び蓁羅へと戻る気になるだろうか。

(もしかすれば……再び強引に連れ去ってしまう形になるやもしれんな)

できればそんなことはしたくないが、稀羅としてもこのまま莉洸を置いて帰国するなど考えられない。

当初は莉洸の存在に関して難色を示していた臣下の中からも、素直で穏やかな莉洸に好感を持つ者も多く現れてきた。なにより自らの命を張って、自分たちの仲間を助けたということも大きかったらしい。

特に軍隊長の里巳《さとみ》は、今や立派な莉洸の信奉者だ。

「今さら、手放せるか……」

……トントン。

どのくらい目を閉じていたか。多分、眠ってはいなかったのでそれほど時間は経っていないはずだが、静まり返った部屋の中に響く音に、稀羅は寝台から起き上がった。

まさかこんなところで暗殺はされないだろうが、用心に越したことはない。稀羅は側に置いていた剣を後ろ手に持ったまま、いきなり扉を大きく開いた。

「あっ」

「皇子？」

そこにいたのは莉洸だった。既に夜着に着替え、その上から温かそうな長い上着を羽織った姿だ。

「……どうした」

あまりにも意外だったため、稀羅の声は自然と硬いものになってしまう。莉洸はそれを聞いて不機嫌だと思ったのか頭を下げた。

「も、申し訳ありません、慣れない場所では眠りにくいかと思いまして、お酒を……」

見れば、莉洸はその胸に酒の瓶を持っている。稀羅は身体をずらすとそのまま中に入るようにと促し、莉洸が入ってくる間に剣を置いた。

「……あの、お休みになられていたのですか？」

莉洸は申し訳ありませんと詫《わ》びを言う。謝ってばかりの莉洸に、稀羅は苦笑を零した。

「いや、ただ横になっていただけで起きていた。どうしてわかった？」

「あの……髪が……」

「髪？」

「……少し、乱れています」

そう言って、莉洸はくすりと微笑む。柔らかな笑みは初めて見た気がして、稀羅は先ほどまで考えていた暗い思いがその瞬間すべて吹き飛んだ。

「そなたさえよければ、少し話をしていくか」

遠い異国の地で一人寝は寂しい。稀羅の気持ちが通じたのか、莉洸は素直に頷くと近くの机に酒を置いた。

「飲まれますか？」

「寝る前に、少しいただこう」

酒を持ってきたのは、おそらく口実だ。完璧に整えられている貴賓室には酒はおろか他の飲み物や軽食、果物まですべて揃っており、莉洸もそのことはわかっているはずだった。だとすると、莉洸がなんのために稀羅に会いにきたのか、その理由が知りたい。

「王や兄上たちとは話されたか」

「……はい」

俯いてしまった莉洸の様子を見れば、相当に引き止められたのだろうということは容易に想像がついた。それも当たり前だろうと稀羅は唇の端を歪めたが、意外にも莉洸はきっぱりと告げた。

「父も、兄たちも、きちんと説明をすればわかってくださる方ばかりです。どうか、もう少しお時間をいただけないでしょうか」

「……説得するというのか？」

「わかってもらうまで話したいのです」

話すだけで理解してもらおうなどと思うのは甘いが、そうまでしようと思う莉洸の行動は正直嬉しい。

ここは蓁羅ではなく、莉洸は嫌だと思えば、いくらでも家族の腕の中に逃げ込むことができる。それをせずにこうして己の目の前に立ってくれていることこそが、莉洸の決意の確かさを示してくれていた。

莉洸の覚悟を見れば、再び強引な策を取ろうとした己が恥ずかしい。稀羅は莉洸の頭に手を乗せて柔らかな髪の感触を確かめながら、己も赤面するほど甘い声で言った。

「……では、王や兄上の説得は莉洸に任せようか」

「はい」

稀羅が承諾したのが嬉しいのか、莉洸の顔が明るく輝く。

「僕があなたと結婚すれば、父や兄はあなたにとっても家族となります。せっかく新しい家族となるのに、いがみ合ったまま、誤解し合ったままでいたくないんです」

「家族……それは思いつかなかったな」

柔軟な莉洸の思考に、稀羅は思わずそう呟いた。莉洸を欲しいと思い、花嫁にすると決めたものの、他に家族ができるとはまったく考えつかなかったのだ。

「衣月さまから、稀羅さまのご家族は亡くなられているとお聞きしました」

稀羅の言葉を受け、莉洸は少し躊躇ってしまったが、やがて顔を上げると稀羅をまっすぐに見つめながら言った。

「衣月が？」

稀羅は驚いていたようだが、怒ってはいない様子だ。

「はい。あの、あなたのこと、少しだけでも知っておきたくて……」

「衣月は、他になんと？」

「稀羅さまは厳しいけれども、とても情に厚い方だとおっしゃっていました。蓁羅を少しでも良くしていこうと、寝る間も惜しんで動いていらっしゃるともお聞きしました」

少しでも稀羅の印象を良くしようと、過剰なほど褒め称えてくれる衣月の姿が容易に想像でき、稀羅は気恥ずかしさに思わず苦笑が漏れた。

「……それは、少し良く言いすぎだな」

「いいえ、蓁羅の民は、皆あなたのことを慕っていました。王宮につめていらっしゃる方々も、あなたと共に国を良くしようと思っておられる方ばかりです。僕は、この光華国のために何もしてこなかった人間ですから、皆さんがとても眩しくて……羨ましいと思いました」

「莉洸」

「だから、蓁羅のために、僕も精一杯働きたいと思っています」

少しでも、自分の気持ちをわかって欲しいと、莉洸はきっぱりとそう言った。

結婚という形にはまだ少し躊躇いはあるものの、光華国の援助は縁戚関係になるのが一番話が早い。それに、稀羅も内心では結婚は形だけのものだと思っている可能性だってあるのだ。

「……そうだな、我らで蓁羅をもっと住みよい国にしていこう」

「はい」

相槌《あいづち》を打ってもらい、莉洸はさらに顔を綻ばせる。すると、その顔を見ていた稀羅が、ふっと目元を撓《たわ》めて身を乗り出してきた。

突然唇を奪われ、莉洸は呆然と目の前の稀羅を見上げる。すぐに離れていった唇を視線で追いかけた莉洸に、稀羅は何を驚くのかというように悠然と口を開いた。

「我が花嫁の裸身を抱くのにはまだ時間が必要なようだからな。このくらいの味見は許していただこう」

「……あ、あの……」

(花嫁っていうのは……本当にそういう意味だってこと?)

己の認識の甘さに、莉洸はただ言葉もなく顔を真っ赤にした。


翌日の朝食には、全員が揃って食台についた。

上座の方へ向けた悠羽の目には、いつもにこやかなはずの洸英の厳しい顔がある。どんな危機に直面しても……たとえば莉洸が連れ去られてしまった時でも、王としての毅然《きぜん》とした態度は崩さなかった洸英のこの変化が少し気になった。

その対面には、一応他国の王である稀羅が座っていた。孤立無援の中だというのに、その態度に卑屈さは微塵《みじん》も感じられない。

その右隣には莉洸が座っていて、家族と稀羅の顔を心配そうに交互に見つめていた。

二人の様子を見ると、まるで好き合っている者同士を周りが引き離そうとでもしているようだ。

莉洸が連れ去られる以前の和やかな食事風景が嘘のように、ただ黙々と食器を動かす音だけが食堂に響く。

——息がつまる。

もともと、堅苦しいことの嫌いな悠羽だ。そして、今この場では己だけが言いたいことが言える立場だということもわかっていた。

「洸英さま」

悠羽は食事の手を止めると、上座の洸英に視線を向けた。

「なんだい？」

さすがに悠羽に対しては不機嫌な素振りを見せないようにする洸英に、悠羽は言葉を選ばず核心を口にした。

「洸英さまは、蓁羅の王と莉洸さまのご結婚をお許しになられるのですか？」

「悠羽」

隣に座っている洸聖が訝《いぶか》しげにその名を呼んだが、悠羽は構わずに続ける。

「お認めにならないのならば、はっきりと理由を告げられた方がよいと思います。時間をかければ解決するなんて、私にはとてもそうは思えません」

「……確かに」

最初に、同意したのは稀羅だった。精悍《せいかん》な容貌に苦笑のような笑みを浮かべた稀羅は、己の方を振り返った悠羽を見つめた。

「第一皇子の許婚殿は、なかなかはっきりとものをおっしゃる方だ」

「ごめんなさい、あなたには失礼なことを言ってしまいました」

わざわざ相手国にまでやってきて結婚の申し込みをした王が、あからさまに断られると言いきってしまったのだ、悠羽はさすがに稀羅に謝罪した。

しかし、稀羅自身もこの、時間だけをかける『待ち』の状態を好ましいとは思っていないらしく、悠羽の言葉に続けるように洸英に告げる。

「大切なご子息を、裕福とは言い難い我が蓁羅に嫁がせる不安は重々承知している。だが、私はこのまま莉洸皇子を我が国に連れ帰るつもりだ。できれば承諾して見送って欲しい」

「き、稀羅王」

頭を下げ、真摯に父に告げる稀羅を、莉洸は呆然と見つめる。

「そなたも、そう承知しているな？　莉洸」

「莉洸」

父に名を呼ばれて慌てて振り向いた莉洸の頬は紅潮していた。稀羅の言葉に動揺している様子が誰の目にも明らかで、ぎこちなく頬をさする仕草も初々しい。そして、そんな莉洸を見つめる稀羅の目の中にも、思いがけず優しい光が宿っていた。

「……はい」

朝日が差し込む朝食の席でこんな話になるとは思わなかったが、莉洸は悠羽が口火を切ってくれたことに内心感謝をしていた。悠羽が言わなければ、まだこれからしばらく、説得という時間がかかってしまっただろう。

王である稀羅は長い間自国を不在にはできないし、かといって莉洸一人残されて家族を説得することは正直自信がない。いずれわかってくれると信じたいが、それまでにかなりの時間を要してしまいそうだった。

莉洸の気持ちは、もう決まっていた。気持ちは揺らがない。

「……わかった」

「父上っ？」

「王！」

兄弟と、給仕のために控えていた召使いの、驚愕の声が同時に上がる。しかし、父は莉洸をじっと見つめて静かに言った。

「そなたは素直で愛らしいが、頑固なのは兄弟一だからな。稀羅王、不本意だが、あなたと莉洸の婚姻を認めよう」

はっきりと言いきった父の言葉に、洸聖は大きく目を見開いた。

まだ莉洸が帰国して一日。こんなにも早く結婚の許しを出すとは思わなかった洸聖は、断固として反対だと声を上げようとした。だが、立ち上がろうとした膝の上に、まるでそれを押し留めるかのように手が置かれているのに気づき、猛《たけ》った気持ちのまま射るように隣を睨んだ。

「……どういうつもりだ」

「洸聖さま」

「……っ」

「洸聖さま……すみません」

己の言葉がこの結果を引き出してしまったことを自覚しているのか、悠羽はそう謝ってくる。眉を下げ、そばかすが目立つ頬は青褪めていた。

常の洸聖ならばこの手を振り払い、稀羅につめ寄っていたはずだった。それほどの強い怒りを感じているのに、こうして温かな手に触れられると胸の中に複雑な思いが湧き上がってくる。

洸聖自身、昨夜の莉洸の話を聞き、止めることはもうほとんど不可能だろうとは感じていた。稀羅の執着ももちろんだが、父が言ったように莉洸の頑固さもよく知っているからだ。かといって、兄としてはどうしても苦労するだろうこの婚姻に頷けなかった。

洸聖よりも年上の、そして莉洸よりもはるかに年上の男が、同じ男である弟の莉洸を組み敷くことを想像したくなかった。そして、最初から最後まで、己の意のままにことを進めていく稀羅自身が気に食わなかった。

――それでも、莉洸の決意は固い。

父が言ったように、兄弟の中で一番言動が幼く、そして優しく柔らかな心を持っている莉洸は、実は洸聖よりもはるかに意志が強いのだ。

「光華の王」

「されど、条件が一つ」

続く父の言葉に、洸聖も息をのんだ。

「婚儀は百日後。その間、莉洸が自ら光華へ帰りたいと願ったり、貴殿が莉洸を泣かすような不始末を犯せば、莉洸がどう貴殿を弁護しようとも、泣いても……戦を起こしてでも、連れ帰る」

「父上……」

百日は長い。

その間の心変わりを願っているのか、洸英は静かに莉洸に言い聞かせた。

「莉洸、言葉を翻すことは恥ずべきことではない。これからの百日間、じっくりと考えなさい」

むしろ、その間に気持ちの変化があって欲しいと、家族一同願うくらいだ。

「婚儀を挙げるということは、そなたは蓁羅の王妃となる。稀羅王の妻だ、その意味がわかっているか？」

「い……み？」

「男の身で、稀羅王に抱かれるという立場になるのだ。莉洸、そなた、その覚悟があるか？」

あからさまな言葉に、莉洸の頬に朱が走る。その時、もしかしたら莉洸はそこまで考えてはいなかったのかもしれないと洸聖は思った。昨夜の話し合いでも、蓁羅の国のことを熱弁していたが、稀羅との今後の生活には生々しい現実感を伴ったことは言っていなかったように思う。

世間知らずの莉洸ならばしかたがないことだ。

そこまで考え、洸聖は父の巧妙なやり方にようやく合点がいった。莉洸の翻意を誘うにも、稀羅の承諾を得るにも、百日というのは絶妙な時間だった。

「それに、いずれ稀羅王にも世継ぎが必要になられる。子を産めないそなたは、稀羅王が己以外の女を抱くことも認めなければならない。それに耐えられるか？」

言いすぎだと、洸聖は思わなかった。

今、洸英が懸念していることは洸聖も心配していることでもあるし、それは現実に起こることだ。

(父上は正当なことを言われている。莉洸、これはお前のために良いことなんだ)

洸英の厳しい言葉に、莉洸の顔からは見る間に熱が引いていく。それでもすぐに待っても、嫌だとも言わなかった。

「承知した」

震える莉洸の代わりにそう言ったのは稀羅だ。

赤い瞳が、禍々《まがまが》しく輝いているように見えた。

「光華の王が大事なご子息を心配されることは理解している。その条件、確かにのませていただこう」

そして、稀羅は隣に座る莉洸に視線を向けた。

「それに、今の光華の王の言葉を受ければ、我と莉洸は婚約中でよいということ。されば、莉洸を我が秦羅へ共に連れて行くのも異存はないということでよろしいな」


光華国の王である洸英の了承を得た稀羅は、一国も早く秦羅に帰国することを主張した。このまま滞在を伸ばして洸英の気持ちが変化したり、なにより莉洸に里心がついてしまうことを恐れたのだ。

莉洸もその覚悟はしていたのか、稀羅の提案に異議を唱えることなく了承し、二日後、二人は慌ただしく光華国を出立することになった。

「父上……」

稀羅が強く望んだので、光華国内には早々に莉洸の結婚が告知された。

兄弟の中でも光の王子として国民に愛されてきた莉洸の結婚には、皆最初は心から喜んだが、その相手が蓁羅の稀羅王とわかった途端、誰もが驚愕と共に悲痛な表情になってしまった。

蓁羅がどういった国か、政治に携わる人間でさえわからないのだ、一般の国民は噂だけを信じるしかない。

血を見るのが好きな好戦的な国。

話し合いよりも武力で決着をつける国。

生きたまま動物を喰《く》らい、花を踏み潰し、すべての美しいものを破壊していく国。

それらがすべて正しいとは思っていないだろうが、謎が多いだけに悪い噂しか信じないのも無理はなかった。

「莉洸さま」

「莉洸皇子……」

今回の莉洸の旅立ちは、王宮にいる者がこぞったように見送りに出ていた。どの顔も祝おうとする喜びの表情は欠片《かけら》もなく、まるで戦地に赴《おもむ》く愛しい相手を見送るような悲しみの表情だ。

皆、莉洸はなんらかの人質として、蓁羅に向かうと思っているに違いがなかった。

「みんな、また会えるから」

莉洸も、皆の気持ちは痛いほど伝わっていた。もしも、莉洸が見送る立場だったとしても、あれほど恐れられている蓁羅に望んで行く人間がいるなどと、とても信じられないだろう。

ただ、こんなにも心配してもらいながら、莉洸の気持ちには欠片の迷いもない。

実際に、莉洸は秦羅の国の民と触れ合った。死の軍団といわれる軍人とも会った。彼らは皆、噂とはまるで違い、眩しい生命力に溢《あふ》れていた。

今、莉洸がどんなに強く秦羅の人間の良さを説明しても、皆は本気には取らない。

だとしたら、己の選択が間違いではないと皆にわかってもらうには、これからの莉洸を見てもらうしかなかった。

それでも、皆に悲しい顔をさせたまま旅立つのは辛《つら》く、自然と俯いてしまった莉洸に、一歩足を踏み出して声をかけたのは悠羽だった。

「莉洸さま、遠くに行かれるんではないですよね。隣国なのですから、いつでも会えますす」

「悠羽さま……」

「今度は、門前払いなどないですよね、稀羅王」

稀羅に向かい、悠羽は恐れた様子もなく尋ねる。強くて優しい兄の許婚の存在を、これほど頼もしいと思ったことはなかった。

稀羅も、見送りの中で唯一己の目をきちんと見て話す悠羽に、しっかりと頷きながら口を開いた。

「未来の義姉《あね》上はいつでも歓迎する」

「あ、義姉上？」

「そうです、悠羽さま。兄さまとの婚儀の際は必ず戻ってまいります」

己の話になってしまい、悠羽は少し困ったような表情で莉洸を見つめた。

いつまでもこうしていても埒《らち》が明かない。ここにいる誰もが莉洸を離そうとはしていないのだ。

それも当然だろう。実情を知らない周りの目など稀羅は気にしないが、莉洸はとても心苦しく、辛い立場だ。莉洸の気持ちを考え、この不快な雰囲気の中でも睨むことはしないが、気持ちが良い空気でもないので、稀羅は早く立ち去ってしまいたかった。

そんな中、まっすぐ自分を見てくる悠羽の存在は、莉洸だけではなく稀羅にとっても貴重かもしれない。

稀羅は悠羽に対しては自然な笑みを向けることができた。

「では、莉洸」

きりのない別れの挨拶を交わしている莉洸に声をかけると、一瞬だけ寂しそうな顔になった莉洸だったが、すぐに皆に笑顔を向けた。

「では、行って参ります」

「……よく、考えるのだぞ、莉洸」

厳しい声で、洸英が言う。

「父上……あっ」

彼らに見せつけるように莉洸を抱き寄せた稀羅は、そのまま己の愛馬の背に莉洸を乗せ、自分もその後ろに乗った。肌の弱い莉洸の全身を柔らかな布で包んでやったが、それには、もう莉洸の姿を光華国の人間には見せないという思いも含んでいた。

「それでは、光華の王よ、百日後の婚儀を楽しみにしている」

「稀羅王」

「さよならっ、みんなっ」

それ以上、待つことはしなかった。

稀羅は馬の腹を蹴《け》り、そのまま王宮の正門から堂々と出て行く。黒馬の軍団もそのあとに続いた。

百日。

(もう誰にも邪魔をさせない)

洸英との約束の期限は決まっているが、もちろん、それまでに稀羅は莉洸の心も身体もしっかりと己のものにするつもりだ。蓁羅の生活に慣れるまではその身体を抱くことは我慢しなければならないだろうが、それでも百日はかからないだろう。それまでにはしっかりと莉洸との結びつきを強くして、百日後、堂々と盛大な婚儀を挙げる。

悔しがるあの大国の王族が居並ぶ中、稀羅のものになった莉洸に熱いくちづけをしてやろうと思った。

「莉洸、覚悟はよいな?」

「……はい」

馬上で確かめるように声をかけると、莉洸は覚悟を決めてしっかりと頷く。

その意味は稀羅の意図するものとは違うだろうが、その思いを強引に己の方へと振り向かせる自信が稀羅には十分にあった。

去っていく黒馬の集団の姿が見えなくなるまで見送り、その砂埃《すなぼこり》がすっかり治まってしまった頃。

ようやく見送っていた者は一人二人と持ち場へと戻っていった。誰の胸にも言いようのない不安と悲しみが渦巻いていたが、遠く去って行ってしまった莉洸をもう一度呼び止めることはできないし、なにより当人が蓁羅へ行くことを望んだのだ。

「洸聖さま」

悠羽は洸聖を振り返り、手を差し出した。

「お仕事をなさいませんと」

差し出されたその手を黙ったまま摑んだ洸聖は悠羽を抱き寄せ、柔らかな赤毛に顔を埋めてしばらく黙り込む。悠羽は逃げずにじっとしていたが、しばらくして顔を上げた洸聖は、悠羽の肩を抱くようにして歩き始めた。

「……莉洸は、幸せになるんだろうか」

ふと、小さな声が頭上から下りてきた。それは悠羽に答えを求めたわけではなく、心の中にある不安と疑問が混ざり合った無意識の言葉のように聞こえたが、悠羽はしっかりと頷いてみせた。

「大丈夫です」

「……」

「洸聖さま、莉洸さまは幼子ではありません。こんなにも重大な決断を一人でできる、とても勇気がある方です」

「悠羽……」

「私たちは、莉洸さまの幸せのお手伝いができるよう、いつでも準備をして待っていましょう」

その言葉に、洸聖は素直に頷くことはできなかった。頷けば、あの二人を認めたことになってしまうからだ。それでも、支えてくれる悠羽という存在があるという心強さに、洸聖は内心安堵の息を吐くことができた。

＊＊＊

莉洸を見送ったあと、部屋に戻る洸竣のあとをついて行きながら、黎は何をすればいいのだろうかと考えていた。

王宮に上がってすぐに秦羅の王が莉洸を攫うという事件が起きてしまい、偵察として秦羅に向かう悠羽の供として旅をしていた時は、少なからず自分にも役に立つことがあるのではないかという気持ちがあった。

　しかし、王宮に戻ってきて、こうして洸竣の前に立つと、己が本当に無力な存在なのだなと思い知ってしまい、その存在意義さえも疑ってしまいたくなる。

　そもそも、洸竣とは町中で会ってすぐに王宮に召し上げられた。特別に容姿が良いとか、頭が良いとかいうわけでもない自分をどうして洸竣が望んでくれたのか、今もってわからない現状が、不安な気持ちをさらに膨らませていた。

　主人の子を生んだとはいえ、正式な妾にさえもしてもらえなかった母と、声もかけてくれない父。そして、弟とは認めず、常に厳しく辛く当たった異母兄。

　あの家から出られたのは正直嬉しかった。だが、ここに自分の居場所があるのかといえば素直に頷けない。

「黎？」

　いつの間にか部屋の前についていたらしく、扉の前に立った洸竣がこちらを見つめていた。

　光華国の皇子の中で、一番華やかで気さくだという第二皇子、洸竣。こうしてまっすぐに見つめられるだけでも恐れ多くて今も慣れない。

「ぼ、僕、慶尚《けいしょう》さまのお手伝いをしてきます」

　王宮内の召使いを取りまとめる侍従長の名を出したが、洸竣は不思議そうな顔をする。

「お前は私の召使いだろう？　他の者の手伝いをすることはないから」

「あ、あの、でも」

「蓁羅の王の気にやられて少し滅入《めい》っていたが……そうだな、少し気分転換でもするか。黎、一緒に町に出よう」

「ぼ、僕もですか？」

「美味《うま》いものは連れがいる方がもっと美味《おいし》いしね」

「こ、洸竣さまっ？」

黎が躊躇うのも構わず、洸竣はその手を引いて厩《うまや》へと向かった。

いくら洸竣つきとはいえ、娯楽に同行するのには気が引ける。黎は必死に辞退するが、洸竣はまったく気にした様子はなかった。

「黎、顔を上げなさい。せっかくの可愛い顔を隠しては勿体《もったい》ないよ」

洸竣はずっと俯いたままの黎の顔を覗き込むようにしながら笑った。

洸竣だとて、莉洸が稀羅と共に国を出て落ち込んでいたのは確かだ。だが、本来深く思い悩む性格ではない……と、周囲には思われている。陽気で、呑気《のんき》。その持ち味を今こそ暗く沈んだ王宮内で活用しなければならない。

そのためにも、この気分転換の外出は洸竣にとって必要だった。

「何か欲しいものはないか？　黎。遠慮することはないから」

「い、いえ、僕は……」

同じ馬の前後に乗っているため、洸竣の目からは黎の横顔しか見ることができない。

綺麗に整っている顔は隠す必要などまったくないのに、黎はどうしても己を卑下して俯きがちだ。それは多分、これまでの育った環境が強く影響しているのだろう。

「れ……」

「黎っ？」

その時、大きな声が黎を呼んだ。

これまで町で育った黎には声をかけてくる知り合いがいてもおかしくないが、今の声は切羽詰まっていた。それに、どうも洸竣も聞いたことがある声のようだ。

その正体を確認すべく、眉を顰めながら辺りを見回す洸竣とは違い、黎はすぐに特定の人物を思い浮かべたようだった。

「京《きょう》、さま……」

「きょう？　……お前の異母兄か？」

「い、いいえ、以前の主《あるじ》です」

洸竣の言葉を黎は強く否定するが、王宮に召し上げる前に黎の身辺は調査ずみで、その際には出生の秘密もわかっていた。本来は妾腹とはいえ貴族の次男のはずの黎が、どんなに虐げられて育っていたかも聞いている。

洸竣は宥めるように後ろから黎の腰を強く抱きしめた。

「今のお前の主人は私だ。皇子である私の召使いであるお前が、他の者に頭を下げる必要はないからね」

「洸竣さま……」

振り向いた黎が呆然とその名を呟いた時、馬の前にいきなり男が走り出てきた。

「黎！」

「きょ、京さま」

洸竣は以前見た若い男の顔を、馬上からしっかりと睨みつけた。身体つきも立派で、男らしい容貌をしていて、繊細な黎の面影とはほとんど共通点はない。

（黎の異母兄か……）

そんな男がなぜ今頃出てきたのか、洸竣は町に出てきた己の行動を今さらながら後悔すると同時に、黎の気持ちを慮った。

だが、当の黎は意外なほど落ちついていた。京の声が聞こえた時はさすがに驚いたものの、今背中に感じている洸竣の温《ぬく》もりがまるで守ってくれているように心強く、以前のように怯えることもない。

それよりも、久しぶりに会う京の変貌《へんぼう》に内心驚いていた。

面影を忘れるほどに離れていたわけではないのに、少し痩せて頰が削《そ》げたような印象がある。食べ物に苦労することなどあるはずもなく、今は戦もないので厳しい兵役に就くこともないはずの京がなぜこんなに窶《やつ》れたのか、黎は自分がいなくなってから京の身に何事かが起きたのだろうと漠然と思うしかなかった。

「黎」

「お、お久しぶりです」

京は下から馬上の黎を見上げている。黎も馬から降りて挨拶をしなければならないのだろうが、後ろから腰に回っている洸竣の腕を外すことができなくて、心苦しく思いながらも馬上から頭を下げた。

「なぜ俺に黙って出て行った……っ」

「え？」

「俺が屋敷を留守の時を狙《ねら》って出て行っただろう！」

思いがけない非難の言葉に、黎は目を瞠った。

確かに、屋敷を出る時に京はいなかった。許婚と出かけていたのだが、それを狙って出たという思いは黎にはない。王宮から急かされたのもあるが、家の者も厄介な人間が出て行くことに安堵して見送っていたくらいだ。

きっと京も同じ気持ちだろうと、黎は当然のように思っていた。

「俺は、お前がどこに行ったのかさえも……生きていたことも聞かされなかった！」

「い、生きて？」

「……明日、結婚式なんだ」

「そ……ですか」

支離滅裂な京の話に、黎はついていけなくて呆《ほう》けたような相槌しかうてない。ただ、黎がいた時はまだ京の気持ちが固まっていないように思えたが、事態はかなり早く進んだのだなと思うだけだ。

「お、おめでとう、ございます」

祝いの言葉を言う黎をじっと見つめたまま、京は噛みしめるように言葉を続ける。

「お前は、使いの途中に人攫いに遭ったと……生死は不明と言われた。お前が死んだと聞いて、何もかもどうでもよくなってしまって……結婚も母が勧めるままに……」

「黎、聞くな」

不意に、洸竣が馬の手綱を操って向きを変えた。どうやらこのまま王宮に戻ろうとしているようだが、黎は京の言葉を最後まで聞かなければと思い、振り向いて洸竣に懇願する。

「馬を止めてください、洸竣さま、まだ話が……」

「聞いてどうする」

「え？」

「お前にはどうにもできないことかもしれないよ」

不思議な言葉の意味がわからない黎は聞き返したが、洸竣はそれ以上何も言わず、

「黎！」

振り絞るような京の叫び声を背に、馬は人波を避けて走り出した。

黎は京を振り向こうとしたが、身体を拘束する洸竣の腕は少しも緩まないままでそれもできない。

「洸竣さまっ」

どんなにその名を呼んでも洸竣は答えず、馬はどんどん加速して王宮へと向かっている。激しい振動に、黎はただ馬の鬣《たてがみ》にしがみつくことしかできない。

「どうして馬を止めてくださらなかったのですかっ」

王宮の門をくぐってようやく速度を落とした洸竣に、黎は今までになく強い口調で訴えた。あの時、京は黎に何かを言おうとしていた。その言葉を遮るようにして馬を走らせた洸竣の行動が理不尽に思えてしかたがなかった。

久しぶりに会った京の変わりように、黎の心はざわついている。母親が違っていても、どんなにきつくあてられても、黎の中で京が兄だという認識は消えることはないのだ。

「洸竣さまっ」

しかし、どんなに黎がその胸に縋らんばかりにして訴えても、洸竣の口からは謝罪の言葉も言い訳の言葉も出てこない。

やがて、黎が訴える言葉もなくなって口を閉ざすと、洸竣が不意にぽつりと言った。

「……黎、お前は何ができると思っている？」

「……え？」

「あとで困惑してしまうような情けならばかけない方がいい」

今まで、こんなにも冷たい言葉を言う洸竣を見たことがなかった黎は、その場に凍りついたように身体が動かなくなる。洸竣はそのまま馬から降り、呆然としている黎の腰を掴むと、今までのきつい口調とは裏腹に、とても優しく馬から降ろしてくれた。

その行動と言葉のあまりの相違が、ますます黎を混乱させてしまう。

「今日はもう部屋に下がっていい」

「待っ……」

「ゆっくり休みなさい」

優しく髪を撫でてくれ、そのまま立ち去っていく洸竣の後ろ姿を見送りながら、黎は自分の言葉が間違ったのかと急に不安になってしまった。

「……」

そして、洸竣も、己の取った理不尽な言動を今さらながら後悔していた。

明らかに、嫉妬《しっと》していたのだ、あの……黎の異母兄に。どんなに辛くあたっても黎に気にかけてもらっているあの男が羨ましく、憎らしい。

歩く足を止めないまま、洸竣の眉はきつく顰められた。

あれほど冷遇された月日をすごしていながら、なおも優しい言葉を異母兄にかける黎の気持ちがわからない。

黎の姿を見て驚愕に見開かれた瞳に、哀願にも取れる言葉。

あの男は黎を欲しているのだ、弟としてというよりも、多分、一人の人間として。それがどういった気持ちの延長上かは想像もできないが、あのまま黎と言葉を交わさせるのは危険のような気がした。同時に、少しも危機感を感じない黎をもどかしく思ってしまった。

こんな余裕のない自分など、洸竣も初めて自覚したくらいだ。だからといって、もう少し言いようがあったかもしれない。

どんなに黎が望んでも、絶対に会わせるつもりはないが、必死に訴える黎の願いをどこまで拒めるかは自信がなかった。

結果、洸竣はその場から逃げ出してしまったのだ。

「洸竣さま？」

裏門に現れた洸竣の姿に、門番が驚いたように視線を向けてきた。

「どうなされたのですか？」

「ちょっと、気分転換」

「お忍びですか？　誰か供を……」

「女のいる場所に、供を連れて行けないだろう」

「洸竣さま……」

若い門番をからかうように言うと、年嵩《としかさ》の門番が困ったようにその名を呼んだ。

「莉洸がいなくなって気が滅入っているんだ。少し気晴らしをさせてくれ」

以前から、皇子の中では一番の遊び人と自他共に認められている洸竣の言葉に、門番は苦笑しながらも扉を開いてくれた。

こうして裏門から出て町に遊びに行くのは以前からも頻繁にあったことで、門番も暗黙の了解として認知している。

「お気をつけて、早めにお戻りください」

洸竣は見送ってくれる門番に軽く手を振ると、溜め息をつきながら再び町に向かって歩き始めた。

「なかなか上手くいかないものだな……」

洸竣に突き放され、黎はどうしていいのかわからなかった。

部屋に戻ることもできず、しばらく途方にくれて立ちすくんでいた黎は、ふと思いついて足を早めた。

向かった先は、悠羽の部屋だ。

いつになく慌てて叩くと、扉はすぐに開いてサランが顔を見せてくれた。

「黎、どうしたんですか？」

相手が黎だとわかると、無表情なサランの顔が少しだけ柔らかくなる。その表情に安堵した黎は、慌てて頭を下げながら言った。

「あ、あの、少しお話をさせていただいても構いませんか？」

「どうぞ」

扉が大きく開き、黎は緊張しながら悠羽の部屋の中に足を踏み入れた。

「黎、ちょうどお茶を飲もうとしたところなんだ、一緒にどう？」

「あ、ありがとうございます」

声で誰がきたのかわかっていたらしい悠羽が、視線が合うなり笑いながらそう言ってくれる。その笑顔に、黎は緊張が一気に解れた。

やはり、この部屋が一番気持ちが休まる。以前の屋敷に比べ、黎に用意された部屋はあまりにも立派すぎて落ちつかなかったし、王宮という場所自体がどこか硬くて煌《きら》びやかすぎて、目立つことを嫌う黎には未だ慣れない場所だった。

そんな中で、気さくで柔らかな空気を持つ悠羽の側は居心地が良く、黎は今までにも洸竣の世話がない時にはよくこの部屋を訪れていた。

「悠羽さま、私が」

「サランも座っていて。私の入れるお茶は特別美味しいんだから」

たっぷりの愛情がこもっているしねと言って笑う悠羽につられて、黎の頬にも少しだけ笑みが戻った。

「この菓子は、さっき貰ったんだ。甘くて美味しかった、な、サラン」

温かなお茶と、甘い焼き菓子を前にして、黎はようやく気持ちが落ちついた。だからこそ、きちんと話せるような気がする。

「あ、あの、僕……」

黎は思いきって、今起こったばかりのことを話した。義兄に会ったこと、そして洸竣の態度の急変。黎にはわからないことでも、悠羽やサランになら、その理由に思い当たるものがあるのではないかと、縋るような思いだった。

「あの時の京さまは僕に、何か言おうとなさっていました。それが気になってしかたがなくて……」

悠羽は頷き、サランに視線を向ける。

「サランはどう思う？」

「……洸竣さまは、意地悪をなさったわけではないと思います。あの方は他のご兄弟とは違って柔軟な思考と行動力をお持ちの方だとは思いますが、ご自分の気持ちだけで動くこともないかと」

「うん。私もサランと同じ意見だな。洸竣さまは少し口の軽い方だが、黎のことをちゃんと考えてくださっているよ。お兄さんのことも、洸竣さまなりの考えがあったんじゃないかな」

「……」

本当にそうだとしたら、どうして急に態度が変わってしまったのだろうか。もしかしたら洸竣の好意に甘えるあまり、不躾《ぶしつけ》な言動をしてしまったのかと、そちらの方が気になり始める。

俯く黎に、悠羽が笑みを含んだ声で訊ねた。

「黎、洸竣さまが嫌い？」

「そ、そんなことはありませんっ。とても良くしてくださってるし、優しい方だし」

「うん」

「……僕も、あの方が理不尽な行いをされるとは思っていません」

「……ねえ、もしかしたら、黎はお兄さんのことよりも、洸竣さまのことが気になっているんじゃない？」

「え？」

思いがけない悠羽の言葉に、黎は慌てて顔を上げる。

「私も人の気持ちの機微というものがよくわからない不調法な方だが、洸竣さまの気持ちは案外わかりやすいように思えるな。あの方は多分、黎が思っている以上に黎を大切にしてくださっている。そのことは信じてもいいはずだ」

「悠羽さま……」

「だから、洸竣さまのお気持ちは信じていて、黎は自分の気持ちを見直したらどうだろうか？　案外、それで何かがわかるかもしれないぞ」

己の気持ちを見返すといっても、今まで常に感情を抑えてきた黎にはとても難しいことだ。しかし、悠羽の言うように、今ここできちんと考えなければならないとも感じていた。そうしなければ、京はもちろん、洸竣とも向き合えない。

「……ありがとうございます、悠羽さま。僕、ちゃんと考えてみます」

言葉少なく茶を飲み、思いつめた顔のまま早々に辞した黎を見送った悠羽は、しばらく黙ったまま窓の外を見つめていた。

まだ陽は高く、柔らかな日差しが部屋の中にまで差し込んできている。この部屋は、洸聖が悠羽の、というより、次期皇太子妃になる姫のために用意した居心地の良い部屋だった。

さすがに装飾や家具は本人の意思をと思ってか、最小限のものでしかなかったが、悠羽にとってはそれだけでも十分に贅沢で、それ以上は不要と断ったくらいだ。

「悠羽さま」

しばらく動かなかった悠羽に、サランが静かに声をかけた。

「どうされましたか？」

「……サラン」

「はい」

「私は……迷っている」

それは、何事にもはっきりとした自分の意思を言える悠羽にはとても珍しいことだった。たった今、黎にもきっぱりと助言をした悠羽らしくない。

しかし、サランは慌てて次を問うことなく、悠羽の口が開くのをじっと待っている。それは幼い頃から一緒に育った幼馴染《おさななじ》みだからこその呼吸だった。

「……やはり、洸聖さまの妻に、男の私がなるのはおかしいのではないかと思っている」

そして、悠羽が切り出したのはサランも予想できたことだった。

「対外的には私は王女で、洸聖さまも納得してくださっている。でも……」

悠羽は、洸英の言葉が耳から離れなかった。

『男の身で、稀羅王に抱かれるという立場になるのだ。莉洸、そなた、その覚悟があるか？』

『それに、いずれ稀羅王にも世継ぎが必要になられる。子を産めないそなたは、稀羅王が己以外の女を抱くことも認めなければならない。それに耐えられるか？』

洸英は敵国にも近い蓁羅へと自ら向かう莉洸に、苦言ともつかない言葉を言ったのだとわかっている。現に、今まで洸英からその言葉に準ずるようなことを言われたことはなかった。

ただ、その言葉はそのまま悠羽の身にも当てはまっているのだ。

（私も、莉洸さまと同じ立場。いくら洸聖さまの妃となったとしても、お世継ぎのことを思えば……いずれ妾妃のことも考えなければ……）

初めからそれは覚悟していた。

そもそも、この大国に王女として嫁ぐことからして、初めは嫌で嫌でたまらなかった。だが、断れば奏禿のような弱小な国がどうなるかと言外に脅され、ある強い決心をして光華国に来ることを決意した。

どんなに虐げられても、奏禿のために援助を約束してもらうことだ。祖国のためならば、どんなに辛いことも耐えられると思っていた。

「人間とは不思議だな、サラン。男の妃など、傀儡《かいらい》の何者でもないと思っていたが、私は洸聖さまを愛しいと思い始めている。無理やりに私を征服した人だというのに……あの方を知るほどに、愚かで、弱い方だと、守って差し上げたいと思っている」

それには、改めて己の性別が問題だった。

同性同士でも身体は重ねるが、どう足掻《あが》いても洸聖の御子を産むことはできないのだ。

「私は、国に帰った方がいいだろうか」

「……悠羽さまは正式な洸聖さまの許婚です。堂々となされていたらいいと思いますが」

「うん……でも、私は、多分耐えられないと思うんだ」

「耐えられない？」

「子を生すためとはいえ、誰かをその腕に抱く洸聖さまを……きっと、笑っては見られないと思う」

はっきりとした悠羽の気持ちを聞き、サランも沈黙するしかない。

サラン個人としては、悠羽と奏禿に帰国することにまったく異論はなかった。むしろ、サランは懐かしく優しいあの場所に戻ることを嬉しく思う以外にはない。しかし、そうすればきっと、悠羽は後悔するともわかっていた。

悠羽自身、言う通り、既に彼は洸聖を己の身の内に取り込んでいる。情の厚い悠羽だ、一度その気持ちをはっきりと自覚してしまえば、何をおいても相手の心や立場を優先するだろう。

半分だけ女の身体を持っているはずのサランでも、子を産むことはできないと言われた。

男とか女とか、サランの中ではそれほど大きな意味はない。

誰かのために存在すること。

誰かと共に生きること。

サランにとってそれは悠羽だったが、悠羽は既に手を伸ばすべき相手ができた。

「サラン……」

「……」

「サラン、どうすればいい？」

「悠羽さま……」

サランを頼り、こんなに弱々しい姿を見せてくれる悠羽が愛おしかった。

たとえ洸聖でも、悠羽のこんな姿は見ていないはずだ。将来は、わからない。それでも、今は確実に悠羽の一番側にいるのは自分だった。

「本当に、帰ってもよろしいのですか？」

「サ、ラン？」

「それでも、悠羽さまは後悔されませんか？」

莉洸と稀羅のことで、改めて突きつけられた同性同士の結婚に迷っている悠羽に、サランは己だけは悠羽の味方なのだと教えるように優しく笑いかけた。

「私は、悠羽さまのご決断に従います」

「……」

「悠羽さまの望まれることが、私にとっても望みなのですよ」

「サラン……」

サランはそっと悠羽の手に自分の手を重ねると、元気づけるように強く握りしめた。


気晴らしにと思って飲んだ酒にはいっこうに酔えず、しなだれかかってくる女の白い肌にも欲情はかきたてられなくて、洸竣はしかたなく王宮への帰路についていた。

このまま帰っても、黎と顔を合わせて何を言おうか迷っている。黎のためだという大義名分を振りかざしていても、結局は自分が嫌だったから取った行動に正当な理由はなかった。

そんな洸竣の態度を黎はどう見ていたのだろうかと思うと足取りは重くなってしまうが、帰る場所は一つしかない。

とうに暗くなってしまった空。しかし、町の賑《にぎ》やかさは昼間と変わらないほどだ。それほど、この光華国が栄えているという証《あかし》の一つでもある。

「……ちゃんと話をしてみるか」

先ほどはお互い興奮してしまっていた。あれから時間が経ち、少し落ちついて話ができるはずだ。きっと黎も同じになったのではないかと思っていた……その時だ。

「洸竣皇子」

低い声が後ろから自分を呼び止めた。

聞き覚えがないと言いたいが、その声はごく最近聞いたばかりの声だった。

振り向く必要はなかったが、それでもいずれ向かい合わなくてはならない相手だ。洸竣は一度大きな溜め息をついてからゆっくりと振り返った。

「何用だ」

「……噂通り、本当に供を連れてないのだな」

「自国の治安を信用しないでどうする」

「それは、この光華国だからこそ言える言葉でしょうが」

昼間の切羽詰まったような声を出していた主とはまったく別人のように、京は落ちついた声で話す。だが、その落ちついた物腰に警戒を解くことはせず、洸竣は用心深く京を見た。

「それで？　わざわざ呼び止めるには、それだけの所要があるというのか？」

「……我が義弟、黎のことで」

「義弟？」

まさかそうくるとは思わなかった洸竣は口元を歪める。

「野城《のしろ》家は義弟に下働きをさせるのか。それほど手が足りないのならば私が手配してやろうか」

あからさまな洸竣の挑発に、京は一瞬唇を噛みしめた。しかし、今京が感じているような屈辱を、黎は生まれてからずっと受けてきたのだ。

黎の身辺報告書を見た時に感じた怒りは、今も洸竣の心の中から消えてはいなかった。

「……当主である父と、母の決定には……逆らえません」

「お前も積極的に黎をこき使ったのだろう？　野城にはきちんと話を通した。お前の母も、ぜひ連れて行って欲しいと言った。親の言葉に逆らえないのなら、今さら黎に会って何を言うつもりだ？　まさか、戻ってきて欲しいとでも？」

「……わ、たしには、黎が、必要なんです」

振り絞るような京の言葉に、洸竣は目を眇める。

「どういった意味で？　なんでも言うことを聞く召使いとしてか？　それとも、長い間愛情を向けたこともない哀れな異母弟を慈しむためか？」

「私は……」

「まさか、半分とはいえ血の繋がった弟を、愛情を交わす相手としてか？」

「！」

京の反応は洸竣の予想通りだった。

必要以上に黎に辛く当たっていたのは、愛情の裏返しではないかと思っていた。洸竣が莉洸や洸莱に兄弟以上の愛情を持つなどとても考えられないが、幼い頃から同じ屋敷内とはいえまったく別の環境で育っていた京と黎は、兄弟としての交流は皆無だったはずだ。

そのうえ、黎は繊細に整った容貌をしていて、その手の男だけではなく、普通の男にも欲望の対象として見られてもおかしくはなかった。

それが、京にも当てはまったということだ。

「……まったく」

厄介だと思う。義兄弟というのでも特別な関係なのに、その上、愛情も絡むなんて面倒だとも思う。ただし、京がその方法を間違ったことは、洸竣としては歓迎すべきことなのかもしれない。

京がもっと黎に素直な愛情を向けていれば、洸竣が黎と出会うことはなかったからだ。兄弟という禁忌を乗り越えてでも黎を欲しいと言っていたら、もしかしたら黎は京のものだったかもしれない。

しかし、現実に京は黎の心ばかりか身体さえも手に入れることはできず、その権利は洸竣の手へと移った。

町中で会った時、そのあまりの影の薄さに眉を顰《ひそ》めた。次に、意外に整った容貌に気づき、側に置きたいと思ってしまった。それは小動物に向けるような慈愛の感情だと思っていたが、今、目の前の京を見て、話して、洸竣はようやく気づいた。

「黎は野城には帰さない。それだけだ」

「皇子！」

京は間違えてしまったが、自分はまだ間に合うはずだ。ただ、それを伝えるにはもう少し時間が欲しい。

洸竣は声も出ない京にあっさりと背を向け、王宮に向かって歩き始めた。


「父上、影の姿が見えませんが」

夕食後、父洸英の部屋を訪ねた洸聖は、ふと気づいたように訊ねた。

いつも音もなく父に寄り添っているはずの影、和季が、莉洸と稀羅が旅立つのを見送ったあとから姿を見せなかった。それほどに存在感があるというわけではないはずなのに、いないとなると気になる。

「……知らぬ」

「知らない？」

「私に何も言わずに出ている。守りは他の者に頼んであると言ってな」

眉を顰め、憮然《ぶぜん》と言う父の姿は珍しい。そして、和季の行動自体もとても意外だった。

たとえば、もしも父に本当に愛しい相手ができて、長い間空白だった王妃の座に据えるようなことがあったとしても、和季の方から父を見限ることはないと思っていた。それが、光華国の王と影の関係だと認識している。

だからこそ、それがわずか数時間だとしても、父の許しなく自由に動く和季というものが想像できなかった。

「何用だ」

そんな洸聖の思考を遮るように、父が訊ねてきた。どうやら和季の名は禁句らしい。

そこで、ようやく洸聖は本来自分が父を訪ねた用件を口にした。

「悠羽のことです」

「悠羽の？」

「私たちの婚儀の時期をきちんと決めたいと思いまして。できれば、早い方がよいのですが」

「婚儀か」

洸英はじっと洸聖を見つめた。その表情には、先ほどまでの苛立ちの色はない。

「お前はそれでよいのか？」

そこにいるのは、人の上に立つ王としての顔を持つ父だった。自然と洸聖も背筋を伸ばし、まっすぐにその目を見返した。

「よいのか、とは？」

「許嫁の相手は私が勝手に決めたことだ。もしもそなたと悠羽の相性が合わないのならば、この話は立ち消えになるやもと思っておった。それに、悠羽は……いや、これはお前の方が知っているのだろうな。私の杞憂《きゆう》がすぎた」

はっきりと悠羽の秘密を言葉にしないということは、父はあえて問題にはしないということだ。次期王としてこの大国を担う覚悟がある洸聖にとって、父のその沈黙はとてもありがたいものだった。

「父上が私の伴侶に悠羽を選んでくださったことに感謝します。悠羽は、私にとっては得難い存在ですから」

「そうか。お前がよいのなら構わない」

「はい」

光華国の王である父の言質がとれ、洸聖は深く安堵した。同時に、これで悠羽を名実ともに己のものにできると喜びに浮かれる。

洸聖は焦っていたのだ。初めは、洸聖の方が男同士ということに躊躇していたが、悠羽のことを知るにつれ、その心根の強さと優しさに惹かれるようになった。それは、もう同性でも構わないと思うほどで、今では絶対に手放したくないと思っている。

だが、悠羽の方はどうだろうか。女と偽って乗り込んできたほどの豪胆さがあったはずが、今では悠羽の方が後ろめたさを感じているようだ。

もしかしたら、今回の莉洸と稀羅のことで、悠羽の中で別の思いが生まれたのかもしれない。父も、稀羅に対しては随分厳しいことを言っていた。それは、父は可愛い莉洸のことを思ってあんな発言をしたのだし、洸聖もそれに関しては全面的に賛成だ。

しかし、己に当てはめれば少し違う。悠羽が男だと知っている今でも、洸聖は悠羽が欲しいのだ。跡継ぎは洸竣や洸莱の子でもよい。今となっては、四人兄弟で良かったと思う。

洸聖自身、今さら悠羽を手放すことなど考えられなかった。

だからこそ、今朝からずっと物思いに沈んでいるような悠羽を見ていて、洸聖は危機感を覚え、父に直談判《じかだんぱん》しにやってきたのだ。

「悠羽とならば、一緒にこの国を治めていけます。あれは、可愛がられてただ着飾っているばかりの王妃にはならない」

むしろ、己が先に立って働きそうだ。それを御するのは大変かもしれないが、その大変さも楽しみに思える。

「私たち二人で、この光華をもっと栄えさせます」

「お前が惚気《のろけ》を言うとはな」

饒舌《じょうぜつ》に語る洸聖に、父は苦笑を零した。

「早速、良い日取りを選ばせよう。奏禿の王にも知らせなければ」

「お願いいたします。私も近いうちに一度、あちらに挨拶に行こうとは思っていますが」

悠羽をあんなふうに育てた両親を、そしてその国を、この目で見て確かめたい。

「あの国の結びつきは我が国より強いぞ。特に弟王子は、悠羽が我が国に来るのを大反対したらしい。覚悟をしておかなければな」

「はい」

洸聖は父の決断に感謝して頭を下げると部屋を出た。このまま父との話を伝えようと悠羽の部屋に行こうと思ったが、思い直す。

今の自分は、きっと緩みきった顔をしているに違いなく、そんな表情を悠羽に見られるのは恥ずかしい。それに、同じ宮内にいるのだから、明日、ゆっくりと話す時間を取ればいいだろう。

そう思ってしまったことを、洸聖は後悔することになる。

――翌朝、光華国の王宮から、悠羽とサランの姿は消えていた。

慌ただしく悠羽の部屋に駆け込んだ洸聖は、まったく眠った様子もない綺麗な寝台に目を向けながら低く呻いた。

「本当に、宮の中に悠羽はおらぬのか？」

「は、はいっ」

悠羽つきの召使いは、半泣きになりながらその場に跪く。

「昨夜《ゆうべ》、お休みになられる前のお茶を運んだ時も、悠羽さまはいつもとお変わりになりませんでしたっ」

朝、いつものように身支度を整えていた洸聖は、廊下に慌ただしい気配を感じた。いくつもの足音が行ったりきたりしているそれに訝しげに眉を顰めた時、激しく扉が叩かれて悠羽つきの召使いが転がり込んできた。

そして、聞かされたのだ、王宮内のどこにも悠羽の姿がないということを。

日頃も、悠羽は王宮内だけには限らず、サランだけを連れていろんな場所へと出かけるが、それがこんなに朝早くから、それも誰にも何も告げずに出かけたことなどなかった。

召使いがこんなに動転しているのは、やはり莉洸のことがあったせいだろう。まさか悠羽までと、言葉にしないまでも恐怖を感じているのが伝わり、洸聖は無言のまま部屋の中を見回した。

一見して、何者かに無理やり連れ出されたとは思えないほどに部屋の中は綺麗に整っている。もともと、悠羽が持ってきた荷物は本当に袋一つ二つで、ここにあるものはほとんど洸聖が揃えたり贈ったりしたものだ。だからこそ、悠羽がいなければその気配は驚くほど希薄になった。

「……」

洸聖は部屋の中を歩き回る。一つでも手がかりが落ちていないかと、塵《ちり》一つでも見逃さないように鋭い視線を走らせた。

そして、洸聖の視線は悠羽の寝台の枕《まくら》元に少しだけ覗いている紙を捉《とら》えた。

咄嗟に手を伸ばして取ると、それはどうやら一枚の折り畳んだ手紙だということがわかった。

素早くそれに目を走らせた洸聖は、手に握りしめたまま洸英の部屋に飛び込んだ。

「父上っ」

「悠羽はいたのか？」

既に報告が上がっていたらしく、すぐにそう訊ねられる。

「……奏禿にっ」

唸るようにそう言い、洸聖は手に持っていた手紙を洸英に渡した。その時、己の手が震えていることに初めて気づいたが、感情を押し殺すなどできるはずがなかった。

その手紙には、勝手に王宮を出てしまうことへの謝罪から始まり、次に大国光華国の皇太子妃になることへの不安が書かれていた。最後に、故郷に戻って考えたいとあったのを、洸聖は信じられない思いで読んだのだ。

「奏禿に参ります」

考えるまでもなかった。

「洸聖」

「悠羽は既に私の妻です。正式に婚儀を挙げてはおりませんが、それは誰もが認めていること。よろしいですね？」

いずれは、奏禿に挨拶に行かねばならなかったのだ。

それが少しだけ早まったということと洸聖は意識して思うようにしていたが、しばらく悠羽の手紙を見ていた洸英は顔を上げて言った。

「ならぬ」

「父上っ？」

まさか反対されるとは思わなかった洸聖は、噛みつくような鋭い視線を向ける。そんな品行方正な洸聖の今までにない激情にも動じず、洸英はきつく言い放った。

「奏禿に行くのは許さぬ」

「どうしてですか！」

何を置いても行けと、父ならば言ってくれると思っていた。だが、まったく相反することを言われてしまい、素直に納得できるはずがない。

「行かせてくださいっ」

「今、そなたが奏禿に悠羽を迎えに行ったとしても、悠羽の心は迷いから解き放たれることはない。力だけでは人の心は動かせないのだ、洸聖」

「……っ！」

「悠羽が何を迷い、何を憂いているか、それを解決するのは悠羽自身だ。そなたが動くのは、悠羽が出した答えを受けてからだ……違うか、洸聖」

洸英が洸聖の花嫁に小国奏禿の王女悠羽を選んだのには理由があった。それはいずれ、二人が本当に信頼し合った時に伝えようと思っていたが、その理由は洸英の利己主義の上で成り立ったということに違いはない。

それでも、二人が愛し合えればと考えていたが……人の心とは計算通りにはいかないようだ。

「私は、認めないっ」

「洸聖、落ちつけ」

「悠羽がいなければ、私は……っ」

「洸聖、お前はそれでも光華国の皇太子か!! 奏禿に行くことは私が許さない。よいな、これは国王としての私の命令だ」

きっぱりと言いきった洸英を青褪めた顔で見た洸聖は、やがて唇を噛みしめたまま部屋から出て行く。

おそらく、洸聖は動かない。意識的に皇太子という言葉を出したのも、洸聖をこの国に縛りつけておくための呪文だ。

人の心というものはどうにも勝手にはできないと、洸英は深い溜め息をついた。


悠羽とサランが彼らの祖国奏禿に帰国したことは、たちまちの内に王宮内に広まっていった。

洸英が悠羽の国の事情からと説明してこの突然の帰国のことを皆に納得させたが、莉洸に引き続き、この国の新しい太陽になるかもしれない悠羽の不在に、皆は一様に落胆し、その早期帰国を願った。

そして、ここにも一人、二人の不在に心をざわめかせている人物がいる。

洸莱だ。洸莱は、何も告げずに悠羽と帰国したサランの気持ちを考えた。せめて自分には理由を……いや、一言何か言ってくれれば、こんなふうに考えることもなかったかもしれない。だが、こう思ってしまう洸莱には言えないと、考えてしまったのだろうか。

洸莱は弓を構えたものの、一向に落ちつかない気持ちのままでは駄目だと腕を下ろした。

「洸莱さま」

そんな洸莱の背中に、小さな声がかかった。それに、洸莱はゆっくりと振り返る。

「どうした、黎」

「あ、あの、悠羽さまとサランさんはどうして……」

「この国を出たか？」

「は、はい」

二人に懐いていた黎も、二人のことを心配しているのだ。しかし、人のことは言えない。黎があの二人に懐いていた以上に、自分も……この身の内に二人の存在を受け入れていたからだ。

思った以上に落ち込んでいる己に気づき、洸莱は深く息を吐いた。

「洸莱さま、僕……奏禿にお二人を訪ねて行っては駄目でしょうか？」

洸莱のその様子を見ていた黎は、思いきって洸莱に聞いてみた。それは、悠羽とサランが奏禿に帰国したと聞いた時から考えていたことだった。

「ここでじっと待っているのは耐えられないのです。王宮内の皆さんは僕にとても良くしてくださるし、洸竣さまも……気遣ってくださっているのはよくわかるんですが……」

町中で京と会って以来、洸竣の気持ちがどうしてもわからないままだ。いや、あの夜、洸竣は黎の部屋にまで訪ねてきてくれたのだが、面と向かって何を話したらいいのかわからなかった黎は、そのまま眠った振りをして洸竣と会わなかったのだ。

その翌朝の、悠羽とサランの不在だ。

味方がいなくなったような気がして、黎はじっとしていられなかった。

「……やめておいた方がいいだろうな」

「な、なぜです？」

「悠羽殿のお気持ちは、多分……黎や俺が行ったとしても変わらないだろう」

悠羽の心が望んでいるのはただ一人、洸聖であると洸莱は信じていた。

「俺たちができることはないと、思う」

悔しいが、洸莱自身何もできないのだ。


悠羽は、ぼんやりと川に垂らした釣竿《つりざお》の先を見つめていた。

だが、何度も糸を引く気配があったのに、悠羽は魚を釣り上げようとはしない。それは、頭の中ではまったく別のことを考えていたからだ。

眩しい日差しに照らされて、赤毛の髪が輝き、跳ねた猫毛が風にゆっくり揺れている。いつもは笑っている、そばかすが特徴的な愛嬌《あいきょう》のある顔は、ここのところ誰が見ても浮かない表情をしていた。

懐かしく、恋しい祖国、奏禿に帰って数日。

なんの前触れもなく戻ってきた悠羽とサランを、両親や弟は驚きと共に温かく迎えてくれた。そもそも、男である悠羽が光華国の皇太子妃になるというのに当初から反対だった王は、これで光華国と対立してもしかたないと決意を決めたらしい。

そんな先走った父に、悠羽は苦笑しながら言った。

「少し、故郷が懐かしくなって戻って参ったのです。あちらから帰されたというわけではないですから」

黙って王宮を抜け出したことは隠してそう言えば、ようやく両親は安堵したようだ。

しかし悠羽に懐いていた弟王子の悠仙《ゆうぜん》は喜んで言った。

「もう光華国に戻らなくてもいいじゃないか！　悠羽、ここで私たちと一緒に暮らそう！」

同い年の、数カ月だけ年下の可愛い異母弟。だが、悠羽はその言葉に頷くことも、かといってはっきり断ることもできなかった。

（私は……どうしたいんだろうか）

サランに思うようにしてよいと言われた時、悠羽が最初に思い浮かんだのは奏禿に戻りたいということだった。それが洸聖から逃げていることだと悠羽自身わかっていたが、一番安心できる場所で、ゆっくりと己の気持ちを見つめ直したかったのだ。

それをサランに告げると、サランは少しの迷いもなく頷いてくれた。そしてその夜の内に、悠羽とサランは王宮から抜け出して奏禿に向かった。

この国は、優しい。

たとえ貧しくても、心が豊かであればこんなにも幸せなのだと思えるということを、悠羽は改めて感じている。

　大国の光華国も、謎の国、蓁羅も。実際に己の目で確かめなければわからないこともあるのだなと、悠羽は見識の狭さを恥ずかしく思い、次に、やはり重く肩に圧しかかる光華国皇太子妃という立場を、改めて深く考えることになった。

「悠羽」

「……」

「悠羽、引いてる」

「え？　あっ」

　慌てて竿を上げたが、どうやら餌《えさ》だけを取られて逃げられてしまったようだ。溜め息をついた悠羽は、声のした方を振り向いて苦笑した。

「もっと早く教えてくれ、悠仙」

「ぼんやりしている悠羽が悪い」

　軽い足取りで悠羽が座っている岩までやってきた悠仙は、悠羽の隣に腰を下ろして言った。

「元気がないな、悠羽。やはり向こうは辛かったか？」

　少し前まで悠羽に甘えてばかりだった悠仙だが、悠羽が光華国に旅立ってそれほど時間が経っていないというのに、これほど大人っぽくなっていたとは内心驚いていた。

　父によく似た精悍な容姿と、立派な体軀《たいく》。もしも悠羽が王女ではなく王子だと世に公表していたとしても、ぱっと見ただけでどちらが王にふさわしいかは一目瞭然《いちもくりょうぜん》だ。

奏禿の未来を悠仙に託すのはやはり正解だったと、悠羽は思わずにいられなかった。

「……どんな男だった？」

「え？」

「光華国の皇太子」

帰国した時は光華国のことをまったく口にしなかった悠仙だが、ここにきて気になったのだろうか。

悠羽は首を傾《かし》げ、思いついたままを言葉にした。

「……そうだな、少し頭が固いが、立派な方だと思うよ」

「……」

「悠仙？」

「悠羽が誰かを褒めるのは面白くない」

「何を言っているんだ。悠仙も皇太子なんだから、もう少し大人にならなければ」

笑いながらそう言い、悠羽は空いている片手で悠仙の肩を抱きしめる。

自分よりもはるかに広いその肩を抱きしめてやれるのはもうわずかかもしれない。悠羽に縁談がきたように、悠仙もそう遠くない未来、妃を娶ることになるだろう。そうすれば、こうして悠仙を宥めるのは悠羽の役目ではなくなるのだ。

「悠羽」

「……釣果はなかった。戻ろうか、悠仙」

気持ちを切り替えるように悠羽は立ち上がった。

奏禿に帰ったからといって、このままではいられないことはよくわかっている。皇太子妃になるという覚悟を決めて光華国に戻るか、それともその話を断ってこのまま奏禿に残るか、決めるのは悠羽自身だ。

いや、もしかすると悠羽の勝手な行動に洸聖が怒り、向こうから許嫁の破棄を言い渡されてしまうかもしれない。そうなればきっとすぐに、洸聖には新しい妃候補が決められるはずだ。

そう考えると、悠羽は己の手先まで血が通わず、身体が震えるような気がしてしまう。自分が迷っているくせに、洸聖に決断されることが怖いのだ。

「お帰りなさいませ、悠羽さま」

「ただいま」

「悠羽さま、釣れましたか？」

「全然駄目だったよ」

王宮までの道のりでも、頻繁に民から声がかかった。

小国だからこそ王族と民の距離は近く、王はこの国や民を愛していたし、民も王族を敬愛していた。

思い出せば、蓁羅の稀羅王も、民にとても慕われている王だった。

どちらがより貧しいか比べるようなことではないが、国の立地から言えばまだ川や森が多い奏禿の方が恵まれているだろう。

稀羅のことを思い出した悠羽は、続いて莉洸のことも考える。

あれほどの大国で大切に育てられた莉洸は、もしかしたら今頃大変な思いをしているかもしれない。それでも、見かけは儚いながら芯《しん》が通っている莉洸は、けして親や兄弟に泣き言を言ってくることはないというのも確信できた。

それに、莉洸には稀羅がついている。あの厳しく威圧感のある王も、莉洸への想いは熱く激しい。

悠羽はそれを羨ましいと思っていた。

「悠羽さま」

王宮に戻った悠羽は、すぐにサランを捜した。

サランは悠羽の実母であり、王妃の侍女頭でもある小夏《しょうか》のもとにいた。

「魚は釣れましたか？」

「もう、皆に言われて答えるのも飽きてしまった。こうして両手に何も持っていないのが成果だとは思わないか？」

「逃がして差し上げたんでしょう？　悠羽さまはお優しいから」

「サラン、そんなに悠羽さまをいつも甘やかしていたのですか？」

二人の会話を聞いていた小夏が横から口を挟んでくる。

己が産んだからといって、正式な奏禿の王女として育てられている悠羽とはきっちりと線引きして対している小夏は、少し眉を顰めて悠羽を見た。

母、というよりは、厳しい乳母という印象の方が強い小夏には悠羽も弱く、慌てて首を振ってサランに言う。

「そんなことはないよな、サラン。サランだって私に厳しくしているよ」

「……さあ、どうでしょうか」

サランは穏やかに笑った。

奏禿に帰ってきて、サランも心境的に落ちついたのだろう。険しい表情が多かった光華国にいる時とは違い、その表情は柔らかなものに戻っている。

悠羽は奏禿に戻ってきて初めて、サランも気を張ってくれていたのだとしみじみと感じ、己だけではなくサランのためにも、一度奏禿に戻ってきたのは正しかったのだと思った。

「悠羽さま、せっかく良い花嫁修業になると思いましたのに、少しも変わられないままお戻りになられたのですね」

「小夏」

「本当に……しかたのない方」

そう言いながらも、小夏の口元には微笑が浮かんでいる。愛されているのだと、悠羽は十分感じていた。

しばらくは親子二人にしようと、サランはそっと部屋から出た。

王宮で仕えている者だけでなく、民も皆、暗黙の了解をしている王族の秘密。対外的には王女ということになっている悠羽が、実は王子だということは誰もが知っていることだった。

明るく社交的な悠羽はどんな相手でも気軽に話しかけ、幼い頃は他の子供と一緒に水遊びまでしていたくらいだ。魚釣りも、泳ぎも、木登りもできる悠羽は、王族と民を繋ぐ大切な存在だった。男でも女でも、性別など関係なく、皆悠羽を愛していた。

だからこそ、大国光華国に輿入《こしい》れすることが決まった時、誰もが悠羽の秘密が露見してしまうことを恐れるよりも、愛する存在がいなくなってしまうことへの寂しさをより感じた。光華国の人間もきっと、悠羽を知れば敬愛するようになることを皆わかっていたからだ。

尊敬することに大切なのは容姿だけではなく、その人となりだということを奏禿の人間はよく知っていた。

サランも王宮に引き取られた時からその秘密を知っていたが、あまりにも周りが自然にその事実を受け入れているので不思議だとも思わなかった。それよりも、部外者の自分にまでこんな大切な秘密を教えてくれたことがとても嬉しかったのを覚えている。

じんわりと胸が温かくなったまま、自分の部屋に戻りかけたサランだったが、

「サラン」

不意に後ろから声をかけられて立ち止まった。振り向かなくてもその声の主はよく知っ

ている。

「悠仙さま」

「少し、いいか？」

召使いにまで断りを入れるのは血筋だろうか。サランは微笑ましい思いで、口元にわずかな笑みを浮かべた。

「どうされました？」

「光華国の皇太子のことなんだが」

「……洸聖さまの？」

「どんな男なのか、悠羽ははっきりと教えてくれないんだ。サランから見てその皇太子はどんな男だった？　悠羽の伴侶としてふさわしいか？」

昔から悠羽の後ろばかりをついていた悠仙。幼い頃は悠羽の方が大きいくらいで、どんな遊びも悠仙よりも器用にこなしていた。だが、成長するにつれ、いつしか悠仙の身長は悠羽を追い越し、体格もはるかに逞しくなった。

悠羽はそれを弟のくせに生意気だと口では言うものの、その実嬉しそうに目を細めていたことをサランは側で見てきた。

悠仙が悠羽を大切に思っていると同じように、悠羽も悠仙を思っているのだ。その熱量には、微妙な差はあるようだが。

「……立派な方だと思いますよ」

差し障りのない言葉でそう言うサランに、悠仙は眉を顰めた。

「違う、悠羽の夫としてだ」

「悠仙さま、それは……」

「私が口を出すのは違うとはわかっている。でも、もしも悠羽が奏禿のために我慢しているならば……もう、あちらの国に戻すつもりはない」

肉親に対するというよりははるかに熱い口調でそう言いきる悠仙に、サランは淡々と真実を告げる。

「……お二人のことは私にはわかりませんが、多分、良い伴侶となられると思います」

だが、そのサランの答えも悠仙の気に入るものではなかったらしく、さらに違う言葉を求めて尋ねてくる。

「男同士でもか？」

「光華国では同性婚は認められています。王族の方々は後継者を繋ぐためにも今まで同性婚をされた方はいらっしゃらないようですが、洸聖さまには他にも三人の弟君がいらっしゃるので問題はないでしょう」

「……」

「でも、そんなにご心配していただいて、悠羽さまもきっとお喜びになられますよ」

それはそれで複雑な気持ちなのか、悠仙は少しふてくされた表情をした。

そんなさまは未だに悠羽やサランを追いかけてきていた幼い頃の悠仙とまるで一緒で、

サランは知らずに小さく笑った。

一方、部屋の中に取り残された悠羽は、小夏をちらりと見る。サランがいてくれたら話も誤魔化《ごまか》せるのだが、小夏と二人にされて今は居心地が悪い。

「あちらの皇子とは？」

「え？」

いきなり核心を突かれ、悠羽は思わず声につまった。

実母と言えども、ずっと王族と召使いという一線を守り続けていた小夏が、こんなにあからさまに洸聖とのことを聞いてくるとは思わなかったのだ。悠羽にとって母とはあくまでも王妃で、その王妃は悠羽に詳しいことは何も訊ねてこなかった。

多分、王妃と小夏は話し合い、極私的な話を小夏が聞くと決めたのかもしれない。悠羽から見ても本当の姉妹のように仲の良い二人には、結局嘘をつくことはできないのだ。

「あなたが王子だということは」

「着いた早々ばれてしまった」

「まあ」

「だけど、そのことで洸聖さまから蔑《さげす》みを受けた覚えはないよ。少し頭の固い方だけど、国を栄えさせるという強い信念は持っていらっしゃるし、お話をさせていただいてもとても勉強になる」

洸聖の良いところを熱心に説くと、小夏はふっと口元を緩めた。

「それならば、なぜ戻ってこられたのです？」

「そ、それは……」

「……やはり、男同士の営みは……困難でしたか？」

核心を突かれ、悠羽の顔は一瞬で真っ赤になってしまった。

いくら言葉を選んでくれているとはいえ、小夏が言っているのは閨《ねや》のことだ。

ある意味、一番避けそうな話題を、あえて最初に言ってくる。もしかしたらそれは、一生母とは名乗れない小夏の、愛情ゆえかもしれないが、だからといって赤裸々に話すことではなかった。

だが、なかなか答えられない悠羽の顔を見ただけで、小夏は悠羽が既に洸聖となんらかの関係を持ったのだと悟ったようだ。

「それは問題がないようですが……それならば、どうしてですか？」

身体を重ねることはできるのに、なぜ洸聖のもとから去ったのか。

悠羽は目を閉じ、己の心の中に問いかける。その答えは、不意に口をついて出てきた。

「……私の決心が揺らいだ、から」

「決心？」

「光華国へ向かう時、私はどんなに辛いことがあっても、奏禿のために絶対に我慢できると思っていた。でも……実際に洸聖さまと言葉を交わして、あの方の背に背負う大きなものに気づかされた時、私は……どうしてもあの方を支えたいと思ってしまったんだ」

それが、男としての矜持を捨てるという意味でも、悠羽は一向に構わなかった。大事なものは矜持の他にもたくさんあることをよく知っていたからだ。ただ、そう思うようになってくると同時に、次は洸聖の立場を考えるようになった。

悠羽は、洸聖と共に国を守っていく覚悟はある。この先辛いことがあるだろう洸聖を、側で支えたいとも思っている。

しかし、洸聖の子を、次期光華国の王を与えることだけはできないのだ。

「男の私が子を生すことができないのは当然だ。でも、御子の誕生のために、洸聖さまの妾妃を認めることが、どうしてもっ」

どうしても、それだけはできない。それが、悠羽の我儘《わがまま》であると十分わかっている。それならば、いっそ許婚ということも解消した方がいいかもしれない……そう思ってしまうほどに、既に悠羽は洸聖のことを深く想うようになっていた。

「……悠羽さま、私はあなたの考えを正しいとも間違っているとも言えません」

「……うん」

「ですが、子を生すことだけが、お互いを結びつけるものではないということは知っていただきたいと思っています」

静かに言う小夏の言葉は、悠羽の胸にじんわりと沁みてくる。

悠羽と悠仙が生まれるまでの、王と、王妃と、小夏の葛藤《かっとう》を、多分言外に教えてくれているのだろう。子が生まれなくても深く愛し合っていた王と王妃のことを一番間近で見てきた小夏だからこそ、こんなにも重みがある言葉として伝えてくれているのだ。

「私は、お会いしたいですわ。悠羽さまが、そんなふうに愛しいと想う方に」

「……」

なぜか、泣きそうな気分になってしまった。

人前では滅多に涙を流さない悠羽だが、今の小夏の言葉は本当に母から言われた大切な言葉に思えた。

「……小夏」

「はい」

「私は、光華国に帰る」

「……はい」

「私の祖国は、もう二つになっていたんだということ……今頃わかった」

「ご自分でお気づきになられただけよろしいですわ」

悠羽と小夏が顔を見合わせて笑った時、いきなり慌ただしい足音が聞こえたかと思うと、了承を得ないまま召使いが扉を開けて中に飛び込んできた。

「なんですか、はしたない」

「小夏、怒りっぽいと老けてしまうよ。どうした？」

眉を顰めた小夏を宥めながら悠羽が問うと、召使いは慌てたようにこう告げた。

「た、ただ今、光華国皇太子、洸聖さまがお見えになられました！」

『奏禿に行くことは私が許さない。よいな、これは国王としての私の命令だ』

父の言葉の意味がわからないわけではなかった。

たとえ洸聖が無理に悠羽を連れ戻したとしても燻《くすぶ》った火種は完全に消え去ることはなく、次にはもっと深刻な事態となって襲ってくるということも頭ではわかっていた。

しかし、洸聖の日常には既に悠羽の存在が馴染んでいて、いつ戻ってくるかもわからない悠羽をただ待っているだけというのも苦痛でしかたがなかった。

政務をしている時間が少し空くと、つい悠羽のことを考えてしまう自分がいる。この虚無感を、どうしても埋められなかった。

そして、三日前。

洸聖は気分転換にと遠駆けに出かけ――そのまま、奏禿まで馬を走らせてしまったのだ。

もちろん父に話をしたわけでもなく、兄弟にさえ言ってはいない。こんなふうに己の感情の赴くまま動いてしまうのは初めてかもしれず、初めは己の行動に戸惑っていた洸聖も、次第に楽しくなってしまった。

考えれば、どこぞの姫君を略奪しに行くわけではない。己の許婚を、伴侶となる相手を迎えに行くのだ。自分の側に立つのは悠羽以外にはいない、そう思うからこその行動だった。

ほとんど馬を休めることもないまま、三日かけて奏禿までやってきた。

供もおらず、簡易な服装のまま国境の門の前に立った洸聖を、最初は光華国の皇子とわかる者はいなかった。

国境の役人から王宮へと連絡が行き、以前光華国に使者として訪れたことがある大臣が身元を確認しにきて、初めて洸聖は光華国の皇太子と認識されたのだ。煌びやかな服をまとわず、供もいなければ、自分がただの男としか見てもらえないということを思い知った洸聖は、もっと己を磨かねばならないと強く心に誓うことになり。

それから王宮へと招かれ、簡素ながら落ちつく客間に通された。

「洸聖さまっ？」

待たされた時間などまったく気にならなかった。

大きく扉を開けて飛び込んできた悠羽の驚いた顔を見て、洸聖は来訪したことが間違いではなかったと確信した。

「ど、どうしてここにっ？」

「そなたを迎えにきてしまった」

「迎えにって……」

どんな言葉を言ったらいいのかまるで考えていなかったが、その場に一番ふさわしいであろう言葉は自然と口をついて出た。

柔らかな笑みを浮かべて立っている洸聖とは裏腹に、悠羽はただただ呆然と立っていることしかできなかった。

洸聖が訪ねてきていると知らされても、悠羽は頭のどこかで何かの間違いだろうと思い、それでも、もしもと自然と足は速くなり、行儀が悪いことにも気づかずに声をかけないで扉を開けてしまった。

見慣れた客間に、涼やかな容貌の洸聖が悠然と立っている。

服装はなぜかとても簡素で薄汚れていたが、その生地は見るからに上等なものだとわかるし、腰に携えている剣も高価なものだ。だが、着ているものなど関係なく、その存在自体が高貴な人間という者もいるのだと、洸聖を見るとよくわかる。

「いずれは奏禿の王と王妃に、そなたを貰い受ける挨拶をせねばならないと思っていたしな。突然思い立ったので手土産《てみやげ》もなく失礼したが……」

「そ、そんなことは、構わないのですが……」

洸聖が奏禿まできてくれる。それを、少しも考えていなかったといえば嘘になる。

心のどこかで洸聖がきてくれたらと、勝手に出てきた己の行動を顧みればありえないとはわかっていても、もしかしたらと望んでしまっていた。

だが、それがいざ現実となるとどうしていいのかわからなくなる。

悠羽は呆然と部屋の入口に立ち尽くしていたが、そんな悠羽の肩を後ろから叩く者がいた。

「……父上」

立っていたのは奏禿の王であり、悠羽の父でもある悠珪《ゆうけい》だった。その後ろから、王妃と悠仙も姿を現す。

悠珪は何か言いかけた悠羽に軽く頷くと、その身体をそっと横にして部屋の中に入ってきた。

そして、軽く両手を胸の前で組み、洸聖に向かって頭を下げた。

「ようこそ、奏禿にいらっしゃった」

「……突然、申し訳ありません」

「いいえ、私も一度、あなたとお会いしたかった」

初めて見る奏禿の王、悠珪。歳は、洸英よりも幾分若いはずで、実際すっきりとした容貌はとても二十歳《はたち》になる大きな息子が二人いるとは思えないほどに若く見えた。

しかし、やはり一国を背負っている王らしく、その眼差しはとても厳しく鋭い。多分、洸聖のことを悠羽の伴侶としてふさわしいかどうか、厳しく値踏みしているのだろうと思った。

それでも、こうして年少の洸聖に礼を尽くして挨拶してくれるのは、洸聖が大国の皇太子、いずれはあの光華国の王となる者だからだ。自身の評価に絶対的についてくる背景を以前は重く煩《わずら》わしいと思うこともあったが、今の洸聖は違っていた。

悠羽との将来を考えるようになってから、己の自覚と責任をきちんと受け止めようと思い始めたのだ。

「今日は、悠羽殿を迎えに参りました」

「……悠羽を？」

「それと、王と王妃に直接言わなければと思いました」

「お座りください、洸聖殿。立ったままする話ではないでしょう」

「確かに」

そう言って、洸聖はおもむろにその場に片膝をついた。

「洸聖さまっ？」

悠羽は慌てたように叫び、悠珪も思わず眉を顰めたが、洸聖は構わずにこう言った。

「奏禿の大切な姫君を、ぜひ私の花嫁に迎えたいのです」

「洸聖さま……」

「お許し願いませんでしょうか」

結婚の申し込み。もともと許婚同士なのでこんな形式は要《い》らないものかもしれないが、洸聖は己の口で悠羽が必要なのだとその両親に告げたかった。ただの政略的なものではなく、自分自身が悠羽を欲しているとわかって欲しかった。

そんな洸聖を黙って見下ろしていた悠珪は、厳しい表情は崩さないまま洸聖に問いかけた。

「悠羽が普通の姫とは違うことは……ご存じか？」

言外に、悠羽が男であるという悠珪に、洸聖はしっかりと頷いてみせた。

「存じています」

「……光華国皇太子の御子は産めないのですよ」

「はい」

「それでもよいと？」

「私が悠羽を欲しいと思っているのは、御子を産ませるためではない。私自身が一生の伴侶として悠羽を望んでいるのです。幸い、私には三人の弟がいる。次期光華国の世継ぎはその者たちの子供でも構いません」

以前の洸聖ならばとても言えない言葉だった。己以外の人間の血……それがたとえ兄弟の子だとしても、洸聖はきっと納得しなかった。

それが、悠羽の存在一つで変わってしまった。悠羽が御子を産めるのならばそれこそ言うことはないが、たとえ御子を生すことができなくても、悠羽自身に何人分もの価値があるということを、今の洸聖はよく知っている。

次の世のことは、自分と悠羽が二人でゆっくり考えればいい。

今大事なことは、側に一番大切な人間がいてくれるかどうかだ。

「私には悠羽が必要なのです。王、どうか、私に悠羽をいただけませんか」

洸聖は頭を下げた。

何かを欲して、こんなにも必死になったのは初めてかもしれないが、洸聖はそんな自分を誇らしく思いこそすれ、少しもみっともないとは思わなかった。

ふと、稀羅もこんな思いだったのかと頭をよぎる。

だとすると、少しはその気持ちがわかる気がした。

「洸聖さま……」

奏禿の王である父の前に跪いて、自分との結婚の許しを請う洸聖。誰よりも誇り高い洸聖が、たかが自分のためにそこまでしてくれることがとても信じられなくて、それ以上に嬉しくてたまらなかった。

「悠羽、そなたも私との結婚を望んでいるだろう？」

悠羽に向かっては当然のように言うくせに、それでも、その目はまるで祈るように悠羽を見つめている。

悠羽は、笑いそうになった。嬉しくて、愛しくて、涙が零れそうなほどに……おかしかった。

「……悠羽」

これ以上、望むことなどあるはずがない。

あの気高い大国の皇太子がここまで追ってきてくれ、こうして跪いて悠羽を求めてくれているのだ。

きっとこの先、後継者を巡っては問題も出てくるだろうが、今度は悠羽も洸聖と光華国のことを一緒に考えて答えられる。

御子を生すために洸聖が誰かをその腕に抱くことがあっても、俯かずに顔を上げていられる。

悠羽は一度小さな息を吐くと、そのまま洸聖の少し後ろに同じように跪いた。

「父上、私たちの結婚をお認めください」

「悠羽……」

「悠羽！」

王妃が戸惑ったようにその名を呼び、悠仙がきつい眼差しを向けてきた。

「悠羽はその男の花嫁になると言うのかっ？」

「悠仙、たとえ定められた許婚とはいえ、私はひと時、洸聖さまの人となりをお側で見てきた。洸聖さまはあの大国光華国を、さらに発展させようと前向きに考えていらっしゃる立派な方だ。私は……この方と共に、光華をもっと良い国にしていきたいと思っている」

「……奏禿のことは……どうでもいいと？」

「悠仙……」

悠羽よりもはるかに立派に成長し、次期奏禿の王としても日々成長しているというのに、今自分を見つめる悠仙の顔は幼い頃の泣き顔と少しも変わっていない。

悠羽は立ち上がると、そのまま手を伸ばして、自分よりも背が高く立派な体格の異母弟を強く抱きしめた。

「私が奏禿のことを忘れるものかっ」

「悠……」

「たとえ、洸聖さまの伴侶として光華で暮らすことになっても、我が故郷は奏禿だ。この二国を発展させるために、私は全力で努める……っ」

当初は、奏禿を守るために光華国へ人質として向かうつもりだった。しかし、今では大切にしたい国が増えたというだけだ。目標が二倍になれば、それだけ頑張ろうという気が起こる。

「悠羽」

「……父上」

悠仙を抱きしめている悠羽の手に、もっと大きな手が重なった。

「お前には、生まれた瞬間から重い荷を背負わせてしまった」

「そんなことっ」

「そんなお前が望むのなら、私はたとえ相手が農民でも、罪人でも、否というつもりはない。親が勝手に決めてしまった今回の話は、お前が不幸せになるのであればなんとしても断るが、どうやらそれは杞憂であったようだ。悠羽、運命の相手と出会えたと……そう思っていいのだな？」

「はい」

「洸聖殿」

悠羽のきっぱりとした肯定の言葉を聞くと、悠珪は己も跪いて洸聖と同じ目線になると、深く頭を下げた。

「どうか末永く、悠羽を愛おしんでくださるよう……深く、お願いいたします」

「必ず」

一大決心をして申し込んだ求婚だった。

しかし、今回も悠羽に助けられた形になった。それでも、洸聖は失うことなど考えられない相手が己の腕の中に留《とど》まったことに安堵して、そんなどうでもよい矜持は捨て去ることができた。


奏禿の王宮内は悠羽の結婚話に湧き立った。

正式な婚儀はまた後日になってしまうが、大切な自分たちの悠羽が、望み望まれて結婚することが喜ばしかった。

その日の夕食はささやかながら祝いの雰囲気があって、洸聖は気恥ずかしいながらも嬉しく思った。

どんなに反対をされようとも悠羽は連れ帰るつもりだったが、悠羽の意思をはっきり聞くことができ、その上奏禿の王や王妃からも祝福されて、洸聖は柄にもなく幸せな気分に浸っていた。

しかし、たった一つ、気になることがないとはいえない。

それは、まるで睨むように自分を見ていた二つの瞳だ。それがどういう意味なのか、洸聖はその理由を知らなければならないと思った。

「湯浴みの支度を見てきます」

夕食がすみ、洸聖を客間に案内した悠羽は、そのままそう言って部屋から出て行った。

光華国ではそういった雑務はすべて召使いがやるが、奏禿ではまるでそれが当たり前かのように王族も動いている。人に傅《かしず》かれ、世話をされることに慣れている洸聖にとっては、思いがけなく己の行動を顧みてしまうものだった。

悠羽が出て行って間もなく、扉を叩く音がした。

「悠羽、早か……」

「夜分に失礼する」

だが、扉を開けてそこに立っていたのは悠羽ではなく、その弟にして奏禿の皇太子、悠仙だった。

「……何か？」

「少し、時間をいただきたい」

どうやら、悠仙にも思うところがあるらしい。

悠羽とは似ていない堂々とした体軀に、男らしい容貌。目線も洸聖とほぼ同じくらいだろうか。目の前のこの人物が、やがて己の義弟になるのかと思うと不思議に感じながら、洸聖は少し身体をずらして部屋の中に招き入れた。

「回りくどく話してもしかたがない。率直に聞く、あなたは本当に悠羽を愛しておられるのか？」

悠仙は洸聖に臆《おく》することなく、まるで半分喧嘩《けんか》腰だった。

「光華国の皇太子ならば、その結婚相手も引く手数多《あまた》だっただろう。なぜ我が奏禿のような小国の王族が許婚として選ばれたのかはわからないが、誰が見ても不釣合いだ」

「……確かに」

悠仙が言うまでもなく、洸聖自身も当初はそう思っていた。

どうせ戦略的な結婚をするのならば、なぜもっと価値のある国の姫にしなかったのだろうかと。

「それに、悠羽は美姫とは言えぬ容姿だ」

本人も己の容姿のことは言っていたが、弟までもそれを口にしたので洸聖は少し苦笑を零してしまった。

その笑みを悪い意味に取ったのか、悠仙が剣呑《けんのん》な視線を向けてくる。

「悠羽の容姿を笑うのかっ？　確かに、美人ではないが、悠羽は愛嬌がある顔立ちだし、そばかすだって可愛らしい！　あの柔らかい髪だって、鳥の羽のように手触りがいいんだ！」

「……知っている」

「なにっ？」

あまりにも自慢され、大人げないがつい反論してしまった。

「悠仙殿が言われるように、悠羽の可愛らしさはわかっているつもりだ」

「……っ」

「なにより、悠羽の美徳は容姿の美醜などでは図りきれないものだ。それも、私は悠羽によって気づかされた」

人によって価値観が違うというのは当たり前だが、悠羽はそんなものでは語りきれないほどに深い人間だった。

今考えれば、あれほど傲慢な態度を取っていた洸聖をよく選んでくれたと思う。

「……悠羽は、私が幸せにすると決めていた」

ぐっと拳を握りしめた悠仙は、洸聖を睨みつける視線を逸らさないまま言葉を搾り出した。

「立派な男子だというのに、親の勝手な都合で女として生きなければならなかった悠羽のことを、一番側で見てきたのは私なんだ」

「悠仙殿」

「悠羽のことは私が一番……」

悠仙の言葉の中に兄弟以上の熱を感じ、洸聖は改めて気を引きしめた。目の前にいるのは悠羽を挟んで立つ男……そう考えた方がいいのかもしれない。

回りくどい言い方はやめ、洸聖はまっすぐに悠仙を見つめて言った。

「悠羽のことを愛しいと思っているのか？」

「……っ、ゆ、悠羽は、私の……兄だ」

「そう、悠羽は貴殿の血の繋がった真の兄弟。いくら想いを寄せているとしても、悠羽が貴殿を受け入れることはない……違うか？」

悠仙に対してどんなに残酷なことを言っているのか洸聖は自覚していた。それでも、悠羽を己のものにするために、必要であればどれだけでも利己的になるつもりだ。

本当に欲しいものは与えてもらえるわけではない、己で奪って守らなければ手の内に入らないのだ。

「安心してもらいたい。私は悠羽を幸せにするし、悠羽を悲しませることはしない」

「……」

「納得してもらえたと思って……よいな？」

いささか強引だが、洸聖は話を打ち切ろうと思った。

もうすぐ、悠羽が部屋に戻ってくるはずだ。彼には、己の許婚と弟の険悪な雰囲気を見せたくはない。

己の感情よりも、まず悠羽のことを考える自分がおかしかったが、心の中のどこかが温かく満ち足りている。誰かを想う、守るということは、本来はこんなふうに己をも幸せにしてくれるのだと、洸聖は悠羽と出会って初めて教えられた気がした。

その時、再び扉を叩く音がした。

反射的に洸聖と悠仙は視線を交わし、その後、洸聖が無言のまま扉を開いた。

「湯殿の準備が……あれ？　悠仙、どうしたんだ？」

悠羽はその場に立っていた悠仙の姿に驚いたようだった。

無理もない。先ほどまでは両親と違って明らかに洸聖に対して敵意を向けていた悠仙が、わざわざ客間にまでやってくる理由が思い浮かばなかったのだろう。

「悠仙」

「失礼する」

「あっ」

そのまま悠羽の横を擦り抜けて立ち去る悠仙の後ろ姿を、自然と見送る形になってしまった悠羽の視線を自分に戻したくて、洸聖はその手首を掴むと同時に開いたままだった扉を閉めた。

「洸聖さま？」

丸い目が自分を見上げている。

けして美人ではないが、とても愛嬌があるあどけない顔立ち。気持ちを認めてしまえば、そばかすも魅力的だし、赤毛の飛び跳ねている髪も、まるで風に吹かれる綿のように柔らかそうで可愛い。

「悠羽」

愛しいと強く感じ、洸聖はそのまま悠羽の唇に自分の唇を重ねた。

悠羽は一瞬驚いたように目を見開いて、洸聖の身体を反射的に押し返そうとした。だが、すぐに身体から力を抜いて目を閉じ、反対に洸聖の服を摑んできた。

無理やりに身体を重ねた時とはまるで違う幸福感に、洸聖はさらにくちづけを深いものにする。

甘くて、それでいて熱い。もっともっとと、欲しくなっていく。

「……くそ、ここが私の部屋でないことが恨めしい」

唇を離した洸聖は、悠羽を抱きしめた腕はそのままで呟いた。

「このままお前を抱くことができない」

「な……」

「さすがに、初めて訪れた場所ですることもできぬしな」

くちづけだけでも余裕がないのに、まさか真面目な洸聖がこんなことを言うとは思わず、悠羽は顔が熱くてたまらなかった。想いを寄せる相手と結婚ができるという喜びと、ここまで迎えにきてくれたという嬉しさだけでも胸がいっぱいで、その上、生々しい身体を重ねることを言われたら、恥ずかしくて今にも逃げ出したくなる。

「悠羽、せっかくの里帰りを中断して悪いが、明日にでもここを出立してもよいか？」

「明日、ですか？」

唐突に切り出され、悠羽は顔を赤くしたまま聞き返した。

「一日も早く、そなたを正式な伴侶としたい。名実共に私の妻になれば、何度でも里帰りをすることは許そう」

「洸聖さま……」

「情けないが、少し……焦っているのだ」

己の弱みをきちんと悠羽に見せてくれる洸聖に、悠羽も答えを引き伸ばす必要はなかった。奏禿に戻ってきたのは気持ちを見つめ返すという意味からで、その答えはもうとっくに出ているからだ。

「はい」

「……よいのか？」

少し気弱に問いかける洸聖に、悠羽はしっかりと頷いてみせた。

「はい。私は洸聖さまと共に、光華に戻ります」

「悠羽」

「あの国は、もう一つの私の故郷なのですから」

きっぱりと言いきった悠羽の顔をしばらく見つめていた洸聖は、少しだけ眉を顰めて悠羽の首筋に顔を埋める。

「これ以上、私を泣かすな……馬鹿者」

子供のような言い草がおかしくて、悠羽ははいと言いながら笑う。そんな悠羽の頬には、いつの間にか嬉し涙が伝っていた。

＊＊＊

洸聖が奏禿に向かった。

姿が見えないとは思ったが、もともと父の補佐で忙しい兄と、気楽な第二皇子である洸竣の生活はすれ違いも多いのでそれほど気にやまなかった。それが、先ほどやってきた奏禿からの早馬で、兄が奏禿にいると聞かされた時はさすがに驚いた。いや、正直に言えば意外だった。

父も何か思うことがあったのか、珍しく渋い顔をしていたが、後ろに控えていた影の姿にちらりと視線を向けると、そのまま黙って使いの者に労《ねぎら》いの言葉をかけていた。

どういった理由からか、周りに何も告げずいきなり里帰りをした悠羽とサラン。

だが、どうやら兄は無事悠羽を説得できたようで、早々帰国するという。

報告を聞いて安堵した者はそれぞれ広間から出て行ったが、洸竣はふと、その場に黎がいなかったことに気がついた。

ゆっくりと話そうと思った矢先、悠羽の帰国騒動があって、自分たちのことはうやむやになってしまった。暇を見て黎の兄、京のことを話そうにも、あれ以来黎はなかなか洸竣と二人きりにはならなかったのだ。

このままでは、すれ違ったままになってしまうかもしれない。

洸聖と悠羽の問題がどうやら片づきそうだと思った洸竣は、側にいた召使いに聞いた。

「黎を知らない？」

「黎でしたら、先ほど出かけましたが」

「出かけた？」

「……洸竣さまに何も？」

黎の直属の主人は洸竣だ。その洸竣に何も言わずに勝手に行動することは非難されてもしかたがないが、洸竣は眉を顰めたその召使いをなんとか宥めると、自分も急いで厩に向かった。

万が一、悠羽のいる奏禿に向かおうとしたならば、必ず洸竣に一言言ってからのはずだ。そんな黎が、何も言わずに向かう場所は極限られている。

最悪なことに洸竣の悪い予感は、当たり——。

「……着いた」

懐かしい、しかし、温かい思い出など一つもない野城の屋敷の裏門に立った黎は、ちょうど出てきた幼い小間使いに京への伝言を頼んだ。

黎が出て行ってから雇ったのであろうその小間使いは、この屋敷にとっての黎の意味などわかるはずもなく、お待ちくださいと丁寧に頭を下げて中に戻っていく。

黎も、あの小間使いと同じ使われる立場だ。しかし、洸竣から与えられた今着ているものはとても上等なものだし、良いものを食べさせてもらっているので肌艶もいいのだろう。もしかしたら、あの小間使いは黎を京の友人と誤解したかもしれない。

「黎っ」

さほど待つこともなく、京が現れた。京は黎の姿を見ると、信じられないというように目を瞠っている。

「お前がここに来るなんて……」

「あ、あの、お話ししたいことが、あって」

「私もだ。だが、ここでは……」

京が口籠る理由は一つしかない。黎は恐々屋敷の中へと視線を向けた。

「奥さま、いらっしゃるんですか？」

「寝込んでいる」

「寝込んでって……ご病気か何かで？」

「私が、結婚を壊したから」

「え？」

思いがけないことを聞いた黎は驚くが、当の京はまったく気にした様子もなかった。

「式の当日に、女連れで朝帰りをしてやった。花嫁も、その両親も親戚《しんせき》も、皆怒り狂って帰って行ったよ。なかなか面白い見物だったがな」

「京……さま……」

「あのまま、結婚などできなかった……っ」

どういう理由なんて、怖くて聞き返せなかった。いや、聞きたくなかったが、京の真剣な目は黎に答えを出させようとしてくる。

「黎……」

思わず一歩後ずさった黎の腕を、京はいきなり摑んできた。その京の目は、熱を孕《はら》んでいる。

その時になってようやく、黎は洸竣が京と会うことを強く止めた理由がわかった。

虐げていた黎が突然目の前から消えてしまった結果、京はかえって強い執着を持って黎を捜したのだろう。そして、光華国の皇子と共にいる黎を見つけてしまった。京は裏切られたと思っているのかもしれない。

「お前と、ゆっくり話がしたい。父の別邸に行こう」

駄目だと、頭の中で誰かが叫んでいるが、黎が簡単に嫌だと言えるはずがなかった。それまでの長い間、兄と弟という関係ではなく、主人と召使いという関係できただけに、京の言葉に逆らうことなど考えられないのだ。

「あ、あの……」

それでも、黎はなんとかその話を誤魔化そうとした。

「ぼ、僕、黙って王宮を出てきたので、戻らないと……」

「黙って？　……では、お前がここにいることは誰も知らないんだな？」

　だが、その言い訳は裏目に出てしまった。京は強引に黎の腕を掴み、馬を用意させて走らせる。黎の不在に気づいてすぐに馬を走らせた洸竣が黎の実家……いや、対外的には元の奉公先である野城の屋敷にやってきたのは、それからしばらく経った頃だった。

「誰かっ、誰かおらぬかっ？」

　突然現れた光華国の皇子である洸竣の姿に家の者は驚いたが、生憎《あいにく》主人である野城も息子の京も不在と伝えてきた。

「訪ねてきた？」

「は、はい、若さまを訪ねてきた方とご一緒に……」

「その者の名はっ？」

　まだ十代前半らしい少年は、洸竣につめよられて今にも泣きそうな顔になっていたが、やがてはっと顔を上げて叫ぶように言った。

「れ、れいと伝えてくださいと言われました！」

　やはり、黎はここにきたのだ。

　洸竣があの一連の言い合いを忘れていないと同様に、黎も胸の中でそれが燻っていたのだろう。それをもう一度洸竣にぶつけてしまう前に、自ら京に会いにきた黎がそれからどうなったか、洸竣は小間使いの肩を掴んだ。

「二人はどこに行ったっ？」

「そ、そこまでは聞いていませんっ。た、ただ、馬がいないので、どこかに出かけられたと思いますっ」

しかし、それ以上は小間使いもわからないらしく、泣きながら知りませんと何度も謝る。その幼い泣き顔を見て洸竣も大人げなかったことにようやく気づき、力の入った手を無理やり剝《は》がした。

「すまない、言いすぎた」

「い、いいえ、あの、僕、他の方に聞いてみますっ、若さまの行かれそうな場所！」

そう言って屋敷の中に戻っていく少年の後ろ姿を見送りながら、洸竣は唇を嚙みしめた。まだ知り合って間もないという言い訳など通用しない。こんなに切羽詰まった状況の中、洸竣は黎のことを何も知らない己に腹が立っていた。

黎の悩みや不安を、年上である自分はもっと真摯に聞いてやるべきだった。己の感情など二の次にして、黎が安心して生活ができる環境を整えてやるべきだったのだ。

京に対して感じる嫉妬など、黎の責任ではないことは当然なのに、大人げなく責めるようなことも言ってしまった。

答えを出すのが怖くて、本気になる自分が恥ずかしくて、答えを出すのを先延ばしにしていた自分が愚かだった。

「洸竣さま！」

その時、屋敷の中から先ほどの小間使いが走って出てきた。

父である貴族、野城の別邸は、町の外れの別邸地域の中にあった。

ここは周りに自然が多く、貴族が妾《めかけ》などを囲うのにちょうど良い距離感からか、大きな屋敷が点々と建てられている地域だった。

野城も最初はここに黎の母を住まわせようとしたのだが、夫人が家を持たせることを強硬に反対したので、せっかく建てたこの屋敷はほとんど使われないままらしい。

黎は向かい合わせに座っている京を見ながら、どうしたらいいのだろうかと懸命に考えていた。強引にここまで連れてこられてしまい、誰かと連絡をとる手段はないのかと焦りばかりが募る。

「もっと早く、お前とこうして向き合いたかった」

しかし、京は黎の姿しか見えないらしく、ただただ熱っぽく話しかけてくる。

黎は背筋がざわざわとして落ちつかない。本当はすぐにでも逃げ出したいのに、身体は強張ったまま動かなかった。

「お前が私を兄と呼びたがっていることがわかっていたのに、どうしても弟としてお前を受け入れられなかった」

それだって、今さらな話だ。

黎と母の存在が、野城の正妻や京にとっては忌むべきものだとはわかっている。いくら貴族には妾を持つことが許されていたとしても、己の屋敷に仕えていた召使いに夫を取られてしまった正妻の怒りは、女に対してはもちろん、その子にも強く向けられて当然だ。

正妻は、仕え始めた頃の母をとても可愛がっていたらしいという話を聞いたことがあるので、裏切られたという思いも強いのかもしれない。

噂好きの召使いたちは悪意なき親切で、幼い黎に事細かく事情を話してくれた。すべてを知った時、胸の中に生まれたのは「ああ、やはり」という納得だった。己が虐げられた意味を知り、かえって安堵したくらいだ。

黎にはそんな大人の事情は関係ないが、婿養子という形の父は正妻の目を恐れて少しも黎を可愛がることはなかった。子供の頃は寂しいと思っていたが、今の歳になればそれもしかたがないと諦めることができた。

「ぼ、僕は、今はなんとも思っていません。王宮では皆さんに良くしていただいているし、洸竣さまも気遣ってくださって……」

昔はともかく、今の自分はとても幸せだから心配しないでくれと言いたかった。京がもしも黎に罪悪感を持って結婚を取りやめにしたとすれば、その言葉で思い直してくれるのではないかと期待した。

しかし、京の反応は、黎の予想外のものだった。

「なぜ皇子をそこまで信頼するんだ！」

「きょ、京さま？」

突然激昂《げっこう》する京を前に、黎は怯えて身体を後退させる。

「お前と共にいた時間は私の方がはるかに長いのに、なぜ出会ったばかりの洸竣皇子に心を傾けるっ？　まさかっ、お前は既に奴のものになったのかっ？」

「な、何を……皇子の、ものって？」

「奴をその身体に受け入れたかと聞いている！」

とんでもない誤解だが、そこでようやく黎は京の危うい精神に恐れを抱いた。

「ぼ、僕は、男です。男の身で皇子を受け入れるなんて……」

「男同士でも身体を重ねることはできる。子ができぬのならば……兄弟で愛し合っても構うまい」

信じられない暴言に、息が止まりそうになる。

「黎、お前が私のもとを離れてからようやく気づいた。私は、お前を愛している。弟としてではなく、身も心も欲する相手としてだ」

咄嗟に椅子を倒して立ち上がった黎は、逃げようとして入口に向かった。しかし、一歩早くその腕を掴んだ京は、そのまま黎の身体を引きずるようにして奥の部屋に連れ込む。

そこは、大きな寝台が置かれた寝室だった。

「ここで、父はお前の母を何度も抱いた」

「や、やめて、ください……」

「ここで、私もお前を抱きたい」

「僕たちは兄弟ですっ。ば、馬鹿なことを言わないでくださいっ」

「馬鹿なこと？　愛しいと、欲しいと想う相手を抱くことが馬鹿なことだと言うのか？」

腕を掴まれ、身体を引きずられて寝台の上に押し倒された黎は、そのままるで引き裂かれるかのように衣を剝ぎ取られた。洸竣がよく似合うと言って用意してくれた上等な衣が、激しい京の所作で無残にも破られて床に落ちていく。

軟弱で白いだけだと思っていた身体を見下ろしてくる京の目の中には、あからさまな欲望の光があった。その時黎は、父親しか血が繋がっていないとはいえ明らかに弟である自分を、男が女を愛するようにこの身体を、京が欲しているのだと絶望と共に思い知った。

「や……だっ」

もちろんそんな禁忌を受け入れられるはずもなく、黎は必死に京から逃げようとする。

「この身が洸竣皇子のものでないというのは本当か？」

「こ、洸竣さまはこんなことさ、されません……」

黎自身を貶《おとし》めるだけでなく、洸竣を冒瀆《ぼうとく》するようなことを言われ、黎は悔しくて泣きたくなった。いや、既に目尻には涙が浮かび、視界は歪んでいる。

「……では、この身は清いままだな？」

「……っ」

「お前がまだ女を抱いたことがないのはわかっている。私がずっとお前を側から離さなかったからな。皇子が手を出していないのなら、お前のすべてはたった今から私のものになる」

「い、いやだ！」

黎は初めてといってもいいほどの大声を出し、腕や足を振り回して京に抵抗した。

大柄で、力もとても敵《かな》わないとわかっていても、それでもこのまま流されるわけにはいかなかった。

男同士というのももちろんだが、なによりも兄弟で身体を重ねるなど、あまりにも罪深い。

あれほど自分を心配してくれた洸竣の懸念が当たり、今こんな情けない状態になってしまっている。このまま、もしも京に陵辱されるようなことがあったら……もう二度と洸竣の前には立てない。

首筋に湿った感触があり、熱い息を吹きかけられ、黎は固く目を閉じた。

「やめてくださいっ、京さまっ」

「幼い頃から、お前が憎らしくて……それなのに、可愛くてしかたがなかった」

黎の存在を確かめるように、京の手が黎の背中から腰を撫で下ろしていく。その感触が気持ち悪くて、黎は声なき悲鳴を上げた。

「母上からお前とは接するなと言われても、健気に私に仕えるお前を構いたくて、側に置いておきたくて……お前を弟となど、ただの一度も思っていなかった！」

信じられない告白をしながら、京は黎の首筋に歯を立てる。

今まで誰ともこんな接触をしたことがない黎にとって、己の肌に他人が直接触れることは脅威でしかなかった。怖くてたまらず、ぼろぼろと涙が零れ落ちていく。そんな黎の泣き顔を見た京は眉を顰めるものの、動かす手を止めようとはしない。

「……綺麗だ」

「や……っ」

「もっと早く……お前を私のものにすればよかった」

子供の頃から、黎は華奢で小さかった。今でも、身体は京よりも二回り近く違う。

幼い頃はその軟弱さを馬鹿にしたが、いつしかその姿を見るだけで落ちつかない気持ちになった。その時は、そんな気持ちにさせる黎を憎らしく思ったが、今考えればその頃から黎のことを愛する対象として意識し始めていたのだ。

だが、こんなに抵抗するほど受け入れることが嫌なのかと思うと、京は今さらながら過去に黎に冷たく当たってきた己に腹が立ってしまった。

もっと優しくしていれば、もしも好きだと言っていれば、今こんなふうに手酷い拒絶は受けなかったかもしれない。すべて今さらだが、まだ間に合うと信じたかった。

「お、お願い、です……やめ、て……」

黎は露わになっていく身体を必死に京の視線から隠そうとするが、腰の上に乗りかかられて自由に動けない。いつの間にか、黎はわずかな布を腰にまとわりつかせただけの状態になってしまった。

「お前に、愛されたかった」

「きょ……さま……っ」

「その心が私のものにならぬのなら、せめてその身体を私にくれ」

京の熱い手が、剝き出しの腿《もも》に触れる。黎は何度も首を横に振った。

京はやめる気はない。

このままでは異母兄である京と、恐ろしい関係を結ぶことになってしまう。

こんな恥ずかしい場面を他人に見られたとしても、京と身体を合わせるよりはよほどましだ。黎は大声で助けを呼んだ。

「だ、誰かっ、助けて！」

「おとなしくしろっ！」

何回も腹や足を蹴って死にもの狂いに抵抗したが、暴れる足は膝で押さえつけられ、手は捻《ひね》り上げられた。

「放してっ」

拒絶されればされるだけ、京は己の手を止めることができなかった。強引に黎の身体を奪っても虚《むな》しいだけなのに、せめてという気持ちだけが逸《はや》ってしまう。

身体を手に入れたとしたら、今よりもさらに飢餓感が増すだけだとわかっているのに、京はそのまま黎が身につけている最後の布まで剝いでしまった。

「……綺麗だ」

真っ白な黎の裸身が目の前にある。薄い胸の飾りも、怯えて縮こまっている子供のような男の証も、まっすぐ伸びた足も……何もかも、京の欲情をそそった。

喉が渇いて生唾《なまつば》を飲み込むと、まるでつられるように京の陰茎が服の中で大きく育つ。もうこれを、黎の身体の中心に埋めなければ治まらなかった。

唇を嚙みしめた京がそのまま己の下穿《したば》きの紐《ひも》を解き、片手で摑めそうなほどに細い黎の太腿をぐっと押し開いた時だ。

「黎！」

鋭い声と、扉が開く音と、京の身体が黎の身体の上から引きずり落とされるのと。すべてがほとんど同時だった。


それより少し前——。

野城の屋敷を飛び出した洸竣は、必死に馬を走らせていた。

野城の別邸の位置は大体聞いたが、ここら辺りは同じような建物が多いため、特に特徴がなければ容易には見つからない。

「くそっ」

小間使いから、京の結婚が破談になったことを聞いた。どうやら京の女遊びが原因ということだが、洸竣はとてもそれが真実だとは思えなかった。

もしも本当に京に女がいたとしても、あの時……町で会った時、結婚すると言っていた男の顔には諦めにも似た従順な表情しかなかった。あの顔の男が、そうまでして受け入れようとした結婚を蹴るとは思えなかった。

そこには、もっと別の理由があるような気がしてならない。そして、それがあの日……あの瞬間、黎と再会したせいではと、洸竣は唇を嚙みしめた。

二人きりにしたら、それこそ何が起こってしまうか。

急がなければならないと気持ちが急き、取り返しがつかない事態になる前になんとしても黎をこの手に取り戻したかった。

その時、大きな音が聞こえたような気がした。

洸竣はすぐさま手綱を引いて馬を止めると、そのまま荒い息を整えながらもう一度耳をすませてみる。すると、再び何かが倒れるような物音を耳にした。どうやらそれは、向かいの家の中からのようだ。

開いていた表の門をくぐり、目を凝らして見た玄関先の門の中央に、野城の紋様である葉と月の飾りを見つけた洸竣は、躊躇いなく扉に手をかけた。

「……っ」

だが、扉には鍵がかかっている。洸竣は舌を打ちながらもその場に固執はせず、素早く周りに目を走らせて、庭の太い木の幹に目を止めた。枝は二階の、わずかに窓が開いている露台のすぐ側まで伸びている。窓は……開いているようだ。

おそらく、一階の窓には鍵がかかっている可能性が高く、窓を破る手間がかかる。それよりは二階の、既に開いている窓から潜入した方がずっと早い。

洸竣がそう考えている間にも、家の中からは今度は声らしきものが漏れ聞こえてくる。次の瞬間には、そのまま木の幹に手をかけていた。

木登りなどしたことはないが、不思議と不安も恐怖もなかった。

かなり枝振りが良いので手足をかける場所はあるものの、少しも手入れをしていなかったようで葉が生い茂っている。折れて尖《とが》った枝や茂った葉が洸竣の肌に傷をつけるが、今の洸竣は痛みをまったく感じなかった。

間もなく、目の前に手摺が見えた。洸竣はそれを摑んで露台に飛び移り、窓を大きく開け放つと同時に、悲鳴が聞こえる部屋に駆けつけて扉を開ける。目に飛び込んできたのは、全裸の黎の身体に圧しかかっている京の姿だ。

「黎！」

頭に血が上って、身体が燃えるように熱くなった。自分でも信じられないほどに乱暴に京の身体を引き離し、少しの躊躇いもなく剣を鞘《さや》から抜いて突きつける。少しでも京が抵抗すればその切っ先は喉を突き刺すだろうが、それでもまったく構わないと思った。

そして、そう思ってしまうほどに、自分が黎に激しい感情を向けていることを洸竣自身思い知ってしまった。

「……皇子……」

普段の軟派な表情が嘘のような険しい顔をした第二皇子を見上げ、京は殴られた頬の熱さと共に、全身が細かく震える。

射殺しそうなほど鋭く冷たい眼差しで京を見下ろしていた洸竣が、低く恫喝《どうかつ》した。

「馬鹿なことをしたな」

情けなく服を乱したまま、下から洸竣を見上げた京の胸を支配したのは、不思議なことに黎の身体を手に入れられなかった悔しさではなく、いきなり飛び込んできた洸竣に対する怒りでもなく、黎を……愛しい相手を壊さなくてすんだという、安堵の思いだ。

いつの間にか、あれほど高まっていた身体の熱は恐ろしいほど冷めていた。

「こ……しゅ……」

突然の洸竣の出現に黎はただただ驚き、大きく目を瞠る。

黙って王宮を出てきた黎の居場所をどうして洸竣が知ったのか、頭の中が混乱してしまった。だが、驚きが徐々に冷めてきた黎を襲ったのは、激しい羞恥だ。

この状況を見れば、お互いが同意の上の行為だとは思わないかもしれない。しかし、こんな状況に陥ってしまった己の浅はかな行動を、洸竣はどう思うだろうか。黎は京の拘束がなくなって自由になった身体をぎこちなく小さく丸めた。

あれほど洸竣は心配してくれていたのに、こうなるまで何もわかっていなかった己の愚かさが情けなく、たまらなく恥ずかしい。

こんな姿まで見られてしまい、消えてしまいたい。黎は涙に濡《ぬ》れた頬を拭うこともできなかった。

「黎、大丈夫か？」

「……」

「黎」

「……ぃ」

小さな声でかろうじて返事を返した黎をしばらく見つめた洸竣は、ひとまず安堵して息をはいた。

そして、今度は黎に向けたのとは正反対の厳しい目で、己の足元に仰向《あおむ》けに倒れている京を見下ろす。

「言い訳は聞かない」

「……」

「お前が黎に対して行った所業のすべては、私がこの目で見、耳で確認した。黎の立場もあるゆえ、このままこの事実を明らかにすることはできないが、今後一切、黎に会うのはやめてもらおう」

「な……んの、権利が、あるの、ですか？　あなた、は、光華国の、皇子で、黎の、主人という、だけです。私たちの、ことは……」

掠れた声で訴える京に、洸竣は声を張った。

「私は黎を愛している。愛している者を辱められて、怒りを覚えぬ男などいない」

黎と京の驚きを含んだ視線を向けられても少しも揺らぐことなく、洸竣は己も初めてと思えるほどの熱い想い言葉にした。

「こ……しゅ、さま？」

「黎」

洸竣は京から視線を外すと突きつけていた剣を鞘にしまい、そのまま寝台の上にいる黎の側に歩み寄った。一瞬だけ痛まし気に顰められた目はすぐに撓み、羽織っていた外套を脱いで黎の裸身を隠してくれる。

そして、洸竣は黎と視線を合わせるように膝を折って静かに告げた。

「私の言葉が信じられない？」

「だ、だって、だって、僕は、王宮に上がってまだ間もなくて……」

「確かに、私とお前が共にすごした時間はとても短い。それに、お前も私の噂は聞いているだろうしね」

頷くことはできなかったが、黎も、いや、この国に住んでいる者ならば、光華国自慢の四人の皇子の噂を知らない者などはいなかった。

生真面目な、次期国王に相応しい立派な皇太子である第一皇子、洸聖。

花のような笑顔で、誰をも癒す愛らしい存在の第三皇子、莉洸。

まだ成人もしていないが、周りが思わず目が引かれるほどに存在感のある第四皇子、洸莱。

そして、華やかで、遊び好きで、堂々と商売女のもとや酒場に通う色事に長《た》けた第二皇子、洸竣。

それでも、民が洸竣を蔑むことはなく、むしろ王族と民との橋渡しのような存在として愛されていた。黎自身、会ったこともない洸竣を、一番身近に思っていたほどだ。

ただ、それほどに遊び上手で、しかもこの大国の皇子でもある洸竣が自分を愛しているとは、黎もすぐには信じられなかった。

「ぼ、僕は……」

「信じられないのなら、しかたがない」

そんな黎の戸惑いに気づいているのか、洸竣は柔らかく微笑んだ。先ほど京を睨んでいた冷たく恐ろしい顔が嘘のような、優しい笑みだ。

「これから、ちゃんとお前に伝えていく。私がどれほど黎を想っているか……お前に教えているうちに、私自身も自分の気持ちの深さを知るかもしれないけれどね」

「洸竣さま……」

「帰ろう、黎、王宮へ。私と共に帰ってくれないか」

命令するのではなく、黎の気持ちを尊重しながらも懇願するように言われ、黎は差し出された洸竣の手をじっと見つめる。

「黎」

「……」

「黎」

悩んだのは、一瞬だったかもしれない。

黎は差し出された洸竣の指先にそっと手を伸ばし、指が触れたと同時に、その身体がふわっと宙に浮き上がった。

温かく、大きな洸竣の胸に抱かれるのは、不思議なほど安心できるし、なにより少しも嫌な気持ちはしなかった。これが、己の中の想いの違いかもしれない。

抱き上げられ、視線が高くなってようやく、黎は京を見ることができた。

「……京、さま」

黎は恐る恐る京に話しかける。すると、床にだらしなく足を崩して座り込んだままの京が、暗い眼差しを向けてきた。

一瞬、言葉につまったものの、今後会わないかもしれないと思うと、何も言わないままというのは躊躇われた。

「奥さまに……ご心配おかけしないように……」

かろうじてそう言った黎に、京は投げやりな様子で吐き捨てる。

「……お前にあれほど冷たく接した母を思うのか?」

「そ、それでも、僕はここまでちゃんと育てていただきました。……感謝しています」

「……お前がそれほど健気な言葉を言うとはな。……父や母、いや、黎の実の母にも聞かせてやりたいくらいだ。こんなに無条件に自分たちを思ってくれる相手を、こちら側から簡単に切ってしまったのかとな」

　黎は首を横に振った。寂しい思いも、辛い思いもしたが、それを恨むことはもうなかった。

　黎はじっと京を見つめていたが、やがてその視線を遮るかのように洸竣が動き、命令し慣れた響く声できっぱりと言った。

「今後、このような振舞いをすれば剣は引かない」

「……会うなとはおっしゃらないのですか」

「お前は黎の兄だからな」

「！」

「兄弟の存在の心地好さはよく知っている」

　今さら、普通の兄弟のようになれるはずがないだろう。少なくとも、京の想いは残るだろうが、それを洸竣が思いやる必要はなかった。

　この腕の中に、確かな温かな身体がある。

　洸竣は取り返しがつかなくなる直前に間に合ったことを神に感謝し、そして、こうして己の手を取ってくれた黎の行動を嬉しく思った。

　洸竣は京を振り返ることなく黎を抱いたまま部屋を出、今度は堂々と屋敷の玄関から外に出た。門の前には愛馬が待っており、洸竣はその背に黎を乗せてやる。黎の服は破られているので大きな洸竣の外套ですっぽりと身体を隠した状態のまま、身動きも取りづらい黎を後ろから抱きしめる形で洸竣も馬に跨《またが》った。

「動くぞ？」

その時、黎の視線が屋敷に向かった。

しかし、次にはこくんと頷いたので、洸竣はゆっくりと馬を歩かせ始める。

来る時はまるで鬼のように走らせた道のりも、今は黎の身体にできるだけ振動を与えないよう、ゆっくりとした歩みだ。

ふと、洸竣は笑った。

「洸竣さま？」

その笑みに気づいた黎が、振り返ってその名を呼ぶ。当惑した子供のような顔を見て笑みを深めた洸竣は、少し面白そうに言った。

「莉洸のことを反対しなくてよかったと思って」

「莉洸さま？」

「男同士だとかいう理由で反対していたら、今の私の姿を見せることはとても恥ずかしくてできないからね」

その意味を、賢い黎はきちんと察したらしい。瞬時にまっ赤になっている。

第三皇子の莉洸が、蓁羅の王、稀羅に望まれて国を出て行ったのはつい先日のことだ。

民間では男同士の結婚も数は少ないもののあるが、血筋を残さなければならない王族の人間では同性婚というものはほとんど例はない。

だからこそ洸竣も、莉洸が嫁ぐことを受け入れ難いと思っていたが、今自分が莉洸と同じ立場になってしまえば、その気持ちもよくわかる。

「愛している」

自然と口から漏れたその言葉に、正直に言えば洸竣自身も驚いた。その言葉が嘘というわけではけしてない。ただ、己の気持ちがここまで育っていたのかということを改めて思い知ったからだ。

黎を町の中で見つけ、王宮に引き取ったのはそれほど昔のことではない。さらに、黎は莉洸の件で蓁羅へと旅立って行ったので、実際に共にすごした時間はもっと短いものだった。

それなのに、愛しいという想いは見る間に育っていた。

「黎、私は本気だ。お前を愛している」

「こ、洸竣さま、でも、僕はただの召使いで……」

「そんなものは関係ない。愛すれば、お互いの身分は同等だ。私は皇子ではなく、お前も召使いではなく、ただの人間同士として向かい合いたいと思っている。お前を抱きたいとも」

腕の中の黎の身体が少し強張る。その反応に、洸竣の笑みはますます深まった。

「安心しろ、黎。私も自分の気持ちに気づいたばかりだ。この気持ちを急にお前に押しつけることはしないし、強引に我がものにしようとも思わない。ただ、これからはどんどんお前を振り向かせるために動くから。覚悟するように」

「え、あ、あの、洸竣さま」

「文句は聞かない」

洸竣はいっそうに強く黎の身体を抱きしめると、王宮に向かってまっすぐに馬を歩かせた。

＊＊＊

眩しいほどに太陽が降り注いでいる中、莉洸は小さな声で歌を歌いながら手を進めている。時折、強い風が吹いて目に砂が入りそうになったが、それでも動かす手を止めることはなかった。

「莉洸さま、そのようなことは私たちがっ」

「え？　でも、皆でした方が早く終わるでしょう？」

「それはそうですが、せっかくのお美しい手に傷がついてしまいます」

「大丈夫。僕はそんなにひ弱ではないから」

莉洸は大げさに心配する召使いにそう言うと、先ほどから一生懸命にしていた薬草の選別に再び取り組み始めた。

　昼からずっと休みなく作業をしているのに、莉洸の選別し終わった薬草の山は、まだ幼いといってもいい召使いの少年のものに遠く及ばない。慣れていないからしかたがないと周りは言ってくれるが、莉洸は少しでも目に見える形で役に立ちたかった。

「今日はいい天気……」

　莉洸が稀羅と共に蓁羅に帰国して、まだ十日と経っていない。

　光華国からの帰路は、莉洸の身体に障らないようにかなりゆっくりとしたものにしてくれた。蓁羅の領地に入ってからは、莉洸が興味を持つものにはいちいち立ち止まり、説明もしてくれた。

　以前は攫われるようにして連れてこられたので、己の視界もかなり狭いものだったと莉洸は自覚し、せっかくの機会だからと見られるものは見ておきたかった。

　そして、王宮に着いた時。

　稀羅はまず主だった臣下を集めると、その前で堂々とこう宣言した。

「光華国第三皇子、莉洸は、我が正妃として蓁羅に迎えることになった。これは光華国の王、洸英殿の許可もいただいたことだ」

　ざわめきは、一転して歓声となった。確かに蓁羅の民は光華国に対してかなり強い敵愾《てきがい》心を抱いているが、それと比例するように光華国からの援助も望んでいたのだ。

　彼らの期待を一身に受けた莉洸は、頬を緊張で引き攣《つ》らせながらも、優雅に一礼をして言った。

「稀羅さまと婚儀を挙げれば、私は蓁羅の民となります。皆さんとこの国をより発展させるために、私も微力を尽くしてまいります。どうか、力をお貸しください」

その言葉に、莉洸がどれほどの思いを込めていたのか……多分、わかっていたのは稀羅くらいかもしれなかった。

それから、莉洸は人見知りの性格をどうにか抑え、積極的に臣下や召使いとも関わり合い、溶け込むように努力した。

自らができることを考え、初めは料理に挑戦したが、指先に軽い火傷《やけど》を負ってしまうと稀羅に止められてしまい、次に洗濯をしようとして、手が凍えるように冷たく真っ赤になったのを衣月に見咎《みとが》められてやめさせられ――。

広い庭の荒れた草木の手入れをしようとすれば、召使いに我々がしますと木鋏《きばさみ》を取られてしまった。

いったい自分に何ができるのか。

大切にされるのは嬉しいが、飾りとしてここにいるわけではない。

意気消沈した莉洸の目に映ったのは、庭の一角に山と積まれている薬草をせっせと仕分けしているまだ幼い召使いの姿で、彼らができるのならと強引に手伝いを申し出たのだ。

「少しは僕の手も早くなったかな……」

「莉洸さまは覚えがお早いですね」

「でも、もうそろそろ終わりにされた方が」

「まだこんなに残っているから。それに、稀羅さまもまだお帰りにならないので」

稀羅と衣月は不在の時の仕事が溜まっており、三日ほど前から地方視察に行っていた。

だからこそ、今の莉洸の手を止める人間がいないのだ。

「莉洸さま、お怪我をされたりしたら」

「ここにはこんなにも薬草があるのに？　あ、使ったら僕ももちろん料金は払いますから」

「そんな、滅相もないっ」

召使いが慌てて首を横に振ったのと、

「莉洸」

低く響く声が聞こえたのは同時だった。

「王！」

「稀羅さまっ！」

それまで莉洸の周りに集まっていた召使いが、いっせいに膝をついて頭を下げる。

それにつられるように振り返った莉洸は、そこに立つ男の顰めた顔を見て……まるで悪《いた》戯《ずら》を見つけられた子供のような顔をして小さな声で言った。

「お帰りなさいませ」

「……」

小さな声で、それでもそう言って出迎えてくれた莉洸に、稀羅だとて「戻った」という言葉を投げかけたかった。しかし、真っ先に莉洸の小さくて白い手を見てしまった稀羅は、顰めた眉を戻せない。

さっと見ただけでも、莉洸の手が小さな傷だらけというのがわかった。薬草の種類はいろいろあるが、中には鋭い棘があるものや、指が切れそうなほど硬い葉を持つものもある。力仕事はおろか、今までろくに重いものも持っていなかったであろう莉洸の柔らかな肌は、見ていて可哀想《かわいそう》なほどに傷ついていた。

「……これは、誰が？」

「あ、あの」

「莉洸にこの仕事をさせたのは誰だと聞いておる」

冷ややかな声と厳しい眼差しに、まだ若い召使いは真っ青になって口も利けなくなる。誇れる自国の王であると同時に、厳しく怖い存在でもある稀羅の睨みに、まともに向き合える者はここにいなかった。

「私の言葉がわからぬのか」

それがわかっていてもさらに言葉を継ぐ稀羅にその場の空気が凍りかけた時、莉洸が膝に置いた薬草が散るのも構わずに駆け寄ってきた。

「綺羅さま、これは僕が勝手にお手伝いさせてもらっているんです」

「……」

「僕ができることは限られているから、これぐらいしか手伝えなくて……。でも、これは僕が自分からお願いしたことです、どうか、お怒りにならないよう」

震える声でそう続ける莉洸を見下ろし、稀羅は溜め息が漏れそうになるのを押し殺した。

稀羅と結婚するとその口で言い、この蓁羅までついてきた莉洸だったが、根本的なところでは未だ、稀羅を恐れているのが嫌でもわかる。

結婚とは、稀羅の妻となることなのだが、おそらく莉洸の頭の中では蓁羅のために尽くすという思いが強くて、稀羅との関係を深めるということにはあまり意識が向いていないようだ。

稀羅自身はまずは二人の時間を作ることこそが大事だと思うが、精神的に幼い莉洸にそこまで望むのはまだ早いのだろうか。

それでも、このまま苛立ちを莉洸にぶつけることはできず、稀羅は無言のまま華奢な身体を抱き上げた。

「き、稀羅さま？」

「……治療をする」

「あ、あの、自分で歩けます」

「そなたは一人にすればどこに飛んでいくのかわからぬ。おとなしくしていろ」

強く言えば、莉洸は開きかけた口を閉じてしまう。それがもどかしくて、稀羅の眉間《みけん》にはますます深い皺《しわ》ができてしまった。

足早に宮の中に戻っていく稀羅の後ろ姿を見送りながら、残った衣月はこみ上げる笑みを必死で隠していた。

莉洸を連れて帰ってから、稀羅は目に見えて表情が豊かになった。常に蓁羅の未来を見据え、悩み、憂いていた時には、その表情はこちらも緊張するほどに厳しかったが、今では時折柔らかな眼差しになることがあった。

その視線の先には、常に莉洸の姿がある。

「い、衣月さまっ」

「気にするな。あと片づけを頼む」

「は、はい！」

素直に返事をする召使いを置いて、衣月は稀羅のあとを追った。

本当は二人の間に割り込むという無粋なことはしたくないが、稀羅は手荒い処置には慣れているものの、優しく……と、いうのには不慣れだろう。

きっと、莉洸の小さく柔らかな手を前にすれば、どうしていいのかわからなくなるというのは容易に想像がついた。

結局、稀羅も恋するただの男だ。

そんなことを思うほどに今の己の心も平和なのだと、衣月はそれをくすぐったく思いながら少し足を早めた。

莉洸は、ぎこちない手つきで己の手に薬を塗っている稀羅を見下ろしながら、つい口から零れそうになる溜め息を慌てて押し殺した。

「痛むか？」

そんな莉洸の気配に気づいたのか、稀羅が顔を上げて訊ねるのに、莉洸は何度も首を横に振る。

「いいえ、大丈夫です」

蓁羅に戻ってから忙しく政務に動き回る稀羅とはすれ違いも多かったが、一緒にいる時間はそれ以前の態度が嘘のように稀羅は優しかった。いや、目に見えての優しさではなく、莉洸に接する態度が柔らかくなったのだ。

光華の王宮から連れ出された時の印象が強い莉洸には、そんな稀羅にどういった態度をとればいいのか未だ戸惑っていて、つい身構えてしまう。

共に蓁羅を支えていくと決めたからには、お互いをより理解していかなければならないのに、稀羅に怯えている自分がもどかしかった。

「莉洸」

考えに耽《ふけ》っている間に、治療は終わっていたようだ。

たっぷり塗られた薬のせいで少しひりひりする手を握りしめながら、莉洸は丁寧に一礼して稀羅に礼を言った。

「ありがとうございました」

「いや」

「あ、それと、お帰りなさいませ」

視察から帰った稀羅をちゃんと迎えていなかったと改めて言うと、稀羅は少しだけ口元を緩めて頷く。

「変わったことは？」

「いいえ、ありませんでした」

「本当に？」

「皆さんにとても良くしていただいています」

莉洸にとっては周りに親切な者が多いということを嬉しく思っての報告だが、稀羅の眉間には再び皺が寄った。自分の言葉の何が怒らせたのだろうかと焦るものの、しばらくして稀羅は唐突に言った。

「今宵《こよい》は、私の部屋にこい」

「お部屋に？　何か、重要なお話ですか？」

不思議そうに聞き返す莉洸に、稀羅は今度こそ深い溜め息が漏れた。

莉洸は十九歳だ。本来、光華国ほどの大国の皇子ならば、十二、三歳で女の身体を教わるはずだ。だが、莉洸が性的なことを知っている様子は微塵《みじん》もない。

急《せ》くつもりはないが、既に莉洸は己の妻となったのも同然なのだ、その身体を手に入れたいと思っても悪くないと言いたい。

「稀羅さま？」

あまりにも幼い雰囲気に躊躇っていては、少しも先には進みそうになかった。

今までもそのような意味を匂《にお》わせた言葉は伝えてきたが、もっとはっきり言わなければ莉洸には伝わらない。周りの人間がどんどん莉洸に傾倒していくさまを見ると、ゆっくりなどしていられなかった。

改めてそう感じた稀羅は、椅子に座らせた莉洸の前に跪き、傷ついた手を両手で包みながら言った。

「お前は、蓁羅に嫁ぐ決心をしてくれたな？」

「は、はい」

「私の花嫁となることも」

「……誓いました」

ほんのりと頬を赤くする莉洸がたまらなく愛らしい。すぐにでも襲いかかりたい己の欲を抑え、稀羅はさらに問いかけた。

「では、その身も心も、私に差し出す決心はついているということだな？」

「え……」

案の定、莉洸は驚いたように目を瞠る。そして、ようやくその意味を理解したのか、狼《ろう》狽《ばい》したように視線を彷徨《さまよ》わせた。

稀羅はなかなか答えない莉洸の返事を辛抱強く待つ。そうしている間も莉洸はそっと手を引こうとしたが、稀羅は逃がすつもりはなかった。

「……僕は、あの、男ですし……」

待ち焦がれた答えは、そんなありきたりなものだった。もちろん、稀羅には関係ない。

「それが？」

「……僕は、御子を産めません」

「そのようなこと、私は望んでおらぬ」

「いいえ、皆、稀羅さまの血を引く御子の誕生を望んでいます。たとえ僕が稀羅さまの妃となったとしても、それとこれとは別です」

硬い表情で、それでもはっきりとそう告げてきた莉洸の顔を見上げ、稀羅は下からすくい上げるように唇を奪った。閉じることも忘れた莉洸の綺麗な琥珀《こはく》色の瞳は、見ているだけで心が蕩《とろ》けそうに甘く感じる。

稀羅の心はもっと先を望んでいたが、莉洸の身体はそれだけで硬く強張ってしまった。慣れない接触に恐れを抱くのは無理もない。稀羅は唇を離すと、怯えさせることがないようそっと抱きしめた。

「……私が欲しいのは御子ではない。そなた自身だ……莉洸」

少しでも莉洸にこの想いが伝わるように、稀羅は熱く口説き続ける。

「今宵、私の部屋にこい。そなたが余計なことを考えないように、私の想いを植えつけてやろう」

いっそ傲慢に言い放った稀羅に、莉洸は何かを言いかけて、結局口を噤んでしまった。

普通の男女の結婚ならば、これほど思い悩むこともなかったかもしれない。しかし、どうあっても稀羅の御子を産むことができない莉洸にとって、身体を重ねるという行為は無意味のように思えてしかたがなかった。

いや、身体まで重ねたら、自分がどうなってしまうかわからないのが怖い。今のように、何も望まないままでいられるのか自信がなかった。

恐ろしく、粗暴で、非道だという噂の蓁羅の王。だが、実際に見る蓁羅の王、稀羅は、多少強引で気難しくはあるものの、男である莉洸が憧《あこが》れてしまうほどの立派な人だった。

他国の姫も、実際に稀羅を見ればきっと想いを寄せるはずだ。この先、そんな姫が現れないとも限らない。

愛されることを知れば、稀羅は愛する相手を選ぶのも自由だ。そうなったら……。

莉洸はそれ以上考えるのが怖かった。様々な思いが渦巻いて、困惑した莉洸は泣きたくなる。

すると。

「稀羅さま、一度に何もかも求められたら、莉洸さまも戸惑われるでしょう」

まるでこの場の気まずい雰囲気を見ていたかのように、ちょうどよく衣月が姿を現した。

莉洸にとっては救いの主に思えた衣月の出現も、稀羅にとっては面白くないものだったらしく、稀羅は莉洸には向けないきつい眼差しで衣月を睨みながら言った。

「何用だ」

「少し、お時間を」

「……」

「私から莉洸さまに話をさせていただきます」

二人のことに他の男が割り込むなど許せるものではないが、視線の先の莉洸の顔色はあまりにも悪く、これ以上問いつめると泣き出してしまうかもしれない。ようやく稀羅に慣れてきた莉洸の気持ちを、離れさせたいわけではなかった。

「稀羅さま」

「……勝手にするがよい」

納得したわけではない。だが、稀羅は少し乱暴に莉洸の身体から手を離して、一度も振り向くことなく部屋から出ていった。

答えを出すことが怖くて逃げようとした莉洸だが、稀羅のこんな態度はとても寂しく感じる。身勝手だと思いながら、莉洸は無意識にその背中に視線を向けていた。

「莉洸さま」

「……あ、はい」

そして、そんな莉洸の眼差しをじっと見ていた衣月は柔らかい声でその名を呼ぶと、先ほど稀羅が跪いたのと同じように、莉洸の目線に合わせて腰を落とした。

「何を怖がっておいでなのです？」

「……怖い？」

衣月に改めてそう言われた莉洸は、同じ言葉を何度も口の中で呟いて……やがてゆっくりと目を伏せてしまった。

（だって……もう、僕は帰るところがないのに……）

もしも、稀羅の寵愛《ちょうあい》をその身に受け、やがて顧みられなくなったとしたら、莉洸はこの国の中で己がいる場所というものをなくしてしまう。今はまだ、皆莉洸が蓁羅のために尽くそうとしているのを見守ってくれているが、莉洸が真実、稀羅の妃となった時、やはり御子の産めない王妃という存在を本当の意味で受け入れることは難しいだろう。

莉洸は、逃げ場が欲しかった。それには、稀羅と身体を重ねてはならないのだ。

言葉が出てこない莉洸に、衣月ははっきりと告げる。

「莉洸さまは稀羅さまを見縊《みくび》っていらっしゃる。稀羅さまがあなたを望まれたのは、そんなに簡単な決意からではありません」

「衣月さま……」

「あなたを正妃にすると決めた時、稀羅さまは臣下に向かってこう言われた」

『私に妃は莉洸一人。お前たちが私の血を継いだ御子を望むというなら、今この場で私は己の男の証を切り落としてやろう。なれば、正妃が男でも女でも、御子ができぬのは一緒。

莉洸を我が妃にしてもなんの問題もあるまい』

初めて知る稀羅の強い決意に、莉洸は息をのんでいる。

莉洸の優しい心根は認めても、やはり臣下の中で燻っていた『正妃は女』という意見。だが、固い稀羅の決意を知った臣下はそれを撤回せざるをえなかった。いや、それほどの想いを莉洸に向けているのだと、稀羅の情の深さを皆改めて思い知ったのだ。

側で聞いていた衣月も、身体が震える思いがした。

「莉洸さま、稀羅さまをお厭《いと》いですか？」

衣月が辛抱強く莉洸の返答を待っていると、莉洸はわずかに……首を横に振った。

「それでは、少しずつでもよいのです。稀羅さまのお気持ちを受け入れてはくださいませんか？」

「でも……」

「大丈夫です。男同士でも、身も心も結ばれることはできるのですよ」

「え……」

その言いように莉洸は頬を赤くした。

初々しい反応に、今まで莉洸はこういったことの経験が皆無だとわかり、その無垢《むく》な存在すべてが稀羅のものになるのだということが、衣月は己のことのように嬉しかった。

「そんなことを……」

稀羅は足取りも荒く私室に戻った。

莉洸の迷いや戸惑いは理解できる。そのためにも、莉洸よりはるかに年長な己が焦っては駄目だと律していたつもりだが、一向に向こうから歩み寄ってくれないことがもどかしかった。

稀羅の気持ちは決まっている。莉洸がどんなに迷おうとも、婚儀を挙げる日までに身も心も手の内にするつもりだ。光華国の王が決めた期限までに莉洸のすべてを手に入れていなければ、そのまま莉洸は永遠に手に入らない……そんな不安に駆られるからだ。

蓁羅のことを深く考えてくれるのは嬉しいが、それよりも己を想って欲しい。まるで若造が初めての恋に浮かれているようで情けなく、女々しい己に苛立って舌を打つと、まるでそれを見計らったように扉を叩く音かした。

返事もしないまま椅子に腰を下ろしていると、中に入ってきたのは衣月だ。

一瞬、その後ろから莉洸が現れるのかと思わず視線を向けてしまったが、衣月は中に入ってくると静かに扉を閉めた。

愚かな期待をしたことがまた、腹立たしい。

衣月は莉洸とどんな話をしたのだろうか。それを訊ねる前に、衣月の方から切り出した。

「お聞きにならないのですか？　莉洸さまとの話を」

出鼻を挫《くじ》かれ、稀羅は意地になる。

「私が聞いてもしかたあるまい」

「稀羅さま」

「莉洸がお前に何かを話したのならば、それはお前を信用してのことだ。私が無理に聞き出すというのもおかしい」

かなり痩せ我慢をして言った稀羅の返答に衣月は笑った。

「こんなにも稀羅さまはわかりやすいお方なのに」

いちいち言葉が癪《しゃく》に障り、稀羅は威嚇するように唸る。だが、ずっと共にいた衣月にはまったく効かなかった。こんなふうに余計な茶々を入れるのならば、いっそのこと莉洸を連れてくればよかったのにと、考えてもしかたがないことばかり頭の中に浮かんでしまう。

そんな稀羅の歯がゆさもすべて見通しているかのように、衣月は笑みを含んだ声で続ける。

「稀羅さまを見ていれば、どれだけ莉洸さまを想っていらっしゃるのかがよくわかります。ああ、当事者では少し見方が変わってしまうのかもしれませんが」

そこまで言われ、稀羅はつい本音を吐露した。

「では、莉洸はいつになったら私を信じるっ。あれが望めば、どんな言葉も惜しむことなく与えるものを……っ」

「そのように怒っていては、あの気弱い皇子は怯えてしまいますよ。莉洸さまと話はさせていただきましたが、最後にお決めになるのは莉洸さまです。どうか稀羅さま、お急ぎにならないように」

口煩《くちうるさ》い衣月の言葉に返しはしないが、そんなことは稀羅も当然わかっていた。まだほんの少しなら、莉洸の気持ちが育つまで待てるはずだ。

己とは違う繊細な心を持つ莉洸を追いつめてはならない。

まずは怖がらせたことを謝罪し、二人でもっと話そうと考えた稀羅だったが、その日の夕食の席に莉洸は現れなかった。

少し考えごとをしたいからという言葉に、稀羅は咎めることはせずに部屋に軽い食事を運ばせた。

いったい何を考えているのかと顔を突き合わせて訊ねたいところだが、昼間衣月にも諭されたばかりだ。稀羅は莉洸の部屋に向きかけた足をどうにか引き戻し、そのまま私室へと戻った。

部屋の中には先に運ばせていた酒が用意されている。稀羅はそのまま杯に注いで一気に飲み干した。

「……」

身体を動かすことが多いこの国の民は、皆疲れを取るための唯一の娯楽のように酒を飲む。それもかなり強いものが多いのだが、男も女も皆酒に強かった。この酒も、王である稀羅のために用意されたものでかなり純度も香りもよく、喉がかっと燃えるように熱くなった。

一人でいると、どうしても莉洸のことを考えてしまう。情けないが、莉洸に早く会いたいために寝る間も惜しんで視察を終えて戻ってきたのだ。

思えば、昼すぎに視察から戻ったばかりだ。酒を飲んで横になればそのまま寝られるかもしれない……稀羅がそう思った時、扉を叩く小さな音がした。

私室まで訪れるのは衣月か、身の回りの世話をする召使いくらいだ。火急の用ならば勝手に開けて入ってくるだろうとそのまま放っていたが、一向に扉が開く気配はない。

そして、間を置いてまた叩く音がした。開けるまで待つような行儀の良い人物は、今この王宮に一人しかいない。

「あっ」

稀羅は身を起こし、足早に扉の前まで行くと無言のまま開いた。

いきなり扉が開いて驚いたのか、廊下に立っていた莉洸は大きな目をさらに丸くして稀羅を見上げる。

「莉洸」

「あ、あの」

「どうした」

「お、お話を……」

「……」

昼間、部屋にこいと言った稀羅の言葉を覚えているのか、それとも忘れているのか。

今、目の前に立っている莉洸の表情からは判断できないが、思いつめたような硬い表情を見ると問いつめるのも可哀想になり、それよりも訪れてくれたことが嬉しく、稀羅は大きく扉を開き中へ誘《いざな》った。

「入れ」

そう言われても、莉洸は本当に中に入っていいのかどうか迷った。

扉を開けた瞬間に見た稀羅の驚いたような視線と、そのあとの冷たい口調が、莉洸の振り絞った勇気を瞬く間に小さく萎《しぼ》ませたのだ。もしかしたら、ここまできたのは迷惑だったのかもしれない。

それでも、一生懸命考えて、ありったけの勇気を抱きしめてここにきた。莉洸は思いきって稀羅の部屋へと足を踏み入れた。

「何用だ」

どうやら酒を飲んでいたらしく、稀羅は椅子に座って杯に酒を注ぎながら訊ねてくる。とても莉洸を待っていたとは言えない雰囲気だ。

部屋にこいと言ったのは稀羅の方なのだが、実際にここに現れた莉洸を持て余しているような感じさえした。誘われた時に戸惑い、迷って、断ろうとした莉洸の心を、きっと見透かしていたのだろう。

もう、遅いのかもしれない。もう要らないと思われていたらどうしようかと心の中の恐怖は大きくなるが、莉洸は強く拳を握りしめ……おずおずと稀羅の側まで歩み寄った。

「莉洸？」

そんな莉洸の行動が意外だったのか、稀羅は眉間に皺を寄せる。どうか怒っていないようにと祈りながら、莉洸は椅子の肘かけに置いていた稀羅の手に己の手を重ねた。

稀羅の目が、驚いたように瞠られた。

「ぼ、僕は、男ですが、稀羅さまをお慰めすることはできるでしょうか」

今この時も、莉洸の中には逃げたいと思う気持ちが残っていた。未知のことが怖くてたまらなかった。それでも、莉洸はここにきた。

「僕は、閨での教育を受けてはいないので、なんの作法も知りません。い、いえ、とても……今まで稀羅さまのお相手をしてこられた方々の足元にも及ばないと思いますが……あの、でも、少しは、何か……」

とても顔を上げることはできず、莉洸はじっと触れている稀羅の手を見つめていた。男らしく、しかし、光華の上流階級の人間……父や兄弟とは違う、皮が厚い手だ。きっと、稀羅は王として玉座にいるだけではなく、自らも民と同じように働いているのだろう。

国一丸となって成長していこうとする、蓁羅の生命力が、この手には表れていた。莉洸はこの手を取りたいと思ったからこそ、こうしてここまでやってきた。

「……できると言えば、どうするのだ」

やがて、それほど時間を置くことなく、稀羅がそう訊ねた。

「そなたの……男の身体でも十分だと言ったら？」

莉洸は大きく深呼吸する。たくさん考えて決めた決意を、ここで稀羅に告げればいいだけだ。

「ぼ、僕は……」

「……お前は？」

「稀羅さまのお情けを……この身にいただき、たい、と……あっ」

そこまで言った時、いきなり莉洸の身体は宙に浮き上がった。

「き、稀羅さま？」

「……可愛いことを言うな」

昼間、あんなふうに立ち去ったというのに、こうして訪ねてくれたことが嬉しかった。それればかりではない、莉洸は稀羅の考え以上の決意を持ってここにきてくれたのだ。

そう思うと、稀羅が高揚する気持ちを止められるわけもない。

「言質は取ったぞ」

「え？」

「悪いが、私は光華の王族のように上品で教養があるような男ではない。欲しいと思う相手から許しを得られれば、それを後日にするというような優しさもないのだ」

「稀羅さま、あ、あの」

「今宵、このままそなたを私のものにする」

女よりも軽い莉洸の身体を軽々と抱いたまま奥に歩いていくと、稀羅はその小さな身体をできるだけ優しく寝台へと下ろした。今まで相手にしてきた誰よりも華奢で弱々しい莉洸は、少しでも乱暴に触れると壊れてしまいそうだ。

赤子に触れるかのようにそっと莉洸の頬に手を触れ、いくら決心しても完全には拭えない恐怖に怯えて震えるその頬に、稀羅は軽く唇を寄せた。

「私が怖いか？」

「こ、怖くは……」

「怒ったりはせぬ、正直に申せ」

今度は鼻の頭にくちづけると、莉洸は強く目を閉じる。

「……未知の行為は、恐怖を伴うものだと……思っています」

「それでも、そなたは覚悟ができているのか？」

「僕は……稀羅さまの妻になるのですから」

愛しいと思う気持ちが湧き上がり、稀羅はそのまま莉洸にくちづけた。小さな唇は緊張のためか最初は固く引き結ばれていたので、稀羅は上下の唇を軽く噛み、そして舐《な》めて、口を開くようにと促した。

なかなかその意図がわからなかったような莉洸も、何度も唇を愛撫《あいぶ》されてくすぐったくなったのか、わずかに引き結んでいたものが綻んでしまい、その好機を逃さなかった稀羅が強引に舌を差し入れた。

「んぅ……っ」

口腔《こうこう》を犯すようなくちづけは以前にもしたが、その時の莉洸はまだ稀羅に対して恐怖しか感じていなかった。しかし、今はとても上手にとまではいかないものの、稀羅に応《こた》えようと拙《つたな》く舌を動かしている。拒まれていないこと、なにより、莉洸からも応えてくれようとしているのがたまらなく嬉しい。

稀羅はくちづけに応えることに必死になっている莉洸に気づかれないよう、素早く衣の紐を解き始めた。

息が苦しいほどのくちづけなど、莉洸は今まで誰ともしたことがなかった。

いや、以前無理やりに稀羅から仕掛けられたことはあったが、その時は驚きと恐怖に硬まり、ただ口の中に不気味に動く異物が進入してきたとしか思えなかった。

しかし、今自分が交わしているくちづけは違う。これは確かに情を交わしている行為だ。

本来ならもっと早い時期に、しかるべき子女を相手に閨での行為を教わるのが王族の男子の務めなのだが、莉洸は身体が弱いこともあってそれは先延ばしになっていたのだ。

何も知らない状態だが、きっと稀羅がすべて教えてくれる。

「……んぁっ」

稀羅の濃厚なくちづけに意識が遠のきかけていた莉洸は、突然冷たい感触を脇腹に感じて思わず身体を震わせた。慌てて視線を向ければ、いつの間にか簡易な莉洸の部屋着の紐は解かれ、剝き出しになった身体の線を確かめるかのように稀羅の手が触れていた。

「あ、あの……」

今さら、やめてと言うのはおかしいだろう。莉洸は混乱する頭の中で、なんとか稀羅の手を止める言葉を考えた。

「あ、あの、つ、冷たく、て」

「私の手が？」

「は、はい」

だから、もう少し待って欲しいと言いたかったのだが、その前に稀羅が笑い声を漏らしたのを聞いて思わず目を瞬かせてしまった。

最近、稀羅の柔らかな表情を見ることは多くなったが、今の笑みはなんというか……とても幸せそうに見える。その顔に言葉がつまっている間に、ひとしきり笑った稀羅は、いきなり莉洸の胸に唇を落とした。

「ひゃっ、な、何？」

「私の手が冷たいならば、そなたに触れるのはこの唇ぐらいしかあるまい。いや、この舌と……」

胸にささやかについている乳首にざらりとした感触を感じ、

「ああ、それとこれもか」

言葉と同時に足の間に逞しい腰が割り込んでくる。その時、莉洸は固まってしまった。人の身体ではない、今までに知らない感触が内腿に当たったのだ。自分たちの身体の間に生温かくて、硬くて、大きなものが紛れ込んでいる。

「な、なんか、い、います」

莉洸は咄嗟に稀羅の腕にしがみついたが、その様を稀羅はまた楽し気に笑うのだ。

「これと同じものを、そなたも持っているであろう？」

「ぼ、僕も？」

ゆっくりと身体を起こした稀羅は莉洸の腰に跨るようにして膝立ちになり、自ら部屋着を脱いでいく。やがて、下半身を覆う下穿きが取り去られた時、莉洸は見たこともないほどに雄々しく勃《た》ち上がっている稀羅の男の証を目にし、思わず息をのんでしまった。

父や兄弟とも幼い頃から風呂《ふろ》は別々に入っていたし、湯浴みをする時に世話をしてくれる者がついているのが当然だったが彼らは皆服を着たままで、誰かの裸身を莉洸が見ることは今までなかった。

大人の男の裸身、それも、陰茎が勃ち上がった状態というのは今初めて目にしたのだ。まるで別の生き物……そうとしか思えなかった。

莉洸の視線を感じているはずの稀羅が、するっと勃ち上がった陰茎に手を滑らせる。その手つきが妙に生々しく感じた莉洸は顔を真っ赤にするが、寝台の上では後ずさることもできず、目を逸らすこともできなかった。

「莉洸、これをそなたの中に埋めるのだ」

「……僕の、中？　で、でも……」

話で聞いたことがある男女の営みは、男の陰茎を女が持つ特別な穴に入れなければならない。実体験が伴わないのでどういうことかはっきりした図は頭の中に浮かんではこなかったが、それでも漠然と、結婚したらそういう行為を相手に対して行うのだなと理解はしていた。

しかし、同性である稀羅とは、そのような交わりができるはずもない。外見的に見て、いや、内面を考えても、己の方が女の立場になるとは思うものの、莉洸の身体には稀羅を受け入れることができる特別な場所などなかった。

稀羅と身体を重ねると決意した時も、莉洸は互いのものを手で慰めるまでしか想像していない。それでも十分、気持ちが良いと思うものの、だからこそ女性には初めから負けていると諦めていたのだ。

「ご、ごめんなさい、僕は女性ではないから、稀羅さまを受け入れることは……」

せっかく勇気を振り絞ってここまでやってきたのだが、この場に立って改めて自分には何もできないことを思い知った。

せっかく受け入れてくれようとしてくれた稀羅に申し訳なく、その場で深く頭を下げて謝罪した莉洸だったが、稀羅は怒ることはなく、むしろ楽しそうに声を出して笑った。

「そなた、本当に何も知らないのだな」

「き、稀羅さま？」

「男でも、これを受け入れることができる場所があろう？」

「え……？」

そんな個所が、男の身体にはあるのか。驚いた莉洸は唇に手を当て、触れたそこにまさかここかと思い、稀羅の下半身を見て……とても無理だと首を横に振る。

「本当に、わからぬのか？」

そう言いながら、ゆっくりと伸びてきた稀羅の指が触れた場所。

「ひゃぅっ？」

（そ、そんな場所にっ？）

莉洸の尻の狭間《はざま》に触れた手に、そこがとても尊い行為をする場所とは思えなかった莉洸は、反射的に稀羅の手首を摑んでしまった。

「ふ、不浄なところに手を触れないでください」

そう言うのが精一杯で、あとは何度も首を横に振る。

「莉洸……」

稀羅は笑み、もう片方の手で柔らかな髪を撫でた。

何も知らない人間に一から行為を教えるのは手間がかかるが、それが愛しいと思う相手ならば反対に楽しいのが不思議だ。

稀羅としても、莉洸以外の男を抱こうとは思わない。いや、莉洸が女ならばこのまま孕ませ、己の子供を産ませて、一生離れないようにしてやりたかった。それができない男であるならば、交わる快楽をとことんその身体に覚えこませて離さない。

稀羅は顔を伏せてしまった莉洸の顎を摑むと、そのまま顔を上に向かせた。

今にも泣きそうな、本当に子供のような顔。まだ幼いと可哀想に思うものの、稀羅は莉洸の唇に自分の唇を重ねていく。今度は怯えて引き結んだままの唇に強引に押し入ろうとはせず、稀羅はゆっくりと顎から首筋へと舌を這《は》わせ始めた。

「怖いのならばそのままじっとしているがいい。すべて私がする」

愛撫の合間にそう言い、再び莉洸の下半身に伸ばした手は、多分無意識なのだろう、足を閉じてしまった莉洸によって阻まれてしまう。稀羅は反対の手で強引に足を開かせると、縮こまっている幼い姿の陰茎をいきなり摑んだ。

「！」

莉洸は腰を引こうとするが、稀羅はしっかりと足を抱え込んで逃げないようにその身体を押さえた。

「んっ、やっ、はっ、離してくださ……っ」

「怖がるな、莉洸」

「こ、怖い、怖い……」

「この手を感じて、何かが湧き起こってこぬか？　気持ち悪さしかないのか？」

「き、稀羅さまっ」

「莉洸、逃げようとせず、感じるままに心を解放しろ」

ここを刺激されれば、必ず快感が生まれてくるはずだ。男に触れられているという違和感さえ捨てれば……いや、男と女ではやはり手の感触は違うかもしれないが、今後この肌に触れる手を覚えてもらわなくてはならない。

だが、莉洸は怯えの方が先にたってしまい、なかなか意識が集中できないようだ。

それならばと、稀羅はいきなり莉洸の陰茎を口に含んだ。

口の中ならば、男も女も変わらない。莉洸の戸惑いを少しでも解消してやろうと思っての行為だったが、突然面前で己の陰茎を口に含まれた莉洸は、卒倒しそうなほど真っ青になった。

すっぽりと、すべて稀羅の口の中に収まったものは、このまま食い千切られてしまうかもしれない。そんな怖れ以上に、今まで排泄《はいせつ》にしか使っていなかった陰茎を、いきなり一国の王の口が含んでしまった衝撃が大きすぎた。

どうしてこんなことをされるのかわからず、もしかしたら知らぬ間に稀羅を怒らせたのかと……そう思った途端、莉洸は我慢していた涙腺が唐突に緩んでしまい、ほろほろと涙を零してしまった。

下肢では、ぐちゅぐちゅと、粘膜を擦《こす》る淫《みだ》らな音が響いている。

時折当たってしまう歯にいちいち身体を震わせて、とにかく稀羅の口の中から己の陰茎を引き出そうとした。だが、その時、不意に背筋を震わせてしまうほどの快感に襲われてしまい、顔を歪ませた莉洸は咄嗟に逞しい稀羅の肩に爪を立ててしまった。

「あぁっ」

怖いのに、気持ちが悪いはずなのに、どうしてこんなに気持ちが良くなってしまったのか。自分でもわからないまま己の身体が変わってしまう恐怖に、莉洸はただただ稀羅にしがみつくしかない。

その原因を作っているのは間違いなく稀羅だったが、今、莉洸が助けを求める相手も、ここには稀羅しかいないのだ。

「ぼ、僕、身体が……っ」

莉洸が言いたいことは、稀羅には十分伝わっていた。心以上に素直な莉洸の身体は、いつのまにか稀羅の手管に陥落していて、縮こまっていたはずの陰茎が口の中で大きく育っていたからだ。

ぴちゃりと、稀羅はわざと音を立てて、口の中からいったん莉洸の陰茎を出した。

「あ……」

名残惜しげな声が莉洸の口から漏れるのに満足し、稀羅は濡れている己の唇をゆっくり舌で舐めてみせる。

「どうした、莉洸。先ほどまで嫌だと喚《わめ》いていたが……少しは気持ちが変わったか？」

「き、稀羅さまの、お口の中で、ぼ、僕……」

「私の口で？　どう感じた？」

「……き……気持ち、良く……気持ち良、く、なって……」

　素直に吐露する莉洸を、稀羅は強く抱きしめた。莉洸も、必死に稀羅の背中に手を回す。

その手の強さに、求められていると強く感じた。

「快感から目を背けることはない。私はそなたを感じさせるためにしたのだし、それによって感じてくれたのがとても嬉しい」

「……お、おかしく、ないのですか、僕の……身体」

「おかしくなどあるはずがない。そなたは私の花嫁だろう？　妻が夫の愛撫に感じるのは当たり前のことだ」

「当たり……前？」

「そう。そなたが感じるのは、私を愛しているからだ……違うか、莉洸」

　正確に言えば、莉洸が感じているのはまっさらな身体に初めて与えられる強烈な刺激からだ。だが、何も知らない莉洸に快感の意味を教えるよりも、それを稀羅への愛情ゆえと信じさせる方がいいと思った。

　莉洸が感じるのは稀羅を愛しているがゆえ。稀羅でなければ、こんな快感は感じない。

それがどんなに卑怯《ひきょう》だとしても、莉洸を完全に手に入れるために、稀羅はどんな手段をも講じるつもりだ。

まだ呆然としている莉洸に、稀羅は再びくちづける。今度は容易に口腔内に入り込んだ舌は、我が物顔に莉洸の小さな舌を絡め取り、

「んっ」

そのまま莉洸の身体を押し倒すと、稀羅は中途半端に愛撫から遠ざけられ、震えながら勃っている愛らしい陰茎に指を絡めた。

「やぁ……んぁっ」

途端に零れる莉洸の鳴き声は、信じられないほど甘かった。

稀羅は、莉洸の身体の変化をおかしくないと言ってくれた。莉洸が稀羅を愛しているのならば、この身体の変化は当然のものだと。

稀羅のことは尊敬をしていると、はっきりと言える。厳しい国情をなんとかしようとする情熱と、あれほど民に慕われている彼の人間性を、心から凄いと思っていた。

だが、それを、愛というのかはわからない。今まで誰かを恋しいと想うことがなかった莉洸にとって、稀羅の言葉が真実そうなのかどうか、考えれば考えるほどわからなかった。

「あっ、あっ」

そんな莉洸の困惑を消し去るように、稀羅の指は繊細に莉洸の陰茎を愛撫してくる。

十五歳という年齢差以上に、実体験もとても稀羅の足元にさえ及ばないほど己が未熟だとわかっている莉洸は、稀羅の言葉を信じて身を任せることしかできない。

「き、稀羅、さまっ」

「莉洸……」

稀羅に名前を呼んでもらうのは嬉しい。

以前は『皇子』と呼ばれるたび、稀羅との間に歩み寄れないものを感じていた。しかし、今は、名前を呼ばれるたびに、一歩ずつ距離が縮まっていくような気がする。その気持ちが、もしかしたら恋というものなのかもしれない。

稀羅を信じよう……そう思い、莉洸は身体から力を抜いた。

「莉洸」

初めは、大国光華国の大事な宝を奪ってやりたいと思った。

それが、たまたま忍びで訪れた光華国の町で出会った第三皇子莉洸だと思っていたが、今にして思えば稀羅にはない純粋さや優しさを持つ、儚い美しさの莉洸に、一目で心を奪われたのだとわかる。

光華憎しというのは、口先だけの言い訳にしかすぎなかったのだ。もはや、稀羅は莉洸を手放すことなど考えられない。

今は何も知らない莉洸だが、いずれ様々な人間に触れ、稀羅に対して抱くものが愛情でないと思う時もあるかもしれない。そうなった時は、手足に黄金の鎖をつけ、王宮の地下深くに閉じ込めておくつもりだ。

稀羅だけの、美しい囚《とら》われ人——それは、稀羅の心をほの暗く擽《くすぐ》る。

だが、きっとそんな真似はできない。愛を得るため頭を垂れ、涙を流し、その場にひれ伏すという情けない姿をとって、莉洸の情に訴える。莉洸が泣くより、己が惨めな方がよほどよい。

「あぁっ」

嬲っていた莉洸の陰茎から精液が迸《ほとばし》った。そうでなくても行為に慣れていない莉洸は、すっかり疲れきってしまったのか、くったりと寝台に身を横たえる。

「莉洸」

「稀羅さ……ま」

「このぐらいで参ってもらっても困るぞ。私はまだ、一度もそなたの中を味わっておらぬ」

稀羅が何を言おうとしたのか、しばらくしてようやく気づいたらしい莉洸は、顔ばかりか身体全身を薄赤く染めて、戸惑ったような視線を向けてきた。ほの赤く染まった目元に、濡れた瞳。短い間でずいぶん艶っぽくなったその姿に、稀羅は喉を鳴らした。

「ぼ、く、どうした、ら……」

「足を広げて、そなたのすべてを見せてくれ」

それがどんなに恥ずかしい行為か、莉洸は目を瞠って何度も首を横に振る。

「嫌ならばそなたが動くことはない。だが、私も手を止めるつもりはないぞ」

そう言うと、稀羅は寝台の飾り棚の中から小さな瓶を取り出した。莉洸を再び王宮に連れてきた時から、いずれはと思い用意させていたものだ。

光華国の市で売られていた上等の香油。わずかに花の香りをさせるそれを掌《てのひら》に注いだ稀羅は、冷たかったそれが人肌に温まったことを確認してから、手の中のものを莉洸の尻の狭間にゆっくりと垂らした。

少し冷たい、粘ついたものが、身体の表面を流れていく。何をされたのかわからない莉洸がそのまま稀羅に問いかけるような視線を向けた時、いきなり、信じられない場所に何かが侵入してきた。

「な……にっ？」

「力を入れるな、莉洸。今入っているのは私の指だ」

「ゆ……び？　……なっ、なん、て、こと……」

あんな汚らわしい場所に、一国の王である稀羅の指が……そう思うだけで卒倒しそうになった莉洸は、余計に身体に力が入る。

「莉洸、力を抜け。それでは指さえ動かせぬ」

「……っ」

すぐ目の前にある稀羅の、眉間に寄った皺と額に浮かんでいる汗を見た莉洸は、稀羅も苦痛を感じていることを知った。なんとかしなければいけないと焦り、莉洸は懸命に稀羅が言ったように身体の力を抜こうと、何度も何度も浅い呼吸を繰り返す。

それが功を奏したのか、身体の中の稀羅の指がぐるりと動いた。

「こ、このま、ま、抜い……てっ」

これ以上汚したくないと訴えた莉洸だったが身体の中で指を曲げられ、内壁を擦られて、信じられないほど身体が跳ねてしまった。

「浅い場所にあるが……ここか？」

「やっ、やっ、こわ、怖いっ」

痛みと熱さは変わらずあるのに、身体の中心から湧き上がってくる激しい快感が強烈に莉洸の感覚を支配する。震えは収まらないまま、莉洸は必死にやめてと稀羅に訴えた。

しかし、そんな怯えを強引に塗り替えるように、稀羅は絶え間なく莉洸に快感を与え続けた。先ほど身体が跳ねるほどに感じた場所を何度も刺激し、指を穿《うが》たれ、いつしか尻の蕾《つぼみ》に感じる圧迫感と痛みは快感に混じっていく。

快楽に蕩けた莉洸の顔と、熱い身体。なにより指を締めつける心地好い感触に、稀羅の忍耐も限度を超えた。

男の抱き方は衣月から聞いている。

すべてが初めてであろう莉洸の身体は慣らしすぎるほど慣らしても足りないかもしれないと言っていたが、あれほどに固く窄《すぼ》まっていた莉洸の尻の蕾は、稀羅の骨ばった指を既に三本ほど銜《くわ》え込んでいた。

本当は、もっと慣らした方がいいのだろう。だが、稀羅の方が限界だった。

正面から莉洸を見下ろした稀羅は、震える細い足の膝裏を持って、大きく開かせる。

「入れるぞ」

「……っ」

「これ以上、痛みを消してやることはできぬ。叫びたいほどの痛みを感じたら、構わず私のこの指を噛め」

そう言うと、稀羅は片手の人差し指と中指を小さな口に差し入れ、鍛えるまでもなく熱く滾《たぎ》っている己の陰茎の先端を、わずかに口を開いた蕾に押し当てて挿入を始めた。

「！」

「つ……っ」

莉洸が感じた激痛そのままに、口に含ませていた指を千切られそうなほどに噛まれた稀羅は痛みに唇を噛みしめるが、これ以上の痛みを莉洸が感じているのだと思うと、指などどうなってもいいとさえ思った。

蕾の中に埋まっているのは、まだ陰茎の先端の半分もない。

その部分を痛いほど締めつけられてしまった稀羅は、いっそのこと一気に中に入れた方がいいのではないかと思って足を抱え直そうとしたが、痛いほど噛みしめられていた指から不意に歯の感触がなくなったことに気づき、莉洸の顔を見た。

「莉洸っ」

血の気のない顔色で、目を閉じた莉洸はまったく動かない。稀羅は咄嗟に締めつけられているままの陰茎を引き抜き、莉洸の身体を抱きかかえた。

「……っ」

汗ばんだ身体は冷えていて、身体にはまったく力が入っていない。焦るまま薄い胸に当てた耳には、わずかな呼吸が聞こえてきた。

心臓が止まったのではなく、気を失ったのだとようやくわかった稀羅は、莉洸の身体を抱きしめたまま深く安堵の息をついた。


身体の節々に痛みを感じた莉洸は、身じろぎもできないまま小さく呻く。

「……ぁ」

その痛みのせいで目が覚めてしまった莉洸は、ぼんやりとした視界で目に映るものを見つめた。見慣れない天井の模様と、部屋の雰囲気。しかし、今横たわっているこの寝台に、いや、己の身体をまとっているこの香りには、とても覚えがあった。

「ぼ、く……」

いったい己の身に何が起きたのか、莉洸は寝台に横たわったままの姿勢で寝る前のことを思い出そうとし、唐突に己が何をしたのか、そしてされたのか、鮮明に思い出してしま

った。

いや、正確に言えば、最後の方ではほとんど意識が飛んでいてうろ覚えでしかなかったが、何を思ってこの稀羅の部屋を訪れたかを忘れることはなかったし、痛みを与えられる直前の快感の部分に関しては、しっかりと記憶にも残っていた。

「僕は、稀羅さまと……」

あれが、本当の情を交わす行為なのだと、莉洸は昨夜、強烈に身体に刻み込まれた。とても怖くて痛かったが、それでも不思議と嬉しいと思えた。

ただ、最後はどうなってしまったのかわからないままで、きちんとできたのかどうかはまったく自信がない。

なにより、稀羅はどう思ったのかとても気になったが、なぜかこの寝台の上に、いや、この部屋の中に稀羅の気配はなかった。

(もしかして、僕は何か粗相を……)

意識がほとんど飛んでしまっていたので本当に記憶が曖昧《あいまい》なのだが、多分……きっと、稀羅の満足するような奉仕はできなかったのだということは想像がついた。

呆《あき》れたのか、それとも諦めたのか、昨夜あれほど優しい指先で触れてもらえたのに、こんな時に一人きりで目が覚めてしまうのはとても寂しく、莉洸は知らずに涙を浮かべてしまう。

「……稀羅さま」

願うようにその名を呟いた時、まるでその声が聞こえたかのようにいきなり扉が開くと、

「莉洸？」

求める相手の深い響きの声に、莉洸は咄嗟にかけ布を頭から被ってしまった。

「莉洸、起きたのか？」

声をかけても返事はなく、ただ、被っているかけ布が小さく震えている。

稀羅は手に持っていた薬湯の入った器を枕元の台の上に置くと、そのまま寝台の端に腰を下ろした。

「身体は、辛くないか？」

昨夜、初めての莉洸に無理を強《し》いて抱いてしまった。いや、先端を押し入れただけで気を失ってしまった莉洸の身体を気遣い、そのまま最後まで行為を続行するでもなく身体を引いたが、それでも莉洸の心と身体に傷をつけてしまったと思った。

「莉洸」

起きている気配はするが、返事はない。

「……私の顔を見たくはないのか？」

それほど嫌われたかと稀羅は立ち上がろうとした。

「……さま、こ、そ……」

「莉洸？」

「稀羅さまこそ……私を、厭いません、でした、か？」

小さな小さな、くぐもった声をかろうじて聞き取った稀羅は、莉洸がなぜそんなことを言うのかわからなかった。厭われてもおかしくないのは稀羅の方で、莉洸は断罪する立場のはずだ。

「私がそなたを厭うはずがない」

「で、でも、僕は何も……何一つ、ご奉仕ができなくて……」

その言葉に、稀羅はようやく莉洸が何に怯えているのかがわかって、思わず肩から力を抜いた。

もしかしたら、強引に身体を抱いた稀羅のことが怖くなって、こうして側にいることにさえ恐怖を抱いているのではないかと恐れたが、莉洸は稀羅に抱かれるだけで己が何もできなかったことこそを恥ずかしく思い、気落ちしているらしい。

莉洸らしいと言える、なんとも可愛い勘違いだ。

「そなたこそ、無理を強いた私を厭わないか？」

本当は、怖くて言えなかった言葉だが、莉洸の気持ちが見えた今ならば堂々と聞けた。

「い、いいえ、僕だって……」

「……」

「僕だって……稀羅さまを厭うはずが……ありません」

愛しさが全身を支配する。

反射的に莉洸を抱きしめようとしたが、まだ身体に痛みを感じているであろう莉洸のことを思い、伸ばした手でわずかに見える髪をそっと撫でた。

その手の感触に、莉洸も安堵の息をつく。

身体を重ねた翌朝、目覚めて稀羅が隣にいなかったということは自分が不手際をしたせいだと思い込んでいた。

経験豊富であろう稀羅にとって、きっと自分は最低だった。触れられて、喘《あえ》いでいただけで、稀羅に対して何もすることができなかった。

そんな自分を優しく受け入れ、さらには気遣ってくれる稀羅に、莉洸の胸の中の熱い想いはどんどん大きくなっていく気がする。

「莉洸、そろそろ顔を見せてくれ」

寝起きで、しかも泣いたまま眠った自分の顔はきっと酷いはずだ。そんな顔を稀羅には見せたくなかった。

「あ、あの……」

「どうした？」

「か、顔を、洗わせてください」

「湯と布はここに用意している。さあ」

「……」

「莉洸」

何度も名前を呼ばれれば、それでも嫌だとは言えなかった。いつまでも稀羅に気を遣わせるわけにはいかない。

　莉洸は下を向いたまま、ゆっくりとかけ布から顔を出す。身体はまだ鈍く痛むものの、気持ちが楽になった今は、起き上がれないほど痛いという感じはしなかった。

「おはよう、莉洸」

「……おはよう、ございます」

　寝台の上に座っていた稀羅は、自分の膝の上に莉洸の頭を乗せ、身体を横たわらせてくれる。まだ痛む下半身を思ってのことだとわかり、莉洸の頬はたちまち赤くなった。

　ふと見下ろせば、今莉洸がまとっているのは随分と大きな寝巻きだ。香で稀羅のものだとわかり、むず痒《がゆ》い嬉しさと恥ずかしさで、どんな顔をしていいのかわからない。

「薬湯を持ってきている。これを飲めば少しは痛みも薄れるはずだ。できれば痛み止めの薬を塗った方がよいのだろうが……」

　死んだようにわずかな息だけをして眠っている莉洸が心配になった稀羅は、寝ずにその様子を見ていた。一度、薬草の貯蔵庫に向かい、痛み止めと安定剤の効果がある薬草を持ってきて意識のない莉洸に飲ませたが、汗を拭った布と新しい水を持ってこようと再び部屋を出て戻った時に莉洸は目覚めていた。

「薬を塗るって、僕は怪我はどこにも……」

「私を受け入れてくれた、お前の可愛いここだ」

　直接触れられなかったが、尻の丸みを軽く掌で撫でられた莉洸は、慌てて首を横に振って否定した。

　昨夜、それもあんなにも覚悟をして向かってもあれほど恥ずかしかったのだ。こんな朝の日差しの中で、あんな場所を稀羅の面前に晒すことなど到底できない。

「や、薬湯だけ、いただきます」

「口移しで飲ませようか？」

「き、稀羅さま」

「ははは、冗談だ」

（稀羅さま……こんなふうに笑う方だった？）

　昨日までの自分が知っていた稀羅と、今目の前にいる稀羅はまったくの別人だ。いや、以前から莉洸に対しては優しかったが、今はもっと親わしい、くすぐったいほど甘い雰囲気をまとっている。

　ちろん、莉洸にとっては今の稀羅も、以前の厳しい稀羅も、どちらも敬愛できる存在に違いない。いや、稀羅の違った面が自分だけに見せてくれるものならばと、莉洸は今まで感じたことがないような独占欲を抱き始めていた。


――因縁の遭逢――

あとがき

こんにちは、ｃｈｉ－ｃｏです。今回は「光の国の恋物語～因縁の遭逢～」を手に取っていただいてありがとうございます。

そして……長い長い本編の後、ここまで読んでくださっていることに感謝です。

サイトに上げている話を丸々修正しているこの話は、主人公が大国の四人の皇子たちです。それぞれの恋物語をどうぞお楽しみください。

イラストは巡先生です。今回は私のせいでかなり作業時間が絞られてしまい、大変ご迷惑をおかけしました。それなのに、とっても美しい皇子たちを描いてくださっています。本当に、本当に感謝です。

中途半端に終わっているなと思われた方、この本は前編になり、続いて後編も出していただくことになっています。同じくらいのボリュームになりますが（汗）、そちらもどうぞ、お楽しみに。

ｃｈｉ－ｃｏ

サイト名『your songs』　http://chi-co.sakura.ne.jp

ラルーナ文庫

この本を読んでのご意見・ご感想・ファンレターなどお待ちしております。〒111−0036 東京都台東区松が谷1−4−6−303 株式会社シーラボ「ラルーナ文庫編集部」気付でお送りください。

※光の国の恋物語 ～因縁の遭逢～：WEB作品より加筆修正

光《ひかり》の国《くに》の恋《こい》物語《ものがたり》 ～因縁《いんねん》の遭逢《そうほう》～

2017年5月7日　初版第1刷発行

著　　者｜chi-co

装丁・DTP｜萩原 七唱

発 行 人｜曺 仁警

発 行 所｜株式会社 シーラボ
〒111-0036　東京都台東区松が谷 1-4-6-303
電話　03-5830-3474／FAX　03-5830-3574
http://lalunabunko.com

発　　売｜株式会社 三交社
〒110-0016　東京都台東区台東 4-20-9　大仙柴田ビル 2階
電話　03-5826-4424／FAX　03-5826-4425

印刷・製本｜シナノ書籍印刷株式会社

ISBN978-4-87919-988-1